원숭이는 없다

• 이 도서의 국립중앙도서관 출판시도서목록(CIP)은 서지정보유통지원시스템 홈페이지(http://seoji.nl.go.kr)와 국가자료공동목록시스템(http://www.nl.go.kr/kolisnet)에서 이용하실 수 있습니다. (CIP제어번호: CIP2017013309)

원숭이는
없다

윤후명 소설

은행나무

차례

유니콘을 만나다 • 7

돌 속의 무지개 • 153

원숭이는 없다 • 189

그림의 철학을 위하여 • 235

거울 속의 얼굴 • 323

작가의 말 • 424

작가 연보 • 427

유니콘을 만나다

하늘 지팡이

 사랑하던 남자는 저세상으로 떠났는데 여전히 그 뒤를 따르는 여자가 있다…… 나는 그녀의 전화를 받고 왠지 마음이 섬뜩했다.
 "이젠 저도 마지막이에요."
 그녀는 나지막이 말했다. 그 소리에서는 《사자(死者)의 서(書)》의 마지막 페이지를 넘기는 듯한 느낌마저 전해져 왔다. 《사자의 서》란 티베트에서 죽은 사람을 위한 기도의 글이 씌어져 있는 책이라고 알고 있었는데, 왜 그 책이 떠올랐는지는 알 수 없었다.
 "그 친구와 연관되는 덴 한 군데밖에 없어요. 그것도……"
 나는 그녀를 만나자마자 빠져나갈 궁리부터 했다. 그러면서 그녀가 용문산에서 나를 불러냈을 때부터 '그것도……' 하고 망설였음을 알았다. 나는 그녀가 원하는 게 무엇인지조차 모호하기 짝이 없었다. 그런 순간 나는 퍼뜩 한 그루의 나무를 기억 속에서 되살려냈던 것이다. 그렇지, 나무가 있었어, 나무가.

  용문산에서 한 그루의 나무라면 단박에 저 유명한 은행나무를 떠올리는 게 당연할 테지만, 지금 내게는 결코 아니다. 용문산의 은행나무는 그 앞의 안내문에 적혀 있듯이 '세계에서 제일 큰 유실수'로서의 위용을 자랑하는 나무다. 흔히 옛날 신라시대에 의상 스님이 짚고 다니던 지팡이를 꽂아놓은 게 뿌리를 내려 자랐다고들 하는데, 어떤 사람은 의상 스님이 아니라 마의태자라고 말하기도 한다. 신라가 망하자 추종자들을 거느린 마의태자가 정처 없이 길을 떠나 금강산으로 들어가기 전에 월악산을 거치고 용문산에 이르렀을 때 꽂아놓은 지팡이라는 것이다. 어릴 적에 그 이야기를 듣고는 어른들은 거짓말도 잘한다고 여겼었다. 군밤에서 싹이 난다는 말과 무엇이 다를까 싶었던 것이다. 그러나 오랜 뒤 어느 날 봄에 들로 나가 우연히 나뭇가지를 주워 들고 다니다가 역시 우연히 아무 데나 꽂아놓은 게 며칠 지나 싹이 파릇파릇 돋은 걸 보고, 삶이라는 것에는 얕잡아보아서는 안 될 무엇이 있구나 깨달았었다.

"아무 데나 괜찮아요. 그 사람이 단지 스쳐간 곳이라도요. 티끌 같은 뭐라도요. 예전에 같이 왔었다는 거길 가기만 하면 되니까요."

역 앞의 작은 광장에서 나를 기다리던 그녀는 내가 머뭇거리자 또렷이 말했다. 생전에 그가 무슨 말 끝에 나와 함께 용문산에 갔었다는 얘기를 그녀에게 했다는 게 화근이었다.

"그 친구하고 여기 한 번 온 건 사실인데, 무슨 별다른 얘기가 있질 않으니……"

나는 다시 꼬리를 뺄 수밖에 없었다. 사실 오래전 학생 때 그와 어울려 하룻밤 캠핑을 하겠다고 산에 오르기는 했어도 어디를 어떻게 밟았는지조차 도무지 감을 잡기 힘들었다. 녀석, 별걸 다 기억해가지고는…… 나는 혀를 찼다. 그러나 그는 이젠 녀석이라고 직접 불러볼 수도 없는 저세상 사람이었다. 그럼에도 불구하고 그녀는 그의 발자취를 따라가보겠다고 나를 불러 세운 것이었다. 티끌 같은 뭐라도…… 나는 그녀의 말에 기가 질리는 느낌이었다. 뭔가 악착같이 달라붙는 성격의 소유자에게 느끼게 되는 벽이랄까, 저항감마저 일었다.

열차를 타러 부랴부랴 청량리역에 나와서, 평일인데도 입석표밖에 없다는 걸 알고 낭패다 했을 때, 그 벽은 이미 내 앞에

다가선 것이었다. 하지만 알고 보니 입석표만 해도 다행이었다. 청량리에서 오전 열 시 열차를 타기가 만만치 않아진 것은 그리 오래된 일이 아니었다. 방학 때야 학생들이 시도 때도 없이 중앙선 열차를 타고 어디론가 떠나니 그러려니 하겠지만, 이젠 방학이고 뭐고 아랑곳없었다. 학생들뿐만 아니라 웬만한 중늙은이들까지 꾸역꾸역 몰려드는 판국이었다. 정동진이라는 곳이 원흉이었다. 동해안에 자리 잡은 그 별 볼 일 없는 바닷가 마을이 텔레비전에 방영된 〈모래시계〉라는 드라마의 배경이 된 뒤로 '떴다'는 것이었다. 그래서 그 바닷가에서 아침 해돋이를 보는 게 유행이 되어 도나캐나 그저들 우우 몰려간다는 것이었다. 텔레비전 드라마를 보지 않는 나로서는 도무지 모를 일이었다.

그녀와의 약속만 아니라면 다음 열차를 타도 상관없는 노릇이었다. 열한 시 열차 안동행, 열두 시 열차 철암행. 이들 열차는 정동진이고 어디고 애초에 바닷가하고는 거리가 먼 내륙이 종착역이었다.

느닷없이 그녀로부터 용문에 와 있는데 한번 뵈었으면 한다는 전화를 받고 열차 사정은 깜박한 채 다짜고짜 시간 약속을 하고 만 것이 잘못이었다. 그녀 때문이라고 일방적으로 몰아

붙여서는 안 된다. 나는 나대로, 마침 그 언저리 어디에 마련하려고 보아둔 땅이 계약 단계에 있어서 복덕방에 들러야 했던 터라, 이때다 싶었던 것이다. 하기야 입석이라고 해도 불과 한 시간이면 도착하는 거리였다.

  열차가 양수리 철교를 지나면서 나는 승강구 쪽으로 나와 담배를 피워 물었다. 그 다리 위에서 북쪽으로 바라보이는 풍경은 언제 보아도 내게는 예사롭지가 않았다. 갑자기 넓어진 강폭을 그득 흐르는 강물을 양쪽의 첩첩한 산이 그야말로 병풍처럼 둘러 웅대한 느낌으로 다가온다. 깊은 산협(山峽) 사이에 드넓은 세계가 있다. 그리고 저 멀리, 경기도 일대에서는 가장 높은 용문산이 우뚝 솟아 있다. 천산(天山)과 같다. 용문산을 중앙아시아의 천산에 견주어보는 눈은 땅을 보러 다니기 시작하며 얻은 것이었다. 해발 1,157미터밖에 안 된다는 산을 사천 미터도 넘는 산에 견준다는 게 주제넘는 짓거리인지 모르는 바 아니지만, 내 눈은 어김없이 그렇게 보였다. 봄이 올 무렵 처음 그쪽으로 갔는데, 마치 이 보라는 듯 산봉우리에 흰 눈이 눈부시게 덮여 있어서였을 것이다. 몽롱한 검은빛을 띤 산의 아랫도리와 대비되어 그 산봉우리는 하늘 높이 떠 있는 것만 같았다. 이제 어느덧 무르익은 봄빛에 그런 풍경은 멀리

가고 없더라도 나는 눈 덮인 그 산봉우리가 눈에 어른거리기만 했다.

하지만 그녀와의 만남에서 천산이 갖는 의미는 없었다. 다만 현실적으로 살펴보자면, 내가 어쭙잖게 어디 농사라도 지으며 살 만한 곳이 없는지 살펴보고 다닌 곳이 그곳이라서 그녀의 등장이 더욱 뜻밖의 일로 받아들여진다는 면은 있었다. 전혀 우연일 것이었다.

그곳에 땅을 마련하려고 한다 해서 요즈음 흔히 들먹여지는 귀농이라는 것에 도매금으로 끼워 넣지는 말아주기 바란다. 귀농이라는 낱말 자체가 내게는 어울리지 않았다. 그 낱말은 농촌을 떠났던 사람이 다시 돌아감으로써 비로소 성립된다는 것, 다시 말해서 먼저 떠났었다는 사실이 앞서야만 되는 것이었다. 나는 애초에 농촌 출신이 아니었다. 하지만 어찌된 셈인지 매스컴에서는 그저 농촌으로 가서 농사를 짓고 산다는 단순한 뜻으로 '귀농'을 들먹이고들 있었다. 이른바 먹고살기조차 고달파진 시대의 허겁지겁한 현상일 터였다.

그러나 어쨌든 나는 어디 농사라도 지으며 살 만한 곳을 이미 점찍어놓고 있는 상태였다. 거기에는 물론 이제까지의 생활을 청산하겠다는 뜻이 더 강했다 하더라도 나는 오래전부터 농사꾼으로서의 삶을 꿈꾼 것이 사실이었다. 농사란 천하의 큰 근본이니 어쩌니 하는 옛말하고도 먼 얘기로, 그저 나는 식물이 철 따라 싹 트고 꽃피고 열매 맺는 것 자체에 남다른 의미와 희열을 간직하고 있었다. 왜 그런가는 아마도 우장춘이나 현신규 같은 식물학자에게 물어봐야 할 듯도 싶다. 흔히 농사일은 해보지 않은 사람은 못한다고 말해지고, 나도 그렇다는 것을 믿는다. 도시에서 아옹다옹 살기에 진력이 날 때마다 쉽게 내뱉는 말, 시골에 가서 농사나 짓겠다? '농사나'의 '나'에는 참으로 얼마나 깊은 함정이 있는 것일까. 가령 밥벌이 일이 어렵다고 에라 모르겠다 다 팽개치고 대신 시'나' 짓겠다는 발상은 가능한 것일까. 여러 가지 의미에서 이 시대에 시처럼 피눈물 나는 예술은 없을진대, 게다가 '나'라니!

그럼에도 불구하고 나 역시 농사'라도'라고 말하고 있다. 《귀농에 성공하는 법》이라는 책에는 나 같은 엉거주춤한 도시인의 태도를 버려야만 성공할 수 있다고 씌어 있었다. 평범한 진리였다. 하지만, 말했다시피 나는 나대로 꿈이 있었다. 그것이 도피며 은신이라고 비난받을 여지는 스스로 인정하지만 말이다.

"용문산은 뱀이 유명하다고도 그가 말했어요."

그녀는 용문에 와 있다는 말끝에 덧붙였었다. 그 친구가 웬 뱀? 나는 열차에 올라타고부터 그녀의 말이 귓바퀴에 맴돌았다. 아닌 게 아니라 예전 직장 동료는 군대 생활을 마치자 까닭 없이 임파선 폐결핵에 걸렸었는데 용문산에서 뱀을 몇십 마리인가 고아먹고 감쪽같이 나았다고 했었다. 용문산 뱀탕을 먹기 위해 사람들이 그렇게들 많이 꼬여든다는 것이었다. 여름에 뱀탕을 시킨 뒤 계곡에 가서 물놀이를 하면서 화투장을 두드리는 게 신선놀음이 아니고 무어겠느냐고 그는 껄껄 웃었다. 아낙네들도 많지. 그리고 밤에 남편들 괴롭히는 거지. 껄껄 껄껄껄.

그 친구가 용문산의 뱀이 유명하다고 말한 것이 실제 뱀만을 말한 것인지 뱀탕까지 말한 것인지, 혹은 나아가서 그 뱀탕을 먹었다고까지 말한 것인지는 분명하지 않았다. 나는 다만 그가 용문산에 대해 무엇인가 말했고, 또 그 말에 따라 그녀가 용문산을 찾아갔다는 사실만 받아들이면 되는 것이다. 그녀가 그의 생전의 흔적을 좇아 벌써 일 년 넘도록 헤매 다니는 것을 나는 잘 알고 있었다. 김해의 은하사나 허왕후릉, 모은암은 물론 지리산의 칠불사까지는 쉽게 짚을 수 있는 행로였다. 모두가 옛 가야국 김수로왕의 왕비 허씨와 연관되는 유적들이었다. 생전의 그는 허왕비에 대해 남다른 관심을 보였었다. 왜 그랬는지는 나로서는 알 수 없는 일이었다. 더군다나 학교 때 우리 역사 연구를 한답시고 모여서 술깨나 축내며 눈에 핏발을 세웠던 문제들, 이를테면 일본의 제국주의니 민중의 역할이니 하는 이슈는 어느새 뒷전으로 밀쳐두고 별쭝맞게 가야국이니 김수로왕이니 왕비니 하는 케케묵은 이야기를 꿰어 차고 다니는 꼴을 보면 한심스럽기도 했다. 어디 먹고살 일자리라도 없을까 하고 내가 경기도 안산의 시화공단 주변을 얼쩡거리며 살았던 무렵에도 그는 여전했었다. 내가 '우리'니 '역사'니 하는 것들에 넌덜머리를 낸다는 사실부터가 그에게는 오히려 자극제가 된다는 식이었다.

"왕비가 말야, 인도에서 왔다는 게 아직도 수수께끼래. 건 과연 예삿일은 아냐. 너도 인도 가봤지? 그 뜨거운 땅 말야."

내가 사는 꼴을 보고 싶다고 안산까지 온 그는 신비 체험에 들어가려는 신비주의자처럼 눈의 초점을 흐렸었다. 인도라…… 나는 오래전에 유럽으로 가던 길에 불과 며칠 동안 그 땅을 밟았던 때를 회상했다. 도무지 종잡을 수 없는 땅이라는 느낌만이 강하게 남아 있었다. 한 가지, 어디론가 가던 길에 벌판에 커다란 소의 주검이 뒹굴고 있는데 그걸 뜯어먹는 들개들 옆에 독수리들이 기웃거리며 틈을 노리고 있는 광경을 보았던 것만은 웬일인지 선명하게 되살아났다. 독수리들은 큰 망토를 펄럭이며 기회를 노리고 있었다. 여름이기도 했으려니와 정말 그곳은 뜨거운 땅이었다. 그뿐이었다.

그러나 예전에 용문산에 올랐을 때는 그나 나나 모두 아직은 '우리'니 '역사'니 하는 것들에 발을 들여놓기 전이었음은 분명했다. 우리가 그런 방면으로 무엇인가 찾으려고 왔었다거나 대화를 나누었다는 기억이 도통 없는 것이었다. 일행도 우리 둘 말고 두세 명이 더 있었던 것 같은데 누군지 어렴풋했고, 어디로 해서 어디로 향했는지는 더더욱 깜깜이었다. 난감한 노릇이었다. 그렇지만 그녀에게 무엇인가 제시하지 않으면 안 된다. 이미 우리는 용문산까지 가는 버스를 타고 있었다.

그러나 한 그루의 나무가 떠올랐다고 해도 기억은 거기서 가물가물했다. 그러다가 그 나무가 비교적 선명하게 떠오른 것은 종점에 거의 다 와서였다. 그래, 그 나무는…… 그 나무는 그냥 나무가 아니라 불타오르는 나무였어. 활활 불타오르는 나무의 모습이 내게 거대한 화인(火印)처럼 다가왔다.

하지만 그녀에게 그 나무에 대해 무엇이라고 설명해야 할지 알 수 없었다. 그 나무가 활활 불타오르는 모습으로 내게 다가왔다는 것은 어디까지나 나한테만 해당된다는 생각이었다. 그녀에게는 아무런 객관성도 없는 일이었다. 그녀가 굳이 그렇게 달라붙지만 않았어도 그 나무의 존재는 모습을 드러내지 않았을 것이다. 그만큼 설득력이 없는 나무였다. 생각하기에 따라서는 아무것도 아닌 나무였다.

"그러고 보니, 나무가 있군요. 한 그루 나무."

나는 그녀에게 말하면서, 그녀의 눈빛이 반짝 반응하는 걸 보았다.

"무슨 나무가요?"

"그건 아무 특징도 없어서 말하기가 매우…… 아주…… 어려워요."

나는 말을 잇기가 어려웠다.

"왜요?"

"보통 평범한 나문 데다가…… 사실 이제 와서 꼭 이 나무다 하고 짚을 수 있을지도 의문이고요."

내가 그냥 한 그루의 흔한 나무일 뿐임을 말했음에도 불구하고 그녀는 내게 매달리는 눈치였다. 낭패였다. 공연히 들먹였구나. 어쩌지 못해 생각해낸 게 겨우 나무 한 그루였고, 답답한 나머지 불쑥 입 밖으로 튀어나온 것에 지나지 않았다. 내가 살아온 방식에는 그런 약점이 있었다. 상대방의 처지를 생각해서 책임도 못 질 대안을 쓸데없이 제시한다. 그러고는 혼자서 끙끙 앓는다. 이걸 좋게 말해 분위기를 탄다고 하는 수도 있는 모양이지만, 나로서는 천만의 말씀이다.

"뭐든 그걸로 충분해요. 어디 있나요?"

그녀는 이마에 흐른 긴 머리카락을 쓸어올렸다.

"산으로 가야 할 테니 점심부터 하기로 하죠."

당장 찾아 나서겠다는 그녀의 태도에 나는 은근히 저항하지 않을 수 없었다. 하긴 시계는 벌써 열두 시 가까이를 가리키고 있었다. 나는 즐비하게 늘어선 식당들 앞에 놓인 노천 식탁에 가서 앉았다. 손목시계를 들여다보는 둥 마는 둥 하던 그녀도 하는 수 없는지 맞은편에 오도카니 자리 잡고 앉았다. 음식을 시키고 나오기를 기다리는 동안 우리는 거의 말이 없었다. 내가, 침묵의 어색함을 깨려고, 여기 어디 와서 농사나 지을 마음에 몇 번 드나들었다고 말한 것 정도였다. 더덕불고기는 더덕과 소고기를 버무려 양념해서 쿠킹 호일에 구운 음식이었다.

"그 나무가 중요치 않다는 건 아시죠?"

먹기 시작하자는 말처럼 나는 말했다.

"알아요. 염려하지 마세요."

그녀는 상추와 취와 치커리를 손으로 집어들며 말했다.

"또 한 가지, 문제는 그 나무가 있던 델 과연 찾을 수 있겠느냐는 겁니다. 찾더라도 그 나무가 있느냐는 것도 의문이고."

"괜찮아요. 그가 이 세상에 없다는 것 자체도 내겐 문제가 아닌 걸 모르세요?"

어딘가 날카로운 말투라고 느껴졌다. 말을 마친 그녀는 나를 빤히 바라보았다. 그의 죽음을 담보로 한 눈빛이라는 생각이 들었다. 죽자 살자 사랑하는 사람의 죽음을 겪어보지 못한 나로서는 받아내기 힘든 눈빛이었다. 나는 무엇인가 꼭 말해야 할 게 있는데 그게 뭘까 하고 억울한 느낌으로 그 눈빛을 피할 수밖에 없었다.

"그리고 말했다시피 이젠 마지막이에요."

그녀의 눈빛이 내 눈꺼풀 위에 닿는다고 생각되었다. '마지막'을 굳이 앞세우는 뜻은 무엇일까. 이제는 그만두겠다고 강조하는 말일 테지만, 나는 사랑에 집착하는 마음을 읽고 있었다. 그러면 그럴수록 나는 막막해졌다. 사랑하는 사람은 스스로 목숨을 끊어 죽고, 그 흔적을 밟는 여자가 있다…… 그런데 나는 겨우 이름 모를 나무 한 그루를 허공에 띄워놓고 있다…… 사랑하는 사람의 죽음을 겪어보지 못한 애송이가 섣부른 짓을 하고 있다…… 갑자기 나무가 하얀 뼈다귀로 허공에 떠 있다……

지나가는 말처럼 미리 밝혔듯이 그 나무는 불에 탔으며, 더군다나 우리의 잘못으로 그리된 것이었다. 활활 불타는 나무란 조금치도 과장이 아니며, 무슨 상징은 더더구나 아니다. 우리가 불태워버린 나무를 그녀에게 제시한 내가 잘못이었다. 살아 있는 온전한 나무 한 그루가 그렇게 홀랑 불타는 광경을 나는 그전이든 그 후든 본 적이 없었다. 그날 산 밑에 이른 우리는 그 유명한 은행나무와 함께 용문사를 둘러본 다음에, 누구의 뜻에 의해서인지 용문산과 그 옆 중원산 사이의 골짜기를 흘러내리는 골짜기 물을 따라 올라가 캠핑을 하기로 했었다. 웬만한 앞뒤 이야기는 잊었어도, 골짜기의 이름이 조개골임은 나중까지 기억되었다. 누군가 그 이름이 여자의 사타구니에 견주어 붙여졌으리라 말했었다. 조개골에서도 다시 윗조개골과 아랫조개골이 있었다.

그날의 산행이 어디서부터 꼬였을까. 우리가 조개골을 더듬어 오를 무렵에 날은 어느덧 어둑어둑해지고 있었다. 낮의 따갑던 햇살이 사라지고 산그늘이 서늘하다 싶기가 바쁘게 으슬 으슬 한기가 몰려왔다. 그 골짜기의 냇돌들은 제법 큼직큼직했다. 우리는 얼마쯤 올라 큰 냇돌 옆 적당한 곳에 자리 잡고 텐트를 치는 쪽과 저녁을 짓는 쪽으로 두셋씩 갈려 캠핑에 들어갔다. 텐트가 세워지고, 밥과 꽁치 통조림 찌개가 끓었다. 밥 냄새와 찌개 냄새에 배가 몹시 고파왔다. 그러나 모두들 바쁜 마당에 무슨 까닭인지 나만은 맡을 일이 없었다. '무슨 까닭인지' 하는 말은 틀렸다. 나는 그런 판이 벌어지면 언제나 그 모양이었다. 무엇이든 앞장서서 일을 해치우는 데는 무르춤하며 빠지고 만다. 나는 그런 내 태도가 늘 싫었다. 뒷걸음치는 게 싫으면서도 달려들지 못한다는 그 점에서라면 '무슨 까닭인지'는 틀린 말이 아니다. 그래서 단체 생활은 내게 위안보다는 공포인 것이다.

캠핑이 제자리를 잡고 시간이 흐름과 더불어 나는 내 태도에 거의 끔찍한 절망감을 품게 되었던 것으로 보인다. 이야기의 자세한 흐름은 알 수 없으나, 그 친구와 나 사이에 뭔가 장난처럼 오가던 말 끝에 언성이 높아졌고, 내 입에서 그만 꽁치찌개를 엎어버리겠다는 말이 나오고야 말았다. 꽁치찌개는 우리의 희망이었다. 희망은 성취되지 않을 때 허망을 증폭시킨다. 그래서 우스갯말로 '혹시'가 '역시'를 벗 삼듯이, 희망은 허망을 벗 삼는다. 어떤 부부가 싸움 끝에 아내의 입에서 죽겠다는 말이 나왔고, 그 말을 받은 남편이 죽을 용기나 있느냐고 비아냥거리는 걸 못 참은 아내가 그만 실제로 죽어버린 사건이 있었다. 엎어봐, 엎어봐, 어디 엎어봐. 이쯤 되면 결과는 뻔한 셈이다. 나는 우리의 희망인 꽁치찌개를 기세 좋게 반짝 엎어버리고 말았다. 죽을 테면 죽어보라고 이죽거리는 입 앞에서 죽기까지라도 할 심사처럼 뒤틀려 있었다고, 이제 와서 나는 변명하고 사과한다. 그리하여 바글바글 다 끓어 우리를 기다리던 꽁치찌개는 하필이면 맛도 보이지 못한 채, 꽁치찌개 중에서 내가 유일하게 비극적이라고 기억하는 슬픈 꽁치찌개가 되고 말았던 것이다.

  이야기는 여기서 끝나지 않고 마침내 나무로 옮아간다. 그러고 나서 밥을 어떻게 넘겼는지 모를 일이다. 어둠이 깔리고 있었다. 일행 중 아무도 캠핑의 즐거움을 누릴 사람은 없어져버렸다. 그럴 즈음 냇가에 삭정이며 검불을 모아 모닥불을 놓은 것이 그 친구였다. 추위도 추위려니와 침울한 분위기는 환한 불을 필요로 하기도 했다. 가만히 웅크리고 있을 수 없게 된 나는 그의 옆으로 가서 나뭇가지를 주워다 모닥불에 얹어놓고는 했다. 잘못을 뉘우치는 행동이었을 터였다. 그렇지만 일은 더 엉뚱하게 번졌다. 그러던 어느 순간, 높아진 불길이 느닷없이 옆의 나무 잎사귀들로 옮겨 붙었던 것이다. 상당히 큰 나무였다. 어어, 하고 나는 놀랐다. 옮겨 붙은 불길은 무서운 기세로 번졌다.

그러나 면밀히 살펴보면 어떤 틈새가 있다. 어어, 하고 놀라던 내 마음이 그 틈새를 비집고 휙 선회하면서, 나는 온 나무가 다 활활 불타오르기를 염원했던 것이다. 그가 윗도리까지 벗어 휘두르려는 것을 나는 뒤에서 붙잡았다. 그때까지만 해도 얼마든지 잡을 수 있는 불길이었다. 타게 둬둬. 나는 소리쳤다. 악마의 마음이었던가. 악마의 마음이 불어넣어진 나무는 어떻게 손쓸 겨를도 없이 삽시간에 불길에 휩싸였다. 무슨 나무인지는 몰라도 생나무에 그렇게 손쉽게 불길이 댕긴다는 사실은 믿기 어려운 것이었다. 불타오르는 나무는 조개골을 온통 환하게 비추는 듯싶었다.

"조개골 조개가 다 익겠다. 히히히, 그치?"

누군가 꽁치찌개의 비극도 잊고 히죽거렸다. 하지만 나는 조금도 웃을 마음이 아니었다. 우리는 누구나 불을 보는 체험 안에서는 배화교도가 되지 않을 수 없다는 생각이 고개를 들었다고, 나는 감히 말한다.

유니콘을 만나다 25

불이 다 타버리자 사위는 칠흑 같은 어둠뿐이었다. 그 밤을 어떻게 보냈는지는 도통 모르겠지만, 그로부터 그와 내가 얼마 동안 말 한마디 하지 않고 지낸 것만은 기억에서 지워지지 않는다. 그렇다면, 꽁치찌개니 불태운 나무니 뭐니 하는 것들이 과연 그 일로서만 내 뇌리에 새겨져 있는 것일까. 여기서 나는 한 가닥 부끄러운 실마리를 풀어놓아야 한다. 그렇지 않고는 그것은 한낱 꽁치와 나무에 지나지 않는다. 비록 생명을 '한낱'이라고 한다고 비난받을지라도 말이다. 단칼로 말해서, 거기에 한 여자가 있었다. 내가 사귀던 여자였다. 그런데 용문산으로 캠핑을 가기 얼마 전, 나는 그 여자가 나를 떠나 그와 밤을 보냈음을 알았던 것이다. 불행은, 내가 그 사실을 아는 것을 그가 모르고 있다는 데 있었다. 꽁치찌개를 뒤엎고 드디어 나무를 불태운 것은 그런 맥락에서의 내 열등의식의 결과였다. 바로 이 비열함 때문에 나는 활활 불타오르는 한 그루의 나무를 기억하지 않으면 안 된다.

따라서 그녀를 데리고 그 나무의 기억을 더듬어간다는 발상 자체가 어쭙잖은 짓이었다. 그 나무는 내게는 그런대로 의미가 있었다. 그러나 그에게는 단순한 모닥불이었다. 그러므로 그녀에게도 마찬가지였다. 용문사의 거대한 은행나무라면 또 모른다. 아프리카의 바오밥나무, 미국의 유칼리나무, 인도의 용수(龍樹), 하다못해 일본의 삼나무라도 좋을 것이다. 그런데 나무 이름도 모르며, 게다가 그때 불타서 죽어버렸기 십상인 나무였다.

"그러고 보니 그 친구하고 우리 셋이서 진도에 갔던 게 생각나는군요."

조개골의 입구에서 발을 멈추고 나는 그녀에게 말했다. 그와 내가 그녀까지 동반하고 여행을 했다는 사실이 새삼스러웠다. 생활에 적응하지 못하고 이리저리 떠돌던 그가 마침내 그녀와 함께 살기로 작정한 무렵이었다. 결혼을 작정한 게 아니라 '살기로' 작정했다는 표현을 나는 쓴다.

"아아, 그랬었죠."

그녀가 엷게 미소를 띠었다. 그녀의 미소를 처음 본다는 착각이 들었다. 그 미소는, 진도에 가서 어느 마을에선가 씻김굿을 보았을 때, 그녀가 눈물을 훔치던 모습을 떠올리게 했다. 그리고 그곳에도 공교롭게 '나무'가 있었음을 깨달았다. 긴 무명천 위에 상여가 저승길을 가는 장면에서 몇 번이고 몇 번이고 "나무야, 나무, 나무, 나무, 나무, 나무야" 하고, 천도(遷度)하는 무당의 소리는 아닌 게 아니라 귀기(鬼氣)를 띠고 구성지게 흘렸다. 곡소리는 높아가고, 저승 가는 데도 노잣돈이 필요하다고 돈들을 놓으라며 '나무'는 길게 길게 이어졌다. 나무야, 나무, 나무, 나무, 나무, 나무야…… 나무야, 나무, 나무, 나무, 나무, 나무야…… 그 '나무'가 불교에서 말하는 '나무(南無)'임을 안 것은 훨씬 나중이었다. 나무아미타불이라면 아미타불에 귀의한다는 뜻이라고 했으니까 '나무'는 무엇엔가 귀의한다는 뜻이었다.

한 그루 불타버린 나무의 불똥이 엉뚱한 나무(南無)로 번져 진도까지 넘겨다보게 된 나는 혼란스러웠다. 이 낱말 뜻을 두고 나 나름으로는 뭘 느껴서 제법 패러디한답시고 '불타는 불타(佛陀)의 나무'라든가 '나무(南無)나무' 등의 제목으로 시를 썼던 적도 있었음을 여기에 곁들여 적어놓는다. 퇴물 시인의, 별 소득이 없는 시들이었다.

"바위가 많은 산은 뱀이 많다죠, 아마."

나는 골짜기의 돌들을 가리켰다. 그가 용문산의 뱀에 대해 아무 뜻이 없이 말한 건지 아니면 뜻이 있이 말한 건지 그것도 궁금했다. 그러나 그녀는 뱀은 입에 올리지도 않았다. 그 대신 그녀는 사월인데도 벌써 덥다며, 위에 걸쳤던 재킷을 벗어 팔뚝에 걸치고 담배를 피워 물었다. 풋담배가 아님이 분명하건만, 그녀가 담배를 입에 문 모습은 처음이었다. 어쩌다 골초인 내가 남이 담배 피우는 모습을 바라보는 쪽이 되었단 말인가, 나는 내가 무척 객관화되어 있다는 느낌에 나 자신이 생소했다. 그리고 골짜기의 어디를 어떻게 더듬어갈지 더더욱 막막해졌다.

나무는 무슨 나무, 골짜기뿐만 아니라 산 전체가 전혀 오리무중이었다. 봄 땅 냄새에 새싹 움트는 소리가 들려오는 듯 계절은 확연히 바뀌어 있었다. 하지만 한 그루의 나무는커녕 내가 여기 온 적이나 있었던가 싶었다. 꼬였어도 단단히 꼬인 것이었다.

"이리 올라가는 게 맞아요."

나는 나 자신을 부추겼다. 등산로도 낯설기만 했다. 이왕 내친걸음이니 어디라도 찾아가야 한다. 우리는 걸음을 옮겨놓았다. '그 사람이 단지 스쳐가기만 한 곳'이라는 편한 조건을 그녀 쪽에서 먼저 던져놓고 있었다. 그러니까 아무 부담이 없는 산행임에 틀림없었다. 나무 따위야 없어도 그만이었다. 그렇다 하더라도 나 자신 그 나무를 한번 확인하고 싶은 마음이 언제부터인가 점점 고개를 들고 있었다. 그와 나와 한 여자가 만든 이야기도 한때의 에피소드였다. 그와의 떨떠름한 관계를 털어놓으며 울던 그 여자는 곧 누군가와 결혼해서 미국인가 캐나다로 떠났다.

그런데 '티끌'이 나를 붙잡았다.

이제야 밝히지만, 나는 처음부터 티끌이라는 말이 걸렸었다. 그가 스쳐간 곳이라면 티끌 같은 뭐라도 괜찮다고 그녀는 말했었다. 그 말 때문에 '티끌'을 정말 티끌처럼 불어버릴 수 없었다. 티끌을 검불이나 먼지 같은 말로 바꿔도 마찬가지였다. 얼마 전에 한 강연회에 가서 들은 말이 귀에 맴돌고 있던 것이다. 연사는, 신라시대 의상 스님의 게(偈)에 있다는 말로 강연을 시작했다. 하나의 티끌도 온 세계를 품고 있다(一微塵中含十方)는 말이었다. 연사는 이 말과 윌리엄 블레이크의 시에서 "하나의 모래알에서도 우주를 본다"는 구절과 대비하여 강연을 이끌어가고 있었다, 매우 평범한 강연이라고, 나는 로비에 나와 담배를 피우며 시간을 때웠다. 그 강연을 주관한 모임의 사람들과 만날 약속이 있어서였다. 일미진중함시방이라. 티끌, 모래알, 세계, 우주, 좋은 말이군.

티끌이라는 말을 되새기자 무심코 흘려버렸던 강연 내용이 되살아났다. 건성으로 흘렸던 말이 다시 미늘처럼 나를 꿰고 있는 까닭을 알 수 없었다. 그녀가 말한 티끌은 그만큼 예사롭지 않게 들렸다. 그가 세상을 떠난 지도 일 년이 거의 넘었건만, 그 티끌 같은 흔적일지라도 놓치지 않고 붙좇는 여자가 내 앞에 있었다.

"그가 왜 정사를 제의하지 않았는지 알 수 없어요."

그녀가 풀숲에 버려져 있는 나뭇가지를 주워들며 말했다.

"정사?"

"그래요. 정사, 정을 나누며 나란히 죽는 거 말예요."

그녀가 나뭇가지를 주워드는 걸 본 나는, 나도 장난 삼아 나뭇가지를 지팡이처럼 들고 가서 땅에 꽂아놓았으면 하는 생각이 들었다. 그런 마당에 그녀의 말은 야릇하기보다 메마른 느낌으로 들려왔다. 그 말을 할 때의 음색은, 파릇파릇 새순이 돋아나는 계절에도 지난해의 마른 가랑잎을 그대로 달고 있는 나무가 내는 소리 같기도 했다. 정을 나누며 나란히 죽는 거 말예요. 바스락바스락바스락바스락……

"그 점에서 그 사람은 저를 배반한 거예요."

나는 그가 자살을 했다는 사실을 새롭게 깨닫는 듯했다. 그는 목을 매달지도 않고, 동맥을 끊지도 않고, 열차에 부딪히지도 않고, 수면제를 먹지도 않고, 바다에 몸을 던져 죽었다. 정사라는 말을 듣자, 얼떨떨한 동시에 나 자신의 경우에 비춰 비린 웃음이 머금어졌다. 나야말로 여자에게 정사를 제의한 적이 있었더랬다. 여관방에 들어가 허겁지겁 일을 치르고 난 다음 나는, 우리 이대로 같이 죽어버리면 어떨까 하고 말했었다. 엄밀히 말해 제의랄 것도 없었다. 일을 치르고 나서 담배를 피워 물고 멀뚱히 누워 있으려니, 그제야 혼자 욕심만 차렸다는 생각에 미안했고, 그래서 부담감을 조금이나마 덜겠다고 불쑥 내민 말이 그 말이었다. 앞에서도 말했듯이 전혀 책임 못 질 말이었다. 내 친구와 밤을 지냈다고 눈물을 짰던 바로 그 여자는 하는 수 없다는 듯, 결혼할 사람이 생겼으며 미국인가 캐나다로 가서 살 계획이라고 밝혔던 것이다. 그날 그 여자와 여관에 들어가서 나는 우스꽝스럽게도 정사를 제의했었다. 그러면서도 그 여자와 나란히 누워 숨이 끊어진 채 발견된다는 건 참을 수 없는 일이라고 생각하고 있었다. 더군다나 알몸이라면, 알몸으로 캐나다까지 쫓아가는 것보다 끔찍한 일일 것이었다.

그리고 배반의 문제……는, 좀 복잡한 양상을 띤다. 인생살이의 단맛, 쓴맛을 꽤나 맛보아왔다고 자부하는 나로서는 그것이 인생 전체로 보아서는 상당히 긍정적인 맛이라고 여길 수밖에 없다. 즉, 모든 배반이란, 그렇다고 해서, 인생 자체를 배반하는 것은 아니라고 나는 말한다.

그 나무가 있던 곳은 어림짐작조차 되지 않았다. 물가에 텐트를 칠 만한 공간이 어디쯤이었을까. 내가 두리번거리는 걸 본 그녀가 걸음을 멈추고 가방에서 담배를 꺼냈다.

"여기 어디였나요?"

그녀가 라이터를 켜며 나를 바라보았다.

"아니……"

나는 고개를 저었다.

"여기 어디서 농사를 지으실 거라고요?"

"농사라고 하긴 뭐하지만."

"그 사람도 농사를 지으며 살고 싶어 했는데. 여기 무슨 연고가 있나요?"

"없어요. 다만……"

그때 홀연 천산이 머리를 스쳤다. 땅을 보러 오가다가 바라보았던 눈 덮인 산이 이제까지와는 또 다른 천산으로 바뀌고, 그 아래 오아시스 마을에서 청포도를 가꾸며 사는 사람들의 모습이 눈에 어른거렸다. 살아오면서 나는 늘, 아무도 모르는 머나먼 땅에 홀로 떨어져 외롭게 사는 내 모습을 그려보곤 했었다. 외로움만큼 나를 나답게 하는 것은 없다고 나는 믿었다. 외로움이야말로 삶이 증류되어 맺힌 가장 순수한 이슬이었다.

내 삶의 원류가 거기 있었다. 그동안 내 삶으론 전쟁도 지나갔고, 혁명도 지나갔고, 크고 작은 여러 파탄도 지나갔다. 죽음에 이르리라던 사랑도 지나갔다. 내 안에서 들끓던 정신과 육체의 갈등도, 영웅과 민중의 갈등도 회고의 책갈피 속에 끼워놓은 단풍잎처럼 얇게, 고이 잠들었다. 그리하여 남은 것이 관념뿐이라면, 그 모든 사태는 내 순수의 이슬들을 휩쓸어 격랑을 이루어 흘러간 것이었다. 한 방울, 한 방울의 이슬이 격랑을 이루도록 모질게도 살아온 인생 앞에 스스로 조금은 공손할진저!

그렇다 하더라도 이제까지와는 또 다른 천산은 어떤 천산이란 말인가. 여기서 내가 인도의 북쪽 설산(雪山)이나 그 어름 어딘가에 있다는 수미산(須彌山)을 겹쳐 떠올렸음을 나는 굳이 부정하지 않는다. 내가 '다만……' 하고 말을 잇지 못한 것은 그녀에게 그와 같은 엄청난 산 얘기는 지나치다고 여긴 때문이었다. 사랑하는 남자의 흔적을 좇아 강산을 헤매 다니는 여자에게 천산이며 설산이며 수미산은 웬 뜬구름 잡는 얘기일 것인가. 자기가 불행하다고 여기는 사람에게는 아옹다옹 살아가는 생활의 모습이나 미래에 대한 자질구레한 설계 따위가 마냥 부럽고 고깝게만 보여, 인내심을 괴롭힌다.

잠시 대화는 끊어지고 우리는 말없이 담배를 마저 피웠다.

땅바닥에 담배꽁초를 비벼 끈 그녀는 걸음을 옮기며 뭘 기를 것인가 물음을 던졌다. 귀농을 택하는 사람들이 가장 신경을 써야 하는 게 작물의 선택이라는 것이었다. 신문에서 보았는데, 직장을 잃은 사람들이 귀농 설명회에 참가했다가 사기꾼들이 선전하는 특수 작물에 속아 퇴직금을 몽땅 날리는 일도 흔하다고 그녀는 그녀답지 않게 생활적으로 덧붙였다. 나도 신문에서 읽은 내용이었다. 하지만 말했다시피 '귀농'과는 아예 인연이 없는 나였다. 또 직장을 잃어서 새로운 살길을 찾는다는 식의 농사도 아니었다. 거듭 말하건대, 그것은 오래전부터의 꿈이요, 식물에 대한 내 경건한 귀의의 발로였다. 어려운 현실을 타개하겠다는 것은 둘째 치고 그것은 믿음인 것이다. 바야흐로 나무(南無)인 것이다. 이 마음 상태를 설명하는 데는 얼마쯤 어려움이 따른다. 왜냐하면, 내 나름대로의 삶이 거기 있고, 삶이란 보호받아야 하기 때문이다.

"어디가 어딘지, 이거 어디."

나는 대답 대신 사방을 둘러보았다. 나무를 찾는다는 건 글러버린 일인 듯싶었다. 캠핑 장소고 뭐고가 오리무중이었다.

"걱정 안 해도 돼요. 그 사람이 여기 왔었다는 것만으로도 충분하니까요."

오히려 내가 위로를 받는 형편이었다. 그렇다면 그녀의 목적은 이미 이루어졌다고 해도 좋았다. 그러나 용문산은 그렇다 치고 더 나아가 앞으로 그녀가 정말 그러고 다니지 않겠는지 안타깝고 답답한 마음이었다. 더 이상 그런다면 미친 사람 소리 듣기 알맞은 일이 아닐 수 없었다.

나는 내가 왜 그녀의 질문에 대답을 어물쩍 미루고 있는지 알고 있었다. '어물쩍'이 아니었다. 그녀가 내가 점찍어놓은 땅에 대해 묻거나 퇴직금을 몽땅 날린 사람에 대해 들려주거나 하는 것이 그녀에게는 아무런 흥미도 없는 일일 것이다. 시시콜콜한 생활에 대한 복안은 그녀를 고깝게 할 것이 틀림없었다. 더군다나 내가 꿈꾸는 농사는 정확하게 말해 원예였다. 언제부터인지 갑자기 시장에 나오기 시작한 야생화가 내 첫 목표였다. 그걸 위해 나는 양재동과 종로 5가 꽃시장은 물론 여러 식물원들을 뻔질나게 들락거렸고 이창복 박사와 김태정 박사의 책을 비롯하여 식물도감 종류를 거의 몇 번씩 읽어냈던 것이다. 얼레지, 처녀치마, 바람꽃, 연령초, 개불알꽃, 돌단풍, 앵초, 하늘매발톱, 바위취, 비비추, 꿩의다리, 진범, 노루오줌, 톱풀, 용담, 속새, 박새, 미나리아재비, 노루귀, 조개나물……

"그 친구 있었으면 여기 어디서 같이 농사지으며 살자고 했을 텐데."

 말해놓고 나서 나는 아차 싶었다. 그녀에게는 조금도 위안이 되지 않을 말이었다. 그러나 그녀는 밝은 얼굴로 그거 좋은 일이에요 하듯이 고개를 끄덕였다.

 "그 사람은 아마 옛 역사책에 나오는 꽃 같은 것만 기르는 꽃농사를 했을 거예요. 왜, 선덕여왕의 모란꽃, 암소 끌고 가는 노인의 철쭉꽃, 또 석남꽃……"

 그녀는 말을 멈추었다. 나는 그녀가 말을 멈춘 까닭을 알고 있었다. 석남꽃에 관한 옛이야기를 내가 모를 리 없었다. 아니, 그것은 어쩌면 내가 그에게 들려준 이야기를 또 그가 그녀에게 들려주었을 이야기이기 십상이었다.

 "석남꽃이라……"

 결혼을 앞두고 그만 애석하게 죽어버린 남자가 꿈에 석남꽃을 머리에 꽂고 나타나서, 이상한 예감으로 관 뚜껑을 열어보니 다시 살아났다는 설화였다. 그래서 남녀의 사랑이 기어이 이루어졌다는 것이었다. 가슴 저리게 아름다운 설화였다. 머리에 꽃을 꽂고 그가 다시 살아오기를 기다린다? 설마 그럴 리야 없을 것이었다. 그것은 어디까지나 설화에 지나지 않았다. 아니, 그녀의 꿈속에 그가 설령 그러고 나타난다 해도, 바다에서 싸늘하게 식어 건져져서 재가 되어 흩뿌려진 그에게는 열어볼 관 뚜껑조차 없었다. 그러나 나는 그녀의 얼굴빛에 석남꽃 빛깔이 어린다는 상상을 하지 않을 수 없었다. 석남꽃을 본 적도 없으면서 이렇게 말하는 것에 용서를 바라면서 말이다. 그러나 나는 서정주 시인의 시 〈머리에 석남꽃을 꽂고〉를 자꾸만 떠올리고 있었다.

머리에 석남꽃을 꽂고
네가 죽으면
머리에 석남꽃을 꽂고
나도 죽어서

나 죽은 바람에
네가 놀래 깨어나면
너 깨는 서슬에
나도 깨어나서

한 서른 해만 더 살아볼거나
죽어서도 살아서

머리에 석남꽃을 꽂고

서른 해만 더 한번 살아볼거나

《삼국유사》에 나오는 그 설화를 빌려온 이 시도 나는 그에게 들려준 바 있었으니, 그녀에게도 전달되었으리라 싶었다.

꽃농사는 어느 틈에 그녀가 앞질러 말하고야 말았다. 꽃을 가꾸는 농사와 쌀, 보리, 콩 등을 가꾸는 농사 사이에서 나는 갈등을 느끼곤 했었다. 먹고살기에도 허덕이는 세상살이에 꽃의 사치가 어떻게 비집고 들 틈이나 있는 것일까, 하는 물음이 거기 있었다. 언젠가 소련이 망하고 러시아로 갓 다시 환원되었을 무렵, 그 궁핍과 혼란 가운데서도 시장에 꽃 파는 양동이가 줄지어 있던 광경이 망막에 어른거렸다. 달러와의 환율 때문에 돈 가치가 곤두박질쳐서 웬만한 사람들의 한 달 봉급이 홑 십 달러밖에 안 되는 마당에 일 달러에 두세 송이의 장미…… 모스크바와 상트페테르부르크를 오가는 열차 '붉은 화살'에서 장미꽃으로 마음을 전하는 사람들을 보는 것은 어쩌면 괴로운 노릇이기도 했다. 꽃이란 현실인가 이상인가…… 이런 갈등 때문에, 그 무렵 작은 마당에나마 내가 심는 꽃들은 용의주도하게 구황(救荒)식물이 주종을 이루고 있었다. 이를테면 나리와 백합이 그런 것들이었다. 뚱딴지도 거기에 속했다. 갑자기 세상이 뒤숭숭해져서 사람들이 라면이다 뭐다 사 쟁일 때도, 나는 참나리의 비늘줄기를 쩌서 왕고들빼기나 곰취 잎사귀에 싸 먹으며 며칠은 견디리라 했었다. 산마늘과 무릇과 씀바귀를 캐리라 했었다. 아니다. 마지막에는 애기똥풀이나 천남성이나 앉은부채 따위 독초를 씹으며 빠르게 목숨을 끊으리라 했었다.

나무는 찾을 길이 없었다. 우리는 벌써 골짜기의 물줄기가 끊어져 어디론가 스미고 있는 곳까지 올라와 있었다. 그녀도 나무에 대한 미련은 버린 듯싶었다. 아니, 애초에 그녀는 그 나무를 본 것과 다름없는 마음 자세였으므로 달리 이러쿵저러쿵 할 무엇이 없었다. 나는 뒤돌아서서 우리가 올라온 길을 굽어보았다. 그러자 갑자기 현기증처럼 다가오는 풍경 앞에 머리가 어질거렸다. 나는 하마터면 '아!' 하고 소리칠 뻔했다. 그것은 올라오는 동안 전혀 예상치도 못했던 광경이었다. 나는 펼쳐진 광경이 사실인가 싶어 손으로 눈을 비볐다. 그래도 그 광경은 더욱 또렷해질 뿐이었다.

처음에 나는 그것이 마치 무수한 뱀들처럼 보였다. 용문산의 그 많다는 뱀들이, 몸은 누렇고 대가리는 초록색인 무슨 뱀들이 떼 지어 꿈틀거리며 솟아오르는 것만 같았다. 그러나 그것은 온통 초록으로 불타오르는 나무들의 행진이었다. 행진이 아니라 비산(飛散)이었다. 그것을 평범하게 초록빛 새싹들이 움트는 것쯤으로 폄하해서는 안 된다. 그 새싹들은 초록의 불꽃이었다. 내 눈이 순간적으로 어떻게 되었다고 해도 어쩔 수 없는 노릇이다. 그 불꽃들은 활활 불타오르며 마치 이 세상에는 없는 어떤 우주적인 비밀 의식을 치르는 것만 같았다. 불타오르면서도 살아 있는 나무들은 높고 높은 천산 위 하늘을 날아 우주를 향해 생명의 빛을 뿜어대고 있었다. 천산 위 하늘, 설산 위 하늘, 수미산 위 하늘을 날아 그 나무들은 거대한 지팡이로 꽂혀 새로운 생명을 노래하는 듯했다.

"이제 그 사람을 향한 순례는 끝났어요."

그녀의 말을 나는 떨리는 마음으로 듣고 있었다. 그 '순례'는 그가 '단지 스쳐가기만 한 곳'까지 이어졌다. 그러나 그것은 단순한 순례가 아니라, 이를테면 오래전에 불타버린 나무를 되살리는 비밀 의식이었다. 그렇게 말하는 그녀에게서 예전의 그 인도의 왕녀의 모습을 본다고 나는 생각했다. 이 모든 것이 착각이든 환상이든 조금도 문제될 게 없다는 판단이었다. 문제는, 그녀가 간직하고 있는 사랑이었다. 그 사랑이 나로 하여

금 도리 없이 환각, 환청을 불러일으킨다 해도, 나는 달게 받으리라고 이미 각오하고 있었던 성싶었다. 남의 사랑에 내가 이토록 허물어질 줄은 꿈에도 생각 못한 노릇이었다. 불타서 죽은 나무가 사랑의 지팡이가 되었다가 하늘에 꽂혀 움튼 결과였다. 그녀가 하늘에 꽂은 사랑의 지팡이였다.

나는 그녀를 마주 볼 용기가 나지 않았다. 그녀의 주술에 의해 나 자신조차 불타오를 것만 같았다. 나는 나도 모르게 '나무야, 나무, 나무, 나무, 나무, 나무야……'를 계속 입속으로 읊조리며 온몸을 죄고만 있었다.

나무야, 나무, 나무, 나무, 나무, 나무야……

유니콘

쏟아지는 비는 멎을 기세가 아니었다. 그러나 나는 방구석에서 탈출하지 않을 수가 없었다. 지난 며칠 동안은 하루 종일 냇물에 누워 있는 느낌이었다. 집 앞을 흐르는 도랑에 흙물이 콸콸 넘쳐 넘실거리며 물길 옆 둔덕을 오르내려 어디까지가 물길인지조차 구분이 없어질 때면, 불과 몇 미터 상관으로 낮은 문턱에 의지하고 있는 그 방은 그야말로 물 위의 방이었다. 그러니까, 그 물 위의 방에 누워 있다는 생각이 다시 냇물에 누워 있다는 느낌으로 옮아오는 것이었다. 게다가 굵어진 빗줄기가 죽죽 내리붓고 있는 데는, 그냥 누워 있다기보다 물속을 허우적거린다고까지 해도 좋을 지경이었다. 그때 나는 영락없는 양서류(兩棲類)였다.

아무리 장마라지만 줄기차게 쏟아지는 비는 유례가 없다시피 했다. 어느 지방에서는 '기상 관측 이래 가장 많은 강우량'을 기록했다는 보도도 있었다. 중국에서도 양쯔 강의 제방이 무너질 위기라고들 떠들고 있었다. 예전에는 들어보지도 못한 엘니뇨라는 것의 영향이라고 했는데, 엘니뇨의 뜻이 아기 예수라니 알다가도 모를 일이었다.

나는 며칠째 빗소리에 고막이 얼얼해져 있었다. 문제는, 그 얼얼함을 어떻게 할 도리가 없다는 데 있었다. 하늘과 땅 어느 한곳 물 퍼붓는 소리 안 들리는 구석이 없이 우르르우르르거렸다. 그러니 나는 그야말로 '방콕'에 간다는 신세로 주로 자리에 드러누워, 우주는 넓으나 거칠기 그지없다고 뜬금없이 중얼거리곤 할 수밖에 없었다. 그곳에 들어갈 때 시장에서 산 간단한 이부자리도 눅질 대로 눅져, 단 한 번만이라도 햇볕에 보송보송 마른 순면 냄새를 맡아보았으면 한이 없을 지경이었다. 그러나 하늘이 언제 비를 멈춰줄지 막막하기만 했다. 그러니 언제까지 기다리고만 있을 수는 없었다. 나는 어떤 비닐하우스를 찾아 나서지 않으면 안 되었다.

비닐하우스라고 짚어 말하지만, 나는 언젠가 들어서만 알 뿐이었다. 장마가 들기 바로 전날이었다. 이웃에서 농사를 짓는 사내가 말하는 걸 나는 방 안에 앉아 내다보며 듣기만 했었다. 방 한 칸 없이 비닐하우스 속에서 살며 고생고생했는데…… 이젠 다 걷어치울 수밖에요…… 사내가 말하고 있는 옆에서 그의 아내는 큰 눈만 먼 산을 바라 껌벅이고 있었다. 모자의 차양으로 그림자 진 얼굴은 쨍쨍 내리쬐는 폭양을 간신히 피하고는 있었으나, 그 눈만은 바위 밑 도롱뇽의 그것처럼 짧게 짧게 빛났다. 유난히 큰 눈에 숨은 도롱뇽 눈이라…… 나는 순간 긴장했다.

내게 아직까지 여자의 눈빛에 긴장할 여유가 남았던가. 나는 도무지 어이가 없어 그만 벌렁 뒤로 누워버렸다. 세상에 지친 나머지 이 용문산 골짜기로 숨어든 내가 아니던가. 몇십 년 동안 나는 세상을 어지간히 헤매 다녔었다. 철이 들기 전에는 이 반도의 아래쪽 여러 지방을 옮겨 다니며 살아야 했고, 그 뒤 나이 들어서는 이 일 저 일로 바다 건너 여러 나라들까지 늦바람처럼 드나들어야 했다. 어린 시절은 몸, 나이 든 시절은 마음, 늘 영양 결핍의 나날들이었다. 마음이 가난한 자는 복이 있나니? 이게 무슨 뜻일까. 자나 깨나 무언가 갈구하며 목말라 하는 마음이 가난한 것인가, 아니면 아무것도 부족한 게 없다고 나태하게 되는 마음이 가난한 것인가. 나는 알 수 없었다. 불행한 인간으로서 살겠느냐, 행복한 돼지로서 살겠느냐는 물음은 젊은 철학도의 해석만큼 그리 단순하게 대답할 것이 아니었다.

내가 맨 처음 밟은 외국 땅 인도네시아의 수마트라는 그 무렵 해외 건설 붐을 타고 우리 근로자들이 정유 공장을 짓고 있는 곳이었다. 커다란 방아깨비같이 몸통을 오르락내리락하는 채유기(採油機)와 별이라는 뜻의 빈탕 맥주와 매미만 한 바퀴벌레와 응당 값이 형편없는 말레이반달곰과 밤하늘 머리 위에 뜨는 남십자성과 도저히 피우기 힘든 풀담배와 어머니에게 맡긴 어린 딸의 사진 등등이 그 시절 나를 지켜준 것들이었다.

그리고 십여 년, 여러 나라를 거쳐 가장 최근에 밟은 외국 땅 중국의 연변은 다들 알다시피 북한 동포들이 굶주려 압록강을 몰래몰래 건너오는 곳이었다. 나는 내 원적지로 되어 있는 함경북도 북청군 신북청면 초리에서 오는 기별을 기다리며 백하(白河)의 어두운 밤거리를 어슬렁거리고 있었다. 그 두 번째 중국행에서 나는 아가씨라는 뜻의 소저(小姐)는 내가 알고 있던 대로 샤오제라고 발음하지 않고 쇼제라고 발음한다는 것, 중국의 우리 동포들이 중국인이라는 사실에 은근히 자부심을 느끼고 있다는 것, 백하라는 지명은 1도백하에서 8도백하까지 있다는 것, 〈유랑가(流浪歌)〉라는 노래가 유행하고 있다는 것, 열차 역 같은 곳인데도 남자 화장실과 마찬가지로 여자 화장실도 아예 문짝이 떨어져나가 훤히 들여다보이게 되어 있다는 것, 조선족의 말로는 도시락을 '곽밥'이라고 한다는 것 등등을 새로 알았다. 백하의 변두리 밤거리는 하늘 높이 뻗은 미인송들이 오히려 외롭고, 멀리 역 광장의 거리 노래 점포에서 조선족들이 불러젖히는 서울 노래가 바람결에 메아리처럼 들려와 더욱 스산하기만 했다. 며칠이 지나도 온다던 기별은 오지 않고, 나는 하는 수 없이 공연히 자꾸만 뒤를 돌아보며 통화(通化)로 떠나는 밤열차의 딱딱한 침대차 칸에 올랐다.

　기별을 가져온다던 사람에게 무슨 일이 일어난 것일까. 심란한 마음으로 화장실 옆에 나와 값비싼 운남(雲南) 담배 한 대를 피워 물었을 때, 그동안 귀에 익은 노랫소리가 들려왔다.

문득 나는 종이와 볼펜을 꺼내, 역시 골초인 듯 흡연 장소를 드나드는 중국인에게 써 보였다. '이 노래의 이름(此歌之名)?' 그러자 그가 곰곰 생각한 끝에 적어준 것이 〈유랑가〉였다. 퀴퀴한 냄새의 만주 밤열차는 여가수의 애잔한 노랫소리를 흘리며 옛 고구려 땅을 달리고 있었다. 조선족 여승무원에게 물어 더듬더듬 알아본 가사는 대충 이러했다.

>천지를 헤매는 사람에게는 집이 없습니다.
>천애지각(天涯地角) 헤매도 외로움뿐입니다.
>아아, 그리움에 사무쳐 불러보는 어머니,
>어머니, 봄 여름 가을 겨울 세월은 변해도
>외로움과 그리움으로 늘 헤매기만 할 뿐입니다.
>……

긴 노래여서, 여승무원도 머리를 갸웃거리며 대충 뜻을 옮기면 그렇다는 것을 내가 다시 꿰어 맞춘 가사이므로 곧이곧대로 위와 똑같지는 않다는 점은 양해해야 할 것이다. '외로움'이니 '그리움'이니 하는 것도 진부한 내 낱말일지 모른다. 그러나 나는 외로움과 그리움, 그것이 오래전부터의 내 화두였다는 사실에 가슴이 시렸다. 그리고 나야말로 〈유랑가〉의 주인공이라고 자처하고 싶었다. 막막한 만주 땅을 아무런 기별 없는 사람을 뒤에 두고 간이역마다 멎었다 가는 단선 철도를 밤새 철거덕거리며 달려보라. 통로에 놓인 보온병에서 식어가는 온수 한 잔 따라놓고 '곽밥'을 열어 목구멍으로 한 젓가락 한 젓가락 넘길 때 목메게 떠오르는 그 얼굴을 바라보라. 아득한 어둠 속 어룽거리는 인불과 같이 객창(客窓)에 흐릿하게 어리는 모습이 자기 자신임을 겨우겨우 읽어보라. 그 외로움과 그리움의 천애지각에 어찌할까 몰라 마음 쓰라려보라!

그리고 중국 동방항공 여객기를 타고 서울로 돌아온 나는 여러 날 몸져누웠다. 몸살에 마음의 열병이 더친 것이었다. 그러면서, 그것으로서 내 지금까지의 모든 헤맴은 막을 내려야 한다고 나는 생각했다. 그렇게 되지 못한다면, 나는 살았으되 죽은 목숨이었다. 나는 우선 서울을 떠나지 않으면 안 되었다. 어떡하든 땅에 뿌리를 박고 농투성이로서 굳세게 살지 않으면 안 되었다. 그것만이 지난 내 삶을 스스로 용서하고 구제받는 길이었다. 지난 세월에도, 우리들 가운데 아무도 민중 아닌 사람 없고 민족 아닌 사람 없는데 괜스레 그런 걸 들먹이는 거대 담론에 염증이 나서 농투성이의 길을 모색하지 않은 것은 아니었다. 그러나 그때 나는 아직 외로움과 그리움이라는 추상(抽象)에 족쇄가 채워져 있었다. 중국 여행이 나로 하여금 깨닫게 한 것은 그 추상을 물리치지 않으면 안 된다는 것이었다. 나는 몸져누워 있는 동안 내내 그것에 시달렸다. 이른바 본심미묘(本心微妙)의 정신은 거기에 있지 않을 것이었다. 무조건 대륙을 무대로 한다고 큰 이야기가 된다면 가장 큰 이야기는 우주를 무대로 하는 이야기일 수밖에 없었다. 따라서, 우주에 관해서 아는 게 없는 나는 차라리 '모래알 하나에서 우주를 보는' 눈을 갖고자 한 어떤 시인 쪽을 택할 것이었다.

열병에서 간신히 깨어난 나는 어느덧 세상일에는 거의 흥미를 잃은 나를 발견했다. 간단히 표현하여, 미주알고주알이라든가 기연가미연가라든가 콩계팥계라든가 시난고난 따위의 신산한 우리말들이 도대체 무얼 알맞추 나타내려고 생겨났나 했더니, 바로 우리네 세상살이의 실상을 좀 더 핍진하게 보여주려는 것이었다. 인생은 그런 시시콜콜한 것이었다! 태어나서 늙고 병들고 죽는 게 인생이었다!

삶이 이토록 경쟁으로써만 보장된다는 데 진절머리가 났다는 게 옳은 말일 것이다. 누가 나를 향해 패배자라고 손가락질해도 좋았다. 나는 서울 것들을 몽땅 청산하고 보따리를 쌌다.

마음먹기까지가 어려운 일이라는 말은 진리였다. 한낱 농투성이가 되리라. 농투성이가 되어, 밭을 갈면서 참선의 경지에 빠진다는 세계에 깃들이리라. 도롱이 쓰고 빗속에 묻혀 흐린 세상을 비껴가리라.

그러나 모든 것에는 절차가 있었다. 알아본 결과, 농지를 사는 데는 나름대로 제약이 있었다. 우선 현지에 살면서 농사를 지을 사람임이 확실한가 증명해야만 한다는 것이었다. 그러려면 보름 동안 언제든지 불시에 관청에서 조사하러 나오기를 기다리고 있어야 된다는 것이었다. 그때 증명이 되지 않으면 안 된다는 게 법이었다. 도시에 살면서 농지를 사들여 투기하는 행위를 막기 위한 것이라고 했다. 서울 생활을 채 정리하기도 전에 나는 그 마을에 방을 얻어 보름 동안을 묶여 지내지 않으면 안 되었다. 내 고고한 뜻을 증명해 내보일 길이 달리 없기도 했다. 나는 삽, 호미, 괭이 등 농기구를 사들고 장화, 밀짚모자까지 갖추어, 매미가 목 넘어가게 쨍쨍 우는 한여름의 골짜기 마을로 걸어 들어갔다. 그리하여 보름 동안 정해진 시간과 공간 속에 나의 모든 것은 갇힌 셈이 되고 말았다. 매우 이상한 시간과 공간이라는 생각이 들었다.

군청의 담당 공무원이 언제 모습을 나타낼지는 알 수 없는 일이었다. 그렇게 함으로써 진짜 농사꾼인지 아닌지를 가릴 수 있다는 데야 할 말이 없었다. 유예라든가 유폐, 또 유배라는 낱말이 떠올랐다. 문제는 언제 그가 올지 모른다는 데 있었다. 말하자면 언제 올지 모르는 사람을 기다리는 게 내 일이었다.

그런 마당에 그 이튿날부터 비가 쏟아지기 시작한 것은 다행스러운 일이라고 말해야 한다. 일기 예보를 무시하고 쏟아지기 시작한 비였다. 처음 동쪽의 작은 창문이 얕게 흔들려 지진인가 하고 밖을 내다보니 그리 멀지 않은 구릉들 위로 비가 뽀얗게 몰려오는 게 보였다. 눈 깜짝할 사이에 방 앞에 바싹 다가와 쏟아지는 그것은 낚시터 하나쯤을 하늘에 엎어놓은 듯한 맹렬한 비였다. 한여름 날의 소나기같이 쇄락한 게 어디 있으랴, 나는 모처럼 서늘한 눈매로 도랑 저쪽의 커다란 백양나무 잎사귀들이 비에 씻기며 나부끼는 풍경을 바라보았다. 그리고 오래전 언젠가도 역시 그곳에 그러고 있었다는 착각에 휩싸였다. 비에 젖어 팔랑이는 나뭇잎 한 장 한 장마다 그 무렵의 잊힌 기억이 왜 떠오르지 않느냐며 말하고 있는 것 같았다. 그때 나뭇잎 사이로 노란 비닐 비옷을 뒤집어쓴 여자가 걸어오고 있는 것도 마치 예전의 일이 아닌가 하고 나는 내 눈을 의심했다.

그 여자가 누구인지 짐작하지 못한 것은 노란 비옷 탓임에 틀림없었다. 장화를 살 때 시장 가게에도 똑같은 비옷이 걸려 있었다. 농사를 짓는 시골 아낙에게는 어쩐지 어울리지 않는다는 생각이 들었다. 사실 진보라의 고무장화도 그렇기는 했다. 그러고 보니 그 여자도 바로 그 고무장화를 신고 있었다. 마을에 땅을 보러 드나들 때 나는 어떤 한 부부가 작은 언덕 바로 너머 개를 키우며 비닐하우스 농사를 짓고 있다는 말을 들었었다. 그 남편 되는 사람은 몇 번인가 먼발치에서 본 적도 있었다. 외진 골짜기였으므로 마을의 네 가구 사람들 말고는 그 부부밖에 그곳을 오갈 사람은 달리 없었다. 게다가 나는 이미 그 여자의 눈 속에서 도롱뇽의 눈빛을 보지 않았던가. 그런데도 나는 비옷 여자가 그 부부의 아내라는 사실을 감지할 수 없었다. 비옷 탓이 아니었다. 말했다시피 나는 과거의 어느 장면 속에 놓여 있는 것이었다. 비의 나라, 나무 잎사귀들의 나라에 노란 비옷을 입은 여자가 지나간다······

"큰일났네. 비가 더 쏟아지면."

여자의 목소리가 들려왔다. 주인 아주머니와 이야기를 나누고 있는 모양인데, 주인 여자의 목소리는 웬일인지 들려오지 않았다. 나는 꼼짝하지 않고 그 자리에 앉아 있었다. 이토록 비가 쏟아지는 가운데 찾아온 것으로 보아 뭔가 급한 일인 듯했다.

그 부부가 그 외진 골짜기에 개를 키우러 들어온 것은 뒤쪽 어딘가 산 밑에 자리 잡고 있는 굿당과의 약속을 믿고서라고 했다. 남편이 몰고 다니는 용달차로 굿당에서 필요로 하는 제수들을 실어다 주고 그 대가로 남은 음식을 개먹이로 받는다는 게 그것이었다. 워낙 알려진 굿당이라 늘 음식이 넘쳐난다는 말에 솔깃해서였다고 했다. 주인 여자는 내가 그곳에 들어와 농사를 지으며 살 계획이라고 말하자 의외로 자상하게 일러주었다. 그녀는 그녀의 자상한 설명의 반만큼이라도 내게도 나에 대한 설명을 기대하는 것 같았다. 특히 나의 가족사항에 대해서는 노골적으로 궁금함을 나타냈다.

하지만 나는 아무것도 설명하고 싶지 않았다. 나는 내가 살아오는 동안 알던 모든 사람들을 떠나 혼자 살고 싶었다.

흔히 말하듯이 다 관두고 농사나 짓겠다는 것처럼 단순한 뜻이 아니었다. 나는 결단코 혼자이고 싶었다. 하지만 그것이 아내에게 배반이 되는지 아닌지는 나로서도 오랫동안 궁구해 보아야 할 문제였다. 단지 스스럼없이 말할 수 있는 것은, 세상을 등지겠다는 꿈은 어제오늘 다독여온 게 아니라는 점이었다.

오래전부터 나는 몇 번인가 '모든 사람들'을 떠날 계획을 세웠었다. 한번은 그 계획이 깊은 산속의 절을 찾아가는 행동으로 어쭙잖게 나타난 적도 있었다. 이렇게 아무렇지도 않은 듯 말하곤 있지만, 그때 내가 거의 반미치광이 상태에 있었다는 말도 곁들여놓지 않으면 안 되다. 그러나 그것이 내 길이 아니라는 걸 아는 데는 그리 오랜 시간이 걸리지 않았다. 산속에서 나는 내 가슴속에 그리움이라는 이름으로 남아 있는 세상살이에의 집착에 문득문득 놀라 소스라치곤 했었다. 그래가지고선 될 일도 안 될 일이었다.

산속에서의 생활은 짧으나마 내게 그리움의 정체를 오히려 또렷이 새겨놓고야 말았다. 그로부터 내가 살아온 역정은, 그러니까, 그 그리움의 정체를 찾아 헤맨 것에 지나지 않았다. 촉광도 낮은 사무실 책상에 납작 엎드려 쓰잘 데 없는 서류를 뒤적이던 시간들, 낯설고 물선 먼 나라에서 밤을 새워 원고를 작성하여 DHL로 달려가던 시간들, 영어의 '하우 머치?' 러시아어의 '스콜카 스토이트?' 중국어의 '뛰샤오첸?' 일본어의 '이쿠라데스카?'를 말하던 시간들, 모두 그리움이라는 단 하나의 낱말에 귀속되었다. 삶이란 별게 아니었다. 그리움의 정체를 밝히는 것이었다. 남녀의 교접도 그것이었다.

다시 세월이 지나, 세상을 등지겠다고 해서 내가 그리움이라는 괴물을 퇴치했다고는 여겨지지 않았다. 내가 여전히 그 노예임을 나는 알고 있었다. 그런 만큼, 땅을 보러 다니면서 중요하게 여긴 것은 과연 얼마만큼 세상을 등질 수 있느냐는 것이었다. 내 이웃이 될 주인 여자밖에 내가 상대할 사람이 가까이 없다는 사실이 그 땅을 택하는 데는 큰 뒷받침이 되어주었다. 나온 김에 그 부부에 대한 주인 여자의 말을 더 옮기면, 굿당에서 예상했던 것만큼 개먹이가 나오지 않고, 게다가 엎친 데 덮친 격으로 중국에서 수입 개고기가 쏟아져 들어오는 바람에 머지않아 그곳을 뜨겠다고 한다는 것이었다. 고기값이 똥값이 됐다니까. 인건비는 말도 말고 본전도 못 건졌다니까. 하기야 뭐든지 중국에서 들어왔다 하면 가격이 곤두박질치는 게 정해진 이치였다. 전쟁이 일어났을 때, 사람의 생명마저도 아랑곳없이 무작정 무더기로 압록강을 건너 물밀 듯이 밀고 내려보내는 작전을 했던 나라였다. 비닐하우스에서, 와사비, 생선회 찍어 먹는 거 그거 만드는 풀을 심었는데, 그것두 중국 것 땜에 글렀대.

이런저런 말 끝에, 그녀는 아직 농사꾼이 채 되지 않은 내게 농약병을 내밀며, 씌어 있는 대로 물에 좀 타달라고 부탁하기까지 했다. 그것을 나는 환영 인사로 받아들였다. 남편이 일찍

세상을 떠나고 아들딸들은 다 도시로 나간 뒤, 그녀는 혼자서 옥수수와 감자 따위를 심어 시장에 내다 팔며 그 골짜기의 집을 지키고 있었다. 그녀에게는 시련이겠지만, 그것도 내 마음에 들었다. 번다하지 않을수록 좋은 것이었다. 훨씬 나중에, 그녀가 한글을 읽지 못한다는 사실을 알고 그것도 내 복이라 싶었다.

커다란 백양나무 조금 뒤로 같은 백양나무의 새끼인가 했던 나무는 자세히 살펴보니 자작나무였다. 백양나무는 줄기의 껍질이 전체가 하얗지 않고 군데군데 거무튀튀한 빛과 섞여 있으며, 무엇보다도 잎사귀가 달랐다. 백양나무 잎사귀는 뒤집힐 때마다 은빛의 뒷면이 희끗희끗 드러나는 반면 자작나무는 앞뒤가 그냥 초록일 뿐이었다. 백양나무는 내가 다닌 학교의 상징의 하나로 여겨지던 나무였고, 자작나무는 아내와 처음 여행을 했을 때 우리가 잠잔 방의 창밖에서 우리를 밤새 지키고 있던 나무였다. 주인 여자는 백양나무가 너무 커서 자기네 집의 장독대에 그늘을 지우는 게 불만인 모양이었다. 그녀가 내게 한 첫 부탁은 이사를 오면 그 나무를 좀 잘라달라는 것이었다. 그러면 온종일 장독이 햇볕을 따끈따끈 받아 장이 더 맛있게 익을 테니 갖다 먹으라고 그녀는 말했다. 내게는 장보다도 나무가 더 중요하다고 말하고 싶었다. 백양나무와 함께 자작나무가 내가 농사를 지을 땅의 경계를 나타내며 서 있다는 사실에서 삶의 어쩔 수 없는 굴레를 느끼며 숙연해지는 내 마음이 나는 좋았다. 나는 아무 말도 하지 않았다.

마지막으로 학교 강의를 끝내고 백양나무가 다 잘려나간 '백양로'를 걸어 나오면서 이제 다시는 강의실 따위는 기웃거리지 않겠다고 다짐했었다. 세상을 헤매 다닌 것이 그러했듯이 누구를 가르친다는 것도 다 부질없는 짓거리에 지나지 않았다. 달리 살아가지 않으면 안 된다. 한번 들어가면 나오지 못한다는 수도원 이야기도 떠올랐다. 달마의 토굴 이야기도 떠올랐다. 백양나무는 밑동이 약한 까닭에 큰 바람에는 잘 견디지 못해 은행나무로 바꿨다는 게 학교 측의 설명이었다. 그러나 백양나무에 대한 추억이 있는 사람에게는 그 설명은 공허한 것이었다. 나는 백양나무 아래서 시를 썼고, 연애를 했다. 자살한 친구와 우정을 나누기도 했다. 그 나무를 내 곁에 두게 됨으로써 나는 비로소 윤회라는 것마저도 아득하게나마 생각할 수 있겠다는 미더움마저 얻고 있었다. 달리 살아가지 않으면 안 된다.

"무슨 일이라도 생겼답니까?"

개집 여자가 노란 비옷을 입고 왔다 간 다음에 나는 주인 여자에게 물었다.

"흙이 무너져서 누구 도와줄 사람이 없느냐는 거지. 그럴 사람이 없지. 그저 집마다 골골하는 늙은이들뿐인데."

주인 여자의 대답에 나는 개집 여자가 나를 바라보고 왔었음을 알았다. 내가 세를 들어 살고 있다는 소문은 확실히 이웃까지 알려져 있는 모양이었다. 당연한 일이긴 했다. 그런데 내가 아예 없는 듯 얼굴조차 내비치지 않자 여자는 그냥 돌아가고 만 것이었다.

수하미인도(樹下美人圖)라는 게 머리를 스쳤다. 나무가 있고 그 아래 아름다운 여자가 있는, 예로부터 전해지는 그림의 한 형식이었다. 그 여자의 얼굴이 제대로 내 눈에 들어오지도 않았고 단순히 노란 비옷만 망막에 어른거릴 뿐인데, 순간적으로 그 여자가 백양나무, 아니 자작나무 아래 서 있는 모습이 허공에 어렸다. 어느 것인지 명확하지 않은 나무는 이 경우 하얀 자작나무로 한다. 포도나무 아래 있는 여자, 석류나무 아래 있는 여자, 매화나무 아래 있는 여자…… 이처럼 예로부터 전해져오는 여러 그림 가운데 하나의 그림이 머리에 그려졌다. 자작나무 아래 있는 여자…… 무슨 변고일까, 알 수 없는 일이었다.

　내게 수하미인도를 가르쳐준 것은 아내였다. 저 그림 형식은 고대 페르시아에서부터 인도와 중국으로 건너와서 우리나라를 거쳐 일본까지 갔대. 역시 고대의 무역로인 그 비단길을 지나왔다는 것이었다. 아내의 말을 들으면서 나는 어디선가 주워들은 대로, 인도 여자의 요염, 중국 여자의 교태, 일본 여자의 간드러짐 같은 표현들을 가져와본다. 한국 여자는?

　비는 쉽게 멈출 것 같지 않았다. 머릿속의 수하미인도를 둘둘 말아놓고 나는 우산을 펴 들었다. 일본에서 들여온 '와사비'는 고추냉이의 뿌리를 갈아 만든 것이었다. 산책을 겸해서 고추냉이밭을 한번 보고 싶었다. 나는 물이 불은 도랑 위에 위태롭게 걸려 있는 통나무 다리를 건너 그 여자가 사라진 언덕 쪽으로 발걸음을 향했다.

　까치수염꽃이 삐죽삐죽 많이 돋아 희게 핀 언덕이었다. 장화를 신었으나 빗줄기에 바지는 무릎 위까지 젖어들었다. 소나무들 사이로 자작나무도 몇 그루씩 눈에 띄었다. 시베리아에서 자작나무 껍질이 여러 가지 공예품의 소재로 요긴하게 쓰이는 걸 보았었다. 작은 장난감도 만들고 상자도 만들고 그 위에 그림도 그렸다. 그리고 그곳에서는 자작나무가 하늘과 땅을 이어주는 신령스런 나무가 되어 제사를 지낼 때 받들기도 한다고 설명되고 있었다. 그 나무에 기도하면 뜻이 하늘에 전해진다는 믿음의 나무였다. 어느 해던가. 대관령 산신(山神)을 강릉 시내로 모셔 내려오는 행사를 보러 갔었다. 사람들이 줄을 지어 대관령 산신각에 올라 제사를 지내고 그 신령스러움이 그대로 깃든 나뭇가지를 꺾어 내려오는 것이었다. 그 나뭇가지가 산신의 역할을 했다. 간단히 말해, 그 산신을 시내의 여신과 만나게 하는 축제가 강릉 단오제라고, 나는 기회만 되면 되풀이하고 있었다. 대관령의 산신나무는 물푸레나무였다.

산신나무를 보러 다닐 무렵만 해도 내게는 많은 꿈이 있었다. 그러니까 굳이 그런 행사를 쫓아다니기도 했을 것이다. 돈과 출세와 명예가 여전히 내 어깨를 짓누르고 있었다. 그 허울을 벗어던지기란 결코 쉬운 일이 아니었다. 세상을 등지고 서울을 떠나 이름 없는 작은 언덕 아래서 자작나무를 바라보는 사람이 바로 나라는 사실에 나는 온몸이 떨리기까지 했다.

노란 비옷이 언덕길을 서성이고 있었다. 그 모습도 자작나무 아래 있는 모습이다, 하는 순간, 나를 발견한 그녀가 행동을 멈추고 나를 뚫어져라 바라보았다. 아마도 내가 마을에 온 것은 알았을지 몰라도 그렇게 맞닥뜨리기는 처음일 텐데 이미 오래전부터 알고 있다는 눈빛이었다. 내 존재를 알 뿐만 아니라 내가 올 것까지 알고 있었다는 눈빛이라는 생각이 들었다. 경계하지 않으면 안 된다. 나는 웬일인지 도사려졌다. 비옷으로 부풀려져서 그렇지 가냘픈 몸매였다. 그 여자는 오도카니 서서 내가 더 다가오기를 기다리고 있었다. 이때 일종의 전율 같은 게 내 몸을 뱀처럼 스쳐 지나가는 걸 나는 분명히 느꼈다.

"다 휩쓸려가도 이젠 그만이에요. 어차피 여길 뜰 거니까."

그 여자는 가볍게 한숨지었다. 한숨에는 나무 잎사귀 마르는 소리가 묻어 있었다. 도와줄 사람을 찾던 여자가 아니었다.

"남편은 어디 갔나요?"

"개 팔러 갔어요. 비가 오면 사람들은 개를 덜 먹죠. 오늘은 못 올 거예요. 어쩜 내일도."

나는 괜한 물음을 던졌다 싶었다. 여자의 표정은 비에 젖어서인지 슬프게 촉촉해 보였으나, 목소리는 매몰차게 들렸다. 나는 더 이상 이을 말이 떠오르지 않았다. 그런 마당에 고추냉이를 보겠다느니 어쩌느니 한다는 건 삶에 대한 모독이 아닐 수 없었다.

"애완견을 하면 어때요? 고기 말고."

나는 조심스럽게 말했다. 여자의 눈에 야릇한 웃음이 감돌았다.

"그런 거보다…… 책에 나오는 무슨 짐승들을 길렀으면 좋았겠죠."

"책에 나오는 무슨 동물이라뇨?"

나는 여자의 말을 알아들을 수가 없었다. 듣기에 따라서는 퍽 자조적으로 들릴 말이었다. 가슴이 답답해지면서 아득해졌다. 꿈꾸는 듯한 말투에 나는 어느 먼 나라에 와 있는 느낌이었다. 동북아시아와 중앙아시아의 낯설고 외딴 오지 마을에서 한 핏줄을 나눈 여자를 만나 길을 물으며, 안쓰러워한 쪽은 오히려 내가 아니던가. 고향을 떠나 온갖 시련을 겪고서도 다소곳이 운명에 순종하며 굳세게 살아가는 우리네 여자들이 거기 있었다. 마당에 옥수수자루를 쌓아 말리며, 고사리를 캐다 삶으며, 무를 썰고 호박을 오리며, 옹기종기 모여 호롱불같이 살고 있었다.

"동물원에도 없지만 책에는 있는 동물들이 있어요. 상상 속의 동물이죠. 전 책을 영화보다 더 좋아해요. 평생을 책만 읽으며 살겠다 했죠. 맥이란 동물을 아세요?"

말하고 나서 그 여자는 문득 생각에 잠긴 표정이 되었다. 나는 그 여자가 조금도 과장해서 말하고 있지 않다고 믿었다. 그러자 들릴락 말락 하게 "맥, 기린, 가루라" 하고 꼽아보듯 하는 말이 들려왔다. 그 여자는 내가 만난 어떤 여자들보다도 세상에서 멀리 떨어져 살고 있는 여자라고 여겨졌다. 내가 그 동물들을 모를 리 없었다. 책에만 있는, 상상 속의 동물들이 맞았다. 맥은 꿈을 먹고 산다더니 그 여자야말로 맥 같은 여자임에 틀림없었다. 여자란 근본적으로 허황된 존재라고 오래전에 이미 단정했었지만, 하필이면 거기서 전형적인 여자를 만나게 될 줄은 정말 뜻밖이었다. 이런 경우를 위해 꿈에도 몰랐다든가 외나무다리에서 만났다든가 하는 표현이 살아 있었다.

"일각수(一角獸)도 있지요. 유니콘, 외뿔 짐승."

나는 알은체하고 기어코 거들고 말았다. 아니, 거드는 정도가 아니라 순간적으로 반발하고 있었다는 게 옳을 것이다. 나는 책이라면 질린 사람이니, 새삼스럽게 맥 같은 헛된 걸 들먹거려서 맥 빠지게 하지 말라는 대꾸가 입속을 맴돌았다. 한 발 더 나아가, 나는 책 읽는 사람을 경멸한다고까지 쏘아주고 싶은 심정이었다.

세상을 등지는 데는 이른바 마음 비우기가 선행되어야 했다. 그러나 외뿔 짐승 앞에서, 그렇지 못한 내 마음은 여지없이 마각을 드러내고 있었다. 빌어먹을 상상 속의 짐승이니 뭐니 하는 터무니없는 게 나를 자극한 결과였다. 그런 등속의 것에 촉발되어 쓸데없이 머리를 굴리다간 마음이 비워지기는커녕 세상 그리움에 멍이 들고야 말 것이었다. 나는 허겁지겁 담배를 꺼내 피워 물었다.

"저도 한 대 주세요. 유니콘은 행운을 가져다준다지요? 그런데 개가 행운을 가져다주리라 했으니. 이런 걸 개뿔 같은 얘기라고 하나요?"

나는 말문이 막혔다. 뾰족했던 마음도 그만 무력해졌다. 더이상 대화를 이어가고 싶지 않은 나는 담배를 건네며 고개를 숙이고만 있었다. 그 여자는 담배를 받아 긴 손가락에 끼우고 내가 내미는 라이터 불을 기다렸다. 그때 언뜻 보니 그 여자의 뺨으로는 눈물이 흘러내리고 있었다. 그것은 누가 뭐래도 빗물이 아니었다. 그제야 나는 우리가 언덕길에서 처음 마주쳤던 그 자리에 붙박인 듯 마냥 서서 이야기를 나누고 있었음을 알았다. 그리 멀지 않은 곳에서 아직 팔려가지 않은 개가 그르렁거리는 소리가 들려왔다. 비는 그치지 않고 내리고 있었다.

고추냉이는 구경도 못하고 내 방으로 돌아온 나는 다시 빗속에 갇혔다. 정황으로 보아 고추냉이는 제대로 자라고 있을 것 같지도 않았다. 그러나 고추냉이가 문제가 아니었다. 뭐가 뭔지 머리가 어지럽다라는 시간이 지나고 그날 밤부터 나는 심한 몸살감기에 앓아누웠다. 비는 다음 날도, 그다음 날도 쉬지 않고 내렸다. 그들 부부, 아니 그 여자가 궁금하기도 했으나, 나는 자리를 떨치고 일어날 수가 없었다. 간신히 주인 여자에게 말해 옥수수와 감자 삶은 걸로 끼니를 때우며, 나는 열에 시달렸다. 시간이 갈수록 그것은 단순한 몸살감기가 아니었다. 그것은 내가 여태껏 살아오던 터전을 버리고 다른 삶을 택하는 허물벗기에서 비롯된 역병 같은 것임을 나는 모르지 않았다. 얼마 동안 정신이 혼미해지는 상태가 계속되기도 했다. 나는 모든 것을 떠남으로써 새로운 삶이 열리기를 진정 바랐다. 그래서 앓고 있는 것이었다. 지난 세월, 부질없이 종종걸음을 치며 먼 곳 가까운 곳 한없이 유랑하고 살아온 역정이 낡은 네거티브 필름처럼 망막을 스쳐 지나갔다. 그런 사이사이에 여자가 흘리던 눈물이 눈에 어릴 때마다 나는 깊이 한숨지었다. 몇 날이 지났는지도 알 길이 없었다.

 그런 어느 날, 느지막이 잠에서 깬 나는 간밤에 그 여자가 다녀갔음을 뒤늦게 깨닫고 퍼뜩 자리에서 일어났다. 간밤에 그 여자는 장독대 쪽으로 난 작은 곁문을 열고 들어와서, 거의 혼수상태에 빠져 있다가 간신히 일어난 내게 느닷없이 책을 빌려달라고 했었다. 누군가가 문을 두드린다고 여긴 순간, 그 여자가 이미 빠끔히 문을 열고 있었다. 내가 가진 책이라곤 단 한 권도 없었다. 그 여자는 방 안을 휘둘러본 뒤 머리맡에 놓여 있던 담뱃갑에서 담배를 뽑아 물었다. 나는 책이 한 권도 없는 내가 그토록 고마울 수 없었다. 그게 뭔지는 알 수 없어도, 지금 여자에게 필요한 것은 책이 아니라는 생각이 들었다. 그렇다면 상상의 동물? 그것도 아니라고 판단되었다. 그런 따위가 아니라, 이 세상에는 엄연히 있되 영원히 이상적인 그 무엇이 필요했다. 그게 과연 무엇일까. 나는 그 여자가 담배를 비벼 끄고, 내 좁은 이부자리 속으로 기어드는 걸 알면서도 아무 말 없이 그대로 누워 있었다. 열이 다시 들끓으며 나는 혼몽한 의식 속으로 가물가물 빠져들어갔다. 여자가 무슨 말인가 속삭이며 내 몸을 파고든다고 느낀 것도 잠깐이었다. 여자의 목소리가 의식 바깥에서 빗소리처럼 들려왔다.

정말 억척같은 비였다. 간밤에 일어난 일이 도무지 믿어지지를 않았다. 여자가 언제 갔다는 것은 물론 왔었다는 사실도 헛것을 본 것처럼 여겨졌다. 무슨 일이 벌어졌는지는 더욱 까마득했다. 그런 중에도 몸이 웬만큼 회복되었다고 감지되는 것만은 고마운 노릇이었다.

오전 내내 안절부절못하고 있던 나는 다시금 빗속을 걸어서 언덕길로 향했다. 그 여자를 만나는 게 두렵기조차 했다. 하지만 가만히 앉아서 하염없이 빗줄기만을 바라보고 있을 자신이 없었다. 그러다가 가라앉을 기미를 보이는 역병이 슬그머니 더치는 날에는 아예 불귀의 객이 되고 말 것만 같았다. 아니었다. 뭐가 어찌됐든 나는 그 여자를 만나야 했다. 만나서 뭘 어떻게 하겠다는 건 전혀 없었다. 그렇다면?

그렇다면…… 그렇다면, 나 역시 책 속의 어떤 이상을 좇아 세상과 등지기로 했는지 묻고 싶었던 것인지 모른다. 평생을 이리저리 기웃거린 삶은 단순히 먹고살기 위해서가 아니라 나름대로 이상의 그림자를 좇아다닌 것에 다름 아니었다. 그런데 그게 역겨워 숨어든 것이 또한 그 역정의 다른 모습이더란 말인가. 한심스럽기 그지없었다.

그들 부부가 그곳을 떠났으리라는 우려가 없었던 것은 아니었다. 눈을 뜨자마자 나는 그 사실이 가장 마음에 짚였었다. 언덕길을 올라가서, 비닐하우스가 반쯤 흙더미에 휩쓸려 황량하게 남겨진 터전밖에는 아무것도 없는 풍경 앞에 섰을 때, 나는 생각보다 내가 덜 놀라고 있음에 적이 안도했다. 그곳은 말 그대로 폐허였고, 유구(遺構)였다. 그 여자가 책을 빌리러 온 것은 한갓 핑계였다. 그런 점에서 내게 책이 한 권도 없었던 것은 잘된 일이었다. 나는 비바람에 날리는 비닐을 밟으며 몇 걸음 서성거렸다. 그들 부부가 거기 살았던 사실도 거짓말처럼 받아들여졌다.

그때였다. 고추냉이가 도대체 어떻게 생겼을까 하고 살피고 있는 내 눈에 뭔가 몽롱하고 아득한 모습이 어른거렸다. 눈을 비비고 자세히 보아도 그 모습은 그대로인 채였다. 무엇일까. 그들 부부가 버리고 간 무엇일까. 어디선가 〈유랑가〉의 애잔한 곡조가 들려온다고도 믿어졌다. 환청이라고 해도 상관없었다. 세상살이의 살벌한 경쟁에 밀려 여기까지 온 사람들이 더 이상 갈 곳은 어디에도 없을 것이었다. 나는 그 여자가 책에 파묻혀, 책에 나오는 동물들과 어울려 노니는 그런 삶을 살게 되기를 진심으로 바랐다. 그러나 그것은 결코 이루어질 수 없는 바람이었다. 다시 열병이 더친 듯 머리가 뜨겁게 달아오르는가 싶더니 심한 어지럼증이 몰려왔다. 그러자 눈에 어른거리던 몽롱하고 아득한 그 모습이 비안개 속에서 언뜻언뜻 모습을 드러냈다. 아, 신음 소리와 함께 나는 그 모습을 응시했다.

외뿔 짐승이었다. 남들이 보았다면 온통 빗물에 젖어 있다고 했겠지만 그것이 눈물임도 나는 알고 있었다. 눈물을 흘리고 있는 외뿔 짐승, 일각수, 즉 유니콘이었다.

비는 줄창 내리고 있었다.

만주(滿洲)의 달빛

하얼빈의 뜻이 무엇인지는 아무도 모른다. 그 인근의 도시 이름들인 차하르나 치치하얼도 마찬가지다. 만주족의 말인 그 이름들의 뜻을 알자면 만주족에게 물어보아야 하겠지만, 만주족은 거의가 이미 중국에 동화되고 말았다고 했다.

어쨌든 오후 네 시에 하얼빈을 출발한 택시는 줄곧 남쪽으로 달리고 있었다. 애초에 그곳 실정을 감안하지 않고 무리한 스케줄을 잡은 데 문제가 있었다. 세계 어디서든 필요하면 택시를 타는 것이 상책이긴 해도, 중국 땅에서 성(省)과 성을 잇는 길을 택시로 달리게 될 줄은 차마 몰랐었다. 그것은 '공리(公理) 육백'의 거리였다.

"공리 육백이오, 육백. 공리란 말 모르시요?"

그 말을 들으며 나는 '공리'가 킬로미터라는 뜻을 알아차렸다. 흑룡강성의 하얼빈에서 길림성의 심양까지 육백 킬로미터라는 것이었다. '크음' 하고 나는 신음 소리를 집어삼켰다. 이럴 때 나도 모르게 스스로에게 해보는 질문이 절로 머릿속을 맴돌았다. 도대체 이건 또 웬 운명의 장난이람? 그리고 곧 뒤를 따르는 말, 그렇다면 달게 받아주마.

운명의 장난이라는 말이 나왔으니 말이지, 이처럼 허망한 말도 따로 없을 것이다. 운명=장난과 같은 등식이 성립되는 걸 누가 호락호락 받아들일 수 있을 것인가. 그러나, 인생살이의 구석구석에 운명=장난의 등식은 갖가지 형태의 보호색을 띠고 숨어 있다. 빌어먹을, 뭔가 잘못되어서 그때부터 에라 모르겠다 하고 중국의 동북 3성을 열차로 여행한다는 계획을 뒤늦게 세운 것부터가 어쭙잖은 일이었다. 일은 연변에서 애초에 뒤틀렸다. 백하(白河)의 어두운 밤거리를 서성거리며 북한에서 올 사람을 초조하게 기다리고 있던 나는 아무런 소득도 없이 돌아설 수밖에 없었다. 그리하여 하얼빈까지의 열차 여행은 시작되었다. "천애지각(天涯地角) 헤매도 외로움뿐"이라는 가사의 〈유랑가〉가 귓전을 흐를 때 '곽밥'을 뜯어 먹으며 캄캄한 창밖을 바라보았다. 그렇게 심양을 거쳐 밤 열차의 삼 층 침석에 누워 흔들리며 도착한 하얼빈 '역두'는 부유스름한 새벽 이 내 속에 무슨 냄새인지 모를 매캐한 냄새를 풍기고 있었다. 옛날 안중근이 일본의 이토 히로부미를 쏘려고 숨어들어왔을 때도 그랬을까. 이런 물음도 잠깐, 나는 새벽부터 부산히 오가는 중국인들 틈에 끼어 서둘러 그곳을 빠져나왔다.

무엇 때문에 동북 3성을 여행하려고 했느냐고 묻는 것은 어리석은 일이다. 그렇지만 나는 중국말로 '동북'을 '둥베이'라고 발음한다는 걸 이미 오래전에 알아두고 있었다. 외롭고 그리울 땐 지도를 펴놓고 뭔가 골똘히 그려보는 버릇은 나 혼자만의 괴벽은 아닐 것이다. 지도를 보는 사람은 꿈을 보는 사람이다. 더군다나 연변에서의 볼일은 그야말로 별 볼 일 없이 되어버린 뒤였다. 그러니까 다시 〈유랑가〉를 끌어와서 말하자면 "외로움과 그리움으로 늘 헤매기만 할 뿐"이었던 것이다.

하얼빈에 도착하여 간이식당에서 만두로 간단히 아침을 때우고 잠깐 동안 쉰 다음 나간 것이 러시아 거리였다. 옛 유럽풍의 로마네스크 건물들 사이로 돌을 촘촘히 박아 포장한 옛길을 걸어가면서 어느 틈에 러시아의 거리를 확실히 느끼고 있었다. 아! 백계(白系) 러시아! 형님, 백계 러시아 여자애들 정말 살결이 투명하게 흽디다. 미국으로 공부하러 간 후배가 러시아 술집에서 보드카를 마셨다며 전화를 걸어왔다. 그렇게,

옛 황제 편에 섰던 사람들을 일컫는 백계는 하얗고 창백한 인종으로 변이되고 있었다. 그러니 '빨갱이'들은 당연히 얼굴이 빨개야만 했다. 나도 모르게 가슴이 알싸해지며 나는 그 백계의 거리를 걸어 나갔다. 돌집과 돌길은 흘러간 연애를 생각나게 한다. 어느 핸가 무작정 서울을 떠나서 겨울을 보낸 그 러시아의 도시들에서도 그랬었다. 모든 지나간 연애는 새로운 연애의 백병전을 위한 제식(制式)훈련이었다. 하루도 빠짐없이 눈이 내리는 가운데 나는 삶의 무게를 직접 느끼고 있었다. 러시아에서는 빵도, 수프도, 야채도, 하물며 커피 한 잔도 삶의 무게를 강조한다. 그래서 러시아의 하늘은 무겁다. 러시아의 돌집과 돌길은 더욱 무겁다. 나는 그제야 돌의 속성이 가둠 혹은 감금이라는 사실을 새로이 깨달았다. 그러니까 누구든 돌 앞에서는 제식(制式)이 될 수밖에 없다는 것도.

러시아 거리의 끝에 무슨 기념탑이 서 있는가 했더니, 그 뒤로 문득 송화강이었다. 송화강도 물론 내가 지도에서 보아둔 강이었다. 강물은 흙탕물이 되어, 마치 오랜 옛적에 죽어 파묻혔던 매머드의 몸통을 씻은 빛깔로 내게 다가왔다. 왜 흑룡이 아니라 매머드인지 몰랐다. 그리고 어려서 교과서에서 읽은 〈송화강 뱃노래〉라는 시의 한 구절이 언뜻 떠올랐다. '에잇! 에잇!

노 저어라. 이 배야 가자.' 국어 교과서의 한 갈피 속에서 방금 살아나온 그 강물을 바라보던 나는 거기 강가에 매여 있는 유람선의 의자에 홀로 올라앉았다. 작은 배에 덮개를 씌우고 양쪽으로 다섯 명씩 앉게 되어 있는 유람선이었다.

이른바 송화강 크루즈였다. 그 시가 나를 그렇게 이끌었는지 모른다. 배가 강 한가운데 삼각주를 돌아가자 작다 싶었던 강은 갑자기 드넓어졌다. 그 강물이 동쪽으로 흘러 여러 냇물을 끌어모아 흑룡강이 되고, 러시아로 들어가 아무르 강이 되는 것이다. 중년의 여자가 모는 작은 유람선은 도도한 물살을 가르며 강을 거슬러 올랐다. 나는 '에잇! 에잇!' 하는 뱃사공의 노 젓는 소리 대신에 엔진 소리를 귓전에 흘리며 캔 맥주를 뜯었다. 어릴 적에 지도에서 보아두었던 흑룡강성 하얼빈의 송화강에 와서 배를 타는 마음은, 그러나 어쩐지 스산한 것이었다. 서쪽의 외몽골과 경계를 이루는 대흥안령에서 발원한 거대한 강에서 나는 어떤 꿈에 젖어 있는가. 나는 내 마음속에 흐르는, 방랑에 대한 유혹에 몸을 움츠리지 않을 수 없었다. 자기 자신조차 도저히 추스르지 못하는 그리움이 거기에 있었다.

그러나 하얼빈 여행은 그렇게 단 하루 만에 끝났다. 이제는 서울로 돌아가는 것이 일일 뿐이었다. 연변에서 기대했던 일이 헛일이 된 다음 만주 벌판을 열차로 달린다는 것이 목적이었으니, 그때까지는 모든 게 그런대로 어렵사리 진행되고 있었다. 그런데 송화강을 뒤로하고 다시 러시아 거리로 나서면서 일은 갑자기 이상하게 꼬이기 시작하고 있었다. 결론부터 말하면, 그제야 열차표를 건네받기로 되어 있었던 것이 잘못이었다.

백하에서 그랬듯이 그곳에서도 약속한 사람은 나타나지 않았다. 낭패였다. 웬일인지 하얼빈에서 심양까지의 표는 현지에서 수소문해도 충분하다는 계산을 했었다. 알 수 없는 노릇이었다. 살아오면서 늘 뒤통수를 때리는 일은, 괜찮겠지 하고 순간적으로 마음을 놓는 사이에 찾아들곤 했었다. 나라와 나라 사이를 오가는 표도 해결된 마당에 그 두 대도시 사이에 열차고 버스고 못 얻어 탈 까닭이 있을까 했었다. 마음을 자기편한 쪽으로 몰고 간 것에 이미 함정은 마련되고 있었다. 그렇게 빠듯한 여행을 갑작스레 뜻한 것 자체가 어처구니없었다.

우리 음식을 하는 식당이라고 해서, 오지 않는 사람을 언제까지고 죽치고 기다릴 수는 없는 일이었다. 덜컥, 걱정이 앞섰다. 안중근 의사나 〈송화강 뱃노래〉에 기대어 그곳을 친근한 곳으로 여긴 마음이 있었다면, 그건 그야말로 착각이었다. 그곳은 중국 둥베이의 한 러시아 거리. 이국의 이름 모를 거리에 홀로 남겨져 있을 때 가슴 저 안쪽에서 번져나오는 외로움의 전율을 몸으로 느끼던 그런 감미로움이 아니었다. 나는 당황했다. 중국은 아직도 내게는 무섭고 으스스한 나라였다. 그 나라의 별별 이야기들은 기이하다기보다는 괴이하다고 해야 옳았다. 아름다움도 언어도단의 아름다움까지 가면 그만 엽기적이 되고 만다.

그러자 심양에서 지켜야 할 하나의 약속이 언뜻 가슴에 와 얹혔다. 여행하는 동안 그리 소중하게 여기지 않은 약속이 왜 하필이면 그런 상황에서 불거지는지 모를 일이었다. 그동안 그 약속은 꼭 지키지 않아도 된다는 정도로 퇴색되어 있는 것이기도 했다. 하얼빈에 이르기 전에 심양을 거치는 동안, 그 하루 동안에 나는 조선족 술집에서 한 여자를 만났었다. 그리고 다시 심양으로 돌아와서 찾아오겠다는 약속을 했었다. 술집 여자와 다시 만나기로 한 약속 따위에 뭐 그렇게 신경을 써, 하고 넘어가면 그만이었다. 그런데 열차표가 삐끗하면서, 그 약속을 못 지키게 될까봐 나도 모르게 안절부절못하게 되고 말았던 것이다. 열차로 제시간에 심양까지 간다고 해서 내가 그 약속을 지킬지는 의문이었다. 그런데 내가 지키려고 해도 상황이 그렇지 못하게 된 것에 문제는 있었다. 문득 그것이 꼭 지키지 않으면 안 될 약속으로 다가온 것이었다.

나는 허둥지둥 서둘렀다. 그녀를 만나고, 그리고 새벽에 심양에서 비행기를 타야…… 몇 번이고 조바심을 치는 말에 식당 주인의 얼굴에는 딱한 빛이 지나갔다. 한국 사람들은 어째 다 저 모양이란 말인가 하고. 버스표도 구할 수 없다는 사실을 확인한 식당 주인은 다시 어디론가 전화를 걸어 택시를 불렀다.

그런데 택시를 타고 '공리 육백' 소리를 듣고 나자 내 몸은 비로소 못 견딜 정도로 허물어지기 시작했다. 그 며칠 워낙 피로가 쌓인 탓이었다. '공리 육백'이든 '공리 육천'이든 어쨌든 중국 돈 칠백오십 위안에 계약이 되어 있었고, 늦어도 그날 자정까지는 닿는다는 계산도 나와 있었다. 자정까지라면, 짧으나마 그녀를 만날 시간은 짜낼 수 있을 것 같았다. 전에도 밤 두 시는 되어서야 술집에서 나왔던 것이다.

하얼빈 시가지를 빠져나와 펼쳐지는 풍경을 나는 겨우 실눈을 뜨고 머릿속에 담았다. 어느새 저녁 해는 사위어가는 석탄불처럼 빛을 잃어 지평선 저쪽에 떨어지며, 잠깐 동안 온 하늘에 살얼음 같은 막을 씌웠다. 세상이 어른어른 비치는가 하더니, 나는 꿈인 듯 생시인 듯 몽롱한 의식에 빠져들었다. 기사가 말하는 공리가 중국의 여배우 공리(鞏利)를 일컫는다는 엉뚱한 생각이 어릿거린 것도 같았다. 결코 그런 조크를 떠올릴 계제가 아니었으나, 중국 영화의 장면들이 차창을 스쳐 지나갔다. 〈붉은 수수밭〉〈홍등〉〈귀주 이야기〉 등등. 그 영화들은 아닌 게 아니라, 공리가 나오는 영화들이었다.

어느 순간이었을까, 왼쪽 차창 위로 둥근 달을 본 것은.

나는 내 눈을 의심했었다. 그것은 내가 이제껏 보았던 달이 아니었다. 나는 정신을 가다듬으며 달을 쳐다보았다. 지평선 위에 떴기 때문이라고밖에는 다른 점을 설명할 수 없겠지만, 달은 어두워가는 사물들 위에 찰랑이는 맑은 물을 담은 대야처럼 떠 있으면서도 한편 낯선 우주 비행체의 모습으로 보이기도 했다.

"저게 달이 맞나요?"

"이렇게 달려도 심양까지 바빠요."

내 말이 잘 안 들렸는지 기사는 상체를 앞으로 당긴 채 쫓기듯 핸들을 움켜쥐고 있었다. 그 모습이 지난 세월 언젠가의 내 모습 같다는 생각을 해본다. 늘 조바심을 치며 어디론가 달려가던 세월이 있었다. 그러다가 그만 인생의 많은 시간을 보내 버린 것이다. 돌이켜보면 나는 혼자서 보낸 시간이 너무나 많왔다. 중등학생 때부터 나는 늘 혼자 어디론가 쏘다녔다. 아니, 초등학생 때부터, 아니 태어나면서부터였다고도 여겨진다. 그러면서도 늘 어디론가 떠나야 한다고 조바심을 내고 있었다. 머언먼 이국땅에서 불온한 책을 읽으며 역시 불온한 연애를 하다가 매독 같은 병에 걸려 얼어 죽는 꿈을 꾸곤 했던 것이다. 깊은 숲 속을 늑대처럼 헤매다가 도시로 돌아와서 따뜻한 굴라쉬 수프에 빵 한 쪽을 찍어 먹는 행복도 빠뜨릴 수 없는 것이긴 했다. 쇼팽이나 드뷔시를 들으며 고국에 두고 온 옛 여자를 생각한다. 여자는 내 간에 좋다고 돌미나리, 돌나물, 인진쑥, 오이, 메밀, 시금치, 감자, 녹두, 구기자, 오미자, 조개를 식단에 끼워놓는다. 그러는 동안 《벽암록》 같은 어려운 책을 읽는다. 그러다가 어느 날 나는 그저 하루하루를 연명해가는 이 모든 것이 어느 주막집 방을 도배한 묵은 신문지의 기사처럼 낡은 인생임을 깨닫는다. 결단을 내려야 한다!

앞으로 무엇을 하며 남은 인생을 보낼 수 있을까, 급히 알아보아야 한다고 나를 다그쳤다. 어디로든 떠나야 한다. 어디든 그곳에서 아예 붙박이로 있겠다는 뜻은 아니었다. 언젠가는 중앙아시아에 갔다가 그곳의 한글학교 선생으로 눌러앉는 것도 괜찮겠다고 생각했던 적도 있었다. 한국 식당이다, 중고 자동차 중개업이다, 옷 장사다, 하고 잽싼 한국 사람들이 이미 몰려들고 있을 무렵이었다. 서역 땅 둔황에 갔을 때 낙타몰이를 하면서 관광 가이드로 사는 것을 꿈꾼 것보다 한글 선생은 한결 실현성이 있는 계획이었다. 중앙아시아에서의 한글 선생이라? 그곳에서 북한 사람들이 물러가고 한글학교는 새로운 선생을 필요로 하고 있었다. 그러나 결국 나는 두 달 동안의 탐색을 견디지 못하고 되돌아왔다. 시장에서 무채나 고사리나 물 대신에 말젖을 사다가 먹은 날 저녁에 나는 한국으로 돌아가야겠다고 마음먹었던 것이다. 말젖처럼 비린 나날을 억지로 견뎌오는 데만 허비한 나날이었음을 깨달았던 것이다.

그런데 이번에는 중국이었다. 그러다가 아무것도 얻지 못하고 발길은 훌쩍 동북 지방의 열차 여행으로 이어지고 말았다. 연변의 중심 도시인 연길에서 얻어들은 것들 중에 엉뚱하게 잊히지 않는 것은 중국 음식에서 진미로 치는 것들, 예컨대 오랑우탄 입술, 코끼리 코, 원숭이 골, 곰 발바닥, 바다제비집, 상어 지느러미 같은 것들과 함께 오징어가 어깨를 나란히 하고 있다는 것이었다. 빌어먹을, 오징어 장수나 해?

"하얼빈에선 오래 살았소?"

"여기서 났어요."

"이렇게 택시를 타고 가는 한국 사람도 있습니까?"

"있어요."

"어떤 사람들인데요?"

"모르오."

기사는 도무지 붙임성이라곤 없었다. 혹시 한국 사람에게 반감을 가진 사람인지도 몰랐다. 같은 민족이라도 한국 사람, 조선 사람, 고려 사람, 남조선 사람, 북조선 사람 등 경우에 따라 달라지는 게 우리 민족이었다. 그 며칠 전 연길에서 밤늦게 구멍가게에 맥주를 사러 갔다가, 구석에 쪼그리고 앉아 술을 마시고 있던 웬 노인으로부터 '한국놈은 가라!'는 호통을 들은 기억이 되살아났다. 하기야 중국에 가서 이런저런 사기 행각을 벌이는 많은 사람들이 매스컴에 오르내렸다. 한국에 일자리를 마련해주겠다거나 사업을 함께 하겠다거나 해서 돈을 우려내는 것은 기본이었다. 나라 땅을 사고파는가 하면 멀쩡한 처녀를 사고팔기까지 했다. 눈 감으면 코를 베어간다는 말은 옛말이 된 지 오래였다. 눈을 빤히 뜨고 있어도 코, 아니, 목까지도 베어가는 세상인 것이다.

택시는 쉬지 않고 달렸다. 만약 달이 없는 밤이었다면…… 하고 나는 위안을 받았다. 헤드라이트를 희번덕거리며 달리는 자동차들 옆으로 펼쳐져 있는 풍경은 암울할 만큼 삭막해서 괴괴할 정도였다. 어둠이 깔리고 있어서가 아니었다. 해가 환한 한낮에도 회갈색으로 뿌연 산야와 역시 뿌옇기만 한 집들은 오랜 옛날의 바랜 풍경이었다. 은허(殷墟)의 어느 하루 거북 등딱지에 옛 문자를 파서 새기던 사람이 그곳에 엎드려 살고 있을 듯도 했다. 그런데 겨울날 대야를 엎어 꺼낸 투명한 한 덩이 얼음 같은 달이 하늘에 떠 있었다.

생김새부터가 퉁명스러운 기사가 마침내 차를 세운 것은 주유소에서였다. 간혹 집들이 거뭇거뭇 나타난다 싶더니 흐린 백열등이 켜진 작은 공터가 있었다.

"기름을 넣어야 하오. 좀 쉬었다 가기요."

그는 말하고 나서 휑하니 어디론가 사라졌다. 무슨 음모라도 꾸미는 사람처럼 보였다. 나는 차에서 내려 모퉁이의 창고인 듯싶은 집 옆에서 오줌을 누었다. 오래 참았다는 생각이었지만, 오줌은 별로 나오지를 않았다. 며칠 퍼먹은 술로 갈증이 심한 뒤끝이라 당연했다. 나는 담배를 피워 물고, 아무도 얼씬거리지 않는 공터를 몇 바퀴 맴돌았다. 그는 어디로 간 것일까. 중국 책들을 보면, 갑자기 어디론가 몸을 감추는 것이 무슨 무예처럼 나와 있었다. 그가 사라지자 나는 손가락 하나 까딱할

유니콘을 만나다 81

수 없이 무력해지는 걸 느꼈다. 이러다가 무슨 일이라도 생기면…… 초조감이 일었다.

줄담배를 몇 대나 피웠을까. 그는 무엇인가 볼멘소리를 혼자 투덜거리면서 나타나서 내게 작은 비닐봉지를 내밀었다.

"이게 뭐지요?"

"목도 마를 텐데, 드시오. 기름 넣는 사람이 없어서 큰일이오."

비닐봉지를 받아들었으나 목이 마른 게 문제가 아니었다. 이러다가 무슨 일이라도…… 하는 막연한 초조감은 생각과는 전혀 다른 모습으로 구체화되고 있었다. 가령 어디선가 마적이나 비적들이 달려와서 나를 그들의 소굴로 끌고 간다거나, 아니면 한술 더 떠서, 사라진 기사가 나를 잡아 만두를 만들 양으로 숨어서 칼을 갈고 있다거나 하는 말도 안 되는 상상력은 그만 거두어야 하는 것이다. 기름이 없으면 끝장이었다. 그는 뭔가 잔뜩 못마땅한 얼굴로 다시 핸들을 잡았다.

무슨 수를 쓰든지 그날 밤 안으로 심양까지 가지 않으면 안 된다. 한국으로 돌아갈 표를 다시 끊을 만큼 돈도 여유가 없었다. 집으로 돌아갈 차비가 없어서 타향 땅, 이국땅을 헤매는 사람들이 없지 않다는 걸 나는 알고 있었다. 먹을 게 없어서 북한 땅을 빠져나온 어떤 사람들은 잡혀서 끌려갈까봐 중국에서 가장 외진 땅으로 숨어들기도 하고 러시아, 몽골, 베트남 등지로 정처 없이 떠돈다고도 했다. 내가 그렇게 되지 말라는 법이 없었다.

굶어 죽을 염려만 없고 목숨만 부지할 수 있다면 〈유랑가〉의 한 가락처럼 정처 없이 헤매는 것도 해볼 만한 삶이라는 생각이 들었다. 낙타몰이꾼이고 한글 선생이고 다 호사였다. 아무도 들어주지 않는, 아무도 들을 수 없는 시 한 줄 우물거리며 도시를 지나고 초원을 지나고 사막을 지나고 산악을 지나고 빙하를 지나고 마침내 이 세상의 가장 끝 마을에 도착해서 낡은 삶 보퉁이를 내려놓고 쉴 때…… 모든 것 놓아버린 이 영육 위에 죽음이 향기롭고 아늑하게 찾아들 때…… 외롭고 그리워서 몸부림치던 젊은 시간들이 꽃비 되어 내 주검에 내리며 대지를 촉촉이 적실 때…… 그리하여 무화(無化)조차도 여여(如如)해질 때……

"……안 되겠시오."

얼마를 더 가서 그는 덜커덕 차를 세웠다.

"왜요? 기름이 떨어졌어요?"

"아니오. 돈을 더 내야 되오."

그는 단호하게 말했다. 알다가도 모를 일이었다. 그와 나는 식당 주인이 보는 가운데 차비를 결정했었다. 듣기로 칠백오십 위안이면 보통 근로자의 거의 한 달 급료에 해당하는 금액이었다. 그런데 또 무슨 영문인지 알 수 없었다.

"아까 다 그러기로 했잖아요."

나는 항변했다. 그러나 그는 뜻 모를 말만 중얼거리며 도무지 막무가내였다. 그의 말을 정리해보면, 가다가 중간에서 다른 차와 연결시켜야 하는데 그런 차가 막상 없으며, 자기 차로 줄곧 가게 되면 차비를 곱절로 내지 않으면 안 된다는 것이었다. 중간에 연결을 하든 뭘 하든 나는 심양 서탑거리의 정창호텔까지 가기로 하고 택시를 탄 것이라고 거듭 밝혔다. 하지만 그의 대답은 한마디로 '안 되오'였다. 더군다나 그 택시로는 심양에 들어갈 수가 없게 되어 있으므로 마지막에는 어떻게든 심양에 들어갈 수 있는 차로 갈아타야만 한다는 것이었다. 우리나라에서도 시와 도의 경계를 따지듯이 무슨 그런 제도가 있는 모양이라고 받아들이기는 하면서도, 어이가 없었다.

꼼짝없이 당할 도리밖에 없었다. 사방을 둘러봐도 희끄무레한 광야의 한가운데, 어디가 어디인지 알 길조차 없는 '공리 육백'의 길 한가운데였다. 길옆으로 드넓게 펼쳐져 있는 밭은 그야말로 붉은 수수밭인 듯도 싶었다. 홀로 택시를 탄 이상 나는 그에게 내 모든 것을 맡긴 것과 다름없었다. 목숨까지도? 하는 극악한 물음이 던져져도 하는 수 없이 고개를 끄덕일 수밖에 없는 것이다. 그 순간 달만이 내게는 유일한 위로였다. 그것이 내게는 가장 낯익고 정겨운 얼굴이었다. '달덩이 같은 얼굴'이라는 말이 떠올랐다.

심양에서 안내자를 따라 찾아갔던 술집의 그 여자 얼굴이 겹쳐 떠올랐다. 그곳 북한 식당 평양관에서 저녁을 먹고 나서 안내자는 조선족 여자들이 있는 술집에 대해 넌지시 말해왔었다. 중국에서는 여자들과 어울려 술을 마시는 술집이 아직 불법인 모양이었다. 그를 앞세워 골목을 돌아 찾아간 변두리의 그 술집은 불빛도 내비치지 않고 음험한 어둠 속에 자리 잡고 있었다. 문을 두드리자 안에서 빠끔히 문을 열고 내다보았다. 사람을 확인하는 듯싶었다. 집 안은 은밀한 기운 속에 어딘지 모르게 긴장이 맴돌았다. 이윽고 내 옆에 와서 앉은 여자는 장백에서 왔다고 자기를 소개했다. 장백이라면 백두산 언저리 땅이었다. 그럼에도 불구하고 나는 그녀가 북조선에서 온 여자라는 생각이 들었다. 그녀는 요즘 유행하는 한국 노래도, 춤도 곧잘 흉내내었다. 노래방도 그렇지만, 한국의 위성방송을 볼 수 있게 되어 한국 것을 그대로 받아들인다는 것이었다. 그러나 술에 취하면 취할수록 나는 그녀가 북조선에서 도망쳐온 여자임에 틀림없다면서 북조선 노래를 불러보라고 눈까지 부라리고 다그쳤다. 그리하여 끝내 얻어들었던 노래가 〈아리랑〉이었다.

아리랑 아리랑 아라리요,
아리랑 고개를 넘어간다.
저기 저 산이 백두산이라지,
아리랑 고개를 넘어간다.

중간에 몇 구절을 빼먹고 기억하고 있는지도 모른다. 그렇다 하더라도 '저기 저 산이 백두산이라지' 하는 구절만은 또렷이 외고 있는 것이다. 이 〈아리랑〉이 과연 북한의 〈아리랑〉 가운데 하나인지 어쩐지도 확인할 길은 없었다. 장백산, 즉 백두산 아래서 왔다니까 그곳의 조선 사람들이 부른 〈아리랑〉일 수도 있는 노릇이었다. 그러나 그게 무슨 상관이란 말인가. 그날 밤 내가 왜 그렇게 꼬치꼬치 캐면서 무슨 밀정처럼 못되게 굴었는지 도무지 알 수 없어서, 나는 그녀와 헤어지고 나서부터 내내 마음 한구석이 힘겨웠다. 그녀가 어디에서 왔든, 책임

지지 못할 바에야 그따위 '거대 담론'을 들이대서는 안 된다. 그런 가운데서 그녀와 손가락을 걸고 얼마 뒤 꼭 다시 만나자고 약속을 한 것도 도무지 못 견딜 노릇이었다.

"오늘 밤 달이 떴나? 달님한테 약속하지. 다음에 만나면 아예 살림을 차리자구."

택시를 불러내 겨드랑이를 부축하며 배웅하러 나온 그녀에게 나는 제법 로맨틱하게 말했다. 한국에서 같으면 '달님'일랑은 들먹이지 않았을 터였다. 그곳은 역시 '이태백이 놀던 달'이 있는 중국이었다. 그녀를 북조선 여자로 몰아세우는 한편, 키스를 한다, 젖을 주무른다, 허벅다리 안쪽으로 손을 쑤셔넣는다, 온갖 짓거리를 다 한 데 대한 보상이 돈 백 위안에 고작 그따위 헛말이었다.

나는 다시 심양으로 가서 그녀를 따뜻하게 안고, 그리고 호주머니를 털어 남은 돈을 다 주는 것으로 잘못을 빌고 싶었다. 그런데 시간은 엄청 늦춰지고, 드디어 돈까지 다 털린 신세였다. 이때 '달덩이 같은 얼굴'로 그녀는 내게 모습을 나타낸 것이다.

그러나 내게 진정한 마음이 아주 없었던 건 아니었다. 그녀를 데리고 중국의 어디 머나먼 변방으로 숨어들어가서 같이

유니콘을 만나다

사는 건 어떨까, 그녀를 옆에 두고 온갖 짓을 하면서도 나는 상상했었다. 호사스러운 상상이라고 매도할 수만은 없었다. 그런 상상은 어쩌면 내게는 상투적이긴 해도 절실한 것이었다. 그녀는 이미 고향을 도망쳐온 여자였다. 따지고 보면 나라고 한들 마침내는 다른 사람이 아니었다. 두 남녀는 구름 아래 멀리 도망쳐서 호호백발이 되도록 숨어 살면서 옛 노래의 한 소절로서 남는다…… 그런 뜻에서 나는 이런 시를 기억한다……

    백발이 되어서도 돌아올 줄 모르는
    구름 아래 도망친 옛 남녀를
    주야(晝夜)로 따른다
    산길 물길 멀고 기막힌
    노래의 편도(便道)
    내 따르며 아득히
    그들이 널어둔 호화로운 그림자에 젖느니
    궤짝 속에 깨어진 노래의
    한(恨)의 부스러기를
    허공처럼 넣어 등에 지고

물론 이 시에서 '나'는 이미 옛날에 도망친 남녀를 따르는 것으로 되어 있다. 그러나 '나'는 '달덩이 같은 얼굴'의 여자와 함께하면서 어느덧 '옛 남녀'와 같은 운명의 남녀로 겹치는 것이었다.

달은 이제 택시의 덮개 위로 떠올라간 모양이었다. 달의 모습은 보이지 않아도 너른 들은 흰 돌소금이 깔려 있는 듯 희게 고즈넉했다. 그것이 일종의 백야(白夜)였다. 러시아의 늦여름 마지막 백야의 어느 날, 한국으로 보낼 원고를 복사하러 갔는데, 뜻밖에 우리말을 더듬거리는 여자가 자기 복사기로 하면 싸게 해주겠다고 나를 이끌었었다. 알고 보니, 그 복사기는 여자가 심부름을 하는 회사의 것을 슬쩍하는 것이었다. 사할린에서 한국인 아버지와 부랴트인 어머니 사이에서 태어났다는 여자는 나중에 러시아 시인 예세닌의 시를 내게 번역해주기도 해서, 한국에 보내는 내 원고에 도움을 주기도 했다. 여자와의 만남은 식물원에서의 키스를 정점으로 갑자기 내리막이었다. 말이 식물원이지 그곳은 폐원에 가까웠다. 실패로 돌아간 혁명은 그렇게 여실했다. 잎사귀의 구멍들마저 뭉그러진 몬스테라들 밑으로 샤스타 데이지가 풀이 죽은 채 피어 있었다. 굳이 식물원에 가자고 한 것은 내 개인적인 취향 때문이었다. 그때 벌써 여자가 이미 떠날 준비를 하고 있었음을 나는 알지 못했다. 그날 식물원이 아니라 내 숙소로 여자를 모시지 못한 것은 러시아에서 저지른 내 실수 중에서도 큰 것으로 여겨진다. 며칠 뒤 복사를 하러 간 나를 어련히 기다릴 줄 알았던 여자는 어느 곳에서도 발견할 수 없었다. 좀 더 치밀하게 연락처를 알아두지 못하는 것이 오래전부터의 나의 허점이었다. 그런 점에서 나는 내 진실을 너무 과신하는 결점을 지닌 사람임이 또 한 번 증명된 셈이었다.

나중에 겨울이 되어, 시간으로 보아서는 한낮인데도 어느새 흑야(黑夜)가 되어 있는 북쪽 동토를 헤맬 때, 어느 길목의 어두운 카페에서 커피를 시키고 '사하르!' 하고 설탕을 주문하면서 나는 사할린 여자와의 키스를 떠올렸었다. 식물원을 나와서 알렉산드로 3세 기념 교회를 지나고 묘지를 지나 운하를 건너 문학 카페에 이르기까지 우리는 내내 손을 꼭 잡고 걸었다. 그때도 나는 여자와 어느 외진 산골짜기로 둘이 들어가 살림을 차린다는 상상으로 흥분되어 있었음에 틀림없었다. 여자로 하여금 회사 복사기에서 복사를 해주고 푼돈을 챙기는 생활을 하게 해서는 안 된다. 겨울이면 자작나무가 활활 타는 페치카 위에 사모바르를 올려놓고 물을 끓이며 여자와 마주 앉아 머나먼 나라 한국의 시인 백석의 시를 읽을 때…… 토마토와 딸기 병조림을 열어 감자 요리에 곁들이고, 몇 잔째 마셔서 떫은 차를 또 한 잔 우릴 때…… 우리들의 조상들이 살았던 땅을 지도에서 짚으며 램프의 심지를 돋울 때…… 밤새 백설기같이 내려 쌓이는 눈으로 밤은 더욱 깊어가고 내가 쓰는 한 줄의 외로운 한글 시가 잠든 여자의 이마에 따뜻한 손을 얹을 때……

그런데 나는 이제 둥베이의 달빛 속을 달려가고 있는 것이었다. 기사의 행태로 보아 또 무슨 일을 겪을지 걱정이었다. 아무 곳에서나 차를 세우고 요구하기만 하는 나는 있는 건 뭐든지 내놓지 않으면 안 된다. 아무리 같은 민족이라도 소용이 없었다. 아는 놈이 더한다는 말도 있었다. 동북 3성 열차 여행?

"몇 시쯤이면 도착할까요?

나는 갑갑한 침묵을 깰 겸 물었다.

"가봐야 되오."

그의 대답을 드는 순간 또 공연히 말을 붙였구나 뉘우쳐졌다. 말했다시피 모든 처분을 그에게 맡겨야 했다. 자칫 잘못 비위를 거스르는 날에는 끔찍한 결과를 맞이할지도 모른다. 설마 만두소를 만들지야 않겠지만, 잠깐 내리게 해놓고는 그냥 내팽개치고 도망칠지도 모른다. 시계는 벌써 자정을 넘어 가리키고 있었다. 남쪽 요령성의 성도 심양을 향해 가는 게 아니라 몽골 쪽 어디로 달려가는 게 아닐까. 그래서 서울에서 한창 팔리는 몽골 맥반석을 캐는 채석장에 팔아넘기려는 건지도 모른다는 잔망스런 생각까지 들었다. 사람은 궁지에 몰리면 별의별 생각을 다 하게 마련이었다. 우스개가 결코 우스개로 들리지 않게 되는 것이다.

  서울은 무덤이었다. 그럼에도 불구하고 내가 왜 이토록 서울로 돌아가는 데 집착하는지 모르겠다는 마음이 일었다. 까닭은 아무 데도 없었다. 다만 일정이 그렇게 잡혀 있다는 것뿐이었고, 그것도 스스로 잡아놓은 일정이었다. 갑자기 서울을 무덤이라고 단언한 데 대해서는 다소 긴 설명이 필요하겠지만, 나로서는 그것도 많이 봐준 표현이라고 해야 할 것이다. 한때 서울 역시 내가 지도를 펴놓고 거리 이름 하나하나를 두루 꿰던 도시였다. 서울로 가서 산다는 것 자체가 꿈이었다. 그러나 중등학교 때 자리 잡은 이래 서울은 참으로 모질고 각박한 싸움터가 되어왔을 뿐이었다. 온전한 것보다는 망가진 추억이 더 많은 도시였다. 아니, 추억이야 어찌 됐든 그만이라 치고, 그러면 현재와 미래는? 암담하기 그지없었다. 그저 돈에 휩쓸려 그야말로 정신을 차리지 못하는 꼬락서니에는 구역질이 나다 못해 혼절할 지경이었다. 얄팍해진 이야깃거리만의 도시였다. 불과 얼마 전까지만 해도 그렇게 극성이던 무수한 혁명가들은 다 어디로 갔단 말인가. 그 시대가 다시금 그리워지기까지 하니 알다가도 모를 일이었다.

달빛은 어느새 택시의 덮개 위에서 비껴 내려와 내 오른쪽 어깨에 내리비치고 있었다. 자정이 지나고 한 시를 지나고 또 두 시를 지나고부터는 시계를 볼 마음조차 일지 않았다. 그녀와의 약속은 끝장이었다. 한국 사람들 약속을 누가 믿어요. 그저 번지르르한 말뿐인 걸 누가 몰라요. 달빛 속에서 그녀의 목소리가 들렸다. 게다가 어차피 전 술집 여자니까요. 나는 '달덩이 같은 얼굴'을 보려고 달을 쳐다보았다. 서울에서였다면 아무런 구속도 없었을 약속이 가슴에 응어리가 되어, 그녀의 얼굴이 자꾸만 눈에 어른거렸다. 그래도 불행 중 다행이라면 새벽 비행기를 어떻게 탈 수 있으리라는 희망은 있다는 것이었다.

심양 서탑거리의 정창호텔에 도착한 것은 새벽 세 시였다. 그로부터 비행기를 타기까지의 과정도 그다지 만만치는 않으나, 생략해도 좋을 것이다. 중국 북방 항공기를 타고 무덤의 도시 서울에 돌아오는 마음은 허탈하기 그지없었다. 여행치고는 참으로 어처구니없다고나 할 빈 껍데기 '둥베이 여행'이었다. 하는 수 없이 서울의 한 귀퉁이에서 죽으나 사나 하루하루를 버둥거려야만 했었다. 저주받은 인생이라는 생각이 들었다. 여자와 둘이서가 아니더라도, 서울을 떠나 어디 산골짜기로 들어가 한낱 농투성이로 살아가야겠다는 생각이 다시금 가슴에 맺혔다.

돌아온 지 며칠이 지나서였다. 그제야 여행 짐을 정리하던 나는 심양의 그 안내자가 준 명함을 발견하고 심심풀이 삼아 전화를 걸었다. 송수화기만 들면 중국과 통화를 할 수 있다는 것만도 새삼 감탄스러웠다. 나는 심양에서 다시 연락을 하지 못해서 섭섭했다고만 말했을 뿐 이러쿵저러쿵 구지레한 얘기는 늘어놓지 않았다. 그도 내가 연락하지 않은 것에 대해 뭐 대단한 일이냐고, 오히려 이런 전화까지 해줘서 고맙다고 받았다. 나는 마지막 인사말로 다음에 만나면 더 즐겁고 유익한 시간을 갖자고 말했다. 그는 즐겁게 껄껄껄껄 웃었다. 그러다가 무엇인가 퍼뜩 떠올랐는지 웃음소리를 죽이고 속삭이듯 말했다.

"그 아이 말입니다. 선생님 옆에 앉았던…… 그 뒤에 가보니 북조선으로 끌려갔답니다. 북조선 처녀 맞아요. 선생님, 어찌

그렇게 잘 아셨어요?"

 나는 그의 말이 채 끝나기도 전에 전화를 끊었다. 북조선으로 끌려가서 어떻게 되는지는 신문이며 텔레비전에 여러 차례 보도되었었다. 죽음, 혹은 그에 버금가는 형벌이었다. 어떤 사람은 철사로 코를 꿰어갔다고 하는 말도 있었다. 빌어먹을. 나는 나도 모르게 신음 소리를 머금었다. 아니 '빌어먹을'이 아니었다. 씨발, 좆같은. 아니 '씨발, 좆같은'도 아니었다. 나는 이 세상에 있음 직한 가장 험한 욕을 뱉어내려고 안간힘을 다 썼지만 헛일이었다. 목이 꺽꺽 막히더니 욕은 어디론가 사라져버리고 순간적으로 온몸의 피가 다 빠져버리는 느낌이었다. 울부짖으려 해도 소용없었다. 꼼짝할 수조차 없었다. 나는 방바닥에 맥놓고 주저앉아 멍하니 허공을 응시했다. 그때 나는 밤새 자동차 바퀴에 납작하게 깔려 죽은 짐승처럼 목숨의 흔적조차 희미한, 한 장의 박막(薄膜)에 지나지 않았다.

 택시에서 내릴 때, 서녘 하늘에 마지막 지고 있던 둥베이의 달이 그것이었는가. 마지막 '달덩이 같은 얼굴'이 그것이었는가. 그래서 나는 그녀와 함께 어디 먼 곳으로 아무도 모르게 꼭꼭 숨어들어가 살기를 꿈꾸었는가. 그래서, 그래서, 나는 그녀와 다시 만나기로 약속했는가. 그래서, 그래서, 그래서, 그래서…… 약속했는가.

 이제야말로 서울을 떠날 그때가 되었다고, 내 인생은 내게 말하고 있었다. 하지만 약속을 떠올리자 나 스스로가 그렇게 역겨울 수가 없었다.

폐선(廢線) 수첩

 '살아진다'라는 말이 있을 수 있다면…… 그것은 '살아간다'라는 말의 수동형이 되겠다…… 그렇다면 '사라진다'라는 말은 '살아진다'라는 말과 어느 정도 연관을 갖는 걸까…… 나는 문득 상상 속으로 빠져들었다가 헤어나기를 거듭한다. 이건 마치 마른하늘에 자맥질을 하고 있는 꼴이군…… 얼마나 기막힌 삶이면 살아진다고 표현되는 삶이란 말인가…… 그렇다면 차라리 사라진다고 말해버리는 게 낫지 않을까……

 케이블 티브이의 교통관광방송(TTN)에서 새삼스럽게 수인선 협궤열차에 얽힌 이야기를 찍으러 가겠다고 내게 안내자 겸 해설자로 나와달라는 교섭이 왔을 때, 퍼뜩 나는 떠올렸다. 그 열차가 이미 일 년 전에 운행을 중지하고 '사라진' 열차라는 건 저희도 압니다만, 그러니까 더욱 같이 가주셔야……
피디(PD)는 '사라진'을 강조했었다. 물론 나는 그 열차가 지날
적이면 쇠바퀴가 철로를 굴러가는 잘그락 소리마저 들리는 곳
에서 꽤 오랫동안 살았었다. 그런 소문을 어찌어찌 들은 피디
가 그 언저리 장면을 담는 데 나를 곁들이고 싶어 하는 것이었
다. 그 열차가 사라지기 전에 나는 그곳을 떠나왔었다. 즉, 나
역시 그곳으로부터 '사라진' 것이었다. 그런데, 그래서 더욱 적
격이라고 여기고 있는 모양이었다. 사라진 것을 회상하기 위
해 사라진 사람을 초대한다? 나는 왠지 아득하고도 묘한 감정
에 휩싸였다.

  그 열차가 사라진다는 사실은 예고되어 있었다. 따라서 마
지막 운명이 언제 있으리라는 것도 정해져 있었다. 하루에 두
번밖에 오가지 않던 열차였다. 거기에 맞춰 뭐 그리 대단한 일
이라고 신문, 방송까지 보도들을 하고 있었으니, 그 보잘것없
는 실세에 비해 퇴역식은 자못 거창했다. 아닌 게 아니라 내가
그 마지막 열차를 타보기 위해 집을 나섰던 것도 신문 보도를
보고 나서였던 것이다.

  피디와 대충 약속을 하고 전화를 끊은 나는 마지막 열차를
타러 갔던 때를 마치 아득한 옛날을 회상하듯 돌아보았다. 그

때 신문들은 "수인선 협궤 열차 역사 속으로"라거나 "추억의 협궤 열차 마지막 경적"이라는 등의 제목을 달고 "1973년 3월 처녀 운행을 한 지 58년 만에 역사 속으로 사라진다"는 상자 기사를 제법 큼직큼직하게 싣고 있었다. '아듀'라는 표현을 쓴 신문도 있었다. 1995년 12월 31일 저녁 여덟 시에 마지막 출발을 함으로써 '아듀'였다.

'아듀'라는 말에 이끌렸는지 나는 그 마지막 열차를 꼭 타야 한다고, 마치 무엇에 쫓기듯 집을 나섰었다. 예전에 출판사에 다닐 무렵 학습 교재를 만들면서 떠날 때의 인사말을 나라별로 예시하는 항목에서 왜 우리나라에는 아듀니 아디오스니 사요나라니 하다못해 굿바이니 하고 쌈빡한 이별의 말이 없을까 아쉬워했던 기억도 떠올랐다. 잘 가. 또 보자고. 안녕히 가십시오?

전철을 타고 서울을 벗어나자 그 열차 가까이 살던 날들에 나를 스쳐간 물상(物象)들이 머리 곳곳에서 되살아났다. 그것들은 갈매기, 까마귀, 아기 돌고래같이 가까운 동물에서부터 공룡, 코끼리새, 그리핀 같이 먼 동물까지 이어지며, 또 엉뚱하게 늦가을의 빨간 나문재 잎이나 퉁퉁마디 줄기 등으로 피어나기도 했다. 그리고 내가 사랑했던 물줄기들과 산언덕들이 갯벌 쪽으로 나아가는 곳에 사자발쑥과 갈대와 엄나무가 자라는 내 영토가 있었다. 하기야 내가 그곳을 떠난 다음에 바다를 막아 완성한 호수에 폐수가 흘러들어 온통 썩어가고 있다고 신문마다 떠들고 있는 것을 모르는 바 아니었다. 그러나 그 썩은 호수조차 내게는 예전 망둥이와 달랑게가 놀던 살아 있는 갯벌로 보이는 것이었다. 그러므로 나는 사실 그곳에 현실적으로 발을 디뎌서는 안 되는 몸인지도 몰랐다. 아니, 결코 그럴 수도 없는 몸이라고 하는 게 옳았을 것이다. 그곳에 관한 나는 현실을 현실 그대로 받아들일 수 없는 사람이었다. 과거의 모습이 현재의 모습을 가리고 있었던 것이다.

괭이갈매기가 끼룩거리며 날고 있는 갯벌 옆에는 이상하게도 까마귀들이 많이 모여들기도 했었다. 그리고 여섯무날 새우를 잡는 그물에 걸려드는 아기 돌고래가 눈을 감고 죽은 채 배에 실려오곤 했었다. 언젠가 한번은 그 열차를 타고 가다가 입구 쪽 조금 넓은 공간에 놓여 있는 무슨 마대 자루 위에 무심코 걸터앉았는데, 엉덩이에 물컹 하고 닿는 느낌에 놀라 일어나지 않을 수 없었다. 그 안에 들어 있었던 것이 바로 아기 돌고래였던 것이다. 불고기를 해 먹으면 기가 막히지요. 전골도 좋고요. 그렇게 말하는 사람의 앞에서 누군가는 예전엔 저

건 먹지 못하는 걸로 쳤었다고 말하고 있었다.

돌고래를 싣고 가는 그 열차는 어느새 과거와 환상으로 이어져 공룡의 모습으로 변하고, 그 철길 옆으로는 코끼리새가 살고 있는 숲이 길어지고 있었다. 그리고 새의 머리에 날개 달린 몸통은 짐승인 그리핀이라는 이름이 나타나고 있었다.

그리하여 나는 봉(鳳)이나 황(凰) 같은 상상의 동물 그리핀이 실제 내 앞에 모습을 드러냈음을 어떻게든 설명하지 않으면 안 되는 곤경에 처하게 되었었다. 그래서 나는 그 풍경 속으로 가는 익숙한 길을 더듬어야 했다. 나는 현실적으로 마지막 열차의 전별식을 맞이하고 있는 것이었다.

언젠가 동해안에서의 광경도 떠올랐다.

멀리 바다는 연무에 가렸고 바람이 골안개를 양 떼 몰듯 등성이 너머로 몰고 있었다. 길은, 바다와 산으로 이무기처럼 구불구불 살아나는 길은, 그 센 바람을 맞아 한 마리 용으로 승천하여 무지개를 띄우려는가보았다. 바다와 산과 하늘이 하나가 되는 길인 것이다.

산모롱이 길 누가 밟아 저리 갔을까.

쑥부쟁이, 여뀌, 망초, 패랭이, 엉겅퀴…… 우거지고, "윤사월 해 길다 꾀꼬리 울면/산지기 외딴집 눈먼 처녀"가 그리움에 못 이겨 "문설주에 귀 대고 엿듣고 있다"는 봄길. 나도 그 길에서 까닭 없이 가슴이 저민다. 만난 사람 어김없이 헤어지며(會者定離), 살아 있는 우리 어김없이 죽는다(生者必滅)는 말을 누가 굳이 하고 있는가. 길은 언제나 그리움으로 생명의 만남을 속삭이는데…… 그 만남 가운데 이미 떠남이 깃들어 있다고 누가 굳이 일깨우는가……

"그리움으로 생명의 만남을 속삭이는 길"이라고 해놓고 금방 "만남 가운데 이미 떠남이 깃들어 있다"고 말하면서 나는 그만 멈춘다. 태어남 가운데 죽음이 있다고 나는 말하고 있지 않은가. 아직은 그렇게 말해져서는 안 되었다. 계절은 봄에 대해 말하고 있었지만, 실제로 내가 열차의 마지막을 보기 위해 겨울의 한복판에 서 있기 때문이었을까. 시간적으로 그런 데다가 공간적으로는 아직 고향 땅에 머물고 있지 않은가. 틀려먹었다, 하는 외침이 머릿속을 가득 채웠다. 태어남 가운데 죽음이 있다는 섣부른 철학을 그 누가 말하지 못하랴.

이래가지고는 코끼리새가 날고 공룡이 어슬렁거리는 곳으로 가서 그리핀의 모습을 발견하기는 애당초 글러버린 노릇이었다. 그러기는커녕 단 한 발짝도 떼어놓을 수 없는 지경에 이르고 말 것이다. 절망이 돌개바람처럼 나를 휩쌌다. 뭣? 만남 가운데 이미 떠남이?

　내 빛바랜 낡은 수첩에는 누구의 것인지도 모를 전화번호들과 함께 백과사전의 한 구절이 베껴져 있었다. 서울로 다시 돌아온 지 벌써 몇 년째, 그런데도 나는 예전 수첩을 아직 그대로 가지고 있었다. 하지만 나는 그것이 그토록 빛바랜 수첩이라고는 생각하지 않았었다. 이제는 해마다 수첩을 다시 옮겨 적을 만큼 새로운 무엇이 없어서인지도 몰랐다. 고맙게도, 나는 늙은 것이었다!
　그러나 어찌된 노릇인지 알 수 없었다. 그때 수첩을 펴 든 나는 비로소 그것이 너무도 낡은 것이라는 사실을 발견하고 놀라지 않을 수가 없었던 것이다. 정말 형편없이 낡고 빛바랜 수첩이었다. 언젠가 전쟁기념관에 가서 예전 학도병으로 나갔다가 죽은 젊은이의 수첩을 본 적이 있는데 그보다 더하면 더했지 결코 못하지는 않았다. 그 사실이 왜 이제야 눈에 환하게 드러나는가. 그는 당황했다. 그와 함께 내 모습도 확연히 늙게 부각된다고 느껴야만 했다.
　그러므로 나는 그 빛바랜 낡은 수첩 속에서 그 열차를 만나야 한다고밖에는 표현할 수 없다는 생각이 들었다. 그 열차가 바로 그날로 운행을 멈춘다는 사실은 결코 우연이 아니었다. 철도 당국에서 그렇게 정해서가 아니라 이미 내 수첩 속에서 그것은 운행을 중지하고 있었다.

그래서였을까.

어느새 어둠이 짙은 겨울밤에 마지막 열차를 배웅하러 간 나는 그야말로 '배웅'하는 것만으로 발길을 돌리고 말았다. 마지막 열차를 타리라 했던 생각이 그만 사라져버렸던 것이다. 과거가 현재를 가리고 있는 이상, 빛바랜 낡은 수첩만이 있는 이상, 내가 가야 할 길은 그것이 아니었다. 나는 폐선(廢線) 열차를 향해 손을 흔들었고, 열차는 어둠 속으로 떠났다. 그 열차 안 흐린 불빛에 예전 헤어진 여자가 문득 모습을 보였다는 것도 수첩 속에 잠들어 있는 사실이었다.

그리고 어느덧 여러 해, 여러 해의 세월이 지나 있었다. 그런데 새삼스럽게 그 빈자리로 초대를 받았던 것이다. 물론 나는 적격이 못 된다고, 이젠 서울에도 살지 않고 양평의 산골짜기로 와서 숨어 살고 있다고 몇 번이나 고사를 했지만 피디는 막무가내였다. 결국은 자기가 학교 후배이기도 하다는 말까지 꺼낼 때쯤에는 나도 거절하기에 지쳐 있었다. 그리하여 나는 다시 그 열차의 흔적을 찾아 나설 수밖에 없었던 것이다.

유니콘을 만나다 103

아는 사람은 알겠지만, 영상 매체에서 가장 눈독을 들이는 것은 소위 그림이 되느냐 하는 말로 요약된다고 했다. 학교 후배라는 피디도 당연히 그랬다. 전철역에서 만난 그는 다짜고짜 그림이 될 만한 곳이 어디 있겠느냐고 물었다. 그런 말을 예상하지 못한 건 아니었어도 나는 갑자기 막막해지지 않을 수 없었다. 순간 나는 '그건 다 낡은 수첩 속에 있는데' 하는 대답만이 입안에 맴돌았다. 그러자 마지막 열차를 배웅하러 갈 때 가지고 있었던 수첩을 아직도 그대로 가지고 있다는 사실에 나는 놀랐다.

작은 열차는 논밭 사이를 달려 도시의 옆구리를 거친다. 군데군데 갈대가 우거진 웅덩이가 스쳐가고 멀리 바닷가 갯벌이 바라보인다. 마치 태양이 소금을 굽듯 땀방울이 맺힌다. 아니, 실제로 땀방울이 맺히는 것은 추억을 위하여 우리들이 굽고 있는 스스로의 삶일 것이다. 이윽고 염전으로 가는 길이 나타나고, 어디선가 갯내에 묻혀 갯풀 꽃향기 같은 향기가 실려온다. 바다 속에서 동물들과 식물들이 내보내는 숨결인지도 몰랐다. 박제가 된 추억을 아시나요? 그러나 그 박제에 생명을 불어넣는 숨결이 있는 것이다. 추억이 되살아나지 않을 때, 삶은 아득한 타인의 것이 되고 만다.

"먼저 어디든 철길 쪽으로 가봅시다."

추억의 한 귀퉁이를 잡고 상념에 젖어 있던 나는 앞장을 섰다. 아닌 게 아니라 그동안 어떻게 변했는지 나부터가 얼른 보고 싶기도 했다. 그 침목들을 지나 봄길, 가을길을 헤매던 무렵이 아른아른 되살아났다. 봄에는 국거리 소루쟁이를 베며 마치 요도에서 흘러나온 말간 끈적이 분비물 같은 즙액을 손에 묻혔고, 가을에는 논가의 마름 열매를 건지며 "마름 따는 저 처녀들" 하고 제법 《시경》의 '국풍(國風)'까지 떠올리기도 했던 들녘이 거기 있었다. 그 길 또한 '그리움으로 생명의 만남을 속삭이는' 길이었던 것이다.

나는 촬영 팀의 봉고 차를 안내해 두 번의 유턴을 거치며, 거의 주차장으로 변해 있는 옛 역 앞을 비집고 들어갔다. 입구에서 보기에도 철길까지 차들이 꽉 들어차 있는 형국이었다.

"이런 철길이랄 것도 없게 변했군. 그동안에 이렇게 변하다니."

나는 봉고 차에서 내려 망연한 표정을 지었다. 불과 얼마 전만 해도 엄연히 열차가 다니던 곳이라고 하기엔 너무도 뭉개져 있었다. 아니, 뭉개져 있다는 표현은 어느 부분에서는 전혀 적절치 못하다. 자동차와 사람들이 짓밟지 않은 곳의 레일도 벌써 몇 년인지도 모를 오래전에 버려졌던 것처럼 마른 검불에 덮여 검붉게 녹슬어 있었다. 민통선 안에 있는 경의선 철도를, 지나가면서 본 적이 있었다. 그곳 어딘가에 '철마는 달리고 싶다'는 안내판이 세워져 있다고 했었다. 전쟁으로 끊겨 오랜 세월 동안 버려진 철길이나 마찬가지로 그리 얼마 지나지 않은 그동안에 폐허로 변해버리다니, 나는 마지막 배웅을 하던 그 순간마저 배반당한 느낌이었다.

"여긴 안 되겠는데요."

피디가 낭패라는 듯 중얼거렸다. 그러자 촬영기사가 허허 헛웃음으로 맞장구를 쳤다. 예전에도 뭐 그리 매끄럽거나 훤한 철길은 되지 못했었다. 그러나 하루에 두 번일망정 어김없이 다니는 열차가 있었기에, 산속의 길 아닌 길도 사람 다닌 흔적을 어떻게든 지니고 있듯이 레일이 쇠바퀴에 닦인 흔적을 볼 수 있었다. 그런데 레일은 바랭이풀 마디들이 말라 엉킨 아래 버려져 그냥 나뒹굴고 있는 것이었다.

"어디 딴 데 또 없을까요?"

그는 아이템 자체를 잘못 택했나 걱정하는 눈치였다.

"글쎄, 사라진 걸 취재한다는 게……"

나는 공연히 부아가 나려 했다. 철도가 폐선이 되고 나서의 모습을 정말 카메라에 담고자 한다면 녹슬고 뭉개진 저것이어야 하지 않겠느냐고 항변하고도 싶은 마음이었다. 그렇지만 나는 '그림'이 되는 것에 생각이 미쳤다. 그것은 아무리 황량해도 나름대로 어떤 구도가 잡혀야 하였다. 내가 봐도 그 철길은 '그림'이 되지 않았다. 더군다나 방송이 교통 관광 전문이니만치 시청자로 하여금 한 번쯤 가봤으면 좋겠다는 유언 효과를 노리는 게 당연한 이치였다.

"이왕 이렇게 됐으니 잠깐 찍어나 보고 가지요."

그의 말에 촬영기사가 내키지 않는다는 듯 카메라를 돌렸다.

"저쪽 벌판 건너편으로 가면 호수가 있는데, 거기서 열차 소리를 듣는 것도 괜찮았지요. 낚시도 하고 데이트도 하던 덴데."

"호수가요?"

"오래된 저수진데 상당히 크죠."

그 저수지에 바닷물고기인 농어가 있는 것을 나는 알고 있었다. 갈매기도 몇 마리씩 날곤 했었다. 때때로 아마추어 사진작가들이 무리를 지어 와서 사진을 찍기도 했었다. 나는 어떤 여자와 함께 낚시터 매점 앞의 통나무 탁자를 차지하고 삶은 달걀과 라면을 안주로 술잔을 기울인 적도 있었는데, 그때 노을에 젖은 여자의 실루엣이 내게 속삭이던 말이 내 귀에 왜 그렇게 생생하게 들리는지 의아해하던 기억이 새로웠다. 실루

엣의 속삭임이었으므로 분명 현실의 소리는 아니었다. 당신의 영혼은 내겐 너무 무거워요. 그때 나는 엉겁결에 상처받지 않은 영혼이 어디 있겠느냐고, 누군가의 유명한 말을 웅얼거렸을 뿐이었다. 그때 갈매기들도 무겁게 날고 있다고 나는 생각했었다. 그런데도 우리가 함께 살기로 약속한 것은 무엇 때문이었을까.

저수지와 도심 사이로 마치 경계선을 긋듯 열차는 달려가곤 했었다. 봉고 차를 타고, 마로니에 나무를 가로수로 택해 심은 길을 달려가는 동안 나는 어떻게든 예전 모습을 복원해보려 애썼다. 가물치를 잡겠다고 나뭇가지를 끊어 낚싯줄을 매고 낚싯바늘에 미꾸라지 지느러미를 꿰어 수초 위에 낭창대게 담그던 그 봄물 자리는 어디로 갔을까. 수초 위에 알을 낳아 옆에서 지키는 가물치는 미꾸라지가 알을 먹으러 온 줄 알고 공격한다. 미꾸라지를 덥석 무는 순간, 날카로운 미늘이 몸의 목구멍을 채고 마는 것이다. 미꾸라지보다는 개구리가 낫다는 게 정설이었다. 그러나 가물치고 알이고 미꾸라지고 개구리고 다 땅에 파묻은 채, 애기붓꽃이 앙증스레 피어나던 둔덕 위로 덩치 큰 덤프트럭들만 바삐 오가며 택지 닦기에 여념이 없었다. 하기야 그곳을 택지로 바꾼다는 계획은 내가 살던 무렵에 이미 세워져 있었다.

달맞이꽃에 박주가리 덩굴이 유난히 많이 우거져 있던 공터는 아직 그대로 남아 있었다. 그곳을 지나고 얼마쯤 달려가 포장도로를 벗어나 우리는 차에서 내렸다. 그곳 작은 포구는 얼마 전까지만 해도 바닷물이 물길을 타고 드나들어 어시장까지 서던 곳이었으나, 바깥 바다 쪽으로 방조제가 쌓이면서 그저 썩은 하천이 되어버렸음을 나는 들어서 알고 있었다. 언젠가 그 포구에서 고깃배를 타고 가까운 무인도로 가서 소라를 줍고 고사리를 따고 원추리를 캔 적도 있었다.

이제는 손님이 거의 끊겨 문을 닫은 횟집들과 엉뚱하게 남태평양에서 수입한 조개, 고둥 껍데기들을 파는 가게와 낚시도구점을 지났다. 나는 다소 마음이 들떴다. 지금 나를 따라오는 사람들은 뭐 이런 지저분한 구석으로 끌고 가느냐고 할지 모르지만, 내게는 단순히 그런 곳이 아니었다. 앞에서도 말했다시피 나는 과거의 모습을 더듬고 있는 것이었다. 게다가 곧 나타날 아름다운 '그림'을 강조하기 위해서는 상대적으로 추한 장면을 먼저 보여주는 것도 괜찮은 방법일 것이었다. 나는 모퉁이를 돌아 성큼 저수지로 접어들었다.

"여기예요…… 아니, 이런."

나는 발을 떼어놓을 수가 없었다. '여기예요'라는 말은 이제 아름다운 그림이 펼쳐집니다, 하고 짐짓 자랑스럽게 내보이겠다는 뜻이었다. 그러나 '아니, 이런'이라는 전혀 반대의 말이 뒤따를 수밖에 없었던 것이다.

"여깁니까……"

나는 뒤에서 누군가 혼잣말처럼 내뱉는 소리를 들으며, 등이 시린 느낌이었다. 내가 '아니, 이런'이라고 한 말을 그는 들을 필요가 없었을 것이다. 두말할 것도 없이 저수지는 예전의 그 저수지가 아니었다.

그냥 파랗다고 해서는 안 될, 굳이 말하자면 페르시안 블루에 가까운 염료로 가득 차 찰랑이는 것 같다고 했던 그 물은 어디론가 사라져버리고 저수지를 가득 메우고 있는 것은 쓰레기뿐이었다. 허허, 하는 촬영기사의 혀 차는 소리가 다시 들려왔다. 여깁니까, 하고 말끝을 흐리는 가운데 감출 수 없이 틀렸구나 배어나오던 신음 소리가 귓가를 맴돌았다.

"엄청 변했군요. 보세요. 낚시좌대가 나란히 놓여 있는 여기까지 물이 찼었는데."

나는 낚시터 관리인이라도 되는 양 변명하고 있었다. 나란히 놓여 있는 좌대들도 군데군데 널빤지가 내려앉았거나 기우뚱 기울어 있었다. 저수지 밑바닥이 풀밭이 되었던 걸로 봐서 비가 많이 오는 여름철에도 물은 졸아붙어 있었던 게 분명했다. 멀리 바라보니 구정물을 모아놓은 듯 얼마쯤의 물이 가두어져 있기는 했다. 하지만 농어가 뛰고 갈매기가 훨훨 날아다니는, 저 멋진 페르시안 블루의 세계가 펼쳐져 있었다고는 나부터가 도무지 믿기지 않았다.

"곤란한데……"

피디는 고민하는 빛이 역력했다.

"그렇겠죠?"

나는 어정쩡하게 말했다. 나 역시 낭패한 느낌이었으나, 그러나 순간적으로 좀 전에 철길에서도 그랬던 것처럼 이런 망가진 풍경이야말로 후일담에는 더 걸맞은 게 아닌가 항변하는 마음이 뾰족하게 솟아나고 있었다. 젠장, 이 친구들, 그림 되는 걸 예쁜 걸로만 알고 있으니. 나는 갑자기 리얼리티가 어쩌고 하며 한마디 불쑥 말이 튀어나오려는 것을 간신히 눌러 참았다. 리얼리티란 도대체 무엇일까. 나 자신 아직까지도 명확한 해석을 내리지 못하고 있었다. 여기 하나의 의자가 있습니다. 플라톤과 러셀이 함께 의자를 들고 나오는 데서 그들 철학이 시작되고 있었다. 웬 의자? 그런 근본적인 원리를 끌어와봤자 리얼리티까지 도달하려면 까마득할 뿐이었다.

"어디 역 건물 같은 건 없을까요?"

피디가 다급하게 물어왔다. 내가 살던 무렵에도 역사(驛舍)들은 대부분 철거되었었고, 한둘 남아 있는 것도 말이 역사지 돌보지 않은 지 오래되어 퇴락할 대로 퇴락해 있었다.

"그런 게…… 있긴 있었는데……"

나는 도시 외곽을 벗어나 벌판을 향한 곳에 문짝도 없이 버려져 있는 낡은 역사를 생각해냈다. 근처에 비슷한 형태로 민가들도 남아 있어서, 티브이에서 박경리의 《토지》를 미니 시리즈로 찍을 때 그 세트장으로도 쓰였던 곳이었다. 하지만 그곳 역시 그들이 보기에 '그림'이 되는지는 나로서는 판단할 길이 없었다. 할 수 없이 마른 저수지를 배경으로 또 한 장면을 찍고 우리는 발걸음을 돌렸다. 그러자 그 역사 건물이 아직 그대로나마 남아 있는지 의문이 솟았다. 가게에 들러 담배를 사면서 그에 대해 묻자 주인은 "그야 그대로 있겠지요" 하고 당연하다는 얼굴로 나를 쳐다보았다.

"그럼, 그리 갑시다."

나는 그들을 이끌고 다시 봉고 차에 올랐다. 왔던 길을 되짚어 가서 도시를 가로질러 가는 길이었다. 늦가을의 도시는 무엇엔가 조바심을 치며 웅크리고 있는 모습이었다. 내게 예전 도로로 가는 길밖에 모른다고 혼잣말을 하자, 일행 중의 누군가가 지도를 펴 들었다. 그 지도는 여전히 철도를 명확한 선으로 그려놓고 있었다. 그곳도 공단이 들어서 있어서 큰 도로가 바둑판처럼 새로 뚫려 있었다. 지도를 들여다보던 에이디(AD)가 바로 가면 되겠군요, 하고 운전기사에게 말했다. 옛 도로는 기억에서보다 훨씬 초라하게 오른쪽으로 구부러져 예전과는 영판 다른 곳으로 가고 있는 듯이 보였다. 차는 거칠 것 없이 쌩쌩 달려갔다. 공장들이 번듯번듯 들어선 그 공단 자리는 전형적인 시골 마을들이 깃들여 있던 곳이었다. 정다운 언덕들과 시냇물이 내 눈에 선연히 남아 있었다. 그와 함께 번듯번듯한 공장들이 오히려 폐허의 빈집들로 보여져, 나는 허깨비가 눈을 가리지 않나 머리를 흔들어 보이기까지 했다.

민통선 안의 모습도 폐허의 그것이었다. 전쟁 전에 꽤 많은 사람들이 살았다는 흔적은 여기저기 파괴되어 서 있는 건물들에 남아 있었으나, 왠지 공소한 느낌이었다. 어떤 학교 자리는 아무것도 없이 그저 잡목 숲으로 변해 있었다. 그래서였을까, 그 가운데서 특히 눈에 들어와 박히는 것이 있었다. 물가에 싱싱하게 잎사귀를 뽑아 올리고 있는 창포, 밭둑에 샛노랗게 핀 개구리자리와 미나리아재비 같은 풀꽃, 커다란 목련 꽃송이처럼 나뭇가지에 올라앉아 있는 왜가리들이 그것들이었다. 그것들은 그 어느 곳에서보다 빛깔이 선명했다. 그야말로 '생명의 만남'을 운운할 수밖에 없었다. 삶의 흔적이 어딘가에서 안타까운 눈빛을 아직 거두지 못하고 있기 때문에 자연이 대신 절규하고 있는 것만 같았다.

"어, 지도에 이런 길이 없는데."

갑자기 에이디가 차를 세웠다. 지도에 있는 대로 왔는데 다른 길이 된다는 것이었다. 할 수 없이 어느 공장의 경비원에게 역으로 가는 길을 물어 차를 뒤로 돌리는 수밖에 없었다. 결국 옛길로 들어서서 가지 않으면 안 되었던 것이다. 그 길로 들어서자 나는 민통선에 다녀와서 만들었던 몇 개의 문장이 머리에 떠올랐다.

미나리아재비나 개구리자리는 양지바르고 습한 땅을 좋아한다.
할미꽃이나 금낭화는 양지바르고 척박한 땅을 좋아한다.
얼레지나 처녀치마는 반응달이고 비옥한 땅을 좋아한다.

그뿐이었다. 그래서 어쨌다는 것일까. '좋아한다'라는 제목 밑에 만들어진 문장은 그뿐이었다. 그러나 나는 알고 있었다. 공단 길로 접어들고 나서부터 내내 그 문장들은 내 머리를 맴돌고 있었던 것이다. 그뿐이라고 말했지만, 공단이 폐허 같다고 했던 말과 연관시켜 '좋아한다'의 뜻은 충분히 감지되었으리라 믿는다.

길이 드디어 왼쪽으로 구부러진 곳에서 나는 차를 멈추었다. 내게는 낯익은 곳이었다. 예전에는 철도 건널목이 있던 곳이었다. 역이 있던 곳이었으므로 집들도 여럿 작은 마을을 이루고 있기도 했다. 그 집들을 돌아 나가면 역사가 소금 창고들을 거느리고 서 있었다. 그러니까 그 역은 제2차세계대전 때 일본군이 소금을 조달하기 위해 만든 철도라는 사실을 증언하며 염전의 한 가장자리에 자리 잡고 있었던 것이다. 그러나 차에서 내리자마자 나는 불길한 예감에 휩싸였다. 어쩌면 저수지에서 그리로 가자고 했을 때부터의 예감이라고 하는 편이 더 옳을지도 모른다. 나는 집 모퉁이를 돌아섰다.

"틀렸어요. 여기도 없어졌어요."

나는 맥 빠진 소리로 말했다. 그곳은 폐허도 무엇도 아니었다. 붉은 흙더미들이 높다랗게 쌓이고 돌들이 나뒹구는 공사

현장이었다. 그 옆으로 반쯤 흙에 파묻힌 채 좁다란 철길이 초라하게 빠져나가고 있는 게 눈에 들어왔다. 뒤따라온 촬영 팀들도 그저 한심한 표정들로 말이 없었다. 나는 마치 그 같은 상황을 만든 사람이기나 한 것처럼 민망해하지 않으면 안 되는 나 자신이 싫었다. 이젠 어떻게 하면 좋겠느냐고 모두들 나를 쳐다보았다. 그러나 나는 흙더미 사이로 사라져가는 철길을 바라보며 잠깐 엉뚱한 상념에 잠겨 있었다.

열차가 바닷가를 지나가다 멈추는 간이역에는 코스모스가 피어 있고, 빨간 유홍초 꽃이 덩굴 위에 간당간당 매달려 있었다. 햇빛은 아직 눈부셨다. 시커먼 화차들이 초가을의 눈부신 햇빛 속에도 어딘가 어둠이 실려오고 있다고 알려주려는 것 같았다.

언제였던가. 많은 편지를 주고받았던 여자가 있었다. 그 편지들을 주고받으며 우리는 서툰 사랑에 눈떠가고 있었던 것이다. 하지만 그 주고받음 가운데 우리는 왠지 이뤄질 수 없다는 절망감을 등짐처럼 지고 있었다. 그러므로 편지에는 밝음과 어두움의 감정이 그늘지곤 했다.

편지는 전화보다 훨씬 더 고백적이어서 그 유혹은 더 길고 더 깊다. 편지글의 행간에 깃들어 있는, 아무도 모를 속삭임 소리를 나만이 듣게 될 무렵 사랑은 싹트고, 싹트면 저 저잣거리를 징을 치며 지나가는 굴뚝 청소부가 둘둘 말아 어깨에 짊어진 긴 장대보다도 더 길게 외로운 희열이 가을볕 사이로 지나가는 것도 보인다.

그러던 어느 날 그녀로부터 만나자는 전갈을 받았고, 우리는 그 시골 간이역에 도착했었다. 역의 반대편으로 철길을 건너가면 갯벌 사이 도랑이 흐르고 용담 꽃망울같이 함초롬한 바다로 열리는 길이 있었다. 도마뱀들이 재재바르며 가을볕에 마지막 해바라기로 찬 몸을 덥혀, 겨울 동안 캄캄하고 차디찬 겨울잠을 맞을 채비를 하고 있는 그 길을 우리는 말없이 걸어갔다. 바다가 더 가까워지면 달랑게들도 눈망울을 뭍으로 반짝이며 슬픔을 견주려는가. 하얀 바닷길에 연두색 풀무치가 날아 그녀의 흰 옷깃을 스쳤다. 그 날갯빛에 바다도 연두색으로 눈을 열고 있었다.

송장메뚜기가 길라잡이 노릇을 하며 날기 얼마쯤, 나무 한 그루가 만장(挽章)처럼 꽂혀 있는 둔덕이 나타났다. 아닌 게 아니라 누구의 무덤도 하나 허물어져가며 사람 발길이라곤 끊긴 갯벌을 지키고 있었다. 그녀가 그 나무 옆을 손으로 가리켰다. 비릿한 갯내음에 풀빛이 어려 마음은 이역(異域)의 것이었다. 그리고 우리는 여전히 아무 말도 없었다. 무거운 예감이 흘렀다. 먼 데서 열차가 잘가닥거리며 레일을 밟는 소리가 해조음처럼 들려왔다. 이어서 그녀의 희고 긴 손가락이 내게로 옮겨왔다. 그 손에는 한 장의 편지가 접혀 있었다. 그녀의 편지는 고독한 성채에서 날려 보내는 비둘기의 발목에 감겨 있는 것과 같이 늘 내 마음을 안타깝게 하였다. 나는 그 성채에 들어갈 수 없도록 운명 지어진 것이라고 그 새 발자국 같은 글씨는 말해주곤 하는 것이었다.

그런데 그 많은 편지들을 거쳐서 그녀가 내게 손수 전하고자 하는 편지는 도대체 무슨 의미를 가진 것일까. 나는 자못 긴장했고, 떨렸다. 나는 묵묵히 종이쪽지를 펼쳤다. 이별이라는 말이 흐린 빛 속에 멀리 떠 있었다.

그런 다음, 우리는 그 바닷가를 떠났다. 나는 그날 그 편지를 손에 쥔 채로 저녁 열차를 타고 집으로 돌아왔다. 돌아오는 완행열차의 차창으로 달빛이 유난히도 창백했다는 기억은 내내 나 자신조차 창백하게만 했다.

글의 뜻은 무엇일까. 가을에 직접 받아든 이별의 편지를 나는 문맹처럼 뿌옇게만 보고 있었다. 사실 나는 그와 같은 이별은 언제부터인가 이미 예견하고 있었다. 우리에게는 어떠한 돌파구도 없어 보였다. 왜였을까. 그러나 젊은 날엔 그 나름의 절망적인 예단(豫斷)이 또한 흔히 앞길을 가로막고 있는 것이다. 근거가 없을지라도 그것이 인생이다.

우리는 그렇게 헤어졌고, 그로부터 이십오 년이 지난 어느 늦은 가을날, 내게 다시 나타난 그녀는 이제야 뒤늦게 결혼을 하게 되었다고 말했다. 그리고 이십오 년 만에 내미는 손은 여전히 희고 길었다.

바닷가로 향한 그 길은 희고 길게 아직도 내 마음속에 열려 있다. 이별을 향한 희디희고 길고 긴 여정이다. 이별을 향한 길이기에 나는 아직도 여기 서성거리고 있을 뿐이다. 근거가 어디 있는지 몰라도, 이별이란 우리 인생의 떨쳐버릴 수 없는 그림자이기에.

그 시골 간이역에서처럼 흙더미 속에서 나온 철길은 바닷가를 향하고 있었다. 상념에서 깨어난 나는 이제 무엇이 있든 없든 아무 데다 돌아다니면서 이리저리 찾아볼 수밖에 없다고 결연히 말했다. 안내자로서의 내 임무는 끝났다고 선언한 것이었다. 얼마 안 있어 해가 기울어지기 시작하면 그날 촬영도 끝장이었다. 나는 서둘러야 한다고 말했다. 그리고 이제까지와는 달리 능동적으로 변해 있는 나를 발견했다.

우리는 '그림'을 찾아 바삐 차를 몰았다. 산언덕의 당집도 거쳤고, 해안의 철조망도 거쳤고, 본디 꽃우물(花井)이라고 이름 지어졌으나 어느덧 곤우물로 변한 마을의 우물도 거쳤고, 산등성이의 허물어진 돌성도 거쳤다. 그러다 보니 몇 차례나 철길을 지나게도 되어 그 폐허 위에서도 카메라를 돌렸다. 모두들 일을 완성해야 한다는 마음이 혼연일체되어 우리들의 움직임에는 모종의 비장감마저 감돌고 있었다고 말해도 좋았다. 마른 갈대들이 우거진 수로 옆에서도, 동부와 팥을 멍석에 널어 말리고 있는 농가 앞에서도, 철길과 바다가 함께 내려다보이는 언덕 위에서도, 까마귀가 많은 논밭 앞에서도 나는 카메라 앞에 섰다. 이곳은 마치 상상 속의 새들이 어디선가 날아와 날개 칠 그런 곳 같아 보입니다. 보십시오, 저 까마귀들을…… 마이크를 꽂고 말하는 내게 그 까마귀들이 또한 그리핀으로 보였다고 해서 아무도 놀라지 않으리라 나는 믿었다.

그리하여 마침내 닿은 곳이 폐(廢)염전이었다. 그곳까지는, 염전 일을 하지 않기 때문에 차가 들어가지도 못한다는 길을 지나야 했다. 아닌 게 아니라 작은 나무다리가 반쯤 허물어져 있기도 했다. 값싼 수입 천일염에 밀려 염전들이 하나둘 문을 닫은 것은 그리 오래된 일이 아니었다. 그렇게 길이 끊어진 곳에 그나마 제대로 형체를 갖추고 있는 염전이 남아 있다는 게 고마울 따름이었다. 계절이 계절이니만큼 논바닥은 물기 없이 바싹 말라 있었고, 둑이 허물어진 곳도 있었다. 건너편 둔덕으로 어느새 빨갛게 물든 갯풀들이 무리를 지어 늦가을을 보내고 있었다. 그 '그림' 앞에서는 피디의 얼굴에도 비교적 안도감이 엿보였다.

어디가 좋을까 이리저리 살피며 가고 있던 중에 나는 문득 그에게 제안했다. 왜 그랬는지 나도 모를 노릇이었다. 즉, 내가 소금 굽는 염부처럼 염전 가운데 서서 '오프닝 멘트'를 하자는 것이었다.

"그것 좋군요. 해주신다면야."

그는 흔쾌히 받았다. 내 제안은 단순히 말만 그렇게 하자는 게 아니었다. 나는 가까운 곳에 아직도 머물러 살고 있는 염부의 집으로 가서 고무장화를 신고, 소금물을 끌고 미는 고무래까지 들겠다고 했던 것이다. 모든 것은 내 제안대로 진행되었다. 비록 복장은 내 입성 그대로였지만 나는 낡은 고무장화를 신고 고무래를 들고 염전으로 향했다. 말 그대로 '오프닝 멘트'니까 간단히 해도 된다고 피디는 나를 안심시켰다. 멀리 소금 창고가 보이고 수차가 서 있는 곳에서 나는 발걸음을 멈추었다. 이윽고 카메라가 돌아가고 피디가 손짓으로 시작하라는 신호를 보냈다.

나는 입을 열었다. 나는 내가 무슨 말을 하는지도 알 수 없었다.

여기 오래전부터 길이 있었다. 그 길은 아주 오래전, 그러니까 공룡들이나 오갔을 그런 무렵부터 '생명의 만남'을 속삭이며 여기까지 이어져온 길이라고 해도 좋다. 그런데 그 길이 이제 끊어지고 있다. 소금을 굽던 사람들도 다 떠나고 이별이라는 말만 남은 풍경 속에서 나는 홀로 서 있다. 열차도 이별을 고한 지 어언 일 년, 그러나 아득한 곳에서 우리는 다시 기약하지 않으면 안 된다…… 만난 사람 어김없이 헤어지며, 살아 있는 우리 어김없이 죽는다는 말을 누가 굳이 하고 있는가. 길은 언제나 그리움으로 생명의 만남을 속삭이는데…… 그 만남 가운데 이미 떠남이 깃들어 있다고 누가 굳이 일깨우는가…… 길…… 이별……

나는 어느덧 목이 메어 목소리에 마치 소금기가 배어들고 있는 것 같다고 느꼈다. 나는 눈을 감았다.

멀리서 피디인지 에이디인지 "됐어요. 그만하세요" 하고 외치는 소리가 가물가물 들려오고 있었다.

겨우살이를 위한 어떤 주(呪)

오랜만에 만난 친구의 한마디에 나는 천년 전의 어느 날로 거슬러 올라가는 느낌이었다. 그저 쉬운 말로 '천년'이라고 했지만, 정확하게 몇 년인지 밝혀서 짚고 있는 것은 물론 아니었다. 그리고 그가 무슨 얘기 끝에 그 말을 꺼냈는지도 지금으로선 아리송하다. 그동안 무슨 일을 하며 목구멍에 풀칠을 했느냐는 내 물음에, 그는 이일저일 몹쓸 일에 시달리며 살다가 이제는 아예 시골에 은둔처를 마련해 거의 묻혀 지낸다고 대답하고 있었다.

"은둔이라, 그건 내가 할 말인데."

나는 그의 말을 받아 중얼거리며 그를 휩싸고 돌던 풍문을 머리에 떠올렸다. 누군가의 말에 따르면, 그가 한 여자를 만나 그 여자가 벌인 작은 사업을 돕다가 보증을 잘못 서는 바람에 다 들어먹고 숨어버렸다는 것이 골자였다. 그 과정에서 여자의 역할이 매우 수상쩍었다는 말도 곁들여졌다. 쉽게 말하면, 그를 이용해먹었다는 것이었다. 그런 말을 듣고 나는, 남자와 여자의 문제는 오직 당사자만이 알 뿐이라고 흘려넘겼었다. 남자와 여자가 만나 어쩌고저쩌고 하다가 깨지는 게 세상일 아니냐고.

어쨌든 그가 어디론가 사라진 것만은 틀림없었다. 돈 문제든 여자 문제든, 도저히 감당할 수 없을 때 사라져버리는 방법은 언제 어디서나 흔한 것이었다. 하기야 나 역시 그런 적이 있었더랬다. 나는 예전 일을 기억해내고 씁쓸하게 웃음을 머금었다. 그 무렵, 사람 몸을 안 보이게 하는 무슨 약이 정말 없을까 하고, 어릴 적에 본 영화 장면을 간절하게 떠올렸던 것까지도 새록새록 되살아났다. 모든 골칫거리로부터 거뜬히 빠져나올 가장 간단한 길은 투명인간이 되는 것이었다. 그와 내가 같은 부류로 분류되는 것은 여자와 돈을 함께 잃고, 투명인간도 되지 못하고, 은둔처를 찾아 숨어들었다는 것이었다. 내게는 은둔처라는 낱말은 사치스럽다. 은둔이 아니라 은신, 아니면 도피라고 해야 한다. 그것도 아니다. 모든 것이 환멸이었다.

마지막 믿음이어야 할 사람, 그마저도 환멸이었다. 그래서 나는 식물을 믿기로 한 것이라고 해도 좋았다.

"나도 산골짜기로 들어갔어. 땅을 파며 지금부터라도 다시……"

나는 말을 잇지 못했다. 은신, 도피로 떨쳐버릴 수 있는 게 아님을 나는 알고 있었다. 자칫 죽음만이 처방전이 될지도 모르는 것이다. 투구꽃 뿌리를 씹으며 자기모멸이라는 치명적인 독이 퍼진 몸으로는 거기에 생각이 머물 틈도 주지 않고 그저 끝없이 도망쳐 달아나는 수밖에 없는 것이었다. 그 둔주(遁走)는 저주와 같다. 그래서는 안 되는 것이었다. 그러므로 그의 경우나 나의 경우나 여기서 사건의 전말이 이렇게 돼서 저렇게 됐다는 식으로 늘어놓는 것은 어리석은 일이다. 잘못해서 그 가장자리 어디에 아직도 녹슨 채 퍼져 있는 독을 다시 핥아서는 안 된다.

그러므로 인생은 교훈적이다. 우리는 뒤늦게나마 다시 살아야 한다고, 해보자고 결의하기 위해 만난 것 같았다. 그만큼 그날 만남은 뭔가 달랐다.

그런데, 내가 '천년' 운운한 것은 무엇 때문이었을까. 그날 우리는 인사동 일대를 여기저기 헤매고 다녔다. 동충하초 차도 마셨고, 맥주도 마셨다. 그런 어느 시간에 그가 코끼리 가죽으로 만든 북에 대해서 얘기를 꺼냈다. 은둔처를 마련하는 과정에서 보았다는 것이다. 칠갑산의 어느 절엔가 있다는, 코끼리 가죽으로 만든 그 북은 또 보통의 북처럼 둥그렇지도 않고 아무렇게나 불규칙하게 생겼다면서, 그는 사람의 귀 모양 같기도 하고 아메바 모양 같기도 한 도형을 식탁 위에 손으로 그려 보여주기도 했다.

"그 북은 신라 시대 거라는데, 무슨 수로 코끼리 가죽으로 만들었냐 말이지."

그는 도무지 모를 일이라고 머리를 갸웃거렸다.

"신라 시대에 코끼리?"

"게다가 그런 모양도 기상천외지. 알 수 없어."

그는 문득 아득한 표정을 지었다. 그가 지금 어디에 숨어 있든 이제는 꽤 안정을 얻었구나 하고 나는 생각했다. 치명적인 독이 퍼진 사람의 자기 환멸의 저주 속에서는, 북을 코끼리 가죽 아니라 코끼리 가족으로 만들었다 해도 눈곱만큼도 호기심을 가질 여유가 없음을 나는 잘 알고 있었다. 북 자체도 북이든 복(鰒)이든 아무래도 상관없는 것이었다. 아니, 자기 생명마저도 생명이든 생병이든 상관없는 것이었다. 이른바 하늘이 무너지고 땅이 꺼진다 해도 상관없는 것이었다. 그럼에도 불구하고 그는 신라 시대의 북을 말하고 있었다. 벌레에게 먹혀 오히려 그 벌레의 생명을 먹고 피어나는 동충하초처럼 그는 절망에 먹혀서도 절망을 양분으로 끈질긴 탐구의 생명을 키워 왔던가, 이런 생각까지 한 것은 동충하초 차를 마셨기 때문이라고나 해야겠다.

그날 우리는 많은 얘기를 나누었다. 그는 언제나처럼 내게 얘기를 들려주는 쪽이었고 나는 들어주는 쪽이었다. 북 얘기에서도 드러났듯이 그는 좀 엉뚱한 화제를 즐기는 성격이었다. 예전에 내가 서울 생활에서 밀려나 서해안인 반월 땅으로 갔을 때, 그곳을 방문한 그는 느닷없이 반달족에 대한 얘기를 꺼내기도 했었다. 반월(半月)이 반달이 되고 그것이 서양 역사에 등장하는 반달(Vandal)이라는 민족으로 옮아간 것이었다. 하기야 그는 언어학에는 남다른 조예가 있었다. 산스크리트어를 공부한다고 번쩍거리기도 한 그였다. 반달족은 서기 오 세기쯤 게르만 민족의 대이동 때 그 한 갈래로 두각을 나타내어, 이베리아 반도를 거쳐 아프리카의 카르타고를 수도로 반달 왕국까지 세운 민족이었다. 문제는 이 민족은 그저 파괴를 일삼았다는 데 있지. 그래서 문화 파괴 행위를 반달리즘이라고 하는 거란 말야. 로마의 많은 문화가 파괴된 것도 반달리즘 때문이지. 이쯤에서 뭐 머리에 짚이는 게 없어? 지금 여기가 이름 그대로 반달 땅이잖아. 경기도 화성군 반월출장소. 아름다운 자연을 다 밀어 뭉개고 온통 아파트촌을 세운 거잖아. 더군다나 이름하여 예술인 아파트? 뭐 떠오르는 게 없냐, 이 말이야.

따라서 반달족은 문화를 남기지 않았다. 말이든 글이든 어느 한 조각 짐작조차 할 수 없었다. 그들이 왜 그렇게 파괴만을 일삼았는지에 대해 뭔가를 규명하려고 해도 비빌 언덕조차 없었다. 이십 세기에 들어온 어느 날, 학자들이 그 민족의 말을 사용하는 사람 둘을 마침내 지중해 기슭에서 발견했을 때, 그들은 마지막으로 죽어가고 있었다. 안타까운 노릇이었다. 반달의 정체는 역사에 이름만 남기고 알 수 없는 광태를 뒤로한 채 영원히 수수께끼 속으로 자취를 감춘 것이다. 과연 반달족의 최후지. 마지막 두 사람이 쓰고 있던 그 말, 그 말은 어떤 말이었을까. 그리고 지금 우리가 쓰는 이 말은? 그는 포장마차 '광주집'에서 술에 혀가 꼬부라져 뭔가 울분을 토했다. 밤이면 흘러간 로맨스처럼 스멀거리는 안개가 얼굴에 휘감기고, 낮이면 문득 협궤열차의 레일 밟는 소리가 달가닥달가닥 조랑말 말발굽 소리를 내며 다가들던 그 도시는 이듬해 안산이라는 다른 이름으로 수도권 전철 지도의 끝에 자리 잡았다.

그의 말에 따라 본의 아니게 반달족이 되어버린 나는, 그곳에 사는 동안 실제로 몸과 마음이 알게 모르게 파괴되어갔다. 나는 혼잣몸이 되어 떠돌았다. 알코올에 절여진 내 영육에는 주인 없는 삭정이 새집을 불어가는 삭풍 소리 같은 호흡이 탄식으로 깃들였고, 내 두 눈에는 간신히 빛과 어둠만을 분간하는 단세포의 어두운 흑백 프리즘이 갈아 끼워졌다. 개기일식의 나날이었다.

그 무렵 마른 검불이 되어 날려간 어느 마을, '황금마차' 간판 아래 여자가 자장가처럼 "한잔하고 가세요, 놀다 가세요" 하고 노래하고 있었다. 그 노랫소리를 들은 나는 오금이 저렸다. 폭풍우 같은 외로움이 몰아닥쳐 온몸을 단숨에 삭북(朔北)으로 날려버리는 듯했다. 도시에서 몸을 팔다가 시골로 밀리고 밀려 섬까지 가고, 그런 다음에 마지막으로 기신기신 흘러든다는 마을에서 '황금마차' 여자는 마지막 노래를 부르고 있는 것이라고 여겨졌다. '놀다 가세요' 소리가 '저녁 드세요' 소리로 들려왔다. 나는 주머니를 털어 여자에게 건네고 어디 멀리 가서 살림을 차리자고 제안했다. "여태껏 난 여자를 행복하게 해준 적이 한 번도 없어요. 제발 그래보고 싶어요." 나는 말하고 있었지만, 여자와 함께 갈 데까지 가서 철저히 망가진다는 게 꿈이었다. 하늘이 무너지고 땅이 꺼지는 곳에 가서 함께 천길 나락으로 떨어지는 게 꿈이었다. 그것만이 나를 잠재워 줄 사랑이었다. "살림요? 행복요?" 여자는 살랑살랑 웃으며 되묻더니, 멀리 갈 게 뭐 있느냐고 눈을 바늘처럼 가늘게 떴다. 실상 더 이상 멀리 갈 곳은 달리 아무 데도 없었다. 거기가 세상의 끝이었다. 캐시밀론 요 위에 사지를 뻗고 누워 내가 여전이 멀리 가자고 채근하자 여자는 요구르트를 권하며 말했다. "히어 이즈 디 엔드 오브 더 월드." 나는 반달족의 말을 들은 언어학자처럼 벌떡 일어났다. 빨간색과 초록색 네온사인에 비친 여자의 얼굴은 과연 세상 끝 여자의 얼굴임에 틀림없었다. 나는 말없이 바지를 추켜 입고, 그리고 나 혼자라도 어디 멀리 가야겠다고 더듬더듬 말하고 부랴부랴 '황금마차'를 떠났다. 여자는 많이 당한 일이라는 듯 멀뚱멀뚱 보고만 있었다. "또 오세요." 여자의 말이 불길한 주술(呪術)처럼 등 뒤에 달라붙었다. 버스를 타고 한참을 달리고 나서야 나는 내 손에 요구르트 병이 그대로 들려 있다는 걸 알았다.

그 안에 유산균이 살아 있다는 사실을 믿어야 할까. 몇 년 뒤 나는 요구르트 병과 비슷하게 만들어진 플라스틱 병에 내 정액을 넣고 병원으로 가면서 그때의 일을 퍼뜩 떠올렸다. 의사는 사정을 해서 한 시간 안으로 가져오면 된다고 말하고 있었다. 겨울날이었으므로 나는 정액병을 소중하게 점퍼 안 겨드랑이께에 넣고 택시를 탔다. 러시아의 어두운 아침처럼 그 아침은 어두웠다. 나는 병원의 밀실에서는 도저히 사정을 할 수가 없었다. 그 일을 하는 데도 남자들이 줄을 서서 기다려야만 했다. 러시아의 빵 배급소에서 줄을 서서 기다리던 생각도 났다. 스메타나를 받으러 온 소년이 내 뒤에 있었다. 러시아에서는 요구르트를 스메타나라고 불렀다. 러시아의 빵 배급소라면 그래도 나았다. 일본군들이 조선 처녀를 범하는 왈 위안소의 문 앞에 줄을 지어 서 있는 사진도 있었고, 하물며 유대인들이 죽음의 가스실로 들어가며 줄을 지어 서 있는 사진도 있었다. 아도르노, 아우슈비츠를 겪고 난 다음에 세상에 서정시가 있을 수 없다는 걸 그대는 정말 믿었단 말이냐. 서정시의 주제 가운데 중요한 하나가 망각이라는 걸 그대는 정말 몰랐단 말이냐.

줄을 지어 기다렸다가 들어간 조그만 방은 허섭스레기들을 넣어두는 방과 다름없었다. 한쪽으로 일인용 침대가 놓여 있고 벽에는 거울이 붙어 있었다. 그 거울을 바라보거나 무심히 창밖을 내다보며, 플라스틱 병에 정액을 받기 위해 자위행위를 하는 것이었다. 작은 탁자 위에 놓여 있는 보통의 여성 잡지 한 권이 눈에 띄었다. 빌어먹을, 아우슈비츠의 마지막 날에도 일상은 진행되었단 말인가. 게다가 구석에 쑤셔 박혀 있는 지저분한 막대 걸레는 또 뭐람. 문밖에는 언제 나오나 하고 몇이서 시간을 재고 있었다. 나는 결코 사정까지 가지 못하는 자신 때문에 화가 머리끝까지 복받쳤다. 도무지 되지가 않았다. 때가 어느 때라고 너는 서정시를 생각하느냐! 독재에 항거하여 많은 사람들이 피를 흘리던 그때도 서정시의 역할을 잊지 못하고 질질 매더니, 잘코사니, 그따위 나약한 정신이 여기서 의연하게 정액 한번 뽑아내지 못하는구나! 으엑!

그리하여 갖게 된 아이의 겨우살이. 겨울 매섭게 추운 하늘에 초록색으로 살아 있는 겨우살이. 어느 겨울날 겨우살이를 팔고 있는 노인을 탑골공원 앞에서 만났다. 약으로 판다는데 어디에 좋으냐고는 묻지 못하고 말았다. 서울에서 겨우살이를 본 건 그게 마지막이었다. 다른 나무의 가지에 뿌리를 박고 기생하는 식물인 겨우살이에게는 그래도 앙증맞은 잎사귀가 있다. 다른 나무의 양분을 빨아먹고 사는 기생 식물들에게는 광합성 작용을 할 잎사귀가 없어도 되지만, 겨우살이에게는 새

생명의 손 같은 잎사귀가 있다. 전쟁이 끝나고 얼마 뒤 경기도 양주군 남면 신산리의 한 직업군인 셋집 마당에 크게 자란 참나무에도 겨우살이들이 겨울에 푸르렀던 것을 나는 기억하고 있었다. 아이야, 잘 자라 큰 나무가 되렴. 혁명이 나도, 전쟁이 나도 꿋꿋하게 견디는 큰 나무가 되렴. 그러나 아이는 아기집 안에서 할딱거리며 양분만 빨아먹다가 생명을 거두었다. 겨우 한 달도 채 못 살고, 더군다나 세상 빛은 보지도 못한 생명이었다. 앙증맞은 잎사귀손커녕 겨우 몇 모금의 생명즙만 빨아먹고 할딱이다가 세상에는 모습도 드러내지 못하고 사라진, 겨우살이도 못 된 겨우살이였다.

그리하여 나는 내 땅을 마련하여 커다란 나무를 심고 그 가지에 겨우살이가 자라는 꿈을 꾼다. 나 자신이 죽으면 나무 밑에 묻어 거름이 됨으로써 겨우살이의 푸른 피가 되는 꿈을 꾼다. 삶이 죽음이 되는 순간 죽음이 삶이 되는 꿈을 꾼다. 그런즉 겨우살이는 한 그루 비굴한 기생식물로서만 존재하는 게 아니었다. 그 자신 한 그루의 큰 나무로서, 그 아래로는 만국의 노동자들도 단결하여 망치와 낫을 들고 지나가고, 자본으로 자본을 낳은 일파들도 황금알 거위를 끌고 지나가고, 알량하게 민족을 부르짖는 소영웅들도 지나가고, 너무 폐활량이 크

유니콘을 만나다 133

다 보니 지구 덩어리가 다 폐부에 들어 있는 코즈모폴리턴들도 지나가고, 그리고 봉도 깃들이고 황도 깃들이고 매미도 깃들이고 진딧물도 깃들이는 큰 나무로 자라는 것이었다. 겨우살이야, 우리는 그렇게 살아 있는 거란다. 겨우살이들이 나무에 유난히 많던 그 으와조 강가에서 네 아빠와 엄마는 키스를 하며 아이를 갖기로 했었다. 러시아의 긴 겨울을 뒤로하고 많은 사회과학 책들을 넣은 라면 상자 위에 앉아 네 아빠와 엄마는 네 생각을 했더란다. 이십 세기도 저물어가던 어느 날이었다. 우리들 인생도 마침내 겨우살이라는 걸 왜 우리가 몰랐겠니, 겨우살이야!

그날 인사동에는 축제 끝에 난장이 열리고 있었다. 줄지어 널린 노점에는 우리나라 물건보다 중국, 인도, 러시아, 동남아시아 등지에서 모아온 장신구며 잡동사니들이 쌓여 있었다. 한 군데서 우리나라 놋쇠 종을 다짜고짜 산 나는, 만남을 기념한다고, 은둔처의 어느 구석에든지 달아매놓으라고, 그에게 내밀었다. 선물을 잘 할 줄 모르는 내가 왜 그랬는지는 알 수 없는 일이었다.

"코끼리 가죽 북 대신에 쇠가죽 북도 아니고 쇠북이야, 쇠북. 이걸 구하려고 여기까지 왔군."

나는 그토록 목마르게 찾아 헤매던 성배를 찾은 기독교도처럼 말했다. 오랜만에 꽤 취한 탓만은 아니었다. 나는 지난날을 회상하고 있었다.

'황금마차'에서 나온 나는 세상의 끝을 향해 가던 길에 많은 나라들을 지났다. 어떤 나라 사람들은 물 위에 갈대로 집을 짓고 사는데 물고기들의 말을 할 줄 알며 하루도 빠짐없이 물고기들과 섹스하는 게 일이었고, 어떤 나라 사람들은 나무 위에 새둥지 같은 집을 짓고 사는데 아침에 일어나서는 하나같이 뻐꾸기 소리로 울어 기지개를 켜며 밤새 나무 아래로 떨어진 새 새끼들을 주워 먹고 살았다. 어떤 나라 사람들은 이웃 나라와 전쟁을 하느냐 마느냐로 하루 종일 회의만 하는 게 일이었는데 역사에 기록된 것만도 벌써 일억 년 열이틀이 지났다고 했고, 어떤 나라 사람들은 오리나무더부살이 밑동에만 오줌을 누며 갓 떨어진 뜨거운 별똥별에 산 멧돼지를 바비큐해 먹고 살았다. 열거하면 한도 끝도 없는 나라들이 있었다. 그러다가 오이도(烏耳島)라는 섬나라에 이른 나는 귀만 있는 까마귀와 함께 생활하며 매일 바다로 나가 그가 자맥질해 잡아주는 갈매기며 사다새며 신천옹이며를 통째 집어삼키고 살았다. 하물며 봉이 되다 만 곤까지 잡아주는 날도 있었다. 그런 날이면 나는, 신전을 어슬렁거리는 사자 옆에서 노래 부르는 마돈나의 〈처녀처럼(Like a Virgin)〉 비디오를 틀어놓고 《장자(莊子)》의 '소요유(逍遙遊)'를 읽다가 잠들었다.

행복한 나날이었다. 내가 알던 모든 여자들이 내가 알던 모든 남자들과 어울려 사인, 코사인, 탄젠트, 집합, 미분, 적분은 물론 더 어려운 수학도 나오는 거대, 미시의 체위로 혼음을 하는 비디오를 보는 것 또한 낙이었다. 황홀한 죽음이 예견되던 행복한 바닷가 나날이었다.

지난날에의 어눌한 회상과 앞날에의 선부른 예견 따위를 뒤섞어 쇠북 종을 딸랑거리며 우리는 '귀천'과 '울력'과 '평화 만들기'와 '시인학교'와 'www.인사동' 같은 이름의 업소들을 오락가락했다 나중에는 '우리'라기보다 아무도 알 수 없는 주체에 의해서 흑염소처럼 끌려다녔다는 표현이 어울릴 것이다.

"자네 예전에 시를 썼던 거, 맞아?"

나는 그의 비위를 건드렸다. 아니, 그것은 차라리 내게 더욱 절실한 말이었다. 이십 대에 시를 쓰다가 그 뒤로 안 쓴다고 해서 잘못될 것은 하나도 없었다. 예로부터 있는 말이기도 했다.

"그랬지. 맞아. 허허."

그는 술잔을 턱수염에 갖다 대고 갑자기 시는 웬 시냐고 묻는 시늉을 했다. 그도 그 시절이 그리운 모양이었다. 그 시절 그나 나나 군대 문제로 골머리를 앓으며 도망 다니던 신세에 동지애를 느끼며 음험하게 함께 뒹굴던 밤들이 있었다. 도피와 위안이 슬픈 함수 관계를 맺었던 시절이었다. 시 얘기가 나오자 그는 우리 시에 운율이 없다는 데 절망하고 시를 팽개쳤다고, 다소 엉뚱한 말을 꺼냈다. 나는 그가 군사정권에 돌멩이를 던지면서 시에서 멀어졌다고 알고 있었다.

단순히 운율 때문에? 그렇다면 그도 자기 자신의 한계의 벽에 부딪혀 좌절하고 교묘히 바깥으로 눈길을 돌린 많은 의사(擬似) 혁명아 가운데 한 사람이었단 말인가. 개인의 자각 없는 민중은 오합지졸에 불과하다는 레닌의 명제를 좋아한 내가 레닌이 드나들었던 카페를 기웃거렸던 것과 무엇이 다르단 말인가. 그 아침에 에스프레소의 진한 커피 향을 코에 쐬면서, 커피에서 제일 윗길로 치는 것은 다람쥐가 커피 원두를 쪼아먹고 소화를 못 시켜 똥 속에 다시 나온 걸 볶아낸 것이라는 커피 마니아의 얘기만 끈질기게 떠올라 나 자신이 진저리나게 싫었던 경험과, 레닌의 혁명은 어디서 화해한단 말인가. 그렇다. 굳이 갖다 붙이자면, 그것은 전쟁 때 내가 미군의 쓰레기 더미를 뒤져 마침내 손에 넣은 쓰디쓴 시레이션 커피 봉지 어디에 그림자처럼 숨어 있을 수 있었다. 프림이나 설탕을 기대하며 뜬었다가 실망하기 일쑤인 그것이었다. 그 정도였다. 하지만 이것은 그리 좋은 비유가 아니다. 술병이 아니라 찻잔에 별이 떨어질 노릇이었다.

그렇게 여기저기 기웃거리며 점점 알코올에 무너져가면서도 쇠북종이 달랑거리는 소리를 들을 때마다 나는 이상하게도 머나먼 코끼리 나라로 관심이 쏠렸다. 구체적으로 아는 것은 아무것도 없었다. 무엇엔가 내가 정신을 팔고 있다 하고 앞자리에 앉은 그를 볼라치면, 그거였군 하고 머리를 치는 게 있었다.

신라 시대에 코끼리 가죽으로 만든 북?

지겨운 일이었다. 화두처럼 지겨운 건 없었다. 더군다나 조계종에서는 총무원장 자리를 놓고 피투성이가 되어 공방전을 펼치고 있는 도중이었다. '피투성이'는 그냥 치레로 하는 말이 아니라 사실 그대로의 말임을 강조하지 않으면 안 된다. 누가 옳고 그르고의 문제가 아니었다. 승도 속도 아니라는 표현은 점잖은 것이었다. 서로 밀고 밀리는 육탄전은 살벌했다. 조계사에 불길이 오르기도 했다. 그래서 코끼리 가죽 북이 더더욱 나를 붙잡고 놓아주지 않는 것인지도 몰랐다.

오늘날에도 보기 드문 코끼리 가죽이 신라 시대에 어떻게 있게 되었을까. 나는 여러 가지 경로를 머릿속에 그리고 있었다. 아주 오래된 선사시대에는 우리나라에도 코끼리가 있었다고 했다. 코끼리도 보통 코끼리가 아니라 매머드라는 것이었다. 매머드뿐만 아니라 공룡도 있어서 그 흔적이 발견된 적도 있는 것이었다. 그러나 이것은 어디까지나 신라 시대였다. 공룡이 우글거리던 시대에 비하면 요새 얘기에 지나지 않았다.

그러자 어디선가 읽은 책 구절이 되살아났다. 예전 언젠가 중국의 어떤 황제가 우리나라에 코끼리를 선물로 보냈다는 내용이었다. 그게 언제였더라? 그것까지는 기억해낼 재간이 없었다. 어디서 읽었는지도 까마득한 판국에 더 이상 무슨 꼬투리를 잡아낸다는 건 무리였다. 신라 시대에 중국에서 앵무새 한 쌍을 선물로 보냈는데, 그중 한 마리가 죽자 남은 한 마리가 거울에 비친 모습을 보고 머리를 부딪다가 죽어버렸다는 내용은 비교적 또렷하게 기억되었다. '짝 잃은 새'는 유행가에도 종종 나오듯이 뭐 화두라고 할 것도 없었다. 만약, 짝 잃은 코끼리가 몇몇일 혼자 울부짖으며 긴 코를 바닥에 찧어대다가 죽어버렸다고 했다면, 내 뇌리에 그것은 어떤 훌륭한 조각보다도 더 또렷하게 새겨지고 말았을 것이다. 하지만 내 기억은 코끼리가 선물로 보내졌다는 것일 뿐, 그게 어느 시대였으며 또 나중에 어떻게 되었는지에 대해서는 깜깜했다.

그렇지만 그 코끼리가 어떻게 죽은 것은 틀림없고 보면, 죽어서 가죽을 남겼을 테니 역시 코끼리 가죽은 있을 수 있었다. 호랑이가 죽어서 남기는 게 가죽인 마당에 코끼리는 두말할 나위가 없을 것이었다. 그리하여 그 귀한 코끼리 가죽으로 북을 만들었을 가능성은 충분했다. 그런 추리 끝에, 북이 있다는 곳으로 가서 직접 보고 싶다는 내 말에 그는 어려운 일이 전혀 아니라고, 그곳은 칠갑산에 있는 절이라고, 칠갑산은 노래에도 나오는 유명한 산이니 언제 한번 같이 찾아가자고, 쉽게 대답했다. 그리고 쇠북 종을 딸랑거렸다. 그러자 나는 그만 맥이 쭉 빠지는 걸 느꼈다. 알 수 없는 일이었다. 그리고 쇠북이고 말북이고 간에 갑자기 그 종이 넌덜머리나게 지겨워졌고, 그럼과 함께 그런 나 자신에게 어안이 벙벙해졌다. 왜 그렇게 되었는지 설명하기는 자못 어려운 일이 아닐 수 없다. 온갖 사물에 싫증을 잘 내는 나라는 인간이란 돼먹기를 그리 돼먹었다고 일방적으로 머리를 홰홰 젓는다 해서 될 일도 아니었다. 알 수 없이, 순식간에, 흔한 말마따나 종을 치고 만 것이었다.

바로 그 무렵이었을 것이다. 그가 몸을 기울여 무엇인가 말해왔다. 나는 처음에 그의 말을 알아듣지 못했다. 나는 눈을 치

뜨고 다시 말하기를 기다리는 표정을 지었다.

"걔가 있던 그 집 말야. 어딘지 모르겠다고."

그가 다시 꺼내는 게 어색한지 수줍게 말했다.

"걔?"

되묻는데, 퍼뜩 한 여자의 얼굴이 망막에 어렸다. 그가 묻고 있는 것은 '걔'가 아니라 '걔가 있던 집'이었지만, 결국은 '걔'를 묻고 있는 것이었다. 나는 '걔'와 '걔가 있던 집'을 다 잘 알고 있었다. 그러나 선뜻 나서지를 못하고 짐짓 어리둥절한 표정을 지었다. 잠깐 동안이나마 어떻게 대응할까 나 자신을 추스를 필요가 있었다. 나는 허를 찔려 당황하고 있는 것이다. '걔'. 그녀 M은 죽었다. 애초에 인사동으로 나올 때 이미 그 얘기는 통과의례처럼 거쳤어야 하는 것이었다. 그럼에도 불구하고 그녀의 존재는 까맣게 잊은 채 나는 그를 끌고만 다녔었다. 그의 태도를 보아 기다리고 기다리던 끝에 마지못해 꺼낸 말이었다. 그도 그녀가 아직까지 인사동 바닥의 카페들을 전전하고 있지는 않으리라고 생각하는 모양이었다. 다만 그는 추억을 되씹는 터일 것이었다. 함께 어울렸던 무렵 우리는 그녀를 두고 공연히 우리끼리 옥신각신했었다.

살다 보니 그것도 중요한 추억거리였다. 남자와 여자가 만나 꼭 여관방을 드나들어야만 추억으로 남는 건 아니었다. 아르바이트를 하러 인사동으로 나온 그녀가 '평화만들기'의 카운터에 앉아 《창작과비평》을 읽고 있는 모습을 발견한 것은 어느 해 겨울 무렵이었다. '섬'에서도 그랬었다. 한두 잔 정도의 술이 들어간 듯 발그레 물든 얼굴을 보는 때도 종종 있었다. 그 집들을 거쳐간 아르바이트생들이 어디 한둘이랴만 그녀는 눈에 띄었다. 여자는 눈에 띔으로써 탄생하는 것이었다. 아닌 게 아니라 《창작과비평》은 겨울에 읽어야 제맛이라는 생각이 이제야 든다. 이를테면 강바람이 시대를 질타하는 울분처럼 씽씽 불어오는 강 둔덕의 가건물 카페. 양심처럼 빨갛게 달아오른 톱밥 난로, 결의의 모닥불에 끼얹는 독주, 이뤄지기에는 처절한 사랑, 쫓겨다니는 님에게서 온 암호 편지, 놈들의 추적, 배신자들의 도마뱀 혓바닥같이 날렵한 언변. 그리고 저항시.

우리가 그녀와 키스한 것은 거의 같은 시기였다. '우리'라고 쓸 수밖에 없는 데서, 말했다시피 우리는 어쩔 수 없이 옥신각신하게 되는 것이었다. 근무가 끝난 그녀와 어울려 소주를 깐 것도 몇 번 되었다. 물론 우리 둘이 서로를 감시하며 견제함으로써 가능한 자리였다. 이런 장면을 앞에 놓고 내가 '여자란!?'

하고 말하는 것은 그리 현명한 일이 아니다. 그 시대에, 그런 분위기에서 그녀가 우리 두 사람이 아니라 우리들 열두 사람과 키스를 나누었다고 한들 무슨 허물이 되며, 누가 비난의 손가락질을 한단 말인가. 광주에서 수많은 사람들이 죽어간 게 바로 엊그제가 아니었던가.

그녀와 어울렸던 기간은 짧았다. 우리의 인사동 시절 자체가 짧았다. 우리는 전을 걷는 포장마차처럼 서둘러 마지막 청춘을 걸어야 했고, 어쩌면 짐작이 틀리지도 않게 어김없이 그녀는 감옥에서 나온 사람과 결혼하여 들어앉았던 것이다. 뒤늦게 그녀의 결혼 소식을 듣고 우리는 뒤통수를 한 대 얻어맞은 것 같다고 입을 합쳐 말했다. 뒤늦게래야 불과 며칠 전까지는 우리는 호프집에 둘러앉아 시와 그림과 노래를 얘기했었다. 그런데 감쪽같이 우리를 따돌린 것이었다. 허방을 짚은 우리는 서로를 위로했다. 그녀가 얄밉다기보다 우리가 빙충맞다는 생각이 들었다. 그런 게 팔십 년대식이었다. 어느새 십 년 넘은 시간이 흐른 과거의 일이었다.

"그래, 좋아, 그리로 가보자."

나는 여전히 그녀가 죽은 사실을 말할 자신이 없었다. 팔십 년대식의 발상이 어느 결에 따라와 내 뒷덜미를 잡고 있는 건지도 몰랐다. 애초부터 얘기가 되었어야 했다. 하기야 그럴 계기가 없었다. 그가 천몇백 년 전의 얘기를 들고 나타나서일까. 내 의식이 나도 모르게 역사적이 된 때문인지도 몰랐다. 그를 만나 인사동으로 향한다는 것은 그녀를 추억한다는 사실을 동반하는 일이었다. 그런데 그녀와의 추억은 슬며시 자취를 감추었다. 그놈의 코끼리 가죽 북이 아무래도 화근이었다. 천몇백 년이라는 긴 역사를 놓고 볼 때 그녀와 우리의 짧은 만남이란 어디 비비고 들어설 틈이 없었다. 그 짧은 만남뿐이 아니었다. 우리의 삶 자체를 어떻게 끼워넣어야 할지 쭈뼛거려야 하는 것이었다. 제아무리 발버둥 치며 험난한 세월을 용케도 살아왔다고 아우성친다 해도 그 북소리 한 번이면 그만 형체도 없이 쪼그라질 게 뻔했다.

골목길에는 어디서 나타났는지 지렁이들과 머구리들이 우글거렸다. 하늘에는 먹장구름이 천둥 번개를 일으키고 땅은 쩍쩍 갈라졌다. 켜켜이 퍼렇게 찌든 우산이끼며 바위옷 위에 거무튀튀한 두꺼비들이 느릿느릿 움직이며 독을 뿜어댔다. 부처손 그늘에서는 자라와 남생이와 거북이 긴 잠을 자다가 어느 결에 바랜 뼈만 남기고 죽어가고 있었다. 5천 년 이상 묵은 호골주(虎骨酒)를 뿌리며 두루미천남성이 우화(羽化)하는 동안, 시간의 빗살무늬 사이로 늙은 천도복숭아나무가 다시 몇천 년 지나서 봐, 다시 몇천 년, 하고 이빨 빠진 복사꽃 도화살을 흩날리고 있었다. 시간의 징검다리를 외발뛰기로 뛰며 우리는 '섬'으로 가는 길이었다. 그곳에 과연 그녀가 그 모습 그대로 오뚝 앉아 있을까.

"꿈 깨. 혹시 걔가 있으리라고 생각하는 건 아니지?"

"뭐? 어디?"

"저 '섬'에 말야."

나는 손을 들어 간판을 가리키며 그를 돌아보았다. '반월'에 살던 어느 날 그와 함께 무인도에 간 적이 있었다. 나중에 시화호를 만들면서 깎아 뭉갠 섬이었다. 개고사리며 도깨비고비며 왕원추리가 우거진 섬의 바위 기슭에는 갯강구들이 바글거렸고 말미잘들이 움츠린 바위틈에는 주먹만 한 소라고둥들이 뒹굴었다. 마침 시인 박정만이 죽은 지 꼭 일 년 되는 날이라고, 그는 날소라 안주로 소주를 병나발을 불며 눈물을 질금댔다. 그 울음에 전염되어 나도 하염없이 눈물을 흘렸다. 돌아오는 거룻배 위에서 돌아보니, 섬은 커다란 무덤 같았다. 따라서 지구라는 외로운 섬도 하나의 커다란 무덤이었다. 죽음이란 엄연한 현실이었다.

"걱정 끄셔. 시집가서 애 낳고 잘살겠지. 허허."

"당연히 그래야지."

내가 태연하지 않을 까닭이 없었다. 그녀의 죽음을 전해 들은 것은 '섬'에서였다. 결혼해서 애 낳고 산 것은 틀림없어도 그즈음 그녀는 남편과 헤어져 혼자 살았다고 했다. 그러던 중 무슨 귀신에 씌었는지 없는 돈에 고물 자동차를 사서 타고 다니기 시작한 며칠 뒤 새벽 자유로를 질주하다가 도로표지판 기둥을 들이받고 그 자리에서 숨졌다는 것이었다. '섬'의 여주인은 장례식에 꽃다발을 들고 갔었다고 말하며 어둡게 미소지었다. 알코올처럼 미소가 휘발된다고 나는 느꼈다.

곧이들리지 않는 얘기였다. 나로서는, 나와 키스를 한 여자 가운데 첫 번째 맞이하는 죽음이었다. 화장으로 마감된 그녀의 뼛가루도 보지 못한 나는 도무지 공소할 수밖에 없는 것이었다. 죽음이라는 게 그토록 무감각하게 전해져오는 것인지 의아스러웠다. 그러니까 아무리 살아 있다 해도, 헤어지는 것이 즉 죽음이었다. 다시 말해서, 여태껏 알아왔다시피 죽음이란 절대적인 상실이 아니라, 상대적인 상실에 지나지 않는다는 깨달음이었다. 이와 같은 깨달음에 대해서 현학적으로 꼬치꼬치 캐고 근거를 대라는 식으로 면박하지는 말기 바란다. 어쨌든 그 죽음을 내가 알았기에 그녀는 비로소 죽은 것이었다. 몰랐다면 그녀는 어디엔가 살아 있는 것이었다. 우리는 잊히지만 않는다면 그렇게 몇천 년이고 살아 있을 수 있었다.

"자, 애 엄마를 위하여."

내가 술잔을 치켜들고 잠깐 시간을 둔 사이에 그가 먼저 말했다. 나는 죽음의 그림자라도 볼 수 있기를 바랐다. 바로 그런 바람이 잠깐 묵념처럼 스쳐가는 동안 건배는 제의되었다. 그녀가 이 세상에 없다고 여기기보다 있다고 여기는 게 훨씬 부드러운 현상을 어찌 설명할 것인가. 우리는 술잔을 입술로 가져갔다.

"이 집은 신라 시대 때부터 있던 술집이야. 아니, 섬이니까 지구 형성 때부터. 그럼 어디, 본격적으로 마셔봐?"

나는 나도 모르게 이를 악물었다.

"맞아, 맞아. 허허."

그가 박수무당처럼 어깨를 추슬렀다. 신라 시대든 지구 형성 때든 다 요즘 일이라고 나는 말하고 싶었다. 코끼리 가죽북이 빌미가 되었을까. 어림도 없는 노릇이었다. 그따위 것 때문이 아니었다. 그녀는 분명 이 세상에 없는데 그 사실이 조금도 핍진하게 다가오지 않기 때문이라고 나는 소리치고 싶었다. 하지만 내 입에서는 아무 소리도 나오지 않았다. 내게서 소리가 만들어져 나옴과 함께 모든 환상은 거울처럼 깨지고 말 것이었다. 그녀의 죽음은 기정사실이 되고 말 것이었다. 그녀의 뼛가루는 분분한 첫눈처럼 천지에 흩날릴 것이었다.

"죽은 코끼리가 북소리로 살아 있으니까 곧 일각수(一角獸)로 태어날 거야."

나는 느닷없이 중얼거렸다.

"뭐 죽은 코끼리가 일각수로?"

그가 눈을 둥그렇게 떴다. 그러나 이어서 머리를 밑으로 숙이고 크게 끄덕였다. 우리는 그 순간을 위하여 만났음에 틀림없다고 나는 믿었다.

나는 묵묵히 술잔을 기울였다. 건곤에 어둠이 가득한데 작은 등불을 들고 우리는 적막 속을 걸어가고 있었다. 우리가 누구인지도 알 길이 없었다. 알 듯 알 듯한 모습은 다른 사람의 몸에 또 다른 사람의 얼굴을 하고 있었고, 또또 다른 사람의 몸에 또또또 다른 사람의 얼굴을 하고 있었다. 양쪽 거울에 무한 허상이 보이듯이 그 얼굴은 끝없이 모호하게만 겹쳐졌다. 등불을 비춰보면 그 가운데 그녀의 얼굴도 있고, 그의 얼굴도 있고, 내 얼굴도 있었다. 겨우살이의 해맑은 얼굴도 있었다.

양, 돼지, 개, 소, 닭, 오리, 염소 등등의 모습도 있고, 물론 코끼리의 모습도 있었다. 코끼리는 깊은 소(沼)에 잠겨 크앵크앵 소리를 지르고 있었다. 그녀가 달려가 코끼리를 건져올려 들여다보더니, 이건 가죽뿐이잖아, 하고 말했다. 우리는 우글쭈글한 코끼리의 가죽을 놓고 슬프게 곡을 하기 시작했다. 그렇게 슬픈 곡을 해보기는 난생처음이었다.

광야에는 불같은 모래바람이 불고 있었다. 빗발까지 칠 때면 하늘에서 북명(北冥)의 메기며 가물치며 쏘가리며 잉어며 미꾸라지며가 꿈틀거리며 떨어지다가 순식간에 말라 바스러졌다. 작은 풀뿌리 하나까지 다 뽑혀 날아가고, 얄궂은 무슨 괴물들의 화석들만 불쑥불쑥 드러난 곳으로 우리는 몇 주야를 걸었다. 높은 양치식물들의 무성한 톱니 잎사귀들이 해를 가리고 거대한 공룡들이 눈을 부라리며 뒤뚱거리는 나라를 지나고, 오랑우탄과 고릴라들 사이로 유인원이 얼굴을 내미는 나라를 지나고, 많은 임금들이 알에서 태어나는 나라도 지났다. 지축을 뒤흔드는 말발굽 소리와 함께 불타오르는 수많은 도시와 촌락들에서 사람들이 울부짖는 아우성 소리가 귀청을 찢고, 양 떼와 말 떼와 코끼리 떼 들이 길길이 날뛰는 전쟁터도 지났다. 잔물결같이 바람에 누운 풀밭에 제비꽃과 민들레 꽃과 엉겅퀴 꽃이 흐드러지게 피고 그 아지랑이 속에서 한 여자가 웃음을 지었다. 누구였더라? 그러나 곧 암전(暗轉).

나는 그녀가 되살아오기를 기대했던 것일까. 그녀뿐만 아니라 어떤 사람일지라도 간절한 기도에 의해 되살아날 수 있는 나라에 살고 싶었다. 땅을 감동시키고 하늘을 감동시키는 그런 기도라면 말이었다. 그런 나라에서 그녀뿐만 아니라 겨우살이까지도 되살아나는 그런 기도를 올리고 싶었다. 그러나 모든 것은 캄캄한 어둠 속에 잠기게 되어 있음을 불행히도 나는 알고 있었다. 나는 감정을 안정시키려고 애썼다. 참을 수 없는 무엇이 용암처럼 가슴속에서 부글부글 끓고 있어서 견디기가 힘들었다. 우리가 침묵하면 침묵할수록 그것은 더욱 힘찬 압력으로 뭉쳐서 드디어는 굉음을 내며 폭발할 것만 같았다.

우리는 서로의 인내를 시험하기라도 하는 듯 묵묵히 앉아 있었다. 그의 얼굴이 새하얗다 못해 새파랗게 질려간다고 느껴졌다. 내 얼굴도 그럴 것이었다. 나는 용암을 꾹 누르며 석상처럼 앉아 있었다.

먼 데서 코끼리 가죽 북 소리가 또렷이 들려올 때까지 나는 시간의 가혹한 시련을 말없이 견뎌내고 있었다. 그것이 내 기도였다. 그러지 않으면 모든 것이 무(無)로 화하고 말 거라는 긴장을 내 것으로 하는 한 기도하는 인간으로 살아 있을 수 있다고, 나는 믿었다. 그리고 코끼리 가죽 북 소리가 이 세상에 울리고 있는 한 우리는 천년이 아니라 영구 무한의 시간 속에서 진정한 사랑을 꿈꿀 수 있다고, 나는 믿었다. 그렇게 영겁을 보내고 있다는 생각에 나는 삶이 얼마나 고마운지 알 수 없었다.

어느덧 새벽이 한 마리 외뿔짐승처럼 다가오고 있다는 느낌이었다.

돌 속의 무지개

세계의 여름 보양 음식 일본의 자라탕, 이탈리아의 오징어 먹물 리조토, 중국의 불도장(佛跳墻) 수프. 자라탕은 자라를 통째로 삶아 술·간장·생강으로 양념을 한 것이며, 오징어 먹물 리조토는 쌀밥에 오징어 먹물과 양파를 넣고 볶은 것인데, 불도장 수프는 그보다 한결 색다른 것이다. 우선 재료부터가 그래서, 잉어 부레와 사슴 심줄과 상어 지느러미에 해삼·송이버섯·전복·동충하초가 동원된다. 그것들을 토기에 넣어 밀폐해서 대여섯 시간 끓인다. 불도장이라는 이름은, 중국의 어느 왕이 이 음식을 먹어보고 어찌나 맛있던지, 이 음식이 있으면 참선하던 스님도 담을 넘어올 정도라고 말했다는 데서 유래했다고 적혀 있었다. 하지만 이 음식을 서양에서는 부처가 뛸 정도로 맛있는 수프(Buddha jump soup)라고 부른다고 했다.

　신문을 뒤적이던 나는 그 옆의 기사로 자연스럽게 눈길이 옮겨갔다. 뭐? 시화호 언저리에서 대규모 공룡 서식지 발견?

　나는 발굴단의 한 사람이 공룡 알의 화석을 들고 있는 사진을 들여다보았다. 그리 대단한 사건은 아니었다. 영화 〈쥐라기 공원〉이 관객을 많이 끌어들이고부터 공룡은 우리에게 꽤나 가까이 다가와 있었다. 언젠가 전철을 탔는데, 옆에 서 있던 어머니와 어린애가 서로 공룡 이름 대기를 길게 계속하는 걸 보고 놀란 적도 있었다. 나중에는 궁해진 어린애의 입에서 도롱뇽이라는 이름까지 나오게 되었다. 도롱뇽은 공룡 종류가 아냐. 어머니의 말에 어린애가 눈을 끔뻑거림으로써 공룡 이름 대기 게임은 끝나고 다시 낱말잇기가 계속되었다. 떠올려보니, 그보다 훨씬 전, 〈쥐라기 공원〉 같은 게 나오리라고 상상도 못했던 어느 날, 경상남도 고성군 하이면에 갔다가 그 바닷가 바위 위에 무수히 찍혀 남아 있는 공룡 발자국을 본 뒤 그날 밤 꿈에 공룡들이 나타나 밤잠을 설친 적도 있었다.

　하지만 나는 지금 공룡에 대해 말하고자 하는 게 아니다. 그 기사를 보며 나는 한 여자 아이를 머리에 떠올리게 되었던 것이다. 공룡이 아니라 시화호가 매개였다. 시화호는 경기도 서

해안의 간척지에 만들어진 인공 호수로서, 그 물이 너무나 오염되어 골칫거리라는 사실은 매스컴에도 여러 번 오르내렸었다. 시화호가 만들어질 무렵 나는, 오래전에 공룡이 그랬던 것처럼 그 언저리를 오가며 살았었다. 그리고 그곳을 떠나기 위해 한 여자 아이와 얼마 동안 그 호수를 돌았었다.

얼마 동안 호수를 돌았었다는 것에 대해 내가 무엇을 얘기하고 싶은지는 명백하지 않다. 게다가 나는 '얼마 동안'이라고, 그 시간을 뭉뚱그릴 수밖에 없으니, 안타깝기조차 하다. 그것이 하루인지 이틀인지 나아가 사흘인지, 나는 정말 꼭 집어 밝힐 수가 없다. 다만 나는 그 뒤 곧 그곳을 떠났고, 그 일은 마치 내가 겪은 일이 아닌 것처럼 아득해졌다. 그래서 그 '얼마 동안'을 순간이나 찰나라고 해도 할 말이 없는 것이다. 그런 것을 흔히 마음의 공허라고 하는지도 모르겠다고 나는 추상한다.

그 여름에 나는 보양 음식은커녕 라면만 줄기차게 먹으며 하루하루를 죽여가고 있었다. 도무지 이렇게 살아서 뭘 하겠다는 건지 모를 일이라고 내 입에서는 신음 소리가 절로 나왔다. 어쩌다가 혼자 살게 된 까닭이야 굳이 밝힐 계제가 아니지만, 그런 터수에 사람을 잘못 만나 전셋돈마저 홀랑 뜯기고 공중에 뜬 신세였다. 하는 수 없는 노릇이었다. 라면이라도 먹을 수 있다는 건 여간 고마운 게 아니었다. 이리저리 뛰어다녀 겨우 얻은 일감이라고는 《조선왕조실록》을 어린이의 읽을거리로 한 권짜리 책에 담는 게 고작이었지만, 그것도 거의 마침표를 찍어둔 상태였다. 그리고 나는 이제나저제나 그 도시를 떠날 생각에만 골똘해 있었다. 언제든 훌쩍 떠나면 그만이었는데도 나는 어떤 계기를 기다리고 있었다. 이렇게 막연하게밖에 말할 수 없는 것은, 그것이 이해되어야 할 사항이 아니라 수용되어야 할 사항이기 때문이다.

그 여자 아이를 만난 것은 그 여름의 어느 날이었다. 그 아이는, 내 딱한 몰골을 보다 못한 친구가 심심풀이로 아이들이나 가르쳐보라고 밀어넣은 한 강좌의 수강생이었다. '아이'라고는 하지만 스무 살은 넘은 어엿한 숙녀이긴 했다. 그러나 내가 처음부터 그 아이를 알게 된 것은 아니었다. 과정이 모두 끝나고 며칠이 지나 그 아이의 전화를 받고서도 나는 쉽사리 얼굴을 기억해낼 수 없었다.

전화는 시험 점수에 관한 문의였다. 그것은 그냥 문의가 아니라 항의에 가까웠다. 하기야 그런 종류의 전화란 모두 못마땅하다는 표현에 다름 아닐 것이었다. 시험 점수에 의문이 있어서요. 나는 전화를 받으며 약간 긴장했다. 시험 점수를 매겨

관리 부서에 넘기면서 그런 사실을 알긴 했어도 막상 전화가 오리라고는 예측하지 못했었다. 시험 점수는 사흘 동안 게시판에 공고하도록 되어 있었고, 그 결과에 문의가 있는 사람은 담당 선생에게 전화를 할 수 있게 되어 있었다. 그리고 경우에 따라서는 수정도 가능하다고 했다. 그 과정은 대학의 과정과 마찬가지로 학점으로 인정을 받는다는 것이었다. 그러니까 정규 대학에 가지 않고도 그런 과정을 여럿 거치면 결국 대학 졸업생의 자격을 딸 수 있다는 것이었다.

청소년을 위한 교육 프로그램이 단순히 교양에 그치지 않고 대학 학점에까지 이어진다는 것은 새로운 제도였다. 내게 그런 과정을 가르쳐달라는 제의는 다소 뜻밖이었다. 이렇다 할 일자리도 없이 시간을 죽이고 있던 나는 소일거리 삼아 저녁이면 그 언덕 위의 회관 건물로 가서 예술이 어떻고 사회가 어떻고 이것저것 한 학기 동안 떠들어댔다. 나는 이미 그 도시를 떠날 마음을 굳히고 있었으므로 그것은 소일거리이자 마지막 사명같이도 여겨졌다. 그리고 시간이 끝나고 나서 간혹 수강생들과 어울려 포장마차에 둘러앉는 재미도 쏠쏠했다. 청소년을 위한 교육 프로그램이라고 했는데, 수강생들의 나이는 들쭉날쭉 차이가 많았다. 그렇게 한 학기를 보냈지만 그 아이의 존재는 내게 입력되지 않았었다.

"점수가 생각보다 나쁘게 나와서요."

그 아이는 항의하고 있었다.

"그래?"

나는 얼떨떨하게 대꾸했다. 점수를 내기 위해 무슨 시험을 친 게 아니라 간단한 리포트를 제출받았었다. 그리고, 뭐 이런 걸 다 시켜, 하고 투덜대며 적당히 점수를 매겼을 뿐이었다. 그 아이는, 자기는 단 한 번도 결석을 하지 않았노라고 밝혔다. 내가 그 아이에게 점수를 얼마나 주었는지 알기 위해서는 리포트를 쑤셔 박아놓은 봉투를 뒤져보아야 할 것이었다. 그나마 남겨놓은 것만 해도 다행이었다. 그러나 그걸 뒤적거릴 엄두가 나지 않았다. 나는 머뭇거렸다.

"잠깐만이라도 뵐 수 없을까요?"

그 아이는 쉽게 물러설 기세가 아니었다. 게다가 나는 이제 그 도시에서는 어떻게든 빨리 떠날 궁리만 하고 있었기 때문에 새삼스레 누구를 만나고 어쩌고 할 마음이 아니었다. 아무리 잠깐만이라지만, 그리 간단한 문제는 아니었다. 만나게 되면 점수를 올려주지 않을 수 없다는 느낌도 부담이었다. 그 아이는 '잠깐만이라도'를 되풀이했다. 여간 성가신 게 아니었다.

"어디로 하지?"

마지못해 나는 말하고 말았다. 그러나 아직도 승낙한 건 아니었다. 나는 망설이고 있었다. 진행되고 있는 일을 두고 망설이는 게 또한 내 몹쓸 버릇이었다. 게다가 그 아이는 어떻게 알았는지 바로 가까운 데 와 있노라고 대답했다. 말했다시피 전셋돈까지 날려 임시로 쫓겨와 있는 내 거처를 알고 있다니. 나는 짜증마저 일었다.

그러나 나는 마침내 그 아이를 만나러 나가지 않을 수 없었다. 점수에 대한 문의에 응해야 한다는 것은 일종의 의무였다. 그 문제가 이제 더 이상 귀찮게만 여겨져서 그만 관계하고 싶지 않은 마음은 이미 그 도시를 떠나 있는 내 심리 상태와 맞물린 회피였다.

그 아이는 오후의 햇살 아래 공중전화 부스 앞에 오도카니 서 있었다. 하늘색 블라우스에 보라색과 남색의 꽃무늬 스커트를 입은, 다소 촌스런 모습이 왠지 낯설기 짝이 없어서 나는 내 눈을 의심했다. 하기야 형편없는 근시인 내 눈을 근거로 삼아서는 안 될 것이었다. 이를테면 '한나라'를 '딴나라'로 읽는다든가 '큰 꿈'을 '큰 곰'으로 읽는다든가 하는 착시는 흔한 일이었고, 하물며 '우동'을 '무좀'으로 읽는다든지 '항아리'를 '병아리'로 읽어서 옆 사람을 곤란케 한 일도 있었다. 그 강좌를 끝내고 언덕길을 내려오던 어느 날, 무심코 눈을 든 나는 갑자기 호수가 눈앞에 다가와 있는 걸 보고 깜짝 놀라기도 했었다. 도무지 그럴 까닭이 없었다. 나는 걸음을 멈추고 그 파란 물을 경이롭게 바라보았다. 그런 호수를 보는 것이 얼마 만이던가. 호수는 늘 신비로운 것이었다. 그러자 인사동 어디선가 본 '하늘 호수'라는 좀 미심쩍은 카페 이름도 머리를 스쳤다. 그것은 정말 하늘 자락에 떠 있는 호수였다. 그 호수를 본 것은 아마도 지극히 잠깐 동안이었을 것이다. 그러나 나는 강렬한 어떤 환상에 이끌려 한참 동안 그 자리에 서 있었던 듯싶었다. 그것은 호수가 아니라 새로 지은 커다란 무슨 건물의 파란 지붕이었다. 그 지붕이 다른 지붕들보다 높아지면서 언덕 길 옆의 나무들 위로 한 폭의 호수를 연출한 것이었다. 혐의가 있다면 그 지붕을 칠한 페인트를 물빛, 아니 하늘빛으로 택한 사람의 몫이었다. 그래서 나는 그 지붕을 호수로 본 내 눈을 꾸짖고 싶은 생각이 눈곱만큼도 없었다. 모든 사물에는 그 나름의 꿈이 있다는 사실을 나는 느꼈고, 그 지붕은 그때 호수를 꿈꾸고 있다는 생각이 들었다.

그 아이는 내게 고개를 숙여 보이며 몇 걸음 다가왔다. 거듭 말하거니와, 내 강좌를 들은 학생이라고 도무지 알아보지 못하는 이상, 그 아이와의 만남은 그때가 처음이라고 해야 한다. 존재는 알려져야만 존재라는 말을 나는 알고 있었다. 그와 함께 나는 출석부 사본이며 리포트를 안 가지고 나온 사실을 상기했다. 형식적이나마 그걸 가지고 나왔어야만 하는 것이었다. 그러나 방을 나올 때 나는 이미 거기에 생각이 미쳤었지만 내 안에서 그 사실을 묵살하고 있었다는 걸 알았다. 그 대신 나는 몇 푼 받은 강사료를 주머니에 쑤셔 넣어 가지고 있었다. 그렇다면 나는 그 아이를 만나서 매우 피상적인 얘기를 나눌 수밖에 없었다. 그러자 나는 피상적인 얘기를 하려고 했음이 분명한 듯했다. 점수 따위야 어떻게 되든 상관없는 일이었다. 그러나 이 세상에 피상적인 대화, 아무것도 아닌 대화를 나눌 상대가 여태껏 내게는 없었음을 새삼 깨달았다. 자신이 모호할 때 모호한 얘기를 나눔으로써 또 다른 세계로 나아갈 수 있는 길은 없을까.

"그래, 점수가 어떻게 나왔지?"

나는 물었다.

"시(C) 제로예요."

그 아이는 또록또록 말했다.

"음…… 시 제로……"

그 말이 그 얼굴처럼 설어서 나는 그 아이를 다시금 쳐다보았다. 웬일인지 그 아이에게 내가 그곳을 곧 떠날 계획임을 꼭 말하고 싶은 충동이 일었다. 어떻게든 살아보려고 왔다가 별수 없이 떠난다는 감회가 서글프게 밀려왔다. 그 아이는 나를 초롱초롱 쳐다보았다. 그 강좌에 나오는 학생치고는 어린 나이의 여자였다. 아무리 내가 눈이 나쁘다 해도 그토록 낯설다는 게 믿어지지 않았다. 요즘 아이들은 점수 따위에 지나치게 집착한다던 말이 되새겨졌다.

"어딜 가서 얘길 하지?"

나는 공연히 두리번거렸다. 시 제로라는 말이 머리를 맴돌았다. 에이 플러스, 에이 제로, 비 플러스, 비 제로, 시 플러스, 그리고 그다음이 시 제로라는 간단한 성적 순서가 암호처럼 허공을 어지럽혔다. 그것들은 이상 기후로 갑자기 불어난 잠자리떼나 각다귀떼처럼 하늘을 날아다녔다. 학교 시절의 지겹고 지겹던 시험이 그런 잔상을 만들고 있음에 틀림없었다. 행복은 성적순이 아니잖아요. 그래? 그렇담 오죽 좋으랴. 나는 지나온 내 인생살이를 돌아보지 않을 수 없었다. 모든 게 경쟁 아닌 것이 없었다. 그 소용돌이를 벗어나보려고 얼마나 발버둥 쳤던가. 더러운 속진을 털어버리려고 얼마나 몸부림쳤던가. 부질없는 허망을 비웃으려고 얼마나…… 얼마나…… 그러나 나는 넌덜머리나는 삶 속에 언제나 붙잡혀 있고 마는 것이었다. 그것은 사랑하는 사람을 저세상으로 보내고도 밥을 입에 떠넣어야 하는 것과 같았다.

"아무 데나 괜찮아요."

그러나 그 아이의 대답을 듣기 전에 나는 이미 어디로 향할 것인지 작정하고 있었다. 늘 쉽게 생각해내는 장소였다. 나는 다짜고짜 그 아이를 이끌고 택시를 잡았다. 무엇 때문인지 마음이 급해져서 숨이 턱에 차올랐다. 그리고 나는 알고 있었다. 드디어 그 도시를 떠날 마지막 시간이 다가왔음을.

말했다시피 나는 그 도시를 떠날 어떤 계기를 기다리고 있었다. 그 아이는 아직 내게 아무 존재도 아니었음은 물론 우리는 말 한마디 제대로 나눈 사이도 아니었다. 그럼에도 불구하고 이제야말로 그 어떤 계기가 다가온 것이라고 느낀 까닭이 무엇인지는 알 수 없는 일이었다. 그러나 그 느낌이 강렬한 것에 나는 놀라고 있었다. 그래, 나는 바로 이 순간을 기다리고 있었어. 나는 그 아이의 옆얼굴을 슬쩍 훔쳐보았다. 아무 표정도 없는 얼굴이 뭔가 결연해 보여서, 그 아이가 내 속마음을 읽고 있지나 않은지 나는 가슴이 서늘했다.

그리하여 우리는 호수에 이르렀다. 그 한옆에 낚시꾼들을 상대로 떡밥, 낚싯바늘, 술, 음료수, 담배, 라면, 과자 등 자질구레한 잡화들을 파는 구멍가게가 있었다.

"난 맥주나 한잔할까 하는데, 뭘 할래?"

나는 통나무를 베어 만든 탁자를 가리키며 그 아이에게 물었다. 앉아 있으면 내가 가게에서 사오겠다는 뜻이었다. 그 아이는 자기도 맥주를 하겠다고 말했다. 내가 맥주와 땅콩과 오징어포를 사 가지고 통나무 탁자로 돌아왔을 때, 그 아이는 낚시터와는 반대쪽 새로운 간척지로 얼굴을 향한 채 앉아 있었다. 새로운 간척지라는 말이 나온 김에 그 호수에 대해 조금은 설명을 곁들일 필요가 있겠다. 호수라고 말한 그곳은 오래전부터 있어온 저수지로서 여기저기 수로가 연결되어 있으며, 수도권 일대에서는 널리 알려진 낚시터였다. 그러니까 새로운 간척지는 그 호수의 바깥쪽에 또 다른 호수를 만들면서 생겨나는 것이었다. 새로운 호수는 바다까지 이어져 있어서 바다와의 경계는 물막이 공사로 방조제가 쌓아져 있었다.

우리는 종이컵에 맥주를 따라 가볍게 부딪쳤다. 가벼운 부딪침에도 종이컵은 챙, 유리의 차가운 소리를 울렸다고 여겨졌다. 술잔을 부딪칠 때면 왜 나는 늘 이별을 마음에 머금는지 모를 일이었다. 아무리 '위하여'라거나 '곤드레만드레'라거나 '지화자' 하고 건배를 외쳐도 술잔이 부딪치는 소리는 이별이 멀리서 눈짓하는 빛을 간직하고 있었다. 그것은 소리이자 빛이었다. 따라서 유리와 술은 모두 소리이자 빛이며, 이별이자 고독이었다. 존재의 아픔을 고독 속에 묻고, 그리하여 자기의 모든 것까지도 투명하게 잊을 수 있게 하는 이별을, 유리와 술은 알고 있었다. 따라서 나 역시 유리와 술의 고독을 알고 있었다. 나는 그런 영롱한 이별을 늘 꿈꾸었다.

 모든 것을 투명하게 잊을 수 있게 하는 이별? 그러나 망각과 이별은 단지 어둠일 뿐이었다. 어둠 속에서 죽었나 싶은 것이 가끔 강시처럼 머리를 들고 나타나 내 죽은 욕망에 불을 지폈다. 일어나, 일어나, 일어나란 말야. 그리고 괴롭게 기억을 살려내란 말야. 괴로움이야말로 삶의 진실이란 말야. 나는 종이컵의 술을 들이켜며, 그 아이의 입술에 맥주 거품이 잠깐 남았다가 키스의 감촉처럼 사라지는 걸 보았다. 그렇게 사라지는 것이 진짜 이별이었다. 이제는 갯벌로서의 생명이 다한 푸석푸석한 간척지 위로 갈매기가 낮게 선회하고 있었다.

 "시 제로라고 했지?"

"시가 마치 에스 이 에이(sea)의 시로 들려요. 바다."

내 질문이 채 끝나기도 전에 꼬리를 물고 나오는 말에 나는 놀랐다. 그 아이는 쿡, 가볍게 웃었다. 바다라는 말 때문인지 그 웃음이 물고기의 웃음을 닮았다고 느껴졌다. 그렇다고 해서 그 웃음이 장난스럽다는 것은 결코 아니었다. 나는 바다 제로라는 말에 생각이 미쳤다. 새로운 호수를 만든다고 이제 바다는 그곳에서 멀리 밀려나 있었다. 날아오기에는 힘든 거리일 텐데 바다로부터 갈매기가 날아오는 것은 예전 기억 때문으로 보였다.

"바다 제로라……"

나는 몽롱하게 바다에 관한 무슨 기억을 더듬었다. 그 기억의 그림은 매우 구체적으로 다가와 있는 듯한데 도무지 아련하기만 할 뿐이었다. 손에 잡힐 듯하면서도 막상 붙잡으려면 환상의 연기처럼 사라져버리는 것을 좇아 나는 평생을 허깨비처럼 살아온 것인지도 몰랐다.

"부담 갖지 마세요. 전 꼭 점수 때문에 만나자고 한 건 아니에요."

땅콩 껍질을 벗기는 손가락이 미세하게 떨고 있다는 건 내 착시였을까. 나는 그 아이가 무슨 말을 꺼내든 부담을 갖지 않을 준비가 충분히 되어 있었다. 호숫가에 와서 저 갈매기처럼 바다의 기억을 더듬으면서 무엇에든 새삼스레 부담을 가질 나이가 아니었다. 아직 아무런 별다른 얘기도 나누지 않았는데, 그곳에 새로운 호수가 들어온다는 얘기가 나오기도 훨씬 전에 찰랑이는 바다를 앞에 놓고 시작한 대화를 그때까지 나누고 있다는 착각이 들었다. 우리가 무슨 대화를 나누었더라? 그런 건 별 중요한 게 아니었다. 지내온 인생도 그랬다. 그 사랑의 여러 장면 속에서 상대방과 나눈 많고 뜨거운 대화의 내용이 무엇이었더라? 사랑·행복·영원 따위의 낡고 찌든 낱말들이 기껏일 것이었다. 몇 개의 죽은 낱말들이 순장(殉葬)되어 있는 과거의 무덤 속에서 내가 찾아낼 수 있는 것은 무엇이란 말인가.

처음 그 도시에 생활 터전을 마련했을 무렵에도 나는 한 여자와 바로 그 통나무 탁자 앞에 앉아 있었다. 남자로부터 상처를 입고 홀몸이 되었으나 면역의 여유를 못 가진 그녀는 여전히 남자를 경계하고 있었다. 홀몸이라는 공통점이 우리를 그 통나무 탁자로 가도록 도와준 것이었다. 그 경계심을 경계하며 내가 사랑이라는 낱말을 입에 올리자 그녀는 먹고살 일도 힘에 버겁다고 대답했다. 그 말이 진실이 되기 위해서는 세상의 모든 가난한 사람들이 사랑을 포기해야만 했다. 그때 그녀의 노을에 젖은 실루엣이 내게 속삭이던 말은 두고두고 내 귀에 남아 있었다. 당신의 영혼은 내겐 너무 무거워요. 그 말이 신호가 되어 우리는 곧 동거 생활에 들어갔었다. 그리고 또 세월이 흘러서 그녀와의 생활도 막바지를 향해 치닫고 있었다. 그런 마당에 내가 다시 그 자리에 와 있다는 것은 범죄자가 범행 현장에 다시 찾아가본다는 심리를 닮은 것일까.

"전 무당이 되고 싶어요. 그런데 왜 무당이 되고 싶은지 모르겠어요. 그래서 선생님의 말씀을 듣고 싶어요. 도대체 무당이란 뭐죠?"

그 아이의 느닷없는 말에 그만 점수에 대한 부담은 가뭇없이 사라져버린 것이 사실이었다. 그러나 이제야말로 부담되는 질문이 내게 던져져 있었다. 나는 '무, 당' 하고 입속에서 되뇌었다. 이런 변이 있나, 싶었다. 도대체 무당이란 뭐냐고 묻는 말에 대답이 궁하기도 했으려니와, 그보다 먼저, 무당이 되고 싶다는 여자와 마주 앉아 있는 나라는 인간이 도대체 무엇인지 스스로 물어보아야 하리라 여겨졌다. 그 도시에 유난히 무당이 많은 것은 사실이었다. 언젠가는 젊은 여자와 우연히 어울려 술집이며 디스코텍까지 갔었는데, 나중에 그 여자가 무당이라고 해서, 뒤통수를 맞은 기분에 나는 목이 메도록 킬킬

킬킬 웃었었다. 그 뒤, 무당이란 많은 직업 가운데 하나일 뿐이라는 사실을 받아들이게 되기까지는 그리 오랜 시간이 걸리지 않았다. 그러나 이번에는 좀 달랐다. 뭐? 왜 무당이 되고 싶은지 모르겠는데도 무당이 되고 싶다고? 그 말 자체가 수수께끼 같아서 나는 잠깐 어리둥절해졌다. 그리고 곧이어 그 어리둥절함이 전율로 변하며 내 몸 곳곳에는 소름이 돋았다.

"글쎄…… 그건……"

나는 더듬었다. 강의 시간에 샤머니즘이 어떻고 토템이 어떻고 지껄인 것이 화근이라는 생각이 들었다. 무당에 대해서 어디선가 주워들은 대로 몇 마디 중얼거리기가 그토록 싫을 수가 없었다. 그것은 수수께끼에 대한 예의가 아니라고도 판단되었다. 이 녀석 봐라…… 나는 그 아이의 얼굴을 다시 쳐다보았다. 정말로 점수 얘기만을 하러 온 건 아니로구나…… 그러자 그곳에서 처음 그 통나무 탁자에 마주하고 앉았던 여자의 모습이 실루엣처럼 떠올랐다. 그렇게 만난 그녀와의 몇 년 동안의 동거는 막상 내게 버거웠다. 객지에서 만난 두 남녀가 이렇다 할 비전도 없이 좁은 단칸방에서 맨살을 비비고 산다는 건 생각보다 힘한 노릇이었다. 그녀는 이름만 번지르르한 유령 협회의 홍보일을 보며 실속 없이 바쁘기만 했고, 나는 나대로 서울에서 허섭스레기 원고 일을 맡느라고 허덕였다. 섹스 아래서 사랑·행복·영원 따위는 상상 속의 동물처럼 모호해지더니 마침내는 섹스마저 그 동물의 눈처럼 빛을 잃어갔다. 상상의 동물은 상상력에 의해서만이 살아 있을 수 있는 것이다. 상상력을 잃자 우리는 상피병(象皮病)을 앓는 것 같은 거친 살갗으로 좁은 방에서 버텼다. 하기야 이렇게 쉽게 이별이라는 결말을 말하고 있는 내가 가증스럽기조차 하다. 그러므로 앞에서 나는 그 만남을 간단히 암시만 하고 넘어가기를 원했던 것이다. 우리는 '돌 속에 뜨는 무지개'라는 카페에 가서 마지막 말들을 나누었다. 그 카페 이름은 어찌어찌하여 내가 지은 것이었다. 그 이별은 무겁고 아름다웠다. 스파이스 걸스의 〈워너비〉가 감미롭게 울려 퍼지는 가운데, 그녀는 또다시 다른 여자를 울리지 말라고 말했다. 내 생각은 그와 반대였지만, 나는 입을 다물고 고개를 끄덕거렸다.

《조선왕조실록》은 지지부진이었다. 사약이 내려지는 상황은 사람이 죽고 살고의 문제인데 걸핏하면 사약이라 도무지 사람 목숨이 뭐란 말인가 지겹기조차 했다. 이 과정에서 알게 된 것이 엉뚱하게도 투구꽃이었다. 사약도 죽을 사(死)의 사약이 아니라 내릴 사(賜)의 사약이었다. 임금이 내린다는 뜻이었다. 그 주성분은 투구꽃의 뿌리로 만들어졌으며, 청산가리는 비교가 안 될 만큼 많은 독성을 가졌다고 했다. 거기에 바곳의 뿌리인 부자를 곁들이면 사약이 되었다. 내게 주어진 이별이 어떤 것이었든 그로부터 나는 투구꽃 한 뿌리는 꼭 키우리라 다짐하곤 했다. 무슨 식물을 심은 화분인지는 모르지만 그걸 품에 안고 어려운 상황을 헤쳐 나가는 영화 주인공 레옹처럼 투구꽃 화분을 안고 노스트라다무스의 대재앙이 덮친 세상에 버려져 있는 나를 꿈에 본 것도 그 무렵이었다. 그 이별에 그런 간절함이 있었던가, 나는 뒤늦게야 가슴을 쓸어내렸다. 어떤 이별이든 극약 처방이 필요한 이별만이 우리를 각성시키며 마음의 밤하늘에 별처럼 뜬다. 그리하여 어둠 속에서 어둠을 보게 한다. 한 방울의 눈물이라도 별똥별의 빛을 뿜는다. 그렇지 않으면 이별은 의미를 잃는다.

> 투구꽃: 미나리아재빗과의 다년초. 깊은 산 속에서 자라며 높이 1미터 정도이다. 꽃은 9월에 피며 자주색이고 작은 꽃줄기에 털이 있다. 꽃받침 조각은 꽃잎처럼 생기고 털이 있으며 뒤쪽의 꽃잎이 고깔처럼 전체를 위에서 덮고 있다. 뿌리에 맹독이 있으며 초오(草烏)라는 이름

으로 약용한다. 속리산 이북에서 만주까지 분포한다.

　죽을 각오를 한 북한 요원들이 몸에 독약을 지니고 있는 것을 보고 나서 나는 내 삶에도 그렇게 독약을 지니고 있어야 되리라 여겨졌다. 맹렬히 살지 않으면 안 된다. 투철함만이 미덕이다. 아닌 게 아니라 그날을 인생의 마지막 날이라고 생각하라는 말도 있었다. 아마도 여기에 '머리가 두 쪽이 나더라도' 하는 수사가 붙는 것이리라. 나는 나를 돌아보며 한숨지었다. 그리하여 투구꽃은 내게 가까이 다가오게 된 것이었다. 투구꽃 화분을 들고 다니다가 마지막 극악한 순간이 왔을 때 그 뿌리를 씹으면서 숨을 넘길 수만 있다면, 하고 나는 자못 비장해졌다.

　날은 어느새 설핏 기울어지기 시작하고 있었다. '글쎄……그건……' 하고 더듬던 데서부터 그 아이와 나의 대화는 갑자기 점입가경이 되어, 우리는 많은 말을 쏟아냈다. 그 아이도 나에 못지않았다. 가게로 들락거리며 몇 병인지 알 수 없이 맥주를 사오는 동안, 갈매기는 바다 쪽 바위 둥지로 돌아가고, 하늘에는 가끔 까마귀가 한 마리씩 유난히 까아악! 까아악! 소리치며 날고 있었다. 죽은 갯벌의 간척지 위로 까마귀 소리가 음울하게 울려 퍼지자 선홍색 지렁잇빛 노을이 갑자기 검게 그을리고 있었다. 그 아이는 오래전 호수 옆에 조성된 간척지 마을에 처음 자리를 잡았었다고 했다. 그 마을은 전라도 지방의 이재민들을 위해 만들어진 마을이라고 듣고 있었다. 고향에서 살길을 잃은 많은 사람들이 그곳으로 밀려왔었다. 말하자면 유민(流民)들이었다. 이젠 처음 들어와 자리 잡은 그 사람들은 거의 떠나고, 게딱지 같은 집들은 싸구려 니나노 집으로 변해 있었다. 거기서 자란 유민의 아이는 기업의 산업체 여학교를 나와 지금은 한 협동조합에 다니고 있었다. 그 아이가 어떤 인생 역정을 거쳤는지에 대해 나는 아무 흥미도 없었다. 나는 그 아이에게, 네가 내 앞에 앉아 있고 그리고 까마귀조차 울지 않는 밤이 오고 있는 것만 알고 있으면 그것으로 충분하다고 말해주었다. 그리고 후렴처럼 덧붙였다. 난 곧 여길 뜰 테니깐 말야. 이젠 그따위 강의는 안 할 테니깐 말야. 투구꽃 화분을 들고 서울로 갈 테니깐 말야.

나는 말을 이었다.

한 할아버지가 말야. 앳된 처녀애를 데리고 얕은 개울물에서 견지낚시를 하고 있는 게 아니겠어? 견지낚시 알어? 낚싯줄을 개울물에 늘어뜨리고 물고기를 채서 낚는 거야. 어여쁜

돌 속의 무지개 175

처녀애는 옆에서 양산을 펴 들고 할아버지 쪽과 자기 쪽을 적당히 오가며 이것저것 시중을 들고. 하지만 무료히 앉아 있을 수만은 없어서 그저 공연히 손놀림을 해보는 정도야. 할아버지, 하고 가끔 나직이 불러. 이건 어떡하느냐는 투로 쳐다보면서 말야. 할아버지도, 처녀애도 이렇다 하게 감정을 읽을 만한 두드러진 표정이 없어. 그야말로 '흐르는 강물처럼'이 아니라 '흐르는 시냇물처럼'이라고나 할까. 그런데 이상하게 그 모습에 가슴이 짠해. 할아버지가 송사리든 피라미든 한 마리도 낚지 못해서가 아냐. 늙은 할아버지는 아직 젊었고, 앳된 처녀애는 그 젊음을 이해하지 못한다는 거야. 뙤약볕 아래 양산이 만든 조화였겠지. 아냐. 그게 삶의 조화야. 그들은 할아버지와 손녀였어. 그들이 내가 묵고 있는 민박집에 묵고 있다는 사실을 안 건 저녁에 그들과 들에서 마주치고 나서였어. 뜰에는 여기저기서 모아놓은 시골의 꽃들이 만발해 있었지. 능소화 덩굴 아래 원추리·백합·도라지·나리 들이었으니까, 칠월이었어. 처녀애는 할아버지가 몸이 안 좋아서 벌써 반년째 그렇게 요양 겸 유람을 모시고 다닌다는 거였어. 난 그때 자살을 꿈꾸며 여기저기 떠돌며 술로 몸을 학대할 때였지. 그러나 며칠이 지나지 않아 그들이 할아버지와 손녀 사이가 아니라는 건 다 알려졌지. 세상에 비밀이란 없다잖아. 할아버지는 어느덧 인생이 마지막에 이르렀다는 걸 알고 처녀애를 돈으로 샀다는 거야. 뭐, 단란주점이나 룸살롱에서였겠지. 그리고 마지막 여행길의 벗으로 삼았다는 거야. 그래서 죽기 전에 그렇게 여행을 하는 거랬어. 이건 아름다운 것도 추한 것도 아냐. 단지 삶이지. 옛날에도 흔한 일이었어. 여러 가지 이유 때문에 하는 수 없이 몸이 끌려가거나 팔려간 여자들이 많았어. 권력 때문에, 돈 때문에, 혹은 목숨 때문에. 아버지를 먹여 살리려고 뱃사람들에게 몸을 맡겨 인당수 푸른 물에 제물로 바쳐진 심청이도 그랬던 거지. 나도 늙어서 세상을 떠날 준비가 되면 그럴 참이야. 난 견지낚시를 할 마음은 요만큼도 없어. 내가 스치며 살아온 모든 곳을 그냥 낱낱이 보는 거야. 거기에는 전쟁의 흔적도 있겠고, 혁명의 흔적도 있겠고, 사랑의 흔적도 있겠지. 물론 이별의 흔적이 무엇보다도 크겠지. 그 흔적들을 모두 생생하게 간직하고 저승으로 가는 거야. 그래야만 돌 속에 뜨는 무지개가 될 수 있다고 믿는 거야.

돌 속에 뜨는 무지개라뇨?

음? 그런 말을 내가 하고 말았군. 그래, 내친김에 좀 더 말해보지. 돌은 부서져서 모래가 되고, 모래는 흙이 되었다가, 다시 굳어져 바위가 되기도 하지. 우리들 주검도 거기 섞이는 거야. 그러면 돌의 무늬와 빛깔을 이루겠지? 그렇지? 여기에는 우리의 기억의 에너지도 마땅히 섞여 있겠지? 그렇담 그게 생생하면 생생할수록 무늬와 빛깔도 그렇겠지? 그때 무지개처럼 돌에 어룽지겠지?

모르겠어요. 전 죽음을 생각할 나이가 아니에요. 저한텐 결혼을 하자고 따라다니는 애가 있는데요. 제 자취방에 오면 그저 라면만 끓여주고 그냥 보내요. 꽤 오래됐는데 옆에 올 틈도 안 주죠. 그런데 저는 세 사람의 남자와 관계를 맺고 있어요. 섹스 관계 말이에요. 그 가운데 두 사람은 유부남이죠. 한 사람은 산업체 학교 다닐 때 회사 상사였고, 두 사람은 지금 직장 상사의 친구들이에요. 세 사람은 다 자기 혼자만 나를 만나는 줄 알고 있어요. 어쩌다 보니 금방 그렇게 되더군요. 선생님한테 이런 얘길 왜 하는지 모르겠어요. 제 행실은 시 제로보다 못하죠? 그렇지만 무당이 되면 그런 거 다 털어버리고 새롭게 살 수 있을 거 같아요. 그건 아름다운 길일 거예요. 그렇죠?

우리는 호숫가를 빠져나와 '돌 속에 뜨는 무지개' 카페를 거쳐 '정든 닭발집' 포장마차를 거쳐, 또다시 먼 길을 가고 있었다. 가로등도 서 있지 않은 어두운 길이었다. 가끔 어울리던 화가가 카페를 차리겠다며 이름을 부탁했을 무렵, 삼랑진의 한 산에 자리 잡고 있는 절에 올랐었다. 온통 돌무더기가 굴러내린 산 중턱의 그 절에 커다란 돌 하나가 서 있었다. 가까이서 보면 잘 안 보여도 멀리서 보면 부처의 모습이 보입니다. 아닌 게 아니라 붉은 무늬의 어떤 모습이 어른거렸다. 굳이 가사를 입고 합장을 하는 모습으로 본다면 그렇게 보일 수도 있었다. 그러나 세상에 무늬가 없는 돌은 없을 것이었다. 하지만 그것이 《삼국유사》라는 책에도 기록되어 있다는 데서 나는 그만 깜북 죽을 수밖에 없었다. 옛날 사람들도 그것을 '부처의 모습(佛形)'이라고 적어놓았다는 것이었다. 문자나 그림으로 기록되지 않은 것은 허망한 것이라고 믿고 있던 나는 그 돌에서 받은 느낌으로 '돌 속에 뜨는 무지개'라는 이름을 끄집어냈던 것이다. 그리고, 앞에서도 말했듯이, 바로 그곳에서 여자와 이별하지 않으면 안 되었다. 게다가 우리는 그 돌의 부처 모습을 함께 보고 왔었다.

어디로 얼마나 갔는지 모른다. 원효봉도 지나고, 영취산도 지나고, 달마산도 지나고, 최영 장군과 남이 장군의 굿당도 지났다. 무당들은 한 많게 죽은 장군들을 불러 우리가 가는 길을 밝히고 있었다. 위화도에서 말머리를 돌려 돌아오는 이성계를 막아내려다 죽임을 당한 최영 장군과, "사내 스무 살에 나라를 평안케 하지 못하면 뒷날 누가 대장부라고 하랴" 하고 호기롭다가 죽임을 당한 남이 장군의 영정이 팻대 위에 펄럭였다. 최영 장군이 죽은 개성 선죽교에는 피가 낭자하고, 남이 장군이 묻힌 남이섬에는 투구꽃이 만발했다.

한 떼의 유민들이 황토 붉은 고갯길을 넘어가고 있었다. 아무렇게나 걸친 옷은 이름 그대로 누더기였다. 누군가 누더기를 들춰 보리알만 한 이를 잡아 입에 넣었다. 칡뿌리를 씹던 입에서는 쇳소리 나는 숨이 가쁘게 뱉어졌다. 나무 한 그루 없는 고갯길에 곧 어둠이 내렸다. 마지막 뻐꾸기 울음도 멎고, 다 허물어진 상엿집 안에서 사내가 허청거리며 몸을 굽혀 나왔다. 사내는 성황당의 돌무더기를 휘돌아가는 바람결에 걸음을 멈추고 어둠이 더 짙어지기를 기다렸다. 그리고 별빛을 의지해 고갯길 옆 풀숲 사이로 걸음을 옮겼다. 아래쪽 골짜기를 건너가자 산기슭에는 여기저기 주검들이 뒹굴고 있었다. 굶어 죽은 사람들이었다. 사내는 조심스럽게 주검들 사이로 걸어가서 돌무더기 앞에 멈추어 섰다. 돌무더기나마 쌓아 만든 무덤이었다. 낮에 새로 만들어질 때부터 눈여겨보아두었던 무덤이었다. 돌들을 힘겹게 들어내자 젊은 아낙의 모습이 별빛에 어렴풋이 나타났다. 사내는 아낙을 잘 알고 있었다. 어려서 이웃에 살던 그녀의 모습에 얼마나 애를 태웠던가. 그러나 그녀는 다른 곳으로 시집을 가고 말았다. 그는 허리춤에서 칼을 꺼내 아낙의 볼기와 허벅지 살을 도려냈다. 며칠이라도 더 연명하자면 그 길밖에 없었다. 어디선가 "서양 오랑캐들을 물리쳐라!" 소리가 희미하게 들려오고, 구슬픈 노래가 울려 퍼졌다. "새야, 새야, 파랑새야. 녹두꽃에 앉지 마라. 녹두꽃이 떨어지면 청포 장수 울고 간다." 동학의 녹두 장군 전봉준이 처형당한 지도 오 년, 대원군이 죽은 지도 이 년이 지난 고종 9년, 1899년.

그 유민들의 무리에서 빠져나온 우리는 용정(龍井) 거리의 민박집을 찾아들었다. 거기에 이르러서야 나는 겨우 어디가 어딘지 짐작이 갔던 것이다. 박경리의 《토지》를 텔레비전 드라마로 찍을 때 용정의 한 거리를 세트로 만들어놓은 곳으로 새로운 호수의 북쪽에 해당하는 곳이었다. 우리는 옷을 벗고 알몸인 채 밤새 술을 마셨다. 그 아이를 마냥 어리게 본 것은 잘못이었다. 그 아이의 몸은 생각보다 훨씬 풍만했다. 하기야 벌써 몇 사람의 남자를 거쳤다고 내게 고백했듯이 그 아이는 옷을 벗는 데 전혀 스스럼이 없었다. 아무려나 상관없는 일이었다. 그런데 알 수 없는 것은 우리가 그렇게 알몸이 되었음에도 불구하고 나는 그 아이에게 다가갈 엄두를 내지 않고 있었다는 것이다. 그날 밤에 무슨 대화를 나누었는지는 다 기억할 수는 없어도, 내가 끝없이 중얼거린 데 반해 그 아이는 침대에 몸을 기댄 채 연신 담배를 피워 물고 있었던 장면은 뚜렷하게 남아 있다. 그리고 내 말 가운데 사랑·행복·영원이라는 흔한 말이 나오지 않았다고 기억되는 부분만은 다행으로 여겨진다. 그것뿐, 그로부터 며칠이 지났는지 나는 모른다. 우리는 낮에는 그 호수 언저리를 몽롱하게 맴돌았고, 밤에는 가까운 여관이나 민박집으로 찾아들었다.

"어디 먼 나라로 마지막 여행을 온 것 같아요."

그 아이가 여전히 벗은 몸으로 침대에 누운 채 말했다.

"그렇군. 이젠 헤어질 때가 됐나봐. 너도 빨리 일상으로 돌아가야지."

작은 창문으로 여름의 아침 햇살이 뻗어 들어오고 있었다. 나는 유리컵에 남아 있는 맥주를 물 대신 마셨다. 남중국해에서 태풍이 올라오고 있다는 뉴스가 어디선가 들려왔다.

"참 이상한 일이에요. 늘 어떤 일탈을 꿈꾸어왔는데, 막상 이런 게 일상 같은 생각이 들어요. 남자와 밤을 지내면 섹스가 일상이었는데 그것도…… 아무튼 이상해요."

"우리가 관계를 안 했단 말이지?"

"저도 모르겠어요."

우리는 마주 보며 웃음을 나누었다. 그렇게 아침에 여자와 웃음을 나눈 것도 너무 오랜만의 일이라는 생각에 내 눈에는 잠깐 눈물이 돌았다. 나는 내 심신이 약해질 대로 약해졌음을 비로소 알았다. 내 모든 행동이, 태풍이 오리라는 사실을 미리 알고 거기에 대비한 것이었던 듯했다. 개미들이 비가 올 줄 먼저 알고 집 구멍을 흙으로 둘러쌓듯이, 들쥐들이 지진이 올 줄 먼저 알고 먼 데로 도망치듯이. 그 아이가 '시 제로'를 말했을 때 나는 태풍이 올 줄 알았음에 틀림없는 듯했다. 그러기에 나는 일상으로부터의 일탈을 꾀했던 것이다.

"우린…… 마치 몇억 년을 이렇게 헤매 다녔던 것 같아."

나는 내 말이 결코 과장되었다고는 생각되지 않았다.

"몇억 년? 피이. 하지만 엄청 오래된 것 같기는 해요. 웬일일까."

"일어나, 어서. 태풍이 오고 있어. 여길 떠나야 해. 난 서울로 가야 하고."

나는 그 아이를 일으켜 세웠다. 그리고 욕실로 끌고 들어가 온몸에 비누질을 하여 깨끗이 씻겨주었다. 욕실에서 나온 우리는 옷을 입기 전에 오래도록 끌어안고 입을 맞추었다. 나는 그 아이가 더 이상 유민처럼 헤매 다니지 않게 되기를 진심으로 바랐다. 그것은 나도 마찬가지였다. 남녀가 끌어안고 입을 맞춘다는 것은 섹스와는 또 달리 하나의 기도 행위임을 나는 그때 처음으로 알았다. 바깥으로 나오니 태풍이 오기 직전의 하늘은 유리알처럼 투명해져 있었다.

"헤어지더라도 뭘 좀 먹고 헤어져야지."

"선생님은 정말 뭘 드셔야 해요."

"나야…… 그동안 네 살을 도려 먹으며 연명해왔는걸. 난 그저 소주 한잔이면 돼."

"어머머. 우린 아예 하지도 않았는데 살을 도려 먹다니 그건 무슨 말이에요? 그리고 또 술?"

그 아이는 눈을 흘겼다. 나는 유리알 같은 하늘을 올려다보았다. 가까운 음식점으로 들어간 우리는 찌개와 밥 한 공기를 시켜놓고 마지막 술잔을 부딪쳤다. 유리의 맑은 소리가 귀에 울렸다. 우리의 만남이 마치 유리알 속에 넣어놓은 박제 곤충처럼 되어 삶의 어느 한구석에 놓여지리라는 기대도 사치일지 모른다는 생각에 나는 말없이 술잔을 기울였다.

"무당이 되는 것보담 그, 라면 끓여주는 애하고 결혼하는 건 어떨까요? 중국집 주방에서 일한다는데."

그 아이는 말해놓고 나서 쿡쿡 웃었다. 그것이 이별의 형식이었다. 어쩌면 우리의 만남은 만남으로 기억되는 것조차 멋할 시시껄렁한 것에 지나지 않는가. 그러기에 나는 아무런 동요도, 아무런 미련도 없이 그 아이를 보내는 것인가. 도무지 알 수 없었다. 헤어지면서 내가 "돌 속에 뜨는 무지개 따윈 잊어버려" 하고 말하자, 그 아이는 그 카페 말이냐고 되물었다. 그러나 나는 대답 대신에 "잘 가. 태풍이 와" 하고 말했을 뿐이었다. 물론 나는 카페 이름을 들먹인 게 아니었다.

서울에 와서도 나의 유민 생활은 쉽게 마감되지 않았다. 이제는 또 다른 세기말, 아니 또 다른 천년의 끝, 1999년이었다. 그런 가운데 그래도 종로 6가의 야생화 파는 노점에서 투구꽃을 발견해서 한 뿌리 가져다 심은 것은 기억할 만한 일이었다. 그러나 그 뿌리를 씹을 만큼의 위기는 아직 닥치지 않았으니, 다행이라면 다행이었다.

시화호에 공룡이 살았던 흔적을 발견했다는 신문 기사에서 눈을 떼며 나는 다시 태풍이 오고 있다는 텔레비전 뉴스에 귀를 기울였다. 올해 들어 첫 태풍이었다. 올가? 예전 그 아이와 헤어질 때 오고 있던 태풍, 올가? 공교롭게 올가였다. 정해진 이름이 차례로 붙여진다니까 흔히 있음 직한 일이었다. 그 아이의 모습이 떠오른 것은 시화호와 올가 때문이었다. 그 아이가 결혼을 해서 중국 음식점을 차렸다는 소식은 들어서 알고 있었다. 공룡들이 어슬렁거리는 호숫가에서 인간의 최후의 두 남녀가 마지막 입맞춤을 하고 있는 광경이 눈에 어른거렸다. 몇억 년 전의 일이었다.

그러나 바람이 불고 있었다. 올가는 남중국해를 거쳐 중심 기압 구백팔십 헥토파스칼, 초속 이십오 미터의 강풍을 동반하고 극동아시아를 덮쳐오고 있었다. 나는 바람의 냄새를 맡고 싶었다. 그것은 몇억 년 전의 공룡의 냄새이기도 하며, 그때 올가가 오던 날의 입맞춤 냄새이기도 할 것이었다. 나아가 이별의 냄새라고 확인할 수 있다면 더 좋을 것이었다. 어둠 속에서 어둠의 냄새를 맡으며 별빛에 길을 물어 먼 길을 갈 수 있다면, 하고 나는 좁은 방 안을 불안스레 서성거렸다. 가쁘게 몰아쉬는 숨소리가 내 귀에도 거슬리게 들려왔다. 하늘에서 돌이 쏟아지고, 나무들은 뿌리가 잘려 피를 흘렸다. 공룡들은 화석이 꿈틀거리며 호수가 부글부글 끓었다. 땅이 갈라진 틈바구니에서 까마귀들의 비명 소리가 울려나와 귀청을 찢었다.

공룡뿐이 아니었다. 상상 속의 온갖 괴이한 동물들까지 살아서 꿈틀거렸다. 그럼에도 불구하고 바다는 무섭도록 고요했다. 나는 바람 소리를 듣지 않으려고 귀를 틀어막았다. 그러자 아득한 어느 먼 나라에서 나직한 노랫소리가 들려왔다. 하늘과 땅을 잠재우고, 아기 공룡들을 잠재우고, 어지러운 마음을 잠재우는 자장가 소리였다. 나같이 허덕이며 쫓기는 사람들을 위로하는 노랫소리였다. 그것을 나는 그 아이가 부르는 노래라고 믿고 싶었다. 그렇지. 이번에 혹시 《조선왕조실록》의 인세라도 나오면 눈 꾹 감고 어디 고급 중국 음식점을 찾아가 불도장 수프를 먹도록 해야지. 나는 계획에도 없는 말을 중얼거렸다. 그리고 그 아이의 중국 음식점 개업을 축하해야지. 아니, 유니콘 수프는 어떨까. 아예 뿔만 넣어달래서 말야. 그리고 거기에 투구꽃 뿌리를 넣어달라면 또 어떨까. 나는 키득키득 웃었다.

웃음을 멈춘 나는 문득, 지금까지 유민 신세를 벗어나지 못한 채 내가 진정 땅에 발을 붙이기까지는 아직 까마득하겠다는 생각에 그만 썰렁해져서, 신문에 난 공룡 머리뼈 같은 뭉툭한 표정일 거울에 지어 보였다. 그리고 옥수수 잎사귀를 날리는 바람이 시킨 양 자문했다.

돌 속에 무지개는 언제 뜨는가. 나는 한 마리 외뿔짐승이라도 기다리는 마음이었다.

원숭이는 없다

아파트에 정기적인 소독날이 되어 우리는 쫓겨나다시피 바깥으로 나왔다. 무슨 적당한 빌미가 없나 하여 이런 궁리 저런 궁리로 시간을 죽이던 차에 옳다구나 하고 옆의 작은 공원으로 모인 것이었다. 연출가 김형과 그리고 나. 말이 연출가고 말이 배우지 솔직히 말해 그 방면으로는 별로 빛을 못 보고 그저 앙앙불락하고 있는 처지들이었다. 끼리끼리 모인다는 말대로 나 역시 이들과 한 패를 이룰 수밖에 없었다.

"나 같은 귀두(鬼頭)를 세상이 몰라주니, 민주화가 돼봤자 그게 뭐겠나 이런 생각이 듭니다. 안 그렇습니까. 캬를캬를캬를."

 연출가 김형은 거의 언제나 이런 말을 농담으로 던지고 있었다. 귀재라는 낱말 대신에 우스개처럼 귀두라는 낱말을 만들어 사용하고, 또 여러 사람들로부터 '칠면조 소리'라고 놀림을 받는 독특한 웃음소리로 얼버무리고는 있었으나, 자기 능력에 대한 자부심과 세상에 대한 불만을 곧이곧대로 드러내는 말이었다. '칠면조 소리'가 아니라면 더욱 씁쓸하게 들릴 말이었다. 그러나 그 '칠면조 소리'에 기대는 바가 커서 그가 언제나 허물없이 던질 수 있는 말인 줄을 우리는 알고 있었다. 우리들은 새로운 동네에 이사 와서 서로 끼리끼리임을 알아보고 곧 죽이 맞아 친한 사이이기는 했지만 그리고 온갖 할 소리 안 할 소리 하며 어울리고 있었지만, 단 한 가지 가장 중요한 것만은 잘 모르고들 있었다. 이를테면 누구의 마누라가 생리통을 앓고 있다는 것까지 알고 있었지만, 도대체 어떻게 해서 생활을 꾸려가나 하는 의문만은 무슨 금기처럼 서로 건드리려고 하지 않았다. 보릿고개가 없어지고 절대빈곤이 없어진 지 오래인 사회라고는 떠들어대도 그것과 상관없이 먹고산다는 문제처럼 심각한 것이 어디 있단 말인가. 그런데 이 심각한 문제 앞에서 허울 좋은 우리는 말할 수 없이 허약한 존재에 지나지 않았다. 그래서 누군가가 "이 동네엔 등처가들이 많다면서요? 마누라 등쳐서 먹고사는 사람들. 껄껄껄" 하고 너털웃음을 웃었을 때 우리는 아무도 따라 웃지 않았었다.

소독약의 약내가 다 사라지자면 오후 한나절이 걸릴 것이었다. 그것은 그때까지 우리가 매우 자연스럽게 어울릴 수 있다는 것을 뜻했다. 남들은 한참 일터에 나가 일하면서 또 세상 보아란 듯이 노동조합이니 뭐니 만들어 당당하게 뛰어다니는 한낮이었다. 작은 공원에는 한쪽 다리를 질질 끌거나 지팡이에 몸을 의지한 늙은이만 어쩌다가 한둘 유령처럼 모습을 나타낼 뿐이었다. 그러니 건장한 나이의 가장으로서 소독약을 핑계로 공원에 나와 앉아 있으면서 '귀두'가 어쩌고 변명을 하지 않을 수도 없는 노릇이었다.

"여기 이 벤치에들 단골로 와 앉으니 아예 명패까지 만들어다 놓읍시다. 국회의원이나 무슨 높은 사람들 책상 위에 있는 것처럼…… 캬를캬를캬를."

건축공사장 현장식당에서 기르고 있는 칠면조가 그런 소리를 낸다는 걸 처음 안 것도 셋이 함께 있을 때였다. 그것은 제 영역에 누군가 들어오면 지르는 위협과 경고의 소리라고 여겨졌다. "김형은 그 개들 흘레붙는 소리 같은 칠면조 소리만 안 내면 출세할 텐데" 하고 누가 지적할라치면 그는 되받아 말하곤 하였다.

"글쎄 이게 내 등록상푠데 칠면조가 허가도 없이 써먹고 있으니 세상 칠면조들 죄 집합시켜놓고 따질 수도 없고⋯⋯ 다음부턴 이런 행위를 않겠습니다, 사죄 광고를 내랄 수도 없고⋯⋯ 캬를캬를캬를."

"칠면조 고기 거 별맛 없습디다. 퍼석퍼석해서 우린 별로⋯⋯ 미국 놈들은 뭐 그런 걸 좋아하는지 몰라."

배우 김형이 거들었다. 그러자 갑자기 월남(越南) 이야기가 나왔다. 분명히 캐보면 월남 이야기가 아니라 원숭이 이야기에 지나지 않았지만, 아마도 이렇게 된 것은 칠면조의 맛에서 비롯된 먹는 이야기 때문이었으리라. 어쨌든 월남전 참전 용사인 배우 김형은 월남 이야기부터 시작하고 있었다. 그는 언제나 눈을 일부러 크게 껌벅여 보이려는 것 같은 버릇이 있었다. 그 모양을 보고 있으면 아마도 배우들은, 특히 출세하지 못한 배우들은 저런 식으로도 얼굴 표정을 만들고 있어야만 하는가 하는 생각이 들게끔 했다. 그러나 그의 이야기는 월남 이야기는 아니었다. 사실 그 파병 자체가 용병이니 뭐니 해서 명분이 흐린 구석이 있는 데다가 이제는 기억의 저편에 웬만큼 묻힌 탓인지, 월남 이야기는 시들하게 되어버린 감이 짙다. 그러나 월남에 다녀온 역전의 용사들이 흔히 그 이야기가 나오면 마치 방금 기억상실증에서 빠져나온 사람처럼 눈동자를 흐리며 과거를 더듬는 표정이 된다는 데 문제가 있으리라 여겨진다. 그들의 눈동자에 야수적인 빛이 잠깐 스치고 지나갔을지라도, 그들은 곧 모든 것을 희화화시킨다. 그 희화 속에 정글도, 동굴도, 늪도 극장 앞의 간판 그림처럼 단순하고 서투른 필치로 들어가 앉는다.

어쨌든 월남 이야기가 끼어들자 이어서 원숭이 이야기가 끼어들었다. 월남에서 원숭이를 먹는다는데 우리가 개를 먹는 게 뭐 그리 야단스러우냐는 요지의 이야기였다.

"원숭이가 개보다 사람 쪽에 훨씬 가깝지 않은가 말야."

그와 함께, 원숭이 요리가 등장하면 늘 이야기되듯이, 산 원숭이의 두개골을 빠개논 골을 빼먹는다는 방법이 입에 오르내렸다. 이 이야기는 꽤 여러 번 들은 적이 있으나 직접 그렇게 먹었다는 사람을 한 번도 만나지 못한 것은 이상한 일이었다. 이야기인즉 산 원숭이의 두개골만 도드라져 나오게끔 가운데 구멍이 뚫린 식탁이 우리나라의 숯불구이 식탁처럼 놓여 있고 거기에 산 원숭이를 꼼짝 못하게 조여놓고 두개골의 정수리를 두들겨 깬다는 것이었다. 산 원숭이지만 바동거리지도 못한다. 아니, 아무리 밑에서 바동거려봤자 두개골은 별수 없이 평온한 상태로 놓여 있다. 두개골은 무슨 과일처럼 쪼개져서 뇌수를 드러내 놓는다. 이걸 먹는 겁니다, 하하하 하듯이 누군가가 선뜻 숟가락을 가져간다. 그렇지. 열대에는 두리안이라는 원숭이 머리통만 한 과일이 있다. 그걸 쪼개면 안에 하얀 크림 같은 과육이 나온다. 바로 이걸 먹는 겁니다 하고 누군가가 말한다. 모두들 미끈미끈한 것을 찍어 든다. 단백질 썩는 냄새 같은 게 코를 찌른다. 이 과일 이름이 뭐라고 했죠? 두리안이라고요? 그거 사람 이름 같군요. 두리안, 두리안. 두리안. 이 과일나무는 종려나무처럼 높게 자란다. 그래서 과일을 딸 때면 원숭이를 올려 보내서 밑으로 던지게 한다고 한다.

"하기야 월남에서는 원숭이 값이 싸니까……"

배우 김형은 다리 어디에 수류탄 파편 자국을 가지고 있었다. 수색중대의 무전병이었다고 그는 말했었다. 망중한의 이런 이야기 가운데 나는 엉뚱하게도 그 며칠 전에 신문에 조그맣게 났던 한 기사를 떠올리고 있었다. 그것은 과학자들이 저 화성에서 오십만 년 전에 이룩된 것으로 보이는 어떤 문명의 흔적을 발견했는데, 그 흔적이 홰를 타고 앉아 광활한 우주 공간을 응시하는 거대한 원숭이의 얼굴 모습이라는 것이었다. 그리고 아울러, 아직도 역사의 수수께끼로 영국 어느 평원에 늘어서 있는 거대한 돌기둥들과 같은 것들도 관측되었다고 곁들이고 있었다고 기억되었지만, 내게 갑자기 다가온 것은 그 원숭이의 모습이었다. 홰를 타고 앉아 광활한 우주 공간을 응시하는 거대한 원숭이.

오월 들어 햇볕은 금방 본격적인 열기를 띠어가고 있었다. 금년은 몇십 년 만에 오는 짙은 황사 현상이라고 보도되었듯이 사월은 온통 바람과 뿌우연 모래먼지로 가득 찼었다. 그리고 오월이 되고 황사가 걷히자마자 염천으로 돌입하고 있는 것이었다. 모두들 이제는 어찌된 셈인지 봄이란 게 없어졌다고 말하고 있었다. 과연 그런 말을 들을 만도 했다. 봄이나 가을은 오는가 하자 어느 틈에 사라져버리는 것이었다. 교과서가 한반도의 겨울 날씨에 대해 삼한사온이라고 적어서는 안 되는 데서부터 기후는 사실상 달라진다고 보아야 했다. 일, 이십 년 사이에 모든 것에 걷잡을 수 없는 변혁이 오고 있었음을 기후가 단적으로 보여주고 있는 셈이었다. 눈을 들면 공원 한 구석의 운동장으로 햇볕이 자꾸만 눈동자 조리개를 좁히며 쏟아지고 있었다. 그 운동장 가장자리의 철봉에 스무 살 남짓한 나이의 청년이 사지를 쫙 벌리고 매달려 있었다. 그 모습은 말리기 위해 막대기를 버팅겨 매달아놓은 무슨 짐승 껍질 같아 보였다.

그것과는 상관없이 나는 한 마리의 작은 원숭이를 눈앞에 그리고 있었다. 그 어느 해였던가. 국민학교 때, 의붓아버지를 따라 곡마단의 천막 앞에 서 있었던 기억이 그 한 마리 작은 원숭이를 떠올리게끔 한 것이라고 생각되었다. 그 밖에는 원숭이와 내가 직접 맞닥뜨린 사건은 내 생애에 없었다. 이 경우에도 그 원숭이를 기억한다고 해서 그놈의 얼굴 생김새의 특징까지 요모조모로 뜯어서 말할 성질의 것은 아니다. 사람에 있어서도 인종이 개별적으로 구별할 눈은 내게는 물론 웬만한 사람에게도 없을 것이리라. 곡마단의 출입구 위에서는 가로막대에 올라간 광대가 등에 멘 북을 발로 차서 치며 나팔을 불었다. 의붓아버지는 나와의 위화감을 줄이기 위한 의도로 그런 종류의 구경거리를 보는 방법을 택하리라고 작정한 모양이었다. 그래서 이미 나는 몇 번인가 곡마단 구경을 했었다. 높은 그네를 타거나 막대 위에 접시를 올려놓고 돌리거나 사람이 들어간 상자에 칼을 쑤셔 넣거나 하는 따위로 뻔한 구경이었다. 줄을 서서 기다리던 나는 목줄에 매인 작은 원숭이가 출입구 옆 가로막대를 홰로 하여 오도카니 쪼그리고 앉아 있는 것을 보았다. 나는 그 원숭이에게 마음이 끌렸나보았다. 우리는 똑같이 어리다 하는 감정에서부터 알 수 없는 곳에 끌려와 있는 신세를 나와 견주어 어떤 동류의식을 느꼈었다고 여겨진다. 불쌍한 원숭아, 네 아빠 엄마는 어디 있니. 나는 원숭이에게 몇 발짝 다가갔다. 내가 한 행동은 그것뿐이었다. 그러나 원숭이는 얼굴을 반짝 들고 유리로 해박은 것 같은 번들거리는 눈으로 나를 바라보았다. 나는 무슨 시늉인가를 하였다. 아마도 우호적임을 나타내는 시늉이었을 것이다. 그런데, 순간, 원숭이의 팔이 휘익 뻗쳐오더니 내 얼굴을 스칠락 말락 하여 스웨터를 옭아 쥐었다. "으앗!" 나는 겁에 질려 소리쳤다. 인간은 자신의 우호적인 태도가 상대방으로부터 배척당할 때 가장 절망하고 분노하는 것이라면, 그때의 내가 그랬다. 그러나 나는 그 어리고 작은 짐승에게 단지 스웨터 한 자락을 잡히고 있는 데 지나지 않음에도 불구하고 겁에 질린 채 어쩔 줄을 몰랐다. 원숭이가 유난히 팔이 길다는 것과 아울러 악력이 대단하다는 것을 나는 그때 확실히 경험했다. 누군가가 와서 원숭이를 때려 팔을 거두게 한 뒤에서야 나는 그 손아귀에서 가까스로 벗어났다. 나는 지나치게 새파랗게 질려 있었다. 그런 일을 겪어서인지 그날의 곡마단 구경에 대해서는 아무런 장면도 남아 있지 않다. 아마 혼쭐이 났다고 해도 과장이 아니리라. 그 뒤 나는 원숭이 꿈을 여러 번 꾸었는데 나타난 것은 어김없이 그 원숭이였다. 그리고 꿈이 아닌 현실에서도 한 마리의 원숭이를 두고두고 머릿속에 간직하게 되었는데 그것은 자신이 아무리 외로운 상태에 빠져 있다 하더라도 함부로 다른 사람에게 나타내고 함께 나누기를 바라서는 안 된다는 교훈으로서의 원숭이의 얼굴이기도 했다.

"그건 그렇고 오늘은 어디로 좀 움직여보는 게 어떨까들. 소독약 냄새가 여기까지 오는 거 같아서."

나는 제안했다. 목이, 가슴이 무엇엔가 짓눌리듯 답답함을 느끼고 있었다.

"어디, 뭐, 좋은 데라도 있나요?"

배우 김형이 동조하는 눈치를 보였다.

"좋은 데긴 뭐 원숭이 구경이나 할까 하는 거죠."

나는 웃음을 띠고 우스개를 말하고 있었다. 그러나 내게서 그런 대답이 나온 것은 나로서도 뜻밖이었다. 그 바로 직전까지 나는 그따위 계획은 꿈에도 생각지 않고 있었다. 아닌 게 아니라 연출가 김형이 캬를캬를 웃을 듯한 표정으로 "원숭이? 진짜 원숭이를?" 하고 묻는 것도 당연했다. 나는 장난처럼 나온 내 말에 왠지 강한 책임감을 느꼈다. 그것은, 이야기가 원숭이에 대한 것이었고, 실제로 소독약 냄새가 내 코끝에도 아른

거리기 시작한 결과, 아무런 대안도 없이 해본 소리였다. 아니, 내가 "원숭이 구경이나 할까" 하고, 입 밖에 냈을 때 내가 뜻한 것은 '진짜 원숭이' 구경이 아니라 그저 사람 구경이나 하자는 것이 아니었을까. 그랬음이 틀림없었다. 그렇다. 내가 무료에 못 이겨, 혹은 어떤 강압감에 못 이겨 "원숭이 구경이나 할까"라고 중얼거린 것은 어디 사람 구경이라도 하러 가자는 뜻에 다름 아니었다. 그런데 말을 마치자마자 나는 문득 책임감을 느꼈다. 늘 그렇듯이 아무 말이나 툭 던져놓고 상대방에서 자세한 걸 물어오면 "그저 그렇다는 얘기지, 뭐" 하고 얼버무려도 그만이었다. 그러나 나는 알 수 없는 손아귀에 덜미를 잡힌 느낌이었다. 왜 그럴까. 사람을 원숭이에 비견한다는 것은 다른 어떤 짐승의 경우와는 좀 다르기 때문이었을까.

"어찌됐든 일어나보자구요."

나는 손에 들고 있던 담배꽁초를 쓰레기통으로 향해 던졌다. 원숭이와 사람은 너무 닮았다. 그래서 원숭이는 애초부터 재수 없다는 구설수를 뒤에 달고 다니는 게 아닐까. 자기와 닮은 사람을 만나면 당황하게 되듯이, 같은 옷을 입은 사람을 만나면 당황하고 불쾌하듯이, 누구 말대로 나는 '끄끕한' 마음이 되었다. 진짜 원숭이를 찾아야 한다. 어디선가 이런 목소리가 들려오는 것만 같았다. 숨이 막혔다. 나는 여전히 목덜미를 움켜잡힌 채였다. 웬 손아귀가 이리도 억센가 하고 실제로 현실의 일인 양 여겨 나는 흘깃 뒤를 돌아다보기까지 했다. 등나무 시렁 위로 성글게 뻗은 덩굴줄기 사이에서 햇무리가 뭉그러지듯 빛났다. 그리고 나는 한 마리의 원숭이를 보았다는 착각이 들었다. 그것은 어릴 적 곡마단 천막 앞에 오도카니 앉아 있던 그 작고 어린 원숭이로 보였다. 여간 기분이 언짢은 게 아니었다. '이놈이 아직도 날 놓지 않고 있어!' 나는 속으로 외쳤다. 그러나 속으로 외쳤다는 이 소리는 거의 바깥까지 들렸을 지경이라고 생각되었다. '지독한 놈!' 하고 나는 뒷말을 달았다.

"진짜 원숭이가 있는 데가 어디 있긴 있을 텐데…… 가령 저쪽 변두리 도일장 같은 곳엘 가면……"

나는 가벼운 현기증을 느끼며 쫓기듯 중얼거렸다. 나 자신내가 몽유병자 비슷한 상태에 빠져 있다고 생각되었다.

"도일장이라뇨?"

배우 김형이 물었다. 그렇지 않아도 그는 매사에 핼끗핼끗 호기심이 많은 사람이었다.

"닷새마다 서는 오일장이 아직도 섭디다. 그리 볼 건 없지만 약장수가 들어와 한바탕 북새통을 떠니까…… 맞어. 원숭이도 있었던 것 같은데."

지난가을에 우연히 그곳에 가서 장터 구경을 한 적이 있었다. 검정 고무신이 쌓여 있는 난전 옆으로 대장장이가 벌겋게 속까지 단 시우쇠를 모루 위에 놓고 치고 있는 광경만이 예전 장터 풍경으로 남아 있었다. 그 밖에는 오일장이고 뭐고 조금 과장해서 표현하면 슈퍼마켓을 산만하게 흩어놓은 꼴이었다. 그때 거기를 뭐 하러 지나치게 되었는지에 대해서는 아슴푸레하게 잊어먹은 상태였다. 분명히 무엇 때문에 갔을 터인데 그 무엇은 잊어먹고 그 언저리 풍경만이 남아 있었다. 좀 비약이지만 삶도 결국은 그러리라는 데 생각이 미치면 여간 어정쩡해지는 게 아니다. 그러니까 무엇 때문에 사느냐고 물으며 어설프게 괴로워할 일은 아닌지도 모른다. 그러다가 장터 한구석에 닭이나 오리를 비롯해서 개, 고양이, 염소, 비둘기에 꿩이며 거위까지 파는 장사치 앞에 이르렀고 마침내 또 한 번 새로 공연을 벌이는 약장수 패거리들을 볼 수 있었던 것이다.

"확실히⋯⋯ 원숭이도 있었어⋯⋯"

나는 스스로에게 확신을 불어넣기 위해 단정적으로 말하려고 애썼으나, 원숭이를 보았다는 기억은 아리송하기만 했다. 그 바로 옆에 여러 가지 동물들을 파는 장사치가 있어서, 거기서 끌어낸 연상일까. 아니면 그런 약장수들은 흔히 원숭이를 끌고 다닌다는 고정관념을 앞세워 자신에게 유리하게 끌어낸 상념일까. 원숭이는 거기 어디에 오도카니 앉아서 과일이나 과자를 야금야금 먹고 있다가 느닷없이 끌려 나와서 억지스러운 재롱을 떨며 사람들 앞을 한 바퀴씩 돌곤 했다는 기억이 떠올랐다. 틀림없는 듯했다. 약장수에게 원숭이가 없다니 말도 안 되는 소리였다. 틀림없었다. 그 약장수들이 보여주는 쇼도 결국 천편일률적이긴 했으나 오래간만에 보는 터라 그러려니 하면서 나는 그 옆에 꽤 오래 맴돌았다. 땟국에 전 '쭈쭈복'을 입은 작은 소녀가 텀블링을 하고, 난쟁이 부부가 나와 서로 마주보며 고고인지 디스코인지 엉덩이춤을 추었다. 제법 우산 위에 불덩이도 돌리는가 하더니, 재담에 격파무술 시범으로 이어져갔다.

"지금 나오실 분은 오랫동안 지리산에서 도를 닦으며 무술을 연마하신 높으신 도사이십니다. 요전에 서울운동장에서 열렸던 전국무술대회에서 영예의 일등을 차지하시고 여러분도 보셨으리라 믿습니다만 얼마 전 엠비씨 텔레비전에도 출연하셨던 분입니다. 워낙 높으신 분이라 웬만해서는 모습을 나타내시기조차 꺼려하시는데 금번, 금번만 특별히 여러분들께 그

높으신 무술을 보여드리기로 했습니다. 어느 누구도 선생님의 무술을 이제 다시는 볼 수 없습니다. 왜냐하면 선생님은 오늘 이곳에서 시범을 보이시고 곧장 다시 도를 닦으러 지리산으로 들어가시기 때문입니다. 여러분은 일생에 큰 행운을 잡으신 겁니다. 다른 곳에서 한 번만 더 보여주십사고 애걸복걸해도 결단코 이번이 마지막이라는 겁니다. 그러므로 여러분들께서는 이후로 다른 어디에 가서도 선생님의 신기에 가까운 무술을 볼 수 없으실 뿐만 아니라, 아울러 부탁드릴 것은 또한 오늘 이 자리를 일어나시자마자부터는 선생님의 무술에 대해 입을 꼭 다물어주십사 하는 것입니다. 다른 마을 사람들이 우리 마을에는 왜 안 데려오시느냐고 항의를 하는 날에는 저희들은 그날로 굶어죽을 수밖에 없습니다. 선생님은 결코 약장수가 아니십니다. 엠비씨뿐인 줄 아십니까. 케이비에쓰 〈만나보고 싶었습니다〉 프로에도 직접 나오신 걸 여러분들 잘 아실 겁니다. 지금도 여기 와 계신 걸 알면 금방이라도 신문사에서 달려올 것입니다. 그런 선생님을 특별히 모실 수 있었던 것은 선생님께서 거모리 여러 어르신네들 앞에서만 꼭 한 번 하늘에서 받은 신기의 무술을 보여주시겠다고 어렵게 허락하셨기 때문입니다. 영광스러운 일입니다. 자, 그럼 선생님을 모시겠습니다. 마지막으로 다시 한 번 꼭 부탁의 말씀드릴 것은 다른 데 가서는 이런 걸 보았다고 말하면 안 된다는 것입니다. 자, 선생님께서 나오실 때 박수로 맞아주십시오."

그럴듯하게 꾸며대는 소개말과 함께 휘장이 쳐진 미니버스 속에서 건장한 중년 사내가 큰스님이나 걸쳐야 할 십조가사를 거창하게 늘어뜨리고 잔뜩 위엄을 떨치며 뚜벅뚜벅 걸어 나왔다. 앞서 등장해서 여러 가지 잡스런 쇼를 보여주던 역할들은 바람잡이들에 지나지 않았다. 그는 합창을 한 뒤에 가사를 고이 벗어 개어놓고 가운데 떡 버티고 서서 우선 머리로 각목 몇 개를 쉽사리 부러뜨려 보였다. 각목을 어떻게 처리해놓았든 아니든 나 같은 약골에게는 그것만도 짜장 신기에 가까웠다. 구경꾼들도 오금을 사려 쥐었다. 이어서 붉은 벽돌을 쉽사리 깨고 나서 또 이어서 차돌은 어느 정도 힘을 들여 어렵사리 깼다. 그의 몸놀림에는 무술인다운 절도가 유난히 강조되어 드러나 보였다. 그리고 마지막으로 도저히 깰 수 없는 듯한, 주춧돌로나 쓰면 알맞은 크기의 우악스런 돌이 받침대 위에 올려졌다. 돌이 아니라 차라리 바위였다. 옆에서 거드는 행자 차림의 젊은이가 그 위에 수건을 접어 올려놓고 숨마저 죽인 채 뒤로 물러났다. 그는 심호흡을 하고 나서 돌 위에 손을 얹었다.

"소생이 이번에는 이걸 한번 깨 보이겠습니다. 달리 깨는 것이 아니라 공중에 뛰어올라 몸을 한 바퀴 돈 뒤에 내려오면서 이마로 이걸 받아서 깨 보이겠습니다."

엄청난 일이 벌어지려는 찰나였다. 구경꾼들은 흥미로운 눈빛에 긴장하는 기색이 역력했다. 그때 나는 바로 옆의 포장집에서 국수를 시켜 먹고 있었다.

"뻔질하게 오믄서 지까짓 게 도사는 무신 눔의 도사. 돌은 깨지도 않는 걸 가지고!" 아까부터 술에 잔뜩 취해 실성한 듯 히죽히죽 웃기까지 하며 포장집 아주머니를 추근거리고 있던 사내가 침을 탁 내뱉었다. 나도 이미 그것을 눈치채고 국수라도 한 그릇 시켜 먹을까 하여 구경꾼들 틈을 빠져나온 참이었다. 이제는 구경거리란 없고 약을 파는 순서만 남아 있게 마련이었다. 그렇지만 그 과정을 빤히 아는 사람에게도 약장수가 구경꾼들을 꼼짝 못하게 얽어매 기어코 약을 사게끔 하는 솜씨야말로 '신기'가 아닐 수 없을 것이다. 그는 정말 '도사'로 불려 마땅했다. 그러는 사이에 어느덧 해가 설핏해지고 있었다.

거기에 원숭이는 과연 있었던가? 나는 여전히 아슴푸레했지만, 있었다고 믿어보고 싶었다.

"자, 어서 가자구요. 거모리의 도일장에 가면 원숭이가 있다구. 틀림없이. 여기서 소독약 냄샐 맡고 있느니 바람 쐬러라도 가자구요. 택시 타믄 얼마 안 걸려요."

헤어날 활로를 찾은 사람처럼 나는 말했다. 어차피 얼마 동안 집구석에 들어가지 못할 바에야 어디론가 갈 곳을 찾기는 찾아야 하기도 했다.

"원숭인 뭘…… 골이라두 깨먹을 거라믄 몰라두. 캬를캬를 캬를."

연출가 김형은 망설이는 눈치였다.

"아니 원숭일 꼭 보자는 건 아니지. 그건 이를테면 건달 세계의 명분이랄까."

나도 따라 빙긋이 웃어 보였다. 그러나 곧 나는 그가 왜 망설이는지 까닭을 어렴풋이 짐작할 수 있었다.

"별 볼 일 없는 사나이들일수록 명분 하나만은 그럴듯해야지. 그렇지 않습니까? 그러니까…… 거, 왜, 원숭인 우리나라엔 없는 동물 아뇨. 그걸 보러 간다는 건 굉장한 명분이지. 김형, 그렇지요?"

나는 농담 섞인 투로 배우 김형 쪽을 향해 동조를 구했다.

"원숭이를 보러 간다…… 하, 그거 명분 하나 기막힙니다. 이 숨 막히는 시대에 말입니다. 뭐가 오는 게 있군요. 이놈의 일상을 한번 벗어나봅시다. 마누라 등쌀에다 1노 3김인지 뭔지 도통 답답한 시대에 말입니다. 원숭이……"

그는 웃지도 않고 눈을 껌벅이며 대답했다. 그가 무슨 생각을 하고 있는지는 몰라도 어딘지 진지한 면모가 없지 않았다. 숨 막히는 시대라는 말은 마침 민주화를 외치며 최고조에 달한 데모의 열기와 그에 맞서 엄청나게 터뜨리고 있는 최루탄의 독한 가스에 휩싸인 저 거리들을 연상시켰다. 그의 진지성에 건성으로 그런 제안을 했던 나는 얼마쯤 주춤했다. 그는 나 같은 어중된 부류와는 달리 암울한 군부 독재에 짓눌린 시대를 걱정하고 있었다. 어느 때나 어중된 인간은 그와 같이 시대고를 짊어진 사람들에 의해서 삶의 중추를 가누고 있다는, 큰 빚을 지고 살아가는 것이다.

"솔직히 말해 난 못 가요. 마누라가 직장에서 곧 돌아오거들랑요. 씨바."

연출가 김형은 이번에는 '칠면조 소리'를 내지 않았다. 나는 알고 있었다. 그의 아내는 이웃 공단에 직장을 가지고 있다고 했는데 네 시면 퇴근해서 집으로 돌아왔다. 빨라서 좋은 게 아니라 이상했다. 솔직한 편인 그가 아내의 직장에 대해서만은 어물거리는 것은 아마도 정상적인 취업 상태가 아니기 때문일 터였다.

"우리 마누란 새벽에 일을 끝냈으니깐 그런 걱정은 없네요. 허허허."

배우 김형의 아내가 새벽마다 우유를 배달하고 있는 것을 우리는 알고 있었다. 얼핏 들은 바에 따르면 그는 경기도 어디의 면사무소 직원 즉 '당당한 공무원'이었다는 것이었다. 그런데 어릴 적에 단 한 번 무대에 섰던 경험이 나이가 들수록 그를 아프게 쑤셔대서 그만 때려치웠다는 것이었다. 연극을 해야만 살 것 같았다는 것이었다.

"우리 마누란 우유배달도 못하고 밥만 축내니……"

나는 그가 들으라고 하는 말은 꼭 아니었지만 혼잣말처럼 우물거렸다.

"형이야 유산이 워낙 많잖우. 허허허."

배우 김형이 이죽거렸다. 그가 유산이라고 하는 것은 이사 올 때 받아가지고 온 쥐꼬리만 한 퇴직금을 일컫는 것이었다. 그것도 다 떨어져 간당간당하다고 아내는 조바심을 치고 있었다. "나래두 뭘 해야 할까봐요……" 하고 아내는 흐린 얼굴을 들고 바깥을 응시하곤 하는 것이었다. 이 동네엔 등처가들이 많다면서요……

"거기 김형은 마누라한테 봉사하시고 우린 떠납시다. 원숭이 보구 옵시다."

나는 배우 김형을 잡아끌었다.

"맞아요. 원숭이 보구 우리가 진화해온 역사에 대해 곰곰이 따져봐야지요. 사실 우리네 살아가는 꼴은 조삼모사에서의 원숭이 꼴인지도 모르니까요. 아침에 세 개 주고 저녁에 네 개 준다면 길길이 뛰며 화를 내다가도 반대로 아침에 네 개를 주고 저녁에 세 개 준다면 좋아라 하는 원숭이 꼴……"

내게 있어서 원숭이란 단순한 하나의 상징에 지나지 않았다. 그것은 조금만 유별난 동물, 이를테면 곰이라든가 늑대라든가 오소리라든가 하물며 족제비라도 상관없었다. 그런데 그에게는 이제 원숭이는 다른 동물로 대체될 성질의 것이 아닌 듯싶었다.

"어서 가요, 가. 가서 원숭이 똥구멍이 빨간지 어떤지 확인하고 오쇼. 캬를캬를."

손짓하는 연출가 김형을 뒤에 남겨놓고 우리는 무슨 굉장한 일이라도 있는 사람들처럼 공원을 빠져나갔다. 부랴부랴 택시를 잡아타고 나자 원숭이는 훨씬 구체적인 과제로 내게 다가왔다. 그렇다. 지금 우리는 원숭이를 찾아서 가는 것이다. 해를 타고 앉아 우주 공간을 응시하는 거대한 원숭이가 아니라 구체적인 한 마리의 원숭이. 작지만 결코 가까이 가서는 안 될 원숭이.

언뜻 길가에 내걸린 '부처님 오신 날'의 플래카드와 원숭이의 모습이 겹쳐서였을 것이다. 언젠가 화보에 실렸던 저 인도차이나 반도 크메르 왕조 때의 유적이 눈앞을 스치고 지나갔다. 그 유적은 오랫동안 버려진 채 밀림 속에 숨어 있었다고 했다. 이리저리 얽혀 완전히 휘감긴 덩굴줄기 속에서 마침내 장엄한 불두(佛頭)가 나타나고 있었던 것이다. 그것은 밀림 속에 아무렇게 버려져 있었으나 언젠가 나타나줄 사람을 기다려 외로움을 견디는 지극한 지혜를 전하려는 의지의 모습처럼 보였다. 힘주어 굳게 다문 입이 그랬고 덩굴줄기에 갇힌 채 아직도 형형하게 빛나는 듯한 눈이 그랬다. 그것은 살아 있는 거인의 머리였다. 그런데 그 모습이 왜 살아 있다고 느꼈을까. 그 옛날 돌을 다룬 솜씨의 빼어남 때문이었을까. 물론 그렇기도 했을 것이다. 하지만 거기 덩굴줄기를 타고 얼굴을 오르내리고 있던 원숭이들이 없었더라면 어땠을까 하는 생각이 새삼스럽게 들었다. 수많은 원숭이들이 있었다. 그리고 그 수많은 원숭이들이 분명히 성스러운 얼굴을 짓밟고 있음에도 불구하고 오히려 수호하고 있다는 느낌이 든 것도 이상한 일이었다. 수많은 원숭이들은 성상(聖像)을 지키기 위해 끽끽거리며 모여든 원시 부족처럼 보였다. 그러자 부처의 얼굴이 따뜻한 피가 도는 얼굴로 살아나고 있었던 것이다. 이것은 오래전에 본 화보를 다시금 해석해서 얻은 결과이다. 그러나 이런 결과에 이르기 전에도 오랫동안 밀림이라는 말과 부딪칠 때마다 나는 그 부처의 얼굴을 떠올렸으나 그것은 덩굴줄기에 의해 이리저리 얽힌, 잔뜩 비끄러매어 구속된 얼굴일 뿐이었다. 그 구속된 부처의 모습이 내 마음을 찌르고 있었다고 나는 고백해야 한다.

그런데 거기에 원숭이가 있었다. 예전 보았을 때도 원숭이는 있었다. 그러나 그것은 부처의 얼굴을 짓밟아 안 그래도 황폐한 모습에 처량함마저 더해주던 경망스러운 짐승들이었다. 하지만 우연찮게 원숭이를 찾아 택시를 타고 가는 도중에 그 원숭이들은 다른 모습으로 내 뇌리에 되살아났던 것이다. 알 수 없는 노릇이었다. 이렇게 원숭이들이 역할을 바꿈과 함께, 나는 처음 그 화보를 보았을 때 내가 나도 모르게 숙제를 가진 채 살아왔다는 사실을 깨달았고 또한 그 숙제가 모습을 드러내는 순간 풀리고 있다는 사실을 깨달았던 것이다. 밀림 속에서 부처의 얼굴은 원숭이들에 의해 구원하고도 생생한 삶을 영위하고 있었다. 부처의 얼굴은 덩굴줄기에 비끄러매어 있는 처참하고 무력한 모습이 아니었다. 덩굴줄기라는 세속의 결박과 고난 속에서도 의연히 희망의 빛을 내뿜는 얼굴, 결연히 달마(達磨)를 외치는 진중하고 환한 얼굴, 그것이었다.

"원숭이가 정말 있을까요?"

그가 중요한 질문이라는 듯 물었다. 왜 그렇게 집착하는지 모르겠어도 그는 그 나름의 어떤 궁리를 하고 있는 모양이었다. 또 그 시대고인가 하는 생각이 들자 공연히 역겨움마저 느껴졌다. 나는 그의 진지함이 여러 가지 공부나 경험이 모자란 데서 오는 열등의식의 결과라고 여겨졌던 때가 종종 있었다. 그렇게 여겨질 때는 그를 만나고 있는 것이 고역으로 변했다.

"글쎄, 운이 좋으면 있겠고…… 없어도 그만 아니요?"

나는 다소 퉁명스러운 말투로 받았다. 내가 원숭이에 대해서 여러 상념을 굴리고 있는 만큼 그도 그렇단 말인가. 우스꽝스러운 일이라고나 해야 했으나 불쾌한 기분이 앞섰다. 이 사람, 왜 자꾸 원숭이, 원숭이, 하는 거야. 남은 지금 크메르의 밀림 속에 가 있는데, 하는 심정도 곁들였다. 그러자 그가 입을 열었다.

"석가모니 부처님의 전생 설화에 보면 말입니다. 부처님이 많은 전생을 거쳐서 가빌라국의 왕자로 태어나는데 그 전생 중에 물론 다른 많은 동물들도 있습니다만, 원숭이도 나옵니다. 오래돼서 기억은 흐릿하지만……"

그 말에 나는 흠칫 놀랐다. 마치 그가 내 뾰족한 마음의 진단을 엿보고 있는지도 모른다는 생각이 든 때문이었다. 그렇지 않고서야 난데없이 그의 입에서 '석가모니 부처님'은 웬 것이란 말인가. 그도 '부처님 오신 날'의 플래카드로부터 생각을 연기(緣起)하고 있었음에 틀림없었다. 그렇다면 내가 밀림 속의 부처의 얼굴을 더듬고 있을 때, 그는 한 술 더 떠서 그 부처의 전생 실화를 더듬고 있지 않았는가!

"김형은 불교 신잔가보군요."

나는 흐트러진 감정을 재빨리 수습하려고 애썼다.

"신잔 무슨 신자겠습니까. 해마다 이맘때쯤 꽃피는 봄은 석가모니의 계절이요, 또 눈 내리는 겨울은 그리스도의 계절이요 하고 있는 거지요."

다분히 연극 대사 투의 말임에도 불구하고 반감만을 앞세울 계제가 아니었다. 나는 눌리는 느낌이었다. 한두 마디 말로 갑자기 그가 나보다 한 수 위에 있게 되었다고 생각하니 불뚝 부아마저 끓었다. 그는 어떤 경우에도 나보다 밑에 있어야 마땅하다는 게 내 평소의 자리매김이었던 것이다.

"하, 거참 좋은 신앙입니다."

나는 짐짓 차창 밖으로 눈을 돌리고 감탄도 아니고 비아냥거림도 아닌 어정쩡한 투로 말했다. 어서 빨리 벗어나서 몇 마디 말 때문에 생긴, 잘못된 질서를 바로잡아야 한다.

"꽃피고 눈 내리고…… 생각해보면 얼마나 기막힙니까. 눈물 나지요. 다 와 가는가보죠?"

그가 배우로서의 능력을 은연중에 발휘하고 있다고 믿고 싶었다. 그는 이제까지의 그와는 달라 보였다. 더 이상 말을 붙였다가는 그야말로 무슨 선지식(善知識)이 또 나를 압도할지 모를 일이었다. 나는 입을 꾹 다물고 크메르의 밀림 속에 있는 부처의 얼굴을 떠올려보려고 했다. 그러나 목적지에 가까이 와서 들쑥날쑥 건물들이 붙어 선 비좁은 길에 들어서서인지 그 얼굴은 잘 떠오르지 않았다. 할 수 없었다.

"마침 오는 날이 장날인 모양입니다. 잘됐군요. 원숭이가 있겠어!"

나는 기대감에 넘쳐서 말이 크게 나왔다. 말이 장날이지 이미 옛 풍습이 사라진, 도시 가까운 시골장은 활기를 잃고 있었다. 우리들은 택시에서 내렸다. 그도 이리저리 휘둘러보기는 했지만 장날치곤 보잘것없다고 실망한 눈치였다. 하긴 파장이 기도 했다. 너무 급격한 변화를 일으키며 어디론가 내닫고 있는 세상인지라 며칠 전이 옛날이 되고 마는 실정이었다. 불과 얼마 전까지도 있었던 풍물이 하루아침에 사라지는 판국이었다. 예전의 우리 삶이 향수를 머금고 찾아갈 만한 시골장은 이제 아무 데도 없는 것이었다. 그렇긴 해도 그날따라 도일장은 워낙 보잘것없었다. 그런 정황이 원숭이가 있겠다는 기대감에서 급속히 바람을 빼고는 있었으나, 우리는 오토바이 상점을 지나 약장수들의 터로 향했다.

"뭐 볼 게 없네. 장이라고……"

그가 뒤따라오면서 중얼거렸다. 원숭이를 못 보리라고, 그래도 괜찮다고 그쪽에서 미리 실망의 부담을 덜어주려는 배려 같았다. 나 역시 택시를 내릴 무렵과 내리고 나서의 상태가 완전히 반대로 바뀐 데 놀랐다. 원숭이가 있을 기미는 전혀 없었다. 나는 이상하게 벌써 단정을 내리고 있었다. 원숭이는 없다.

"없으면 또 어떻겠소. 어디 가서 막걸리나 한잔 하고 가믄 되는 거지. 원숭인 그저 있으나 마나 재미로 내세운 거 아뇨."

나는 무뚝뚝하게 말했다. 야채장수의 마이크 소리가 우렁우렁 울리고 있었다.

원숭이는 없다

"있으나 마나는 아니지만…… 없는 데야 할 수 없겠죠."

그는 사실대로 말하고 있는 것이다. 그러나 그 말도 왠지 내 비위를 거슬렀다. 언제까지나 삼류로 남아 있다가 죽을, 삼류 연극장이 같으니라구. 나는 부글부글 끓어오르는 감정을 꾹 누르느라고 숨까지 식식 몰아쉬었다. 약장수 터가 보이기 시작했으므로 원숭이가 없으리라는 건 기정사실이 되어 있었다. 아예 이번 장에는 오지도 않은 모양이었다. 왜 원숭이는 들먹거려가지고 이 꼴이 되었는지 알다가도 모를 일이었다.

"없군요. 아예 약을 팔지를 않으니. 전에는 도사가 나와서 이마로 돌을 깨고…… 틀렸어요. 원숭일 보믄 재수가 없다더니…… 저기 국숫집은 그대로 문을 연 모양이니 거기서 막걸리로 목이나 축입시다. 원숭인 없어요."

나는 그의 의사도 묻지 않고 그리로 향했다. 나는 풀이 죽어 어깨마저 내려앉았다. 원숭이 따위를 찾아서 무엇 때문에 여기까지 씨근벌떡 왔는지 도무지 알 길이 없었다. 원숭이는 없다. 따져 보면 아무 일도 아닌 것이 확실한데, 무엇엔가로부터 된통 당한 느낌이 들었다. 그 약장수 패거리는 어디 다른 곳에 '도사'를 모셔놓고 아무 효험도 없는 밀가루약을 신경통이나 온몸이 쑤시는 데 특효라고 한바탕 사기를 치고 있을 것이다. 빌어먹을. 나는 얼굴까지 벌게졌다. 그러나 어떻게든 감추지 않으면 안 되었다. 내가 향하는 대로 그도 휘적휘적 따라오고 있었다. 이제 원숭이야 있든 없든 그만이라고 덮어두려고 해도 자꾸만 마음이 걸렸다. 더군다나 그와 집에 갈 때까지 같이 있어야 한다는 생각이 들자 갑자기 죽은 원숭이의 시체라도 등에 걸머지고 있는 느낌이었다.

"아주머니, 나 아시겠어요? 저번에 여기 와서 국수 한 그릇 먹고 간…… 오늘은 막걸리나 한 통 줘요. 휴우 벌써 날씨가 더워지네."

포장집 안은 후끈거리기조차 했다. 그와 나는 좁다란 판때기 의자에 나란히 앉았다. 그가 원숭이에 대해서 더 이상 이러쿵저러쿵하지 않는 것만도 다행이었다. 아주머니가 막걸리통을 흔들어 내놓는 동안 다시 돌이켜 생각하니 약장수 패거리들이 없는 것이 잘된 일이라고도 여겨졌다. 만약 그들이 있는데도 원숭이가 없었더라면 더욱 낭패였을 것 같았다. 내 기억이 정확하지 않음에도 나는 그렇게 믿고자 하는 의지를 앞세워 없는 원숭이를 있다고 허상을 세워놓은 것은 아닐까. 그럴지도 모르는 일이었다. 아니, 그렇지는 않았다. 원숭이는 있기는 있었다. 그런데 지금 없는 것이었다.

"아주머니, 여기 혹시 약장수들, 원숭이 끌구 다니지 않았습니까? 원숭이 구경 왔는데."

나는 용기를 내서 물었다. 어차피 원숭이 놀이는 끝난 것이었다. 이제 원숭이 이야기는 끝내도 무방할 것이었다. 언제부터인지 쓰잘데없이 원숭이, 원숭이 하고 다녀서 몸 어디엔가 원숭이 냄새가 잔뜩 배어 있는 듯했다. 하지만 살아 있는 부처의 얼굴이고 뭐고 다 헛된 상념에 지나지 않았다. 따라서 그가 나보다 한 수 위였던 순간은 저절로 소멸된 것이었다. 원숭이는 없으니까!

"자, 원숭이를 위해서 한잔."

나는 맥 빠졌다는 듯 목소리를 낮추고 컵을 쳐들었다. 그가 말없이 컵을 들어 부딪쳤다.

"약장수 원숭이요? 원숭이는 많아요. 종종 뵈는 게 원숭인데요 뭘. 원숭이가 있음 구경꾼들은 한둘이라도 꾀게 마련이니까요."

아주머니는, 당신네들 처지두 알 만하우, 하듯이 비싯 웃음을 머금었다. 요즘 세상에 오죽 변변찮으면 원숭이나…… 그러자 그가 눈빛을 빛냈다.

"어디, 있습니까? 원숭이 보러 왔으면 골은 못 빠개 먹어도 낯짝은 봐야지."

그가 힘주어 말했다. 아주머니가 놀란 듯 뒤돌아보았다.

"오늘두 있었는데…… 파장이라…… 그 약장순 원숭이가 없지요. 난쟁이다 뭐다 잔뜩 있으니까. 대신 다른 사람이…… 마찬가지로 약장수지만요. 저쪽으로 갔어요. 요 언덕 너머 월곶 쪽으로요. 그 사람 집이 거긴가 그렇다나봐요."

그곳에 원숭이가 있었다는 것은 사실이었다. 나는 멀거니 그를 쳐다보았다. 그러나 원숭이가 있었다고 하더라도 이제는 하등 흥미가 없었다. 그것은 애초에 막걸리 한 잔에 달랠 수 있는 갈증에 해당하는 흥미였는지도 몰랐다. 다만 원숭이가 있기는 있었다는 사실이 증명되어 위로는 되었다. 그러나 그의 태도가 어딘지 미심쩍었다.

"어때요? 이왕 여기까지 왔으니 산보 삼아 거길 가봅시다. 원숭이야 어디까지나 명분이지요. 오래간만에 시골길을 걷는다는 것도 괜찮겠는데. 난 사실 집에 가야 할 일도 없고요. 어떻습니까? 바쁩니까?"

그가 은근하고도 집요하게 달라붙었다. 죽었던 원숭이가 다시 살아나는가 싶었다. 나는 어떻게 대꾸해야 좋을지 몰라 잠시 망설였다. 원숭이에는 흥미가 사라졌다기보다 질렸다는 편이 옳을 것이다. 그러나 "집에 가야 할 일도 없고요" 하는 그의 말만큼은 내가 할 말이었다. 아내는 아직 소독약 냄새가 채 가시지 않고, 바퀴벌레의 시체가 나뒹구는 집구석에 기어들어와 암담한 표정을 짓고 서성거리리라. 그렇지만 그의 뜻에 선뜻 따르기가 좀 뭣한 데가 있어서 나는 막걸릿잔을 들며 일단 오늘은 좀 늦지 않았느냐? 미지근하게 대답할 수밖에 없었다.

"늦을 게 뭐 있습니까? 해지기 전까지만 갔다가 돌아가믄 그만이지. 사실 원숭인 많다지 않습니까. 가는 데까지 가보자 이겁니다. 오늘은 나도 이상한 점이 있습니다만, 하여튼 갑시다. 원숭이를 찾아서 간다…… 이 시대에 우리가 할 일이 뭐 별로 없지요. 지랄 같은 세상 아닙니까?"

그가 막걸리 한 잔에 취했을 리는 없었다. 그가 구체적으로 어떤 현상을 가리켜 "지랄 같은 세상"이라고 하는지 설명하지 않아도 알 수 있었다. 그러나 나는 울분을 토하는 데는 신물이 나서 그저 고개만 끄덕거렸다. 그러면서 눈길을 떨구고 그가 누군가를 닮았는데…… 하고 있는 참에 "자, 일어나서 갑시다" 하는 소리가 들려왔다. 그 소리는 내가 누군가를 닮았는데…… 하고 갸웃거리던 그 누군가를 퍼뜩 일깨워주었다. 정말 엉뚱하게도 돈키호테였다. 연출가 김형의 집 책꽂이에 꽂혀 있는 유일한 화집인《도미에 화집》에서 본, 비쩍 마르고 지칠 대로 지쳤으나 광열(狂熱)에 들든 눈의 돈키호테였다. 연출가 김형이 처음 "도미에라는 풍자화가를 아십니까?"라고 물었을 때, 나나 배우 김형이나 이구동성으로 "우린 무식해서······ 더군다나 여류화가는······" 하고 도(都)씨 집안의 여류화가쯤 안 될까 어림짐작했었다. 무식하다고 하면서도 굳이 여류화가를 들먹인 것은 도미에가 우리나라의 여류화가라는 사실까지는 알고 있다는 얄팍한 허영심이 숨겨져 있었다. 게다가 우리는 아파트 주민대표 사무실에 근무하는 도미희라는 이름의 아가씨가 화실 출입을 한다는 사실을 알고 있었다. 그래서 도상봉(都相鳳)은 우뚝한 화가니까 그 가계에······ 하는 식으로 짚었던 것이다. 프랑스의 풍자 화가든 도씨의 여류화가든 느닷없이 "갑시다"를 외치는 소리의 주인공은 외모부터가 어딘지 돈키호테를 닮아 있었다. 술을 잘 못하는 체질인 데다가 낮술이어서인지 개씨바리라도 앓는 듯 충혈되어 있는 그 눈이 특히 그랬다.

어느 정도 기운 해도 벌겋게 충혈된 빛이었다. 우리들은 원숭이라는 이상의, 정의의 가치를 높이 들고 바야흐로 서해안의 황량한 개펄이 내려다보이는 언덕을 향해 나아가고 있었다. 어차피 그리된 바에야 나는 원숭이에 대한 정열을 다시금 불러일으킬 필요가 있었다. 붉은 얼굴 바탕에 흰 점이 뚝, 뚝, 뚝, 뚝, 찍히고 눈 둘레가 흰 동그라미로 강조된 탈의 원숭이였다. 옷차림도 아래위가 다 붉었다. 봉산탈춤이었지. 아마? 나는 기억을 더듬었다. 거기 등장한 원숭이는 소무(小巫)와 어울려 엉덩이를 흔들며 음란한 장면을 연상시키는 춤을 추었다는 기억이 되살아났다. 하지만 그뿐이었다. 그 원숭이는 내게 아무런 영감을 불어넣지 못했다. 영감은커녕 말마따나 재수 없는 원숭이에 불과했다. 나는 그 요망스러운 엉덩이짓을 빨리 머리에서 떨쳐버려야만 했다. 그렇다면 다른 원숭이는? 나는 머리를 쥐어짰다. 그러자 너무도 잘 알려진 원숭이가 비로소 나타났다. 원숭이 생각을 하면서 그 이름이 왜 그토록 늦게 나타났는지 의아스러울 지경이었다. 삼장(三藏)법사를 따르는 손오공이었다. 하지만 손오공도 내게는 별 힘이 되어주지 못했다. 그저 터벅터벅 걷고 있는 내게 손오공이 와서 빨리 좀 걸으라고 한들 그것이 무슨 의미가 있을 것인가. 나는 불법을 구하러 천축으로 가는 스님이 아니었다. 혹시 돈키호테 일행이라면 손오공이 알아줄지 몰라도 실상 그쯤도 못 될 게 뻔했다. 원숭이를 찾아서 가다니, 원숭이는 뭐 말라죽은 원숭이란 말인가.

언덕을 넘자 멀리 높다란 돌산이 나타났다. 언덕 밑에서부터 돌산 밑까지는 버려진 개펄이었다. 그리고 한쪽으로 물이 반듯반듯 네모지게 고인 곳은 염전이었다. 더욱 낮아진 해가 잿빛의 개펄 위 나지막한 하늘에 삶은 게의 등딱지처럼 빨갛게 붙어 있었다. 우리는 말없이 서서 담배를 한 대씩 피웠다. 아주 멀리, 영원히 아무도 모를 비의(秘意)의 땅으로 온 것 같기만 했다. 말을 맞추지 않아도 우리는 돌산까지 가보자는 데 합의하고 있었다. 돌산 밑으로 집 몇 채가 있는 작은 마을이 눈에 잡히는 듯했기 때문이었다. 누가 먼저라고 할 것도 없이 우리는 걸음을 옮겨놓았다.

군데군데 갈대와 나문재가 자랄 뿐 개펄은 죽은 땅이라는 말은 연상시켰다. 작은 농게 한 마리라도 눈에 띌 법하건만 전개되는 것은 잿빛의 젖은 땅뿐이었다. 그 땅의 단조로움은 모든 살아 있는 것들에게 오로지 침묵만을 강요하는 듯싶었다. 아메리카 사막의 혹심한 환경도 방울뱀을 기르고 있다는데, 어쩐지 섬뜩한 느낌도 들었다. 여기저기 좁다란 골을 이루어 물이 질척질척 흐르고 있을 뿐인 것이다. 그곳을 오직 돌산으로 가는 것만이 목적인 두 사내가 살아 움직이고 있었다. 돌산으로 간 다음에는 물론 돌아오는 것만이 일이었다. 내가 그렇게 알고 있듯이 그도 잘 알고 있을 것이었다. 사막 같군 하고 나는 말하려다가 그만두었다. 그곳은 틀림없이 바닷가 개펄이었다. 그러나 그런 사실 때문에 말을 못 꺼낸 것은 아니었다. 무슨 말을 하기에는 우리 두 사람은 서로가 너무 고립되어 있는 것이었다.

얼마나 걸었을까.

황량한 개펄을 지나 우리는 염전으로 들어섰다. 수차(水車)가 아무렇게나 뒹굴고 있는 것으로 보아 소금 굽는 일은 일찌감치 걷어치운 모양이었다. 우리는 염전 논두렁길을 밟고 돌산을 마주 안듯이 하고 걸었다. 돌산 언저리의 표고가 높아진 탓인지 해는 곧 넘어가려고 하는 참이었다. 빨갛고 반투명으로 사위어가는 해였다. 해마저 침묵으로 가득 찬 그 개펄 땅에서는 하나의 정물이었다. 돌산 밑에 분명히 몇 채의 집이 뚜렷한데도 얼씬거리는 그림자조차 보이지 않았다. 그곳은 오히려 괴괴한 정적마저도 감돌았다. 논두렁길이 끝나고 동네 어귀로 들어섰지만 사람 모습은 눈에 띄지 않았다. 사이사이에 적산가옥들이 아직도 끼어 서 있는, 염부들의 동네 같았다. 염전이 폐쇄되자 모두들 어디론가 떠나간 것이 분명했다. 땅거미가 스며들어 집들은 더욱 우중충해 보였다. 으스스한 바람이 돌산을 감아 내려오고 있었다. 도대체 우리가 왜 이런 곳까지 왔는지 막막해졌다. 혹시 우리는 돌아가는 길을 잃어버린 것이 아닐까. 아니, 돌아가는 길 자체가 없는 것이 아닐까. 낡고 허물어진 빈집에서 평생을 유령으로서 살아야 하는 것은 아닐까.

그때였다.

"뭐 하는 사람들이오?"

바람결을 타고 분명히 사람의 목소리가 들려왔다. 소금기에 절었는지 잔뜩 가라앉은 목소리였다. 우리는 깜짝 놀라 그 자리에 멈추었다. 목소리의 주인공은 그나마 좀 성한 적산가옥 앞에 서 있었다. 낡은 작업복을 걸친, 키가 작은 사내였다. 우리는 사내를 보고도 입이 잘 떨어지지 않았다.

"아, 예…… 여긴 빈 동네로군요."

그가 겨우 입을 열었다.

"이젠 빈 동네가 됐소. 모두들 떠나갔소만…… 여긴 어찌들?"

사내는 경계심을 늦추지 않았다. 우리가 무슨 일로 여기까지 온 것일까. 알 수 없었다. 그냥 오다 보니 왔다는 것도 틀린 대답이었다. 우리는 맹목적인 가운데 열심히, 서로의 고립감에 대적하며, 무슨 극기 훈련이라도 하는 듯 거기까지 이른 것이었다.

"이 동네에 약장수가…… 원숭이가……"

나는 무슨 말인가 해야겠다고 생각해서 입술을 달싹거렸지만 내가 생각해도 어처구니없는 말이었다.

"뭐요? 약장수? 원숭이?"

어느덧 카랑카랑한 목소리로 변해 있었다.

"예…… 원숭이를 끌고 다니는 약장수를 찾아왔습니다."

그가 겨우 문장을 만들었으나 그것은 암호로밖에 들리지 않았다. 사내가 여전히 경계심을 늦추지 않은 채 우리들의 아래위를 훑어보았다. 우리들은 죄지은 사람처럼 몸을 움츠렸다.

"보아하니 멀쩡한 사람들 같은데 여긴 그런 사람이 없어요. 나하고 내 집사람밖에 안 남았단 말요. 원숭이라니? 원숭이 따윈 없단 말요."

사내는 경계심 대신 화를 내고 있었다.

"예…… 원숭이가 없구만요."

그가 기어들어가는 목소리로 말했다. 그러고 보니 우리가 왜 그렇게 주눅이 들어 있는지도 알 수 없었다.

"이 사람들이 누굴 놀리나…… 원숭이 따윈 옛날부터 없었어요. 그리구 어서들 돌아가죠. 여긴 해가 진 후에는 출입이 금지돼 있는 곳이니까. 경고문을 못 읽었소? 일몰 후에 어정거리다간 꼼짝없이 간첩이 돼요. 총 맞아 죽어도 말 못해요. 아닌 밤중에 원숭인 무슨 원숭이. 어서들 가쇼. 큰일날 원숭이, 아니 사람들이군."

"아니, 총을요? 총은 무작정 쏘나요?"

그가 머리를 조아리며 물었다.

"총이란 쏘라고 만들어놓았다는 말이 있지. 더군다나 아닌 밤중에 원숭이 암호를 대고 다니다간 총을 맞기 십상이지, 어서들 가요."

그의 말은 명령같이 들렸다. 우리는 대꾸할 말조차 잊어버렸다. 날은 이미 어두울 만큼 어두워 있었다. 우리는 뒤도 돌아보지 않고 그 사내 앞을 떠났다. 수차의 그림자가 어스름 속에 괴물처럼 보였다. 우리들은 밤중에 개펄에 나가 뭔가를 잡던 사람이 군인의 수하를 받고 도망치다가 총에 맞아 죽은 데 대해 며칠 전에 공원에서 만나 이야기를 나눈 적이 있었다. 나처럼 그도 그 사실을 떠올리고 있을 것이었다. 그러고 보니 그 돌산으로 접어들 때부터 우리는 무엇인가 으스스한 기분에 젖어 있었다. 꼭 총알 하나가 그렇게 만들었다고 할 수만은 없었다. 굳이 따지자면 이 강산에 보다 깊게 침투돼 있는 흉측한

원숭이는 없다 229

불신의 괴저 탓이라고나 해야 할 것이었다. 그도 나처럼 다리가 제대로 움직이지 않는 것이 어스름 속에 더욱 과장되어 나타났다. 다리를 후들후들 떨고 있는 것이었다.

"우리가 왜 여기 왔는지 몰라."

나는 두려움을 이기기 위해 말을 건넸다. 그래도 그는 말없이 걷기만 하고 있었다. 몸을 거꾸러질 듯 앞으로 수그리고 걷고 있는 그 모습은 흡사 원숭이 같았다.

"우리가 왜 여기 왔는지 몰라."

나는 그가 못 들었는지 모른다는 생각이 들어서 그에게 얼굴을 가까이 가져다대고 호소하듯 말했다. 그제야 그가 겁먹어서 쪼그라든 얼굴을 내게로 돌렸다. 화가 난 듯도 했다.

"쉿, 나도 모르겠어요. 그리고 다신 원숭이 얘기를 하지 맙시다. 재수 없어요. 빨리 여길 빠져나가야겠어요."

그때 나는 내 눈을 의심하지 않을 수 없었다. 그의 얼굴은 단순히 겁먹거나 화난 얼굴이 아니었다.

"아니, 그……"

나는 분명히 "그 얼굴이 도대체 뭐요?" 하고 물으려고 했었다. 그러나 말이 이어지지를 않았다. 마악 밀려든 어둠 탓이려니 하려고 해도 헛일이었다. 나는 내가 잘못 보았나 해서 자세히, 그러나 그가 눈치채지 않도록 살펴보았다. 틀림없었다. 옆에서 본 얼굴도 틀림없었다. 주둥이가 튀어나오고 가장자리가 털로 둘러져 있는 얼굴.

그랬다. 그것은 영락없는 원숭이의 얼굴이었다. 어찌된 노릇이란 말인가. 나는 악 소리가 나오려는 것을 간신히 짓눌렀다. 무엇엔가 홀렸다는 생각이 들었다. 그렇지 않고서야 멀쩡한 사람 얼굴이 원숭이 얼굴로 보일 까닭이 없었다. 다리만 후들후들 떨리는 게 아니라 아래위 이빨이 서로 부딪치는 소리가 수차 소리처럼 들려왔다. 그는 자기가 원숭이로 변했다는 사실을 전혀 의식하고 있지 않은 듯 부지런히 걷고만 있었다. 나는 공포 때문에 온몸이 돌처럼 굳어버릴 지경이었다. 그러나 어쩔 도리가 없었다. 내게 이미 사람으로서의 자유는 사라져버렸다고 나는 느꼈다. 아마도 잘 걷고 있는지를 보려는 모양이었으나 나는 그 얼굴을 정면으로 쳐다볼 수가 없었다. 이런 일이 어떻게 일어났는지 끔찍한 노릇이 아닐 수 없었다. 그런데 난데없이 그의 비명에 가까운 목소리가 들려왔다.

"아니, 이게 어찌된 일이람. 거기 있는 건 원숭이 아냐!"

나를 보고 하는 말이었다. 나는 소스라치게 놀랐다. 아니, 그렇다면 나도 어느새 원숭이로 변했단 말인가. 그가 그렇게 보았으니 어김없는 사실일 터였다. 어느 순간에 우리는 둘 다 원숭이로 변하고 만 것이었다. 왜, 무엇 때문에 그런 사태가 일어났는지 따진다는 것은 무의미한 일이었다.

"사실 아까부터 얘기하려고 했는데 우린 지금 무슨 마술에 걸렸나봐요. 그래서 둘 다 원숭이가 됐나봐요."

나는 그를 안심시켜야 한다고 생각했다.

"설마 그럴 리가?"

그는 곧이듣리지 않는다는 눈치였다. 그러고는 자기 자신은 아직 원숭이로 변했다고는 믿을 수 없다고 덧붙였다. 그것은 나도 마찬가지였다. 그가 나를 원숭이로 보았다고는 할지라도 나는 그렇게 여겨지지 않았다. 단지 그가 원숭이 몰골을 하고 있다는 것만은 내 눈을 믿어 의심치 않았다. 그러니까 우리는 서로 상대방만을 원숭이로 보고 있는 셈이었다. 해가 중천에 있을 무렵부터 원숭이 타령을 하고 있었던 결과 눈들이 어떻게 되었는지도 모를 일이었다. 아니었다. 갑자기 어둠 속에 수하를 받고 옆구리에 들어온 총부리 때문이었다. 그것도 아니었다. ……하지만 그 전말에 대해 이러쿵저러쿵 따지고 있을 겨를이 없었다. 그것에 대해서는 서로가 상대방을 원숭이로 보고 있다는 것만으로도 충분했다. 다만 우리는 어쨌든 함께 그곳을 빠져나가야 한다는 데는 의견의 일치를 보고 있었다.

"빨리 갑시다. 무서워서 견딜 수가 없어요."

"그래요. 서둘러야겠어. 이러다간 꼼짝없이……"

"꼼짝없이"라는 말 다음에 할 말이 죽는다는 것인지 원숭이로 영영 남게 된다는 것인지에 대해서는 나도 몰랐다.

그는 다시 휘청거리는 걸음으로 앞서나갔다. 다른 말은 더 없었다. 개펄이 어둠 속으로 빨려 들어가고 있었다. 나는 그의 뒤를 따라 부지런히 걷기 시작했다. 죽은 땅 위로 바람이 부던 쇠붙이 소리를 내며 불어왔다. 왔던 길이 맞는지 어떤지도 감을 잡을 수가 없었다. 나는 무슨 말인가를 하려고 했지만 머릿속까지 어둠이 들어와 꽉 차버린 느낌이었다.

그렇다. 그것도 아니었다. 만약에 우리가 원숭이가 되어야 했던 까닭을 알 수 있는 자가 있다면 그것은 저, 해를 타고 앉아 광활한 우주 공간을 응시하는 거대한 원숭이뿐일 것이라고 여겨졌다. 그토록 우리는 어떤 힘에 의해 봉쇄되고 무력하게 되었으며 진실로부터 버림받았다……는 생각에 내 원숭이의 몰골은 더욱 볼썽사납게 보이리라 싶었다.

아무 말도 없이 우리는 앞을 향해 걸었다. 그가 몸을 앞으로 구부린 것처럼 나도 덩달아 몸이 앞으로 구부러졌다. 잘 보이지 않는 길을 더듬어 될수록 발걸음을 빨리하자니 자연 몸이 뒤뚱거릴 수밖에 없었다. 우리 둘은 극도의 공포에 쪼그라진 원숭이 얼굴을 하고 어둠 속을 허둥거리며, 그토록 우리가 벗어나고자 몸부림쳤던 일상을 향하여, 일상 생활을 향하여 거의 사력을 다해 달려가고 있었다.

그림의 철학을 위하여

수리남에서 온 화가

 탑골공원 앞에 친구와 나란히 앉아 연등축제를 보면서 나는 삶이란 축제라는 말을 줄곧 머릿속에 굴리고 있었다. 이에 대해서는 좀 더 설명을 붙이지 않으면 안 된다. 삶이 그 자체로 당연히 축제가 될 리는 없는 것이었다. 먹고살기도 빠듯한 마당에 축제는 무슨 개뼈다귀 축제란 말인가. 오랜 세월 내 삶을 돌아보아도 축제라거나 그 비슷한 날은 오히려 손에 꼽을 정도로 며칠 되지 않는다는 생각도 들었다. 즐거운 날은 기억에 오래 남지 않는 것인가, 아니면 짧은 순간의 즐거움을 위하여 긴 괴로움이 본디 따르는 것인가, 그리하여 삶이란 어차피 고해(苦海)인가, 나는 등불들을 바라보며 잡념에 빠져들었다. 하지만 즐거움이든 괴로움이든 지난 삶의 시간들은 내 삶 그 자체라는 점에서, 지금의 나를 있게 한 요소들로서 가타부타할 것 없이 그저 무덤덤하게 받아들여지기도 했다. 그러니까 지금 살아서 저 등불들을 바라보고 있는 것만으로도 축제라고 해야 할 것이었다.

올해의 사월 초파일 행사에 초청장이 온 것은 뜻밖의 일이었다. 그렇기도 하려니와, 거의 매일 쓸데없는 우편물이 배달되어 오는 통에 뜯어보지도 않고 아무렇게나 쌓아둔 것들에 묻혀 있어서 하마터면 그대로 휴지 뭉치가 될 뻔한 것이기도 했다. 이런 게 왜 왔을까, 하고 겉봉을 뜯어보니, 모십니다라는 초청장이 들어 있었다.

사월 초파일 부처님 오신 날을 맞이하여 오랜 세시풍속으로 내려오는 관등놀이의 전통을 이은 연등축제가 오는 4월 29일 종로에서 펼쳐집니다. 연등축제 중 동대문에서 조계사로 이어지는 제등 행진은 가장 전통 있고 성대한 행사로 갖가지 모양의 십만여 등불이 화려하게 밤거리를 수놓으며 흥겹게 행진합니다. 전통의 멋과 흥이 넘치는 제등 행진을 관람할 수 있는 거리 관람석을 마련하여 모시고자 하오니 참석하여주시기 바랍니다.

씌어 있는 대로, 옛 전통을 이은 그 행사가 얼마 전부터 제법 잘 짜인 규모로 치러지고 있는 것을 알고는 있었다. 한번은 종로를 지나다가 갖가지 등불을 든 행렬을 만나 한동안 그 분위기에 휩싸인 적도 있었다. 지방자치단체에서 너도나도 개최하는 여러 가지 축제에 별다른 감흥을 느끼기 힘든 마당에 그것은 새로웠다. 강릉의 단오축제에 대해서는 알고 있었지만, 그토록 많은 사람들이 그야말로 종로 바닥을 누비는 축제를 열고 있는 모습이 내게는 새로운 삶의 발견이었던 것이다. 그리고 그 행사가 연등축제라는 이름으로 치러진다는 것도 처음 아는 사실이었다.

나는 의자에 앉아 긴 등불 행렬을 맞이하고 있었다. 친구도 이렇다 할 말이 없었다. 내가 함께 가보지 않겠느냐고 전화를 했을 때, 그는 뭔가 시큰둥하게 받았었다. 등불축제라 거 좋지, 하는 말투는 좋다는 뜻보다 망설임의 뜻이 강했다. 글쎄, 등불축제는 웬 등불축제?

어쨌든 그는 내 옆의 의자에 앉아서 등불들을 바라보고 있었다. 등불의 종류도 많았다. 빨강, 파랑, 노랑의 색깔도 현란했고, 보통 흔한 연꽃 모양의 둥근 등에서부터 세모나 네모진 등, 길쭉한 등, 원뿔 모양의 등, 사각등, 팔각등, 수박등, 북등,

탑등, 학등…… 그러고 보니 커다란 코끼리와 용 모양도 환한 등이고, 가부좌한 부처 모양도 환한 등이었다. 부처 앞에 손오공이 앉아서 재롱을 피우는 등도 있었고, 월드컵 축구대회를 기념하는 축구공 모양의 등도 있었다.

등불들이 흐르는 거 같지 않어?

나는 그에게 말을 건넸다. 무슨 말이라도 해야 될 듯싶어서 꺼낸 말이었다. 그는 아까부터 도통 아무 말도 없었다.

응, 그래.

그는 그렇게밖에 대꾸하지 않았다. 나는 그와 고등학교 때의 급우이긴 해도, 그리 친했다는 기억은 없었다. 아니, 어떤 때는 그가 나와 더불어 같은 교실에 앉아 있었다는 것이 사실이었을까 싶게 그의 얼굴이 아득해지기도 했다. 물론 내 기억력은 예전보다 많이, 훨씬 많이 쇠퇴했다. 그렇다 하더라도 그와 나눠가진 무슨 일화 하나 머리에 남아 있지 않은 것은 내가 생각해도 믿어지지 않는 노릇이었다. 사람은 상대적으로, 선택적으로 치매 증세를 보이는지도 모른다고 여겨질 지경이었다.

그런데 알 수 없는 일이었다. 몇십 년이 지난 어느 날 우리는 다시 만났다. 그냥 만난 것이 아니라 갑자기 어울리기 시작해서, 얼마 전에 함께 강원도다 충청도다 여행을 다녀온 뒤로는, 별 신통한 건수가 없어도 서로 득달같이 전화질을 해대는 관계까지 발전하고 말았다. 지난해가 저물 무렵, 무슨 바람이 불어서 난생처음 동창 망년회에 나간 것이 계기였다. 난 그때 깡패였으니까, 하고 그는 내 손을 잡고 말했다. 넌 누구지? 하는 표정을 짓는 내게, 오히려 넌 샌님이었으니 잘 모르는 게 당연하다는 듯이 던진 말이었다. 하지만 그렇게까지 모호한 녀석이 동창 중에 있다는 것은 불편하기 그지없는 일이었다. 그러다가 그가 문득 의자 얘기를 꺼낸 뒤부터 우리는 가까워지기 시작했다. 그는, 내가 학교의 책상과 의자를 어떻게 슬쩍 하기를 원해서 자기가 그걸 돕겠다고 했다는 것이었다. 내가 학교의 책상과 의자를 도둑질하는 데 거들겠다고 나섰다고?

나는 한 방 맞은 느낌이었다. 그것은 사실이었다. 결국 뜻은 이루지 못했지만, 내가 학교의 책상과 의자를 탐낸 것은 사실이었다. 그걸 그가 알고 있었다면 나와는 여간 가까운 사이가 아니었다는 증명인 셈이다. 알고 있었던 정도가 아니라, 아예 그 일에 끼어들기를 자청하고 있었다니, 이런!

나는 어떻게 그걸 학교 밖으로 내갈 수 있을까 여러모로 머리를 짜냈다. 아무래도 책상과 의자를 모두 빼내기는 무리라는 결론이 났고, 의자만이라면 가능할 것 같았다. 그러나 그것도 번듯이 성한 것으로 들고 나간다는 것은 곤란한 노릇이었다. 의자는 여러 개의 각목으로 만들어져 있었다. 그러므로 분리해서, 그저 뭐 별것 아닌 막대기 몇 개 주워간다는 식으로 가져 나가서 다시 짜 맞추면 될 것이었다. 이렇게 간단한 결론을 내는 데도 실은 며칠이 걸렸다. 그 며칠 동안 나는 온통 그 일에만 머리를 싸매고 있었다.

그런데 더욱 알 수 없는 것은, 어느 날 아침잠에서 깨자, 그렇게 골머리를 싸고 몰두해 있던 그 괴이한 도둑질에 대한 몽상이 씻은 듯이 사라져버렸다는 사실이었다. 학생이 자기가 다니는 학교의 기물을 훔치는 일이란 있을 수 없었다. 내가 어떤 깨우침으로 도둑의 마음을 도덕적 마음으로 되돌려놓게 되었는지 나도 모를 일이었다.

지금 와서 돌이켜보면 그것이 이른바 스스로 제자리로 돌아가고자 하는 자연의 이치인가도 싶었지만, 그건 어디까지나 만들어 붙여보는 논리에 지나지 않는다. 왜냐하면 내 속 저 깊은 곳 어느 구석에서 분명히 도둑의 마음이 아주 없지는 않다고 보기 때문이다. 내가 어디 그것밖에 훔칠 마음이 없었던가. 아니었다. 그와 더불어, 그 뒤 대학에 들어가 우연히 박물관에서 마주친 도깨비얼굴무늬기와(鬼面瓦)는 어땠는가. 나는 그

기와에 눈독을 들여서 자기를 보는 곳이라는 뜻인 관아처(觀我處)라고, 누군지는 몰라도 어느 유명한 사람이 썼음 직한 글씨가 걸려 있는 박물관 층계를 뻔질나게 오르내렸던 것이다. 그러나 그것도 그뿐이었다. 내 좀도둑의 마음은 박물관의 전시품을 훔쳐내기에는 배포가 쪼잔했던 것이라고 해도 좋겠다. 다행이었다. 그러나 내 도둑의 마음이 늘 도덕의 마음으로 순화되었던 것은 아니다. 그것은 서점에서의 책 훔치기로 마침내 목적을 달성하고야 만다. 도둑의 마음이 내린 뿌리는 결코 녹록지 않았다. 그때 훔친 책, 정음사판 윤동주 시집 《하늘과 바람과 별과 시》는 아직도 내 책꽂이 한쪽에 아무 소리 않고 얌전히 꽂혀 있다.

그런데 나는 의자에 대한 어떤 생각으로 되돌아간다. 내가 굳이 학교의 의자를 훔칠 마음을 먹었던 것은 무슨 까닭일까. 간단히 말하면, 그 의자에 앉아 있고 싶어 했다는 진술로 끝난다. 그건 값나가는 물건도 아니었고, 또 그렇게 볼품 있는 물건도 아니었다. 그런데도 나는 유독 그걸 탐냈다. 다시 말하거니와, 의자를 탐낸 게 아니라 '그' 의자를 탐냈다. 그리고 어느 날 아침잠에서 깨어 그 도둑의 마음에서도 홀가분하게 벗어났다.

하지만 문제는 그대로 남아 있었다. 그 뒤로도 내가 유난히 의자를 좋아한다는 것이었다. 지금도 나는 의자를 좋아해서, 집에는 빈 구석이면 으레 자리를 차지하고 있다. 누구나 의자를 싫어하는 사람은 없다는 그런 정도가 아닌 것이다. 왜일까, 아무리 따져보아도 나로서는 알 길이 없다. 그러므로 나는 예전 내 도둑의 마음을 돌아보지 않을 수 없다. 그때 뜻대로 되었더라면 나는 의자에 대한 갈증을 더 이상 키우지 않아도 되지 않았을까.

나는 주최 측이 마련한 접는 의자에 앉아서 연등 행렬을 바라보며 엉뚱한 상념에 젖어 있었다. 그와 동창 모임에서 만나게 된 일을 더듬다 보니 그렇게 된 것이긴 해도, 왠지 떨떠름했다.

저 등을 반야용선이라고 한다지, 아마?

말없이 행렬을 바라보던 그가 문득 말했다.

반야용선?

뜻밖이었다. 반야는 그런대로 알아듣겠는데, 용선은 무엇일까.

부처가…… 저 용 모양의 배, 그러니까 용선(龍船)에 중생들을 태우고 이 고해를 건너간다지.

그는 혼잣말을 했다. 그가 언제 그런 것까지 알고 있는지 나로서는 가늠하기 어려웠다. 그는 대학을 졸업하자마자 외국으로 떠돌기 시작하여 돌아온 지 얼마 되지 않았다고 했다. 동창 모임에 나온 것도 오랫동안 한국 소식에 굶주려서였다고 그는 내게 말해주었다. 그가 외국을 떠돌았다는 것은 내가 틈틈이 여행을 다닌 것하고는 겉모양이고 알맹이고 아예 달랐다. 한마디로 말해 나는 여행이었고, 그는 생활이었다. 하기야 내 여행도 상당 부분은 먹고사는 일과 연관되어 있기는 했다. 그러나 그처럼 현지에서 모든 게 이루어지는 것은 아니었다. 언뜻언뜻 주워들은 말들만으로도 나는 그가 너무나 많은 일들을 겪었다는 걸 충분히 알 듯했다. 처음에 그는 많이들 그랬듯이 대기업의 세일즈맨으로서 한국을 떠났다. 미래를 보장받은 수출 역군으로서 자랑스러운 출발이었다. 내가 이혼했을 무렵, 그는 지사장 자리에 앉아 있었다. 그러다가 그는 무슨 생각에서인지 잘 나가는 직장 생활을 때려치우고 유럽에서 남미로 근거를 옮겼다. 브라질, 아르헨티나, 칠레 등지를 떠돌다가 마침내 정착한 곳이 수리남이었다. 수리남? 거긴 어디지? 그가 수리남이라고 말했을 때, 나는 물었다. 그가 동창 모임에 온 것은 그곳에서 한국으로 돌아온 지 겨우 한 달밖에 되지 않아서였다.

수리남이 어디인가. 백과사전에서 남아메리카의 지도를 펼

그림의 철학을 위하여 245

쳐본다. 남아메리카의 북쪽, 대서양 연안에 자리 잡고 있는 이 나라는 서쪽은 가이아나, 동쪽은 프랑스령 기아나, 남쪽은 브라질과 국경을 마주하고 있다. 독립하기 전에는 네덜란드령 기아나로 불렸다는 것도 알아낸다.

수리남이 무슨 뜻이니? 내 물음에 그는 그런 건 모른다고 말했다. 그곳은 적도(赤道)의 나라야. 난 수도인 파라마리보에서, 데이비드 시몬 스트리트에 살았지. 내가 미지의 세계에 걸신들린 것처럼 호기심을 느끼는 성향을 가졌다는 걸 그가 눈치챌까봐 나는 상기된 얼굴을 딴 데로 돌렸다. 파라마리보가 무슨 뜻이니? 물어보려다가 그만두었다. 물어보아도, 수리남이 무슨 뜻인지 모르는 것처럼 모르겠지만, 나는 묻고 싶었다. 그가 모른다고 하더라도 내게는 미지의 세계에 대한 호기심을 조금이라도 채워주는 측면이 있는 것이었다.

나는 그의 과거를 부러워하고 있는 것이 틀림없었다. 내가 이혼한 대신 그는 이혼이 아닌 별거라는 형식을 택하고 있었다. 남미로 가기 전에 그렇게 된 게 아니라 유럽으로 간 지 얼마 되지 않아 벌써 따로따로의 몸이 되었다고 했다. 그러나 이혼이든 별거든 여자 문제로 그와 견주려는 의도는 눈곱만큼도 없었다. 이혼과 별거 중에 어느 것이 더 낫다고 단정할 건더기는 어디에도 없었다. 그러니까 나는 단지 그의 편력을 부러워하고 있는 것이었다. 동창 모임에서 받아온 수첩에는 동창들의 연락처가 적혀 있었다. 상당수가 외국에 나가 있었고, 연락처가 적혀 있어야 할 난에 차갑게 들어앉아 있는 '별세'라는 글자도 어쩌다 눈에 띄었다. 별세란 죽었다는 뜻인데…… 의아하고 낯설었다. 네 연락처에는 아무것도 없어. 그의 난에는, 마치 실종자처럼 유럽의 연락처는 물론 남미의 연락처도 씌어 있지 않았다. 그토록 연락을 끊고 숨어 살 수 있었다는 점이 내 부러움의 대상이었다. 나로서는 도무지 못할 노릇이었다. 실패를 하고 도망쳐 있는 신세라면 이해할 수 있었다. 하지만 별거를 실패라고 꾸짖는 사람은 많지 않을 것이었다. 더군다나 그는 남미로 간 처음 몇 년 동안은 이리저리 떠돌이처럼 지냈다고는 해도 수리남에 가서는 우연히 금광에 손을 대서 그의 표현에 따라 재미를 좀 보았다는 것이다. 재미를 좀 보았다는 표현에서 '좀'이 차지하는 함량은 매우 가늠하기 힘들다. 그러나 그것이 말 그대로 결코 좀은 아니라는 게 우리 어법인 것이다. 쉽게 말해, 그는 부자의 몸으로 돌아온 것이었다.

금광, 수리남의 금광이라는 것도 내 호기심을 여간 당기게 하지 않았다. 강이 있지, 마리나 강이라고 말야. 그 강을 거슬러 올라가 산간 지방으로 가지. 그는 지금 당장 강을 거슬러 올라가면서 강안을 예리하게 살피듯 눈을 가늘게 떴다. 열대 우림인가, 거기는? 나는 예전부터 열대우림이라는 말에 공연히 설레곤 했다. 그 까닭은 나도 몰랐다. 맹그로브 숲과 악어와 식인어(食人魚)와 더불어 끈끈하게 달라붙는 삶의 무의미함, 이른바 '슬픈 열대'를 나는 동북아의 시대착오적이고 늙고 병든 추장의 후예인 양 바라보곤 했다. 거기엔 금을 제련하는 공장이 없어서 그저 원석을 캐서 돌덩어리로 수출하는 거야. 네덜란드로. 아깝지만 어쩔 수 없지. 제련공장을 짓는 것까지가 내 목표야. 네가 같이 간다면 좋으련만.

여기까지 이야기가 진행되자, 그는 말끝마다 그곳으로 같이 가자고 성화였다. 솔깃하지 않은 건 아니었다. 글쎄, 하고 뒤로 빼는 만큼 나는 그 이상한 이름의 이상한 나라에 내가 가 있는 착각에 빠졌다. 나도 이 땅에서 생존해오느라 할 고생 안 할 고생 겪지 않은 바가 아니었다. 유신 시절 언젠가는 낚시를 갔다가 긴급조치 위반자 아무개가 아니냐며 붙잡고 놓아주지 않는 통에 큰 곤욕을 치른 적도 있었다. 긴급조치 위반자 아무개는 일급 괴수로서 사형감이라고 했다. 긴급조치란 정권에 반대하는 사람을 잡아들이기 위한 법 위의 법이었다. 게다가 나는 그때 주민등록증이 없었다. 어찌나 검문검색이 심하던 때였는지 주민등록증 없이는 옴쭉달싹 못하던 시절이기도 했다. 정권에 반대하고 안 하고의 문제가 아니라 나는 나대로의 문제로 이 땅에서 십오 년 동안이나 주민등록증 없이 숨어 살다시피 산 사람이었다. 그런 내가 낚시를 갔다는 것부터가 말도 되지 않았다. 자세한 이야기는 다음으로 미루고 어쨌든 그렇게 된 것만 밝히기로 한다. 아닌 게 아니라 그 일급 괴수로서 사형감인 긴급조치 위반자는 곧 잡혀서 정말 사형을 선고받았다. 그러다가 얼마 지나 사면 복권되는가 했더니, 나중에는 국회의원이 되었다. 그러는 동안에 나는, 나를 얽어매고 있던 그 문제의 시효가 지남으로써 귀중한 주민등록증을 발급받아 비로소 대한민국 국민으로 돌아오기에 이르렀다. 어즈버, 38세의 나이였다.

그리고 또 십몇 년이 지났다. 그러나 달라진 건 아무것도 없었다. 나는 그저 어중간하게 하루하루를 살아가고 있었다. 술도 퍼먹고 연애도 하고 패악도 저질렀다. 조무래기 인생이 아닐 수 없었다. 그런 나와는 달리 그는 전 세계를 상대로 비즈니스를 하고 있었다. 아니, 내가 상상조차 잘 되지 않는 열대우림 속에서 악어와 식인어와 또 어떤 무시무시한 동식물들과 어울려 곡괭이로 돌덩이를 찍고 있었다. 돌덩이가 아니라 지구를 찍고 있었다. 고등학교 지리 시간에 들은 바에 따르면 한국에서 곧바로 땅을 파들어가면 남미 어디가 된다고 했는데, 그렇다면 그는 그곳에서 지구를 곧바로 파들어가 한국으로 오려는 듯이 땅을 파고 있었다는 느낌이 들기까지 했다. 그가 가지고 온 비디오테이프에 내가 상상했던 장면은 별로 보이지 않았어도 나는 비디오의 배경에 숨어 있는 광경을 보고 있었다. 여자한테 보여줘야 할 거 아냐. 그는 진지하게 설명했다. 그는 이제 일이 본궤도에 오른 만큼 내조할 여자를 구할 겸 한국에 온 것이었다.

대서양으로 열린 항구도시인 파라마리보는 서구풍의 한적한 도시였다. 한국 땅 넓이에 전체 인구가 고작 오십만 명 남짓한 나라라니까 사람 구경하기도 쉽지 않을 것이었다. 그가 여자를 구한다는 건 너무나 당연한 일이라고 판단되었다. 별거 중인 여자에 대해서는 내가 뭐라고 할 처지가 못 되었다. 성공을 했든 안 했든 남자에게는 여자가 필요한 법이었다. 그의 전원주택 같은 집 앞에는 남미에서는 흔히 볼 수 있다는 커다란 플램보얀 나무에 붉은 꽃이 불타오르듯 강렬하게 피어 있었다. 그 밑에서 그는 암석 발파용 다이너마이트 궤짝을 가득 실은 밴의 앞자리에 올라앉아 흰 이를 드러내고 웃고 있었다. 여자와는 아무런 연관도 없는 그 모습에서 오히려 그가 여자를 필요로 하고 있다는 사실이 잘 드러난다는 생각이 들었다.

등불만 흐르는 게 아니라 우리도 따라 흐르는 것 같아.

애초에 내가 얘기를 잘못 꺼냈는지도 모른다. 뒤늦게 그가 아까 하려던 말이었다는 듯이 입을 열었다. 우리는 누가 먼저랄 것도 없이 고즈넉한 분위기에 젖어들어 있었다. 나는 호수의 물결에 저마다 자기의 등불을 띄워 보내던 어느 날의 유등제(流燈祭)를 머리에 떠올렸다. 그날이야말로 물결에 등불도 흐르고 거기 참가하고 있던 사람들도 흐르는 것만 같았다. 나는 그가 모는 승용차를 타고 탄광촌을 거쳐 몇 군데 명승지를 돌아본 얼마 전의 여행이 아직도 계속되고 있는 듯한 착각에 다시 빠져들었다.

탄광촌을 거쳐서 가자는 것은 그의 제안이었다. 정확하게 말해서는 탄광촌이 아니라 폐광촌이었다. 석탄산업이 기울자 한 때는 개도 돈을 물고 다닌다던 탄광촌이 유령의 도시로 변해버린 것도 예전 이야기라고 매스컴에서는 떠들었다. 그 유령의 도시가 카지노를 끌어들여 환락의 도시로 변하고 있다는 것은 그도 벌써 알고 있었다. 사북의 스몰 카지노에서 기념 삼아 파친코의 핸들을 잠깐 붙잡았을 뿐, 우리는 그곳에 한나절도 머물지 않았다. 그는 몰라도 나는 몇 해 전 마카오에 여행 가서 십 달러어치 코인을 샀던 이래 처음이었다.

그날 저녁, 우리가 강원도에서 충청북도로 향한 것은 예정에 없던 일이었다. 하기야 예정이고 뭐고 우리 마음대로, 우리 말 닿는 대로 간다고 해서 뭐라고 할 사람은 아무도 없었다. 애초부터 어디 한 바퀴 돌아오지 않겠느냐고 해서 떠난 여행일 뿐이었다. 그러나 그곳에서 충청북도 쪽으로 꺾은 것은 보편적인 코스는 아니었다. 갑자기 무극(無極)이란 델 가고 싶어. 무극, 이름 어때? 말하는 걸로 봐서는 그는 떠나올 때 이미 그곳을 점찍어놓고 있었음이 분명했다. 그는 무극이라는 말에 남달리 집착하고 있는 듯했다. 무극이 태극(太極)이 되고 다시 오행(五行)이 생긴다는 어려운 설명까지 덧붙였다. 나는 그저 감탄할 따름이었다.

무극은 음성군에 있는 작은 시골 마을이었다. 오래전에 일 때문에 충주에서 청주까지 밤 택시를 탄 적이 있었다. 피해 다녔던 무렵이었으므로 나는 충주에서 그날 밤을 보내다가는 영락없이 불심검문을 당할 것만 같은 예감에 무작정 택시에 오르지 않을 수 없었다. 그 무렵은 우리나라에 통행금지라는 게 있었던 시절이었다. 급한 일도 없으면서 오가는 차도 거의 없는 시골 밤길을 무서운 속도로 달려야만 하는 내가 그때처럼 서글펐던 적은 없었다. 게다가 신통한 벌이도 없는 주제에 큰돈을 공연히 꼬라박는 그 질주에는 스스로도 어이가 없었다. 그 밤에도 음성군의 길을 달렸을 생각에 나는 씁쓰레 무연한 얼굴을 감추지 못했다. 젊은 날의 이루지 못한 사랑도 그 같은 맹목적인 질주가 아닐까, 나는 아득해졌다.

무극에 도착해서야 나는 그곳이 예전에는 이름난 금광이었음을 알았다. 이런 델 오면 주막집 같은 집을 찾아야 돼. 그는 주막집을 강조했다. 나 역시 그런 성향이었다. 그러나 지금은 이십일 세기였다. 우리가 염두에 두고 있는 건 지난 세기에 이미 자취를 감춘 술집 형태였다. 여행객이자 방랑객인 우리는 괴나리봇짐을 지고 고개를 넘어와서 주모와 어울려 막걸리 사발을 기울인다. 우리는 어지러운 세상과 떠나간 여자를 얘기하다가 주모의 노랫가락에 시름을 잊는다. 그날 밤 우리 중 하나는 주모와 로맨스를…… 따지고 보면 케케묵고 지루하기 짝이 없는 필름에 불과했다. 그걸 그리워하는 우리는 지난 세기의 사람인 것이었다. 미래에 다른 별에 가서 살게 되는 사람은 지구를 옛 주막집처럼 그리워하게 되리라. 여긴 말야, 한때 우리나라에서 젤 큰 금광이 있던 데야. 지금은 폐광이지. 골드러시 알지? 금 캐려고 어중이떠중이 몰려들었어. 우리도 그런 건달이라고 치부하자. 우리는 예전에 금광이 있었다는 곳에 될 수 있는 대로 가까운 식당으로 찾아들어가 그는 소주를, 나는 맥주를 시켰다. 금은 슬픈 거야. 왠지 아니? 옛날 무덤에서 주인은 뼈다귀도 삭아서 흔적도 없는데 금붙이는 혼자 남아 반짝인다는 거 생각해봤니? 그건 배반이야. 같이 사라져야 하는 거야. 그게 사랑이야. 그의 목구멍으로 소주가 꼴깍이며 넘어가는 소리가 들려왔다.

우리는 마음껏 퍼마셨다. 무엇이 우리를 격앙케 했는지 모른다. 우리는 열불을 내어 있음과 사라짐에 대해 목청을 높였다. 술 탓이 아니라 금 탓이라고 해야 할 것이었다. 금은 사라지지 않음으로써 배반한다는 그의 궤변이 배경에 있지 않고서야 우리는 그토록 젊은 티를 내지는 않았을 터였다. 야, 우리 마치 자살 사이트에서 만나서 여기 온 자들 같지 않어? 여기 폐광에 말야. 나는 킬킬킬 웃었으나, 그 웃음소리는 왠지 폐광의 막장을 돌아 울려 나오는 공허한 바람 소리 같다고 여겨졌다. 얘기는 제멋대로 갈팡질팡이었고, 그러는 어느 사이에 우리는 별거든 이혼이든 그 헤어진 여자들에 대해서도 얘기를 나눈 듯싶었다. 듯싶었다는 것은, 그 무렵 우리는 이미 꽤 취했다는 걸 뜻한다. 그러나 나중까지 또렷이 기억되는 말이 있었다. 그가 내게 언젠가 의자를 하나 만들어주고 싶다고 한 말이었다. 의자? 의자 얘긴 이제 시효가 지났어. 나는 손사래를 쳤다. 그러나 그는, 나무나 쇠로 만들어진 전체에 금을 입히면 황금 의자도 못 만들 게 없다고 허풍을 떨었다. 나는 순간 아연했던 것도 같았다. 하지만 술자리의 허풍답게 그 얘기는 쉽게 다음 얘기로 덮어졌다. 난 늘 내가 밀림 속 폐광 앞에 앉아 있다는 느낌이 들어. 수리남 금광은 매장량도 풍부해. 평생 캐내도 다 못 캐내. 그런데 그 채광굴이 텅 빈 굴처럼 보일 때가 있단 말야. 씨발, 인생이란 뭣 같애.

이튿날 아침, 우리는 노천에서 발견되었다. 엉뚱한 곳에 널브러져 있는 우리를 다른 사람들이 깨웠기 때문에 이렇게 말하지 않을 수가 없는 것이다. 숙소를 분명히 잡아놓았음에도 불구하고 우리는 한데서 밤을 새우다시피 하고 술이 떡이 되어 그 자리에 쓰러지고 말았던 것이다. 흔한 일이 아니었다. 우리를 발견한 사람은 혹시 죽은 게 아닌가 여겼다고 했다. 아직 아침녘 날씨는 쌀쌀했다. 우리는 한참 떠오른 해를 손바닥으로 가리며 두리번거렸다. 그곳은 폐광 입구였다.

아무 데나 발 닿는 대로 가보자던 그 여행의 종착지는 그곳이었다. 우리는 서둘러 서울로 돌아왔다. 음성에서 장호원을 지나 여주, 이천 길을 지나면서 나는 줄곧 의자에 대한 어떤 생각에서 벗어나지 못했다. 그가 의자 얘기를 꺼낸 것은 무엇 때문일까. 그는 의자를 통해서만 나와의 관계를 인식하고 있는 게 틀림없었다. 그게 그토록 깊은 인상을 남겨놓은 사건일 줄은 꿈에도 몰랐던 일이었다.

나는 자기 아내의 초상을 그리다가 마침내는 의자를 그리고만 한 화가를 기억에서 되살렸다. 포장마차에서 인사를 나누고 그럭저럭 알고 지낸 화가였다. 요즘에 어떤 작품을 하느냐는 내 물음에, 그는 마누라를 그리고 있다고 말했었다. 나는 이마동이나 임직순류(流)의 단정한 인물화를 머리에 그려보았다. 그러나 아니었다. 어느 날 술에 취해 그의 아파트까지 따라간 나는 놀랐다. 아내를 그렸다는 캔버스에는 해골이 의자에 앉아 있었다. 이튿날 나는 술에 취해서 내가 본 그림이 실제였을까, 헷갈렸다. 혹시 잘못 본 건지도 모른다. 술에 너무 취해서 헛 것을 본건지도 모른다. 그러나 나는 그에게 물어보지 못했다. 얼마 뒤에 다시 따라가본 그 캔버스에 그려져 있는 것은 해골이 아니라 고사목(枯死木)이었다. 다른 그림인가 했으나, 아니었다. 바로 그 그림이라고 그는 확인까지 해주었다. 그리고 또 그리다 보니 이렇게 되고 마는군요. 나도 알 수 없어요. 어떻게 할 수도 없고. 그는 스스로 어리둥절한 표정을 지었다. 밤늦게 들이닥친 우리에게 문을 따주고는 쏜살같이 방으로 사라지는 여자가 그의 아내다 싶었다. 그 모습 어디에 고사목의 흔적이 있었던가. 그의 설명에 따르면, 처음에는 정식으로 아내의 모습을 그렸다는 것이었다. 블라우스에 스커트를 입고 의자에 앉아 있는 전형적인 모습이었다고 했다. 그러나 그 모습으로는 자신이 나타내고자 하는 그 무엇이 도무지 담겨 있지 않아서 자꾸만 손질을 하지 않을 수 없었다고 했다. 그리하여 아내는 고사목이 되기에 이르렀다. 그가 막힐 노릇이지요. 그의 말이 아니더라도 기가 막혔다. 그림이, 예술이 무엇이건대, 저토록 헤매어야 하는 것일까. 그럼 저게 아내의 모습으로 완성된 건가요? 나는 뭔가 숙연해져서 물었다. 아니, 아직 아니에요. 어떻게 될진 나도 모르겠어요. 그는 머리를 살살 흔들었다.

그러다 다시 본 캔버스에는 하나의 의자가 덩그렇게 놓여 있었다. 그 의자가 있기까지 거의 여섯 달이나 걸렸다. 무려 여섯 달이 걸려서 그의 아내는 살가운 여자의 모습에서 해골, 고사목으로 바뀌었다가 아예 사라지고 그녀가 앉았던 의자의 모습으로만 남아 있었다. 그것은 무서운 변형담(變形譚)이었다. 드디어 완성이 된 거군요. 나는 그에게 축하주를 건넸다. 모르겠어요. 나도 모르게 거기까지 가는 걸. 마누라의 모습이 의자였어요. 모를 일이야. 그는 참담한 얼굴로 술잔을 들었다.

그가 아내를 그리는 걸 띄엄띄엄이나마 보아온 나로서는 그가 모를 일이라고 하는 데 동조할 수만은 없었다. 띄엄띄엄이라고 하더라도 나는 아주 상세히, 중요한 과정마다 지켜본 것이었다. 그것은 모를 일이 아니었다. 나는 충분히 납득할 수 있었다. 그러나 자기 아내의 모습이라고 내놓은 그림이 하나의 의자일 때, 그린 사람이나 보는 사람이나 당혹감을 느낄 것은 어느 정도 감안하지 않으면 안 될 것이었다. 그날 축하주를 들면서 나는 의자에 대해 이모저모 생각해보지 않을 수 없었다. 그럼에도 불구하고 나는 고등학교 때의 일을 전혀 생각해내지 못했었다. 당연한 일이었다.

플라톤의 어느 책에선가도 의자가 나왔다. 그 구절이 어렴풋이 기억난 것은 양재동 톨게이트가 가까워졌을 무렵이었다. 며칠 안 되는 여행이었는데 오래 떠돌다가 기신기신 돌아오는 길이라는 느낌이 짙었다. 난데없이 폐광까지 가서 거기서 쓰러져 잤던 여파일 듯싶었다. 아무리 술을 마시고 곤드레만드레가 되어도 집에는 꼭 찾아들어가는 습성, 귀소본능은 어떻게 되었을까. 물론 여관을 집이라고 할 수는 없었다. 한데서 쓰러진 것은 오랜 술꾼인 내게도 드문 일이었다. 겨울 같으면 오갈 데 없이 얼어 죽고 만다는 경우였다. 겨울이 아니라 웬만한 추위에도 그렇다고들 했다. 폐광에 어떤 마신(魔神)이 있어서 우릴 부른 거야. 죽지 않은 것만도 다행이야. 제기랄. 나는 띵한 머리를 흔들며 그에게 말했었다. 그도 어쩔 수 없이 수긍하는 눈치였다. 화가의 그림과 폐광이 번갈아 머리를 어지럽혔다. 그런 어느 순간, 플라톤이 비집고 들어온 것이었다.

화가가 의자를 그릴 때, 그는 머릿속에 의자의 원형이 있어서 그걸 본떠 그리는가. 아니면 하나하나의 의자를 그리는가. 대충 그런 뜻으로 기억되었다. 어려운 말이었다. 물론 내가 기억해낸 문장이 정확한 것인지도 의문이었다. 그 말과 더불어 화가가 아름다운 여자를 그릴 때…… 하는 구절도 있었던 것 같았다. 화가가 세상에서 가장 아름다운 여자를 그릴 때, 그는 머릿속에서 떠올리고 있는 아름다운 여자를 그리는가, 아니면 각각 아름다운 눈, 아름다운 코, 아름다운 입, 아름다운 귀 등등을 끌어모아서 한 사람의 아름다운 여자를 그리는가. 역시 어려운 말이었다.

아내를 그린다는 게 의자가 되어버린 화가의 문제도 결국 그 문제였다고 나는 그제야 깨달았다. 그렇지 않고서야 그는 아내의 모습을, 그가 가까이에서 늘 보아왔던 여자의 모습을 곧이곧대로 그려놓지 못했을 까닭이 없었다. 이른바 극사실의 정확한 그림이 아니더라도 사실과 가깝게 그리고 안 그리고는 별개의 문제였다. 어쨌든 그 그림에는 여자가 들어앉아 있어야 했다. 그런데 의자였다. 그는 아내의 의미를 그리려고 한 것이 분명했다. 아니다. 쉽게 단정해서는 안 된다. 플라톤의 책에 나오는 말대로 그는 아내의 이데아가 머릿속에 들어 있었던 것일까. 그렇다고 해서 그것이 어떻게 의자의 모습인 것일까. 혼란스러웠다. 나는 그가 완성한 그림을 이해할 수 있다고, 모를 일이 아니라 충분히 납득할 수 있다고 여긴 것도 없었던 일 같았다. 정말 모를 일이었다.

폐광에서 서울로 돌아온 우리는 곧 헤어졌다. 시간은 일렀으나, 그와 함께 어울려 이러쿵저러쿵하다가는 또 무슨 변을 당할지 저어되기도 했다. 그도 그럴 듯싶었다. 자살 사이트에서 만나 결행을 하러 갔다가 구사일생으로 돌아온 심정이 이런 게 아닐까, 나는 깊은 숨을 내쉬었다.

그런 일이 있고 나서 처음으로 우리는 만나 등불 앞에 앉아 있는 것이었다. 스님들이 무리 지어 목탁을 두드리며 지나갔다. 꽹과리, 북, 장구, 작은북이 어울려 한바탕 울려대면서 지나가고, 부처님 오신 날 깃발들이 물결을 이루며 지나가고, 등불들이 지나가고, 드럼을 앞세운 여고생 고적대가 날렵하게 지나가고, 만장들이 지나갔다.

우리 어디 가서 한잔하면서 보는 게 어때?

그가 의자에서 엉덩이를 들었다. 나도 일찌감치 그럴 생각이 없지 않아서 어디 마땅한 데가 없을까 은근히 살펴보았다. 탑골공원 뒤쪽으로야 없지 않을 터였다. 그러나 행사를 볼 수는 없는 곳이었다. 그는 미리 보아둔 곳이라도 있는 양 행렬 사이를 뚫고 길을 건넜다. 큰길에서 조금 들어간 모퉁이에 '평길식당'이라는 간판이 보였다. 열댓 명 들어가면 꽉 차버릴 작은 식당이었다. 안성맞춤이었다. 한 잔씩 홀짝거리며 등불들의 한 귀퉁이를 흘낏거릴 수 있을 만한 곳이었다. 역시 그는 소주, 나는 맥주였다. 살이 통통하게 오른 여자 종업원은 둘이서 두 가지 술을 시키는 우리에게 다시 한 번 눈길을 던졌다. 꽹과리, 북, 장구, 작은북 소리가 생각보다 아득히 들려왔다.

그림의 철학을 위하여

여자 구하는 건 어떻게 됐어?

나는 잔을 부딪치며 물었다.

여자?

그는 난생처음 듣는 말이라는 듯 얼떨떨한 눈으로 나를 쳐다보다가 눈길을 떨구었다. 그리고 마음대로 되지 않는다고 실토했다.

다른 건 다 준비해놔서 남자만 있으면 당장 시집간다는 여자가 도처에 쌔고 쌨는데.

나는 어디선가 주워들은 얘기를 읊었다. 아무려나 그는 관심이 없는 것처럼 보였다. 지쳐 있는지도 몰랐다. 말이 그렇지 여자를, 배우자로서의 여자를 찾는다는 게 호락호락한 노릇은 아닐 것이었다.

금광이고 뭐고 다 때려치우고 싶기도 해. 수리남이고 뭐고.

혼자서 술을 따르다 말고 그가 말했다. 나는 내 귀를 의심했다. 나를 그곳으로 데려가지 못해 안달을 하던 그는 어디로 갔단 말인가. 내가 함께 가고 안 가고는 둘째로 치더라도 여자를 못 구해서 사업까지 그만두겠다면 그야말로 큰일이었다. 그러자 그는 여자를 구하지 못해서는 아니라고 덧붙였다.

그럼, 왜?

나는 윗몸을 세워 고쳐 앉았다. 무엇인가 염불을 외며 지나가는 소리도 들려왔다. 아마도 〈반야심경〉일 것이었다. 예전에 쫓겨 다닐 때 절 뒷방에서 무료함과 초조함을 이기려고 그 경을 외웠었다. 마지막 부분에 이르러 가자, 가자, 높이 가자, 더 높이 가자는 아제, 아제, 바라아제, 바라승아제 구절을 욀 때마다 알 수 없이 가슴이 북받치곤 했었다. 그는 한참 동안 말없이 술만 연거푸 들이켰다. 나는 그가 말을 꺼내기만을 기다렸다. 자칫 앞지르다가는 그가 입을 다물고 말 것만 같았기 때문이었다.

요 전날 폐광 입구까지 왜 갔는지 모르겠지?

그는 나를 빤히 쳐다보았다. 그곳까지 간 것에 특별한 까닭이 있을 리 없었다. 술꾼들에게는 누구나 별별 실수나 무용담이 있게 마련이었다. 그러므로 그것들을 일일이 든다는 건 피곤한 일이기도 했다. 언젠가는 술김에 고속버스 터미널로 달려가 대구까지 간 적도 있었다. 그런 판에 몇 달음 안 되는 그까짓 폐광 입구까지 간 걸 입에 올린다는 건 구차스럽기조차 했다. 나는 가볍게 머리를 흔들었다.

화승작(火繩作)이라는 거 알아?

그가 느닷없이 물었다. 나는 갈피를 잡을 수가 없었다. 그 폐광에 왜 갔는지에 대해 말을 꺼내놓고는 이번에는 전혀 다른 말이었다. 나는 실제로 그가 꺼낸 낱말의 뜻을 모르고 있었다. 그게 뭐냐고 나는 되물었다. 화, 승, 작. 그는 또박또박 끊어서 발음하고 나서 간단히 설명을 붙였다. 화승총이라는 게 있듯이 화승은 화약을 폭발시키는 심지를 말하며, 화승작이란 심지에 불을 붙여 그 심지가 타는 시간 안에 글을 짓는 것을 말했다. 이를테면 그 긴박한 시간 안에 글을 짓지 못하면 화약이 폭발하고 만다는 식이었다. 다이너마이트의 심지에 불을 붙여놓고 이리저리 뛰어 큰 바위 뒤나 언덕 아래 몸을 숨기는 장면이 머리에 떠올랐다. 그동안에 글을 짓는다…… 그것도 옛 선비들의 놀이란 말인가. 열 걸음을 걷는 동안 시를 짓는 십보시(十步詩)는 들어보았어도 화승작은 처음이었다. 나도 모르는 고릿적 낱말을 그가 어떻게 알았을까 하는 의문은 뒷전이었다. 나도 모르게 긴장되었다.

난 발파를 할 때마다 화승작이라는 낱말이 떠올랐어. 글하고 거리가 먼 건 너도 알잖아. 그런 내가 말야, 후후.

그는 무엇을 생각하는지 가냘픈 웃음마저 흘렸다. 그 웃음소리에 깃든 자조의 낌새를 나는 놓치지 않았다. 그를 만나는 동안 나는 언제나 뭔가 숨겨져 있는 느낌을 받아왔었다. 그래도 그것이 오랫동안 모르고 지내온 동창과의 예기치 않은 만남 때문이려니 했었다. 그런데 뭔가 있기는 있는 것일까……

그 폐광은 수리남의 폐광이었어…… 들어봐……

그의 눈은 내 얼굴을 피하고 있었으나, 그 눈빛이 불빛에 반짝 빛나는 것을 나는 보았다. 그는 술을 한 잔 다시 자작으로 따라 마시고 입을 열었다. 무극의 폐광이 수리남의 폐광일 리는 만무했다. 그는 아내가 실은 유럽에 있지 않다는 말부터 털어놓기 시작했다. 그의 아내는 수리남의 금광에서 불의의 사고로 목숨을 잃었다. 채굴권을 따내 처음 금광을 일굴 무렵이었다. 하루는 아내가 구경 삼아 그곳까지 왔었다. 그런데 발파 신호가 떨어지고 다이너마이트의 심지에 불이 붙었는데도 아내는 미처 피하지를 못했다. 어찌된 셈인지 엉거주춤하는 사이에 다이너마이트가 폭발하고야 만 것이었다. 그로부터 그는 금광이 폐광처럼 여겨졌다고 했다.

그렇게 된 거야. 그게 다야.

그는 단숨에 말하고 나서 숨을 몰아쉬었다. 엄청난 일을 순식간에 말하는 통에 나는 어안이 벙벙해 있었다. 무슨 말인지 다시 해봐, 하고 나는 목청을 높여야 한다는 생각으로 가슴이 답답했다. 하지만 나는 아무 말도 할 수 없었다. 유리창을 통해서 등불들이 흐르듯 행렬은 계속되고 있었다. 그것은 아주 먼 다른 세상의 광경 같았다. 술 한 병을 더 시키고 나서, 그는 아내를 죽게 한 것은 결국 자기였다고 담담하게 말했다. 그제야 나는 그 장면이 머릿속에 어설프게 그려졌다. 무극에서 폐광이 어느 쪽이냐고 식당 주인에게 꼬치꼬치 캐묻던 그의 모습이 새삼스럽게 눈에 어렸다. 사람의 흔적이 사라진 다음에도 반짝이며 남아 있는 슬픈 금붙이가 품고 있는 배반의 뜻이 거기에 있었다. 아무리 많은 금을 캐낸다 하더라도 그 금광이 왜 폐광으로 다가오는지 비로소 알 것 같았다.

다이너마이트가 터지기 전에 난 무슨 말인가 해야 한다고 생각했어. 무슨 말인가를. 그런데 도무지 입이 안 떨어지는 거야. 마지막이 그랬어. 그때 생각을 하면 점점 두려워져. 네가 같이 가줘야겠어.

그가 화승작이라는 낱말을 붙잡고 있는 사치가 가여웠다. 그는 누구에겐가 쫓기듯 두 눈을 불안하게 두리번거렸다.

아내가 오면 앉을 의자를 만들었지. 그녀는 한 번도 앉아 보질 못했어. 오자마자 갱 안을 기웃거리곤 했으니까. 그러다가…… 그만 일이 터진 거야. 그런데 난 늘 그 의자에 그녀가 앉아 있다는 생각이 들어. 아냐, 그 모습을 보이는 거야.

동창 모임에서 만났을 때부터 그의 몸 어디엔가 배어 있던 어두운 그림자의 정체를 나는 보고 있었다. 식당 안은 몇 사람 손님도 빠져나가고 우리만 남아 있었다. 여종업원의 움직임으로 보아 문을 닫을 기미였다.

의자에 여자가……

나는 혼잣말을 더듬거렸다. 아무것도 모를 것은 없었다. 하지만 나는 덫에 걸려 버둥거리는 짐승처럼 답답해서 견디기 힘들었다.

또다시 의자가 있었다. 이번에는 여자가 앉은 적도 없는 의자였다. 그럼에도 불구하고 그 의자에는 여자가 앉아 있는 게 보인다. 화가가 그린 그림 속의 의자에는 본디 여자가 앉아 있었다. 그러나 마침내 여자는 사라지고 의자만 덩그렇게 놓여 있었다. 동창이 여자를 위해 만든 의자에는 여자가 아예 앉지도 않았다. 그런데 여자가 앉아 있는 모습이 보인다. 그 두 장면의 괴리, 간극 사이에서 나는 허둥거리지 않으면 안 되었다. 그렇다면 애초부터 동창이 아내가 있는 의자를 꿈꾸었듯이 화가는 아내가 없는 의자를 꿈꾼 게 아닐까. 아니, 단정을 내려서는 안 된다. 혹시 의자가 없었다면 어떻게 되었을까. 의자는 한낱 소도구에 지나지 않는 게 아닌가. 그런데 왜 의자

그림의 철학을 위하여 267

가 있음으로써 있음과 없음이 드러나는가. 나는 몽롱하게 취해가는 의식 속에서 골똘히 생각에 빠져 있었다. 생각의 뿌리가 무엇인지, 갈래가 무엇인지 알 수 없다는 생각도 뒤엉켜들었다.

거리로 나왔을 때는 등불 행렬도 다 지나간 뒤였다. 초청받은 사람들이 앉았던 참관석의 의자들을 접어 정리하는 소리가 들려왔다. 등불 행렬의 꼬리는 종각 사거리에서 오른쪽으로 꺾여 조계사로 올라가고 있었다. 우리는 길 한복판으로 나아가 멀리 사라져가는 등불을 따라 걷기 시작했다. 내가 앉았던 의자가 있었던가. 거기서 나는 사라지고 의자만 남아 있지는 않은가. 아니면, 내가 앉아보지도 않은 의자에 나는 내 모습을 남기고 있지는 않은가. 나는 삶의 원형을 마련해두고 그에 맞추려고 애쓰고 있는가. 아니면, 토막토막의 삶을 맞추어 내 삶을 완성하려고 하는가. 도무지 갈피를 잡을 수가 없었다.

나는 사라져가는 등불을 놓치지 않으려고 휘청거리며 힘들여 발걸음을 옮겨놓았다.

촛불 랩소디

1

헝가리 부다페스트 행(行) 열차를 탄다. 헝가리, 하면 랩소디가 떠오르는 건 리스트가 작곡한 〈헝가리 랩소디〉 때문일 것이다. 랩소디, 광시곡(狂詩曲). 잘 알 수는 없지만, 아마도 보통 감정과는 다른 격정을 읊는 노래라는 뜻이겠지. 〈랩소디 인 블루〉라는 곡명도 기억났다. 어떤 곡이더라? '미국 작곡가 거슈윈의 피아노와 관현악을 위한 작품. 1924년 당시 일류 밴드 리더였던 폴 화이트먼의 위촉을 받고 쓴 것으로, 재즈로서는 교향악적 성격을 띤 이른바 심포닉재즈의 대표작.' 인터넷 검색에서 얻은 짤막한 정보를 읽으며 오래전에 들었던 기억을 되살린다. 기억은 흐리고도, 또렷하다.

서울에서 열차를 타고 시베리아를 지나 러시아를 지나 유럽으로 갈 수 있다는 희망을 품은 뒤로 나는 꼭 그렇게 한번 해보리라 마음먹었다. 역 앞 광장에 '철의 실크로드'라고 크게 써 붙여놓은 것도 눈여겨보았다. 그러나 기약도 없이 세월이 흐르고, 나는 지난가을 헝가리 행 열차를 탔던 기억만 붙들고 있었다. 기억에 기교를 부려서는 안 된다. 추억이 망가지면 모든 게 엉망이 된다. 티베트의 승려가 화려한 만다라를 모래알로 다 그려놓고 말끔히 거두듯이, 할 수만 있다면 그래야 한다. 일단 추억을 완성해야 한다. 그러기 위해 나는 박태원 작가가 쓴 소설 《천변풍경(川邊風景)》을 봉투에 넣어 들고, 루미나리에의 잔재가 철거되는 청계광장이 내려다보이는 카페로 가려고 집을 나섰다. 헝가리의 구야쉬 수프를 본토 식으로 한다고 선전하는 카페였다. 구야쉬 수프를 먹은 다음에 커피를 시켜놓고, 청계천에 대해 글을 쓸 것이다.

P문화재단에서 원고 청탁을 받을 때부터 계획한 일이었다. P문화재단은 '서울의 변모'라는 연재물을 만들고 최근에 모습을 바꾸고 있는 서울의 몇몇 곳에 대한 리포트를 싣는다고 했다. 의뢰를 받은 나는 대뜸 청계천을 택하면서 그녀를 떠올렸다. 그리고 며칠 전에는 디지털 카메라를 들고, 복개된 청계천을 미리 답사했고, 카페의 구석자리도 찍어두었다. 담배를 피울 수 있는 자리였다. 꼭 청계천이 내려다보이는 카페에 앉아 있고 싶었다. 이제껏 살아오면서 글을 써온 공간은 꽤 다양한 편이지만, 카페는 한 번도 없었다. 아니, 그래서가 아니라 헝가리의 구야쉬 수프 때문이라고 하는 데서, 나 자신도 고개가 갸

우뚱거려졌다. 헝가리가 원조인 그 수프는 본토를 벗어나면 굴라쉬로 발음된다. 토마토와 고기와 야채에 매운 파프리카를 넣어 끓인 수프.

빵과 수프를 먹고 커피를 시킨 다음, 나는 오랜만에 컴퓨터 대신 노트를 펼치고 볼펜을 들었다.

디카를 들고 '천변(川邊)'으로 간다. 청계광장으로 들어서서 여러 다리들을 거쳐 아래쪽 황학교를 목표로 삼는다. 청계천에는 위쪽 모전교에서부터 아래쪽 고산자교까지 모두 스물두 개의 다리가 놓여 있다. 열여덟 번째 다리인 황학교와 그 밑 비우당교 사이에는 이만여 명이 타일에 그림을 그려 개울 양쪽 오십 미터씩 벽면을 장식한 '소망의 벽'이 있다고 했다. 왜 나는 다른 곳보다 그곳을 목표로 삼는가.

지난해 어느 무덥던 날, 그녀를 만난 나는 무엇 때문인지 역사박물관에 갔다가 그 앞 광장에서 벌어지고 있는 행사를 보게 되었다. 사람들이 사방 십 센티미터 정도 크기의 타일에 형형색색의 그림을 그리고 있었다. 무엇일까, 기웃거리던 나도 드디어 참여하여 한 장의 그림을 그렸다. 청계천을 복원하는데, 시민의 참여로 어느 한 벽면을 장식한다는 취지가 그럴듯

그림의 철학을 위하여 271

했다. 이른바 일필휘지, 그려놓고 보니, 사람의 옆얼굴이었다. 머리가 긴 게, 여자 같았다. 그러나 애초에 나는 여자를 그리려고 했던 건 아니었다. 아마도 달마였으면 좋겠다고 생각했던 것 같기도 했다. 이마 위에서 앞으로 튀어나온 머릿결은 뒤통수로 빳빳하게 흐르고, 토막 벌레 같은 검은 눈썹 밑에 푸른 눈, 그리고 뭉툭 어이없는 코는 시커멓다. 어, 이게, 이게, 달마? 여자?

그리하여 나는 그것으로 역사적인 청계천 복원에 참여한 복을 누리게 된 것이다. 청계천 흐르는 물길 옆에서 내 그림 타일을 찾아 확인하는 즐거움은 각별하다. 디카로 찰칵. 흰 물오리 한 마리가 바쁘게 물갈퀴를 저어 가다가 기우뚱거리며 쳐다보고 있다. 개울의 위쪽은 물길도 좁고 흐름도 빨라 물오리가 놀기에는 적합지 않지만, 아래쪽으로 내려갈수록 폭이 넓어지고 따라서 흐름이 자연스러워진다.

여기까지 겨우겨우 쓴 나는 머리가 멍해진다. 달마? 여자? 물음표를 붙여 썼지만, 헝가리 행 열차를 탔던 지난가을과 함께 그 여자는 이미 내게 다가오고 있었다. 나는 그녀가 꽤 오랫동안 달마도를 수집하는 걸 옆에서 보아왔었다. 그녀가 느닷없이 물음을 던졌다. 알베르티니에서 에곤 실레를 봤어? 그가 그린 부부를 봤어? 나는 그 화가를, 그림을 알고 있었다. 오스트리아의 빈을 거쳐 왔으니, 그곳이 자랑하는 화가의 발자취를 당연히 살피고 왔으리라는 전제가 깔려 있는 물음이었다. 그러나 머리를 드는 순간, 물음을 던진 그녀의 모습은 온데간데없었다. 서울에서 화집도 봤잖아, 서울시립미술관에서 사온. 나는 듣는 이 없는 공간을 향해 중얼거렸다. 알베르티니는 미술관 이름이었다. 내가 미술관에 들를 여유가 없었음은 물론이었다. 화가는 이십팔 세에 죽어서, 화집을 보는 사람을 안타깝게 했다. 그가 그린 부부는 서로 끌어안고 있으면서도 애타게 갈구하고 있었다.

서울의 청계천이 헝가리의 도나우 강이라도 된 것일까. 그런 비유에는 나 자신조차도 픽 웃음을 터뜨릴 수밖에 없었다. 그녀는 서울에 없는데, 나는 그녀의 환상에 시달리고 있었다. 시달린다는 건 틀린 표현이었다. 나는 그만큼 그녀에 대한 집착에 사로잡혀 있다고 해야 한다. 물론 도나우 강의 어느 구석 샛강에도 흰 물오리가 떠 있었다. 백조인가, 하고 자세히 관찰한즉 아무래도 목이 짧았다.

그녀와 만나 타일 그림을 그렸다는 게 도무지 믿어지지 않

그림의 철학을 위하여 273

왔다. 한 장의 타일에 무슨 사연인가 구워 붙여놓으려고 우리는 그토록 오랜 세월 만나왔던 것 같기도 했다. 나는 청계천 복개가 거의 마무리될 무렵, 까마득한 예전에 그녀와 오갔던 '천변'을 기억해내려 애썼다. 무슨 다리를 건넜던 듯싶은데 아물거리기만 했다. 그때 그녀는 국문과에 숨어서 읽는 책이라고, 박사 학위 논문에 정식으로 다루지는 못한다 해도 부분적으로 인용하고 싶다며 《천변풍경》을 손에 들고 있었다. 그 책은 작가가 육이오와 함께 북쪽으로 간 이래 금서가 되어 있었다. 지난해던가, 한 대학 동아리 행사에 초청받아 갔다가 그 책이 정식 과제로 주어지고 있음을 알고, 새삼스러웠다. 나는 그녀와의 과거를 더듬으며 계속해나갔다.

청계광장에서 몇 개 다리를 거쳐 내려오는 동안 시멘트 위주의 '복원'이 너무 인위적이고 강퍅하다 싶어 걱정이 앞섰으나, 아래쪽에 다가오면서 적이 안심이 된다. 하기야 복원 안내문에 상류를 '도시적 하천'으로 하고, 하류를 '자연적, 친환경적 하천'으로 만든다는 '콘셉트'가 기본 계획이라고 미리 씌어 있음을 뒤늦게 보고 머리를 끄덕거린다. 나는 물가의 갯버들, 꽃창포, 물억새, 털부처꽃, 비비추 들이 어우러진 광경에도 카메라 셔터를 누른다.

그러자 소설가 박순녀 씨의 짧은 소설 〈청계천 맑던 시절〉이 머리 한구석에서 살아났다. 육이오 전쟁이 끝나고 텅 빈 서울로 남보다 빨리 돌아와 보니 예전에는 그렇게 더럽던 청계천 물이 더할 수 없이 맑고 깨끗해져 있더라는 내용이었다. 사람이라는 오염원이 없는 덕분이었다. 소설을 읽은 뒤부터 나는 청계천을 지날 때면 으레 상기되곤 했다. 사람이 없으면 자연은 살아난다…… 오늘의 비무장지대가 그렇듯이…… 인간과 자연의 공존에 대해 주눅이 들지 않을 수 없었다.

청계천이 생태계로, 자연으로 다시 태어날 줄은 상상조차 하지 못한 일이다. 내가 이 개울을 처음 본 것은 중학교 3학년 때, 지방에서 서울로 갓 올라와서였다. '천변'에는 하꼬방이라고 부르던 판잣집들이 다닥다닥 비칠비칠 서로 어깨를 짓누르며 들어찬데다 물줄기라곤 똥오줌이 뒤섞인 검정 뻘물 그것이었다. 우리 민속에 나오는 청계라는 몹쓸 귀신은 사람에게 씌어서 몹시 앓게 한다고 했는데, 청계천(淸溪川)은 본뜻인 맑은 계곡 개울이라기보다 그놈의 청계 귀신이 미역 감는 구정물이 맞았다. 아닌 게 아니라 그 물에서는 온갖 역병이 옮겨 붙고도 남았을 것이다. 언젠가 '고바우' 김성환 화백의 그림

전람회에 그때의 풍경이 재현되어 있는 걸 보았는데, 청계 개울과 청계 개울과 청계 귀신이 함께 다가와 머리가 어지러울 지경이었다.

청계라…… 나는 리필 시킨 커피를 한 모금 다시 마셨다. 옆자리에 앉은 여자 둘이 담배를 피워 물었다. 방학이라 애를 닌자 학교에 보냈더니 속 편해. 한 여자가 말하고 있었다. 닌자가 청계의 구체적인 모습을 연상시키는 데 나는 놀랐다. 썼다시피 청계는 몹쓸 귀신이었다. 닌자 학교라는 게 있다는 것도 처음 듣는 소리였다. 영화에서처럼 검은 복면을 하고 지붕을 타넘든가 마루 밑을 기든가 하지는 않겠지만, 아마도 일본식의 어떤 극기 훈련을 가르치는 과정인 모양이었다. 닌자 엄마가 후우 함께 몰아 내뿜는 담배 연기가 길게 뻗어왔다. 흔히 여자들이 한스럽다는 듯 내뿜는 담배 연기였다.

청계천의 눈물겹게 찌든 모양을 보며 막을 연 서울 생활에서 나도 찌든 사춘기를 맞았으며, 그 찌듦은 내게 가난한 시를 쓰라고 부추겼다. 국민 소득이라는 게 겨우 1백 달러도 안 되던 시절이었다. 미국 《타임》지가 어쩌다 보도한 그것은 북한 것보다 적어서 당국은 까맣게 덧칠을 해야 했다. 그런 가운데, 내가 시인이 된 것은 청계천에 고가도로가 건설되기 시작한 해였다. '새마을 운동'으로 새로 일어서는 조국의 번영을 대변하는 높고 당당한 도로이기도 했다. 지금 바우당교와 무학교 사이에 남겨놓은 두 개의 고가도로 교각에서 옛 모습을 그려볼 수 있다. 그리고 그토록 지저분한 청계천은 감쪽같이 지하에 감추어졌다. 판잣집들도 사라졌다. 나는 박수를 쳤다. 아아, 드디어 서울은 번쩍거리는, 번듯한 메갈로폴리스가 된 것이었다.

무학교 밑 두물다리 옆의 '청계천 문화관'에 가서, 예전 복개되었던 그대로 옮겨 보여주고 있는 어두컴컴한 청계천 바닥으로 들어가본다. 교각들이 늘어서 있고 곳곳에서 하수가 흘러드는 구조물이다. 전시물에서는 물론 오물과 악취는 나지 않아도, 나는 다시금 청계 귀신과 맞닥뜨리는 기분이다. 이런 걸 감추어 묻은 채 우리의 서울은 '고도성장'을 향해 앞으로 앞으로만 치닫고 있었다. 뒤를 돌아볼 틈도 없었다. 눈도 없었다. 빨리, 빨리, 빨리…… 나도 그랬다.

그러다가 청계천 복개도로 밑에 오염이 심하고 심해져서 가스 폭발 위험이 있다는 말까지 꽤 그럴듯하게 떠돌았다. 알 만한 사람들은 그곳 언저리에는 얼씬거리지도 않는다고 했다.

이 나라 수도 서울의 번영을 앞장서서 말해주던 하나의 상징에 웬 가스 폭발의 날벼락이란 말인가. 실제로 그런 불상사는 일어나지 않았지만, 이제 애물단지가 되고 있음이 알려지고 있었다. 어느덧 나도 개발론자에서 '개발도 중요하고 환경도 중요하다'는 얼치기로 변모되고 있었다. 그런 뜻에서 맹자님의 '먹고살게 있어야(有恒産) 마음이 굿굿하다(有恒心)'는 말씀은 백번 옳았다.

그녀가 박태원을 읽던 시절에 나는 맹자를 배우고 있었다. 닌자 엄마들은 아마도 닌자 아들을 따라 청계천 물밑으로 스며들어갔는지 어디론가 자취를 감추고 없었다. 북쪽으로 간 박태원은 마침내 동학을 소재로 한 《갑오농민전쟁》이라는, 여러 권짜리 소설을 쓰다가 세상을 떠나고 말았다고 한다. 김일성인지 김정일인지도 극찬하고 격려한 소설이라는 평이 있다. 그가 음악을 좋아한다고 김정일이 자기 전축을 갖다주었다는 후일담도 있다. 그가 긴 소설을 쓰는 동안 나는 시인으로서 무엇을 썼던가. 구구한 변명을 늘어놓기보다 다음과 같은 구절을 제시하는 수밖에 없을 듯했다.

그대 눈망울에 꽃망울,

울먹이는 젖멍울……

  무언가 잡힐 듯 잡힐 듯한 구절이기는 했다. 그러나 젊음은 역시 아리송한 것임에 틀림없었다. 부끄러운 노릇이었다. 청계천에 고가도로를 놓은 사실에서 알 수 있듯이 시대는 급변하고 있는데, 보다시피 나는 '눈망울, 꽃망울, 젖멍울' 따위의 '울'자 놀이를 맴돌며 순수시라는 걸 신주 단지처럼 모시고 있지 않았던가. 돌이켜보면, 그것이야말로 순수라는 이름의 청계 귀신이 아니고 무엇이었던가. 닌자처럼 어디론가 스며들어 자취를 숨기고 홀로 탐닉한다면 별문제였다. 하지만 어떤 요술에 걸려 내가 예전 시절로 되돌아가는 불상사가 발생한다 해도 결코 다시 무르거나 바로잡고 싶은 마음이 없다는 게 더 문제일지 몰랐다.

  그녀를 처음 만난 것은 그 무렵이었다. 동아리 후배라고 자신을 소개한 그녀는 문학보다 학문을 해서 학교 쪽에 남고 싶다는 뜻을 말하고 있었다. 그녀가 자신의 미래 설계를 왜 내게 상의하고 있는지 나는 얼떨떨하게 받아들였다. 하긴 모든 상담들처럼 그것은 자신의 뜻을 스스로 확인해보는 일에 지나지 않았다.

"문학보다 학문……"

그런데 이상한 것은, 그녀의 말을 듣는 순간 문학과 학문이 글자 한 자 바꿔놓기임을 처음 깨달은 듯 여겨진 일이었다. 나는 놀라서 그녀를 다시 쳐다보았다. 오다가다 본 얼굴이긴 한데 전혀 새로운 모습이었다. 이거야말로 '낯설게 보기'로군, 나는 속으로 감탄할 수밖에 없었다. 그로부터 나는 그녀와 박태원과 청계천으로 연결된 셈이었다.

청계천 냇물은 고산자교를 지나 휘돌아 살곶이다리를 지나고 한강과 만난다. 나는 다시 발길을 위쪽으로 돌린다. 황학교 위 영도교를 지나며 빨래터를 본다. 소설가 박태원의 장편소설 《천변풍경》에서 빨래터는 중요한 무대가 된다. 옛 사진에서도 보듯이. 냇가에는 빨랫돌들이 주욱 놓여 있고, 아낙네들이 즐비하게 앉아 빨래를 하며 온갖 수다를 떤다. 남자들의 사랑방과 같다 할 만하다. 무려 칠십 년 전에 씌어진 이 소설에서 나도 그녀들의 수다에 빠져든다.

"글쎄, 인물두 밉진 않은데, 이상허게두 세월이 없다는군. 허지만 말야, 어디, 기생 수입이란, 놀음에 불려댕기는 그것뿐인가? 지금 말한 명월이만 허드래두, 아아무렴, 한 달에 열 시간두 못 불려댕기구, 대체, 맨밥은 먹게 되나? 그렇지만, 그 대신, 반해서 찾어대니는 작자가 있거든. 왜, 저어, 은방 주인 말야. 그 사람이, 아, 겨우내, 양식허구, 나무구, 대주지, 옷 해주지? 작년 동짓날엔 김장 당거줬지?…… 다아 그런 숙이거든."

"그저 딸자식이 잘 벌어들이기만 하면야, 사내자식 외딴 치지, 어디 요새 사내 녀석들, 무슨 값이 나가나? 어렵두 없지."

그녀들의 수다 아닌 '정보'를 들으며 다산교, 맑은내다리, 오간수교를 지나 버들다리에 이른다. 그리고 다리 위에 앉아 있는 전태일 동상을 본다. 그는 열악한 노동환경을 어떻게든 조금이라도 나아지게 하려고 발버둥 치다가 분노와 항변의 몸짓으로 분신자살을 하고 말았다. 그는 한국 노동운동의 기념비였다. 동상을 세우는 데 한 숟가락씩 보탠 많은 사람들의 이름을 새긴 동판이 빼곡히 박힌 보도 위를 걷는다. 그가 대변한 청계천 피복 노조 '공돌이, 공순이'의 삶은 오늘의 우리를 있게 한 밑거름이 되었지만, 그들의 나날은 오염되고 버려진 청계천 하수와 다를 게 없었다. 나는 동상을 만든, 화가며 조각가인 임옥상 씨에게 경의를 표하고 나래교, 마전교, 새벽다리, 배오개다리, 세운교, 관수교, 수표교, 삼일교를 지난다. 스쳐 지나는

그림의 철학을 위하여

사람들 사이로 조깅을 하는 사람도 눈에 띈다. 복원된 길은 오 킬로미터, 운동 삼아 걷기에도 알맞은 거리다.

전태일 동상의 잔상이 아직 지워지지 않았는지, 나는 내가 '천변'에 박태원의 동상도 서 있으면 하고 바란다는 사실을 알아챈다. 다른 나라에 비해 우리나라에는 동상이라는 게 태부족이다. 이름난 인물이 아니어도 상관없는 일이다. 빨래터에서 빨래하는 아낙네들의 모습은 어떤가. 둔치에서 윷놀이하는 사내들의 모습은 어떤가. 그러다가 나는 박태원의 동상 생각에서 얼어붙는다. 《천변풍경》에 대해 춘원 이광수는 '내가 읽은 문학 중에 가장 인상 깊은 것 중의 하나'라고 했고, 월탄 박종화는 '여태껏 다른 작가가 감히 건드려보지 못하던 난숙한 솜씨요 묘사'라고 했으며, 임화는 '앞으로 우리가 일정한 역사적 좌석을 준비해주지 아니할 수 없는 작품'이라고 했다. 그러나 그는 불행하게도 '월북'을 한 소설가인 것이다. 아뿔싸, 두 쪽으로 나뉜 이 나라의 아픔은 내 생각에서도 그의 동상을 흐리게 만든다.

그녀가 공부를 해서 학교에 남고 싶다고 한 희망은 쉽게 이루어지지 않았다. 특별히 '운동권'이라고 머리칼을 휘날리지는 않았어도 그녀는 전태일의 죽음에는 견디기 어려워했다. 그 알뜰한 조교 자리나마 떠나 '백수 중의 백수'를 자처하게 된 것은 그래서였다. 요즘처럼 곳곳에 '알바' 일자리가 있던 시절도 아니었다. 조교 자리를 떠난 것은 그녀의 삶에서 중대한 실수였다. 그 뒤로 그녀는 대학에 전임이 될 기회를 얻지 못한 채 간간이 시간을 얻거나 연구원이라는 직책으로 오랜 세월을 보내야만 했다. 따지고 보면, 그녀와 나는 처음부터 아예 약속된 사이였다. 그러나 그렇게 되지 않았다. 알 수 없는 일이었다. 어느 누구의 개입도 없었는데, 당사자인 내가 '알 수 없는 일'이라고 접어두어도 되는 사태는 더더욱 알 수 없는 일일 것이다.

독일 프랑크푸르트에서 열리는 국제 도서전에 우리나라가 주빈국으로 초청받아, 내가 참가자의 한 사람으로 선정되었을 때부터 나는 그녀를 의식하고 있었다. 지난해, 헝가리의 대학에 한국학 과목을 가르치는 과정이 생김과 함께 그녀는 그곳에 교수 요원으로 가 있었다. 우즈베키스탄과 헝가리, 두 나라에 갈 지원자를 모집하길래 택했노라고 했다. 청계천 타일을 그린 것은 그녀가 떠나기 전에 만난 결과였다. 독일과 헝가리가 가까운 거리는 아니었다. 하지만 한국과 유럽의 거리는 아닌 것이었다.

내가 해야 할 독일 행사는 두 번의 낭송회였다. 그런데 뒤늦게 받아 본 일정표에는 그 두 번의 낭송회가 일주일 기간의 행사에서 첫째 날과 다섯째 날에 배정되어 있었다. 말하자면 가운데 삼 일이 덩그렇게 비어 있었다. 행사가 없는 사람들을 위해서 가까운 명승지 여행이 마련되었다고는 했다. 가까운 명승지로는 하이델베르크며 로렐라이 언덕이며 무슨 포도주 산지 등이 적혀 있었다. 그런가보다, 무심코 일정표를 들여다보던 나는 순간적으로 헝가리, 그녀가 가 있는 그곳의 도시 부다페스트를 머리에 떠올렸다. 예상치도 못한 일이었다. 일단 생각이 쏠리자 걷잡을 수가 없었다. 그곳으로 가서 그녀를 만나보리라. 다시없는 기회라고 여겨졌다. 으음. 나도 모르게 숨결이 모아졌다. 그길로 로비의 행사 연락처로 달려 내려간 나는 현지 유학생 자원 봉사자를 붙들고 늘어졌다. 한 시간쯤 지났을까. 방으로 돌아와 초조하게 기다리던 내게 그는 비행기표는 없으나 열차편은 있을 것 같다고 알려왔다. 독일의 프랑크푸르트에서 오스트리아의 빈을 거쳐 헝가리의 부다페스트까지 가는 국제 열차라는 것이었다. 먼 길이었다.

"그걸 어떻게 타시려구요."

그의 표정은 설마, 하고 말하고 있었다.

"갈 수만 있다면…… 갈 수만 있다면 상관없어요."

나는 다짐했다. 비행기가 없을 수도 있다는 설정 아래 이미 결심하고 있었던 일이었다. 명승지고 뭐고 삼 일 동안 프랑크푸르트의 엔하(NH) 시티 호텔 주변을 맴돌고 있어서는 안 된다. 도착해서 불과 몇 시간밖에 안 흘렀는데, 나는 앞으로 겪을 무료함에 질릴 판이었다. 아니다. 무료함 때문이 아니라 그녀가 헝가리에서 나를 기다리고 있지 않은가. 하루 종일을 가서 다시 하루 종일을 오는 행로에 그녀를 잠깐만이라도 만날 수 있다면 그것으로 목적은 달성된다. 다른 계산은 있을 리 없었다. 거기에 국제 열차, 국경 열차를 탄다는 새로운 경험도 나를 부추기는 요소였다. 나는 열차를 타고 국경을 넘어본 적이 한 번도 없었다.

언젠가, 아주 오래전에 러시아의 상트페테르부르크에서 프랑스로 가는 열차를 타려고 시도한 적이 있기는 했다. 비행기 삯을 아껴보자는 심산에서였다. 하지만 도중에 지나가야 하는 폴란드의 비자가 문제여서 포기하고 말았었다. 으슥한 길 안쪽의 폴란드 영사관 복도에 깔려 있던 붉은 카펫은 여간 권위적으로 다가오지 않았다.

헝가리 행 열차를 탄다. 청계천이 내려다보이는 서울의 카페에 앉아서 나는 그때 내 귀에 환청처럼 들려오던 〈헝가리 랩소디〉가 다시 들리는 듯했다. 베를린에서 왔다는 유학생 자원봉사자는 성심성의껏 도와주었다. 그는 표를 끊어주고 역 구내까지 따라 들어와 열차의 흡연칸도 가르쳐주었다. 유리로 막혀 있는 칸마다 네 명씩 마주 앉는 의자가 놓여 있었다. 흡연과 금연은 출입문 옆에 담배 그림으로 표시되어 있었다. 나는 그에게 고맙다고, 염려 말라고, 손을 번쩍 들어 보였다. 간단한 먹을 것으로 두툼한 되너 케밥 샌드위치 두 개에 물 한 통은 준비했으므로, 옆자리에 누가 드나들든 아예 자는 척 부다페스트까지 죽치고 가면 그만일 터였다. 독일어로 누가 말을 걸면, 내가 알고 있는 유일한 독일어로 대꾸할 수도 있으리라. 이히 리베 디히.

점심 전에 출발해서 저녁 어둠 속에 도착하는 그 길은 간단히 말해 라인 강에서 다뉴브 강으로 옮겨 가는 길이었다. 그녀에게 전화를 해두었지만, 내가 정말 그곳으로 가고 있는 게 맞는지 얼떨떨할 뿐이었다. 비어 있던 옆자리에 배낭을 멘 청년 둘이 들어와 앉은 것은 오스트리아 국경을 넘을 무렵이었다. 그들은 앉자마자 병맥주를 하나씩 따서 마시며, 자신들은 마케도니아 쪽으로 여행을 간다고 내게 설명했다. 한 사람은 호텔에서 일하고 있으며, 한 사람은 대학에 다닌다고 했다. 틈만 나면 그렇게 둘이서 여행을 다니는 게 취미라는 것이었다. 워킹 앤 워킹. 호텔 종업원이 걷는 시늉을 했다. 열차를 타고 가서 어디론가 무작정 걷는 여행인 모양이었다. 나는 부다페스트, 부다페스트라고 내 목적지를 말했다. 그러나 내 짧은 영어는 더 이상 무엇을 말할 수 없었다. 내가 영어를 유창하게 말할 수 있다 하더라도 그랬을 것이다. 나는 나 자신을 설명할 길이 없었다. 국경 열차를 타고 싶었지요. 한국은 갇혀 있는 땅이에요. 나도 그들처럼 서울에서 열차를 타고 시베리아의 어디쯤, 가령 알타이 공화국의 어디쯤 간이역에 내려 정처 없이 '워킹 앤 워킹'을 하고 싶었다. 그들이 배낭을 뒤적거려 빵을 꺼낼 때, 나는 되너 케밥을 꺼냈다. 크림과 야채가 듬뿍 들어 있는 샌드위치. 터키 음식인 케밥은 독일에 상당히 보편적으로 퍼져 있었다. 그들에게 내가 하고 싶은 말은 무엇이었을까. 부다페스트, 부다페스트, 그녀를 만나러 간다오. 하지만 나는 그녀에 대해 설명할 길이 없었다. 내게조차 설명할 수 없는 것을 남에게 설명할 수는 없는 것이다.

부르크 안 데어 라이타 라이타(Bruck an der Leitha). 이상한 이름의 오스트리아 국경 도시였다. 해는 지평선 너머로 들어가고 달이 떠올라 있었다. 호텔 종업원이 하는 대로 나는 다시 한 번 여권과 열차표를 꺼내 들었다. 오스트리아 경찰이 지나가고 나면 헝가리 경찰이 오게 되어 있었다. 그것이 국경 통과 절차였다. 아무 말도 없이 열차표에 암호 비슷하게 적으면 그만이었다. 드디어 헝가리 땅에 들어선 것이었다. 다른 유럽 나라들과 달리 우리와 같은 몽골족의 일파가 사는 나라라는 사실 때문에 나는 오래전부터 그 땅을 밟고 싶었다. 밝은 달 아래 헝가리 평원이 펼쳐지고 있었다. 청계천이 내려다보이는 카페에서 나는 헝가리 행 열차를 탄다.

다시 장통교, 광교, 광통교를 지나고 벽에 그려진 〈정조 반차도(班次圖)〉를 본다. 조선 정조 임금이 어머니 혜경궁 홍씨의 회갑을 맞아 아버지 사도세자의 무덤이 있는 경기도 화성으로 행차하는 그림이다. 김홍도 아래 여러 화가들이 힘을 합쳐 그린 그림으로 문화 예술적 가치가 높으며, 도자 벽화의 폭 2.4미터에 길이 192미터 크기는 세계에서도 찾아볼 수 없다고 한다.

이제 모전교에 이르면 끝이다. 지난 서울시장 선거에서 두 후보가 청계천 복원을 놓고 가타부타 논쟁을 벌이던 텔레비전 장면을 돌이킨다. 그런 다음 복원하겠다는 후보가 시장이 되고 이 년 삼 개월이 걸려 훌륭하게 물길을 드러냈다. 어떤 사람은 생각보다 스케일이 작다고 불만을 털어놓는다. 그러나 사막의 신기루 같은 이 서울땅 한복판에서는 아무리 작은 물줄기 하나라도 아쉽기 그지없다. 아니, 복원된 청계천이 그리 작은 것도 아니다. 게다가 청계광장 아래 '조선 팔도'의 돌을 모아놓고 또 물을 모아 '통수식'을 한 의미도 되새길 만하다.

청계광장 위에 선다. 서울의 변모가 눈에 새롭다. 하지만 다만 복원으로 끝나서는 안 된다. 그것은 시작일 뿐, 우리를 기다리는 진정한 문화도시로서의 새로운 '꿈의 계획'을 세우지 않으면 안 된다. 자손만대에 물려주어도 부끄럽지 않고 세계 어디에 내놓아도 부끄럽지 않을 환경을 만들어야 한다.

뿜어 오르는 분수 아래, 청계천의 물줄기를 본다.

아름답고 깊이 있는 공간에 내 삶을 놓고 싶다. 우리들 모든 일회성 삶에 영원성을 담보하는 도시 공간을 꿈꾼다. 순간, 천변의 일백 년, 이백 년 된 고전적 카페에 앉아 한 줄의 명문(名文)을 쓰고 있는 나를 꿈꾼다. 그렇다면 제목은 또 다른 '천변풍경'이 되어도 좋으리라 가늠하면서……

그림의 철학을 위하여

나는 열차가 설 때마다 안내 방송에 귀를 기울이곤 했다. 부다페스트가 종점이 아니기 때문이다. 자칫 잘못하다 지나쳐 버릴지도 모를 일이다. 멀리 마케도니아까지 간다는 청년들을 믿을 수도 없다. 헝가리 평원까지 말을 달려온 몽골족의 기마부대가 어디에 진을 치고 있을까 살피는 심정을 상상하기도 했다. 어둠 속의 먼 불빛들이 계속되는 걸 보아 열차는 대도시에 들어서고 있었다. 어디일까, 귀를 쫑긋거리는데, 얼핏 부다페스트라는 이름이 들려왔다. 대충 감을 잡아보아도 틀림없다. 나는 혼자 어둠 속의 부다페스트에 도착한 것이다. 서두르지 않으면 안 된다. 청년들이 굿바이와 아우프 비더제헨을 함께 말했다. 나는 손을 흔들었다.

역 구내는 지나치게 어두웠다. 백열전등 몇 개가 역사를 밝히고 있을 뿐이었다. 어딘지 잘못 오지 않았나 의심이 들었다. 이 어두운 곳에 그녀가 나를 기다리고 있을 것 같지도 않았다. 열차는 떠나가고, 나는 터벅터벅 걸으며 역을 빠져나갔다. 그녀는 어디에도 없었다. 당황하지 않을 수 없었다. 갑자기 허둥거려졌다. 안내 방송은 분명 부다페스트를 알렸었다. 너무나 골몰했던 나머지 잘못 들었던가. 나는 방금 같이 내린 승객을 다급하게 불러 세웠다. 여기가, 부다페스트?

걱정하던 문제는 실제로 내게 다가오고 말았다. 그곳은 부다페스트이긴 하되 시 외곽이었다. 우리나라로 치면 대구역과 동대구역, 대전역과 서대전역이 있는 식이었다. 무엇보다 그녀에게 연락할 길이 없다는 게 큰일이었다. 어쨌든 택시를 잡아타고 그녀가 기다릴 역으로 달려가야만 했다. 모든 것을 운전기사에게 맡긴 채 어둠 속에 나를 던져놓고 있을 수밖에 없었다.

그녀는 어디에도 없었다. 당연한 노릇이었다. 그녀가 묵고 있다는 기숙사의 교환 전화는 아예 받지도 않았다. 조그만 착오가 가져온 결과는 엄청났다. 더군다나 나는 숙소조차 예약하지 않고 무작정 오지 않았던가. 어쩌면 처음부터 만용인지도 몰랐다. 나는 세계의 한쪽 끝 도무지 알지 못할 도시에 노숙자로 버려져 있는 듯했다. 나는 길 건너 불빛이 환한 쪽으로 걸음을 옮겼다. 낯선 도시에서 길을 잃고 헤맨 적이 몇 번 있었지만, 그토록 참담한 마음은 처음이었다. 단순히 노숙자로 버려져 있는 게 아니라 영원히 돌아가지 못할 구렁텅이에 내팽개쳐진 삶이었다. 거리를 지나다니는 사람도 드물었다. 그래도 멀지 않은 곳에 호텔의 불빛이 반짝이고 있었다. 다뉴브 그룹 호텔.

비어 있는 방은 없어도 호텔 로비에는 뜻밖에 여행객들이

그림의 철학을 위하여 291

많이 들끓고 있었다. 다행이었다. 사람들 틈에서 어떻게든 밤을 지낼 수 있을 것 같았다. 한 귀퉁이 바에서는 맥주도 팔고 있었다. 나는 헝가리 맥주인 드레허와 치즈 안주를 시켰다. 자, 잊는 마음을 진정시킬 시간이다. 그녀는 영문도 모른 채 발길을 돌렸을 것이다. 나는 프랑크푸르트에 이백 유로짜리 방을 그대로 비워둔 채 알 수 없는 공간에 와서 밤을 지내고 있었다. 돌이켜보면 내가 내 한 몸을 뉠 방이 없어 헤매 다닌 젊은 날들이 그 얼마였던가. 외로움과 그리움에 찌들었어도 나는 살아남았다. 그리하여 지금 헝가리의 다뉴브 호텔 로비까지 와 있었다. 괜찮다. 주머니 속에는 아마 밤새 마셔도 괜찮을 유로화가 있고, 저쪽 로비에는 떠도는 방랑자들이 내 벗으로 있었다. 또한 그곳은 나와 피가 섞였을 무수한 몽골족들이 살고 있는 나라이기도 했다. 통계에 의하면 십오 퍼센트가량이 엉덩이에 몽고반점을 갖고 태어난다고 했다. 괜, 찮, 다.

이튿날 아침 로비의 의자에 널브러져 여기가 어디야 하고 눈을 뜬 나는 그녀에게 전화를 걸었다. 그 많던 여행객들은 어디론가 사라지고 없었다. 뻐끔뻐끔 담배를 피우고 있는 내 앞에 나타난 그녀는 웬일이니 묻고 있었다. 응, 택시를 탔지 뭐야. 그 순간 우리는 서울의 어느 거리에 있는 느낌이었다. 그리고 드디어 그녀가 나를 데리고 간 곳이 구야쉬 수프를 파는 식당이었다. 서울에도 여기 사람이 가서 여기 맛을 그대로 낸다는 소식을 인터넷에서 봤다고 그녀는 말해주었다. 아무렴, 몽골족의 수프니까. 나는 간밤의 마음고생을 깨끗이 잊고 대꾸했다. 간밤의 내 동료인 드레허 맥주도 주문했다.

청계천의 물길이 열림과 함께 문을 연 카페가 그곳이었다. 하지만 내가 앉아 있는 청계천의 카페에는 드레허 맥주가 없었다. 나는 그 대신 체코 맥주인 필스너 우르켈을 한 병 시켜놓을 수 있었다. 그리고 그날 그녀와 함께 다닌 부다페스트 거리를 자세히 떠올리려고 노력했다. 영화 〈글루미 선데이〉를 찍은 다뉴브 강이 있었고, 왕궁의 언덕이 있었고, 또 마이클 잭슨의 첫 앨범 배경이 된 영웅 광장이 있었다. 다뉴브 강을 그곳에서는 도나우도 아닌 두너라고 부른다고 했다. 그렇지만 그녀가 그곳에서 한국어를 가르치고 있다는 사실만큼 기이하게 여겨지는 것은 어디에도 없었다. 그것은 몽골에 문자가 없어서 러시아 문자를 차용해 쓰는 것만큼 기이하게 느껴졌다.

어디선가 백남준이 죽었다는 뉴스가 흘러나오고 있었다. 세계적인 비디오 아티스트인 백남준 씨가 마이애미의 자택에서 숨졌습니다…… 서울시립미술관의 벽면을 장식한 〈서울 랩소디〉를 나는 기억하고 있었다. 그 밖에도 그의 작품은 우리나라에 의외로 많이 들어와 있었다. 과천의 미술관에 있는 〈다다익선〉도 머리에 떠올랐다. 나로서는 이해하기 어려운 작품이었다. 프랑크푸르트에 처음 간 날, 이리저리 돌아다니다가 미술관으로 들어갔다. 미로처럼 지어놓은 건물이었다. 넓은 방 한가운데 유리 상자 안에 넣어둔 작은 소니 건전지 두 개가 작품이었다. 아, 이 현대성이라는 건 도무지…… 하다가 여긴 또 뭘까 하고 들어가본 밀실에 놀랍게도 백남준이 있었다. 비디오에서 비쳐 나오는 촛불이 벽면에 팔락거리며 빛을 내뿜고 있었다. 빛이 아닌 그림자를 보여준다고도 받아들여졌다. 외롭고 그리운 모습의 촛불이었다. 그 옆방은 그의 동료 요제프 보이스가 있었다. 그제야 나는 백남준, 그의 세계를 비로소 알 것 같다고 고개를 끄덕였다.

그녀는 지금 어디에 있을까. 나를 배웅하며 언제까지나 이국의 역 구내에 있을 성싶었다. 부다페스트는 내가 갔던 곳이 아니라 우주의 어떤 공간에 숨어 있는 곳이었다. 숨어 있다기보다 떠도는 곳이었다. 백남준의 비디오 화면 속에 휙휙 지나가는 풍경일 수도 있었다. 내가 그곳에 다녀왔다는 것도 믿기 어려웠다. 그런데 나는 지금 〈헝가리 랩소디〉와 〈서울 랩소디〉를 함께 듣는다. 나는 다시 헝가리 행 열차를 탄다. 헝가리 평원으로 몽골 기병의 말갈기가 바람을 일으킨다. 그리고 모든 것이 획획 단상으로 지나가고, 남아 있는 것은…… 맥주의 기포처럼…… 잦아든다.

나 스스로 어디에 있는지 몰라 나는 어리둥절한 채 주위를 두리번거렸다.

2

어디선가 '엄마!' 어린아이의 목소리가 낭랑하게 울렸다. 나는 두리번거렸다. 그제야 백남준의 마지막 작품 제목이 '엄마'라고 씌어 있던 신문 기사가 퍼뜩 머리에 떠올랐다. 그 작품이 있다는 봉은사의 법왕루에 들어가는 순간 들려온 앳된 목소리. '엄마!' 단순히 부르는 소리라기보다 애타게 찾는 소리로 들렸다. 아이는 엄마를 애타게 찾고 있다. 엄마는 어디로 갔을까.

분홍색을 띤 적갈색 작은 두루마기가 새로 설치된 벽면에 걸려 있었다. 속이 훤히 들여다보이는 천에 흰 동정만 두드러졌다. '엄마!' 소리는 그 속으로 배 위치에 있는 모니터에서 울

그림의 철학을 위하여 295

려 나오고 있었다. 색동저고리를 입은 여자 아이가 비치는가 하더니, 줄넘기와 굿, 농악 장면으로 바뀌고, 도시의 모습이 나타나기도 했다. 예전의 놀이들을 주로 한 화면이 빠르게 움직였다. 색동저고리가 가장 많이 눈에 어른거렸다.

"이 작품 맞지요? 사진 찍어도 되나요?"

누군가 내게 물었다. 나는 돌아보았다. 이 젊은 여자를 언제, 어디서 봤더라? 분명히 한 번쯤 만난 적이 있는 여자였다. 나는 머리를 끄덕였다. 나 역시 방금 그 자리에 서게 되어 아무것도 모르는 형편이었다. 작품은 맞는데, 사진을 찍어도 되는지는 알 수 없었다. 신문 보도는 마지막 작품 〈엄마〉가, 새로 지을 기념관이 아니라 과천의 국립현대미술관에 소장되리라 했다. 기념관은 경기도 지사가 적극적으로 추진한 사업인데, 그동안 이리저리 걸려 지지부진하다가 그의 죽음이 알려지자 부랴부랴 삽을 뜬다는 보도도 있었다. 여자는 연방 카메라 셔터를 눌러댔다.

'백남준 COMES HOME'이라는 큰 글자 옆에 '아주 특별한 해프닝에 여러분을 초대합니다'라는 플래카드에는 행사 시간이 '3월 18일 오후 5:30'으로 박혀 있지만, 여섯 시에 큰북을 치는 것과 함께 시작된다고 했다. 아직 시간이 남아 있었다. 그가 유골이 되어 돌아와서 지내는 사십구재였다. 사람이 죽은 지 7×7=49일 되는 날 지내는 재(齋). 행사장으로 사람들이 천천히 모여들고 마이크에서는 〈아리랑〉 노래가 울려퍼졌다.

위패에 절을 올린 다음, 시계를 들여다본 나는 시간도 맞출 겸 판전(版殿) 쪽으로 걸음을 옮겼다. 봉은사에 몇 번 올 때마다 둘러보는 곳이기도 했다. 절의 책들을 간수해놓는 전각인데, '版殿'이라는 글씨는 추사(秋史) 김정희 선생이 쓴 것으로, 아는 사람들 사이에는 잘 알려져 있었다. 오래전에 친구 다모관음(多毛觀音)이 봉은사에 머물 무렵, 그에게서 듣고 안 사실이었다. 다모관음이란 말이 나왔으니 말이지 언젠가 내가 그런 얘기를 한 것을 놓고, 미국에 사는 사람이 다모관음이란 불교 사전에도 안 나오니 어떤 관음이냐고 문의를 해온 적도 있었다. 나는 웃음을 머금지 않을 수 없었다. 다모(多毛)는 글자 그대로 털이 많다는 뜻이며 그가 스스로를 일컬어 부르는 이름에 지나지 않았다. 그는 내게 또 인도에서 가져온 보리수도 있다고, 손을 들어 가리켰다. 아닌 게 아니라 어릴 적에 산에서 작은 점박이 열매를 따 먹던 보리수와는 달랐다. 키가 높은 데다가 무성한 잎사귀의 갈래 한가운데에 꽃이 피어 있었다. 그 열매로 염주를 만든다고도 했다. 음, 이 나무가…… 나는 스

그림의 철학을 위하여 297

리랑카에 가서 본 보리수를 상기하려 했으나, 잘 떠오르지 않았다. 싯다르타가 그 나무 아래 명상을 하여 깨달음을 얻었다는 원래의 보리수 옆에서 돋아난 걸 갖다 심었다는 것이다. 원래의 보리수가 이제는 죽고 없으므로, 스리랑카 것이 '원조'라는 말도 일리가 있는 듯싶었다. 산스크리트 말로 아스바타(asvattha)라고 하는 나무인데, 무화과 비슷한 뽕나뭇과 상록수라고 했다. 그런데 봉은사의 보리수는 상록수가 아니지 않은가 말이다. 하지만 나는 그가 가르쳐주는 성의를 생각해서 옳으니 그르니 토를 달지 않기로 했다. 그리고 집에 돌아와 다음과 같은 한 편의 시를 쓰기도 했다.

> 봉은사에서 처음 본 보리수/그 아래 서면/'版殿' 글씨를 쓰던 추사 선생도/마중나와 선다.//잎사귀 한가운데로 기이한 꽃 뽑아내는/보리수/그 아래 서면/꽃향기 푸르러 보살의 마음.//옛 세조 임금 도운 은혜로/봉은사 크게 일으켰다는 고양이도/귀를 쫑긋하고/인연의 깊은 뜻 헤아리는/그 아래 서면/처음 본 다음 못 잊어/하늘 바리때에 가득 담긴 그리움/마냥 일렁인다.//오늘도 보리수는/깊은 상처일수록 깊이 어루만지며/깨달음의 꽃/깊은

마음에 피우라 한다.

보리수는 쓴 그대로이니 그렇다 치더라도 '세조 임금 도운 은혜로/봉은사 크게 일으켰다는 고양이'를 간단히 짚고 넘어갈 수밖에 없겠다. 세조가 봉은사에 행차를 했을 때, 고양이가 휙 지나감으로써 숨어 있던 자객을 잡게 되었고, 그로써 세조는 그 고양이를 먹여 살릴 밭을 내어주어 절 땅이 넓게 자리 잡았다는 이야기였다. 그 고양이의 새끼들은 지금도 살고 있을까. 들은 바로는 묘전(猫田)이라 불린 그 밭은 강남이 개발됨과 함께 다 팔려나갔다고 알려져 있었다.

나는 처마 밑에 걸려 있는 현판의 추사 글씨를 물끄러미 올려다보았다. 새들이 날아드는 통에 어찌될까봐 그물을 쳐놓은 현판 왼쪽 밑으로 '칠십일과병중작(七十一果病中作)'이라는 글씨가 작게 쓰어 있었다. '과(果)'는 '열매 과'인데 나이를 뜻한다고 들은 기억이 났다. 추사의 나이 칠십일 세, 병들어 마지막으로 쓴 글씨였다. 내 공부방의 한쪽 벽에 붙여놓은 〈세한도(歲寒圖)〉 복사본이 그의 그림과 글씨였다. 글씨를 보는 안목이 제대로 없음에도 불구하고 하도 오랜 세월 '아, 추사, 추사체' 하고 감탄하는 말을 들어오는 동안 그럭저럭 눈썰미가 생긴 것일까, 아니면 최면에 걸린 것일까, 나는 그윽하게 바라보는 자세가 되었다.

"이게 그 유명한 글씬가요? 그렇죠?"

어느 틈에 그 여자가 옆에 따라붙어 있었다. 아니, '따라붙'었다는 건 좀 지나친 말일지도 모른다. 예정에 잡아놓은 발길일 수도 얼마든지 있다. 어디서 본 여자는 틀림없는 듯해도 뚜렷하지는 않았다. 뭐, 어이없는 기시감(既視感)이라는 거겠지. 언젠가 꿈속에서 생판 모를 이국 거리를 걸어가며 분명히 한번 와봤던 곳이라고 이상하다, 이상하다, 고개를 갸웃거렸던 적이 있다. 꿈속뿐만 아니라 생시에서도 종종 있어온 일이었다. 그래서 사람들은 전생 운운하게 되었다고도 여겨졌다. 어느 병원에서 맞닥뜨린 간호사는 내 일생 중 정말 한 번은 만난 적이 있는 여자라고 확신을 거듭했을 정도였다. 내가 그 얘기를 하자 간호사가 이 남자 작업하나 하는 투의 표정으로 나를 뚫어지게 쳐다보아서, 나는 그만 맥이 풀렸다. 그러나 내 생각을 접을 수는 도저히 없었더랬다.

"그렇소. 추사 글씨요."

여자는 내 말과 눈짓이 채 끝나기도 전에 고개를 까딱 하고는 아까처럼 또 연방 셔터를 눌러댔다. 디지털 카메라가 나온 이래 어디서든 흔히 볼 수 있는 광경이었다. 그런데도 여자는 유난스럽게 보였다. 하기야 이십 대 후반쯤으로 보이는 나이를 감안하면 추사 글씨에 관심을 보이는 것만 해도 놀라운 일이었다. 나부터도 그 나이에는 몰랐다. 혹시 이름 정도 들은 바 있었을 것이다.

"사진들은 다 얻다 쓰려는 거요?"

나는 사진을 열심히 찍어 뭘 어쩔 건지 궁금한 생각이 들었다.

"쓰긴요. 그냥 백남준이니까요. 추사니까요."

여자의 명료한 대답에 나는 할 말을 잃었다. 이을 말을 찾아보려던 나는 한때 잃어버렸던 딸이 저 나이 또래라고 깨달았다. 초등학교도 들어가지 않은 나이의 아이를 데리고 마포시장에 갔다가 일어난 일이었다. 잠시라도 놓치지 않도록 손을 꼭 잡아 이끌고 다녔는가 싶었는데, 어느 틈에 아이의 손은 내 손에 잡혀 있질 않았다. 그야말로 귀신이 곡할 노릇이었다. 헐레벌떡 시장을 몇 바퀴 돌았으나, 헛일이었다. 결코 돌이켜보고 싶지 않은 과거였다. 파출소에 신고를 하고, 전단지를 만들어 뿌리고, 보호소와 고아원을 돌고, 남들이 하는 방법은 죄다 해보았으나, 헛일이었다. 다행히 몇 달 뒤 파출소에서 연락이

그림의 철학을 위하여 301

와서 찾았기에, 아이를 영영 잃어버린 사람들에게는 싱겁을 뗀 결과가 되고 말았지만, 당시의 사연을 늘어놓자면 한이 없었다. 누가 뭐래도 그 시간의 유예는 끔찍스러웠다. 나중까지 꿈에 아이를 잃고 놀라 깨어난 적이 한두 번이 아니었다. 저 나이 또래? 그러니까 나는 잃어버린 아픔을 고스란히 간직하고 딸과 여자가 어디를 닮았는지 살펴보는 셈이었다. 도무지 근거가 없는, 터무니없는 짓거리였다. 그런 판국에 닮았는지를 살핀다는 것부터 말도 안 되었다. 나는 망상을 털어내려고 머리를 흔들었다.

"한 장 찍어드릴까요?"

뜻밖의 제안이었다. 실은 예전부터 그 글씨를 뒤에 놓고 사진을 찍고 싶었었다. 나는 여자를 향한 약간의 반감을 머쓱한 심정으로 얼버무리고 카메라를 바라보았다. 자, 찍겠습니다. 말이 들려왔다.

"행사가 시작되네요."

여자는 행사가 끝나면 연락처를 달라는 말을 덧붙이고 바삐 발걸음을 떼었다. 행사 안내장 맨 처음에 씌어 있듯이 마이크에서는 이미 '주지 스님 말씀'이 울려나오고 있었다. 여자를 뒤따라 내려온 나는 겹겹 둘러서 있는 사람들 뒤에 서서 안쪽을 기웃거렸다. 여자도 몇 사람 떨어진 곳에서 안쪽으로 머리를 디밀고 역시 카메라를 치켜들었다. 행사의 시작을 알리는 스님의 '말씀'은 짧았다. 뒤를 이어 '샤먼 퍼포먼스'였다. 샤먼이고 퍼포먼스고 간에 쉽게 말해 굿이었다. 울긋불긋한 옷을 걸친 무당이 나와 사뿐거리며 춤을 추기 시작했다. 백남준은 어린 시절 집에서 하는 굿을 보곤 했음을 밝히고 있었다. 〈엄마〉에서도 굿은 주요 장면으로 반복되었다. 영어의 굿(good)이라는 단어의 어원이 우리의 굿이 아니겠느냐고, 누군가 내게 들려준 우스갯말이 웬일인지 머리에 맴돌았다. 굿과 함께, 나는 굿 사진을 찍으러 전국 방방곡곡, 외국 여기저기 찾아다닌 김수남의 이름이 떠올랐다. 그가 사진을 찍고 굿학자 황루시가 글을 쓴 책도 내 책꽂이에 꽂혀 있었다. 그는 고등학교와 대학의 내 후배였다. 그렇건만, 불과 얼마 전에 그가 태국의 치앙마이로 사진을 찍으러 가서 죽었다는 기사를 신문에서 읽었던 것이다. 오랫동안 우리나라를 샅샅이 훑고 다닌 끝에 이제 일년의 거의 반은 외국을 떠돈다고 했던 그였다. 나는 그의 유해가 안치되어 있는 서울대 병원 영안실에 '아! 김수남'이라고만 쓴 봉투를 들고 갔었다. 글을 쓰겠다고 고등학교 문예반에 들어 나를 따르던 그의 모습이 눈에 선했다. 소년의 눈이 어떤 눈인지 설명할 길은 없지만, 그의 눈은 언제 보아도 소년의 눈이라고 표현할 수밖에 없었다. 나이 들어 복부 비만의 그가 배를 장구처럼 두드리며 술잔을 벌컥거려도, 갈데없이 소년의 눈빛이었다. 소년의 눈빛을 거두어간 것은 뇌출혈이었다. 한국의 굿 사진으로는 독보적이었던 '아! 김수남.'

사뿐사뿐 덩실거리던 춤사위는 점점 빠르게 변했다. 음악도 자진모리, 휘모리로 바뀌어갔다. 무당의 손에 든 칼이 번뜩이며, 옷깃이 휘날렸다. 한참을 뛰어 무당이 숨결을 가다듬는가 싶더니, 마당 한옆에 마련한 높은 제단 위로 올라갔다. 붉고, 푸르고, 노란 만장이 서 있고, 그 아래 작두가 놓여 있었다.

"작두를 타려나봐."

"그러게, 무당 이름이 작두여장군이라잖아."

여자들이 소곤거렸다. 음악 소리가 높아지고, 무당은 선뜻 작두날 위에 올라섰다. 양쪽으로 뻗친 팔이 어두워가는 저녁 하늘을 가르고 있었다. 나는 작두 타기는 말만 들었지 처음이었다. 정신력이 여간 아니고선 어림도 없다는 말도 들었었다. 날카로운 작두날을 견디기 힘들다는 것이었다. 어디선가 박수 소리도 들려왔다. 안산에 살 때, 그곳 산 아래서 전국 경신(敬神)협회 모임의 기념으로 작두 타기가 있다기에 구경 삼아 갔었으나, 결국 못 보고 만 적이 있었다. 경신협회란 무당들의 단체였다. 어린 무당은 작두에 오르지 못했다. 무엇보다도 두려움을 품지 않아야 성공할 수 있다는 것이었다. 그것은 모든 어려운 일에 적용되는 말이었다.

무당의 얼굴빛은 싸늘했다. 노련한 무당의 연출인지도 몰랐다. 이름부터 아예 노골적으로 작두여장군이라니, 예사로 작두에 올랐을 수도 있을 터였다. 그러나 목덜미든지 발바닥이든지 어딘지 땀이 송골송골 배어났으리라, 나는 상상했다. 이윽고 작두날 위에서 내려온 무당은 또 한 번 빠른 장단에 맞춰 들뛰다가 숨을 가라앉혔다. 이어서 무당의 노랫소리가 외마디 소리처럼 가냘프나 높게 울려나왔다. 아니, 가냘프나 우렁차게 울려나왔다. 가사를 잘 알아듣기 어려워, 나는 잔뜩 귀를 기울였다. 길게 빼는 소리가 마지막에 이르렀다 싶자, 귀에 잘 들어왔다.

　　나느은 가요오, 나느은 가요오.
　　너를 두우고오, 나느은 가요오.

이승을 두고 망자가 떠나고 있었다. 노랫소리는 길게 메아리치듯 절 마당을 돌아 다시 한 번 되풀이되었다. 나는 가요, 나는 가요. 너를 두고, 나는 가요. 나는 백남준, 너는 누구인가. 그렇다면 나는 누구인가. 나는 어디에 있으며, 너는 어디에 있는가. 순간, 애꿎게 눈시울이 뜨거워졌다. 길게 빼는 소리의 꺾임이 더욱 애절하게 들린 것일까. 이런 젠장, 하고 애써 수습하려 했지만, 소용이 없었다. 눈꼬리에 눈물이 번져났다. 내가 왜 눈물을 보인단 말인가. 뜬금없는 짓 아닌가 말이다. 나는 백남준과 아무런 인연도, 일면식도 없는 사람이었다. 법왕루에서 〈엄마〉를 보기 전에 그의 일본인 아내에게 인사를 꾸벅 했을 뿐이었다. 신문이나 텔레비전에서 본 모습이었다. 그리고 그녀가 의자에 앉은 채 '땡큐' 하기에 나도 엉겁결에 '땡큐'라고 따라 말한 것이 영 마음에 걸릴 뿐이었다. 그녀의 '땡큐'는 내가 와준 데 대한 고마움의 표시겠지만, 내 '땡큐'는 도무지 근거가 없었다. 영어가 짧은 게 한이었다. 어떤 사람은 백남준 덕분에 레스토랑에서 식사를 거저 했다는 이야기를 그녀에게 들려주었다고 했다. 내용인즉슨, 미국 어느 시골에 가서 친구와 점심을 먹고 있다가 옆자리 사람하고도 인사를 나눈 결과, 백남준의 나라에서 온 사람이니 자기가 대접할 기회를 달라고 하더라는 것이었다.

노래를 마친 작두여장군 무당은 마지막으로 작은 복주머니를 사람들 머리 위에 흩뿌려 던짐으로써 차례를 끝냈다. 사람들이 복주머니를 주우려고 아우성들이었다. 카메라를 든 그 여자도 눈에 띄었다.

백남준의 부음을 들은 것은 청계천을 복원한 기념으로 취재를 가서였음을 말했던가. 카페에 앉아 '세계적인 비디오아티스트 백남준 씨가 마이애미의 자택에서……' 하는 말을 듣고, 나는 내가 본 작품들을 꼽아보았다. 어쨌든 국립현대미술관의 〈다다익선〉이 먼저였다. '어쨌든'이라는 것은 제목이 수상쩍어서였다. 다른 작품들, 이를테면 〈서울 랩소디〉나 〈TV부처〉나 〈바보온달〉이나 〈광개토대왕〉 등등이 명확한 데 비해 모호하게 다가왔다. 둥그런 탑 모양으로 쌓아올린 텔레비전 모니터는 고대 메소포타미아 문명의 미너렛(光塔)을 본뜬 것일까. 어쩌면 바벨탑? 모니터마다 수없이 명멸하는 사람들, 건물들, 도시들의 영상은 제각기 메시지와 이미지들을 내뿜기에 바빴지만, 또 한편 서로 소통이 되지 않는 외로움과 괴로움을 항변하는 미아들처럼 보였다. 미로를 헤매는 군상들의 환(幻)과 멸(滅). 그렇다면 과연 무엇이 '다다익선'일까. 수없이 따로 노는 개성들, 개체들이 많으면 많을수록 이롭다? 그리고 독일 프랑크푸르트의 미술관에 전시되어 있던 〈촛불〉이 선명하게 망막에 어렸다. 그야말로 미로 그대로인 건물을 이곳저곳 오르내리다가 어느 방에서 누워 있는 사람을 보고 난 다음의 일이었다. 벽에 가려 하반신만 보이는 노동자 차림의 사람이 일하다가 잠깐 눈을 붙인 모습이었다. 말하자면 인형, 그것도 작품이었다. 그 사람 아닌 작품을 피하듯 문득 찾아 들어간 구석 방. 촛불의 그림자가 벽면에 펄럭펄럭 비쳤다. 작가 이름을 들여다보는 눈에 'BAIK'이라는 글자가 먼저 나타났다. 마저 읽어보니 백남준이었다. 아무리 그 지역에서 처음 활동을 폈다고는 해도 그가 그곳에 있으리라곤 상상하지 못했었다. 놀랍고도 반가웠다. 게다가 여태껏 보아온 것과는 다른 경향의 작품이었다.

이제 바로 말해야 한다. 〈촛불〉을 보기 전까지 나는 그의 세계에 그리 호감을 갖지 못했다. 처음 〈다다익선〉을 보고 나서 너무 어지럽게 받아들여서였을 것이다. 그의 이름 위에 붙어 있는 '비디오아트를 예술 장르로 편입시킨 선구자'를 소화하기에는 나는 역시 낡은 보수주의자였다. 〈촛불〉은 무엇보다도 외로움과 그리움의 표상처럼 펄럭이고 있었다. 그것은 그저 촛불이 아니었다. 촛불이 아니라, 나의 다른 모습이었다. 나는 숨을 고르고 화면을 응시했다. 촛불은 펄럭이다가 언뜻언뜻 아주 꺼져버린 듯 눕곤 했다. 꺼져버려선 안 된다. 나와 백남준은 풍전등화의 한 자루 촛불 속에서 만나 세상의 어둠 속으로 한 걸음 한 걸음 발을 떼어놓고 있었다.

'샤먼 퍼포먼스'인 굿이 끝나고, 그의 일을 뒷바라지하는 조카와 친구인 뉴욕 구겐하임 미술관 수석 큐레이터 한하르트의 말이 이어지고 있었다. 나는 청계천 카페에 앉아 그의 부음을 듣던 시간과 똑같은 상념에 젖어 있었다. 좀 전에 여자를 보았을 때와는 또 다른 기시감이라고 한들 어쩔 수 없었다. 저쪽 옆으로 카메라를 높이 치켜든 여자가 보였다. 굿의 잔상은 뇌리에 그대로 남아 움직이고 있었다. 사라졌으나 뇌리에 남아 있는 그 무엇. 백남준의 작품이 바로 그것이라고 나는 어렴풋이 깨닫는 성싶었다. 그리고 나는 팸플릿에 열거되어 있는, 〈다다익선〉과 〈서울 랩소디〉 외에 한국에 전시되어 있는 백남준의 작품들은 일일이 찾아볼 기회를 마련하리라 다짐했다. 서울올림픽미술관의 〈메가트론〉, 리움 미술관의 〈나의 파우스트〉, 포스코센터의 〈TV나무〉, 인사아트센터의 〈피버옵틱〉, 광주 비엔날레 전시관의 〈고인돌〉, 부산시립미술관의 〈덕수궁〉, 대전시립미술관의 〈거북선〉 등등.

굿을 보고 있을 때면 언제나 우리의 뿌리, 근원, 원류 등에 생각이 미치는 건 나만 유별난지, 나는 종종 전율을 느끼며 아무한테도 내 느낌을 제대로 밝히기 싫었다. 내 깊은 곳의 상태를 남에게 밝히는 순간 초라해질까봐 염려하는 마음과 함께였다. 나는 내 솟대를 만들어 그 아래서 북방의 우리 고토(故土)를 바라보며, 토템에 빠져든다. 굿은 우리의 고유한 기도 형태로 발전한 것이다. 영어로 가서 굿(good)이 되었다는 우스개는 얇은 우스개에 지나지 않았다. 굿은 좋은 것만이 아니라 슬프고 깊은 것이다. 행위가 아니라 울림이다. 몸이 아니라 넋의 일이다. '나느은 가요오'의 가락이 내 몸의 모니터에 너울거리며 나타나 나를 부르고 있다.

지난번 독일에 갔던 길에 여자 친구가 있는 헝가리까지 갔던 여정이 난데없이 되짚어졌다. 청계천의 카페에서도 그랬었다. 헝가리 민족이 우리 민족과 뿌리가 같다는 게 맞아? 나는 여자 친구에게 묻고 싶었다. 이 나라 말이 우리말과 어순이 같다는 게 맞아? 나는 말 몇 마디라도 배우고 싶었다. 너를 사랑한다는 '이히 리베 디히'의 독일어를 헝가리 말로는 뭐라 하지? 알고 싶었다. 그러나 헝가리로의 여정을 다시 늘어놓을 필요는 없을 것이다. 다만 헝가리에 가서도 그 말은 배우지 못했다고 적어놓을 수밖에 없는 안타까움만이 다시 내 모니터에 떠올랐다 사라졌다. 명멸은 백남준의 기법이었다.

헝가리 민족은 동방의 우랄 산맥 쪽에서 아르파드 추장에 이끌려 여기까지 왔대. 부다페스트의 영웅 광장에서 여자 친구는 여행 안내자처럼 들려주었다. 저게 당시의 부족장들 동상이야. 이 광장에 올 때마다 우랄 산맥 기슭에 있는 알타이 공화국엘 가보고 싶어. 가서 말을 배우고 싶어. 그녀는 두 눈을 깜박였다. 아라파트는 팔레스타인 지도자 아냐? 헛다리 짚는 내 말에 그녀는, 부족장들을 뒤에 거느리고 맨 앞에 우뚝 선 기마상을 가리키며 아라파트가 아니라 아르파드, 아르파드, 하고 '드'를 강조했다. 나는 우랄 산맥 동쪽에 있는 작은 공화국을 기억했다. 한국어는 알타이어에 뿌리를 두고 있다는 학설을 바탕에 깐 말이었다. 백남준도 알타이어를 특별히 보는 시각을 어디에선가 말한 적이 있었다. 거기에 굿의 원형도 남아 있지 않을까. 〈촛불〉을 맞닥뜨린 이튿날 헝가리로 급히 달려가서인지, 여자 친구의 말을 듣는 나는 백남준조차 알타이 출신으로 착각되었다. 그런 와중에 헝가리 말로 '너를 사랑한다'를 배울 시간은 없었다. 더 정확하게 말해서, 여자 친구에게 '너를 사랑한다'를 읊도록 하여, 귀를 세워 듣고 있을 마음 상태에 이

그림의 철학을 위하여

르기는 힘들었다.

행사는 백남준에 대한 글짓기 모집에 당선한 작품을 읽는 순서를 지나고 다른 장으로 펼쳐졌다. 1961년에 그가 발표한 〈바이올린과 끈〉이라는 퍼포먼스를 재연하는 순서였다. 첫 번째 재연은 그의 조카가 끈에 매단 바이올린을 끌고 마당을 한 바퀴 도는 것이었다. 바이올린이 맨땅에 끌리는 소리가 마이크에 증폭되어 지르륵지르륵 거칠게 들려왔다. 바이올린을 활로 켜는 것만이 음악이 아니라 땅에 끌어 소리 내는 것도 음악일 수 있다는, 고정관념에 대한 반기(叛旗). 나는 지르륵거리는 거슬리는 소리를 참담한 귀로 듣고 있었다. 나는 한때 바이올린을 턱주가리와 어깨 사이에 바짝 끼운 채 활을 켕겨 잡고 헨델의 〈보아라, 용사, 나아간다〉를 연습하던 내 몰골을 기억하고 있었다. 지르륵지르륵, 촛불이 타오르는 소리가 가래 끓듯 들려오는가 싶더니, '엄마!' 아이의 외침이 땅속에서 솟아 야성의 울부짖음처럼 악기의 공명통을 웡웡 울리는 소리가 내 귀에 가득 찼다. 내 얼굴은 내가 느끼기에도 열기에 떴다. 나는 온몸을 비틀었다. 그리고 곧장 바이올린 깨부수기였다. 조카와 누군가가 나와 바이올린을 탁자에 꽈당 내리쳐 여지없이 박살을 내버렸다. 행위가 새로운 음악으로 탄생하는 찰나였다. 그러므로 더 이상 과거의 나는 내가 될 수 없었다. 파괴는 창조. 어디서 났는지 수많은 사람들이 바이올린을 들고 나와 한, 둘, 셋 소리에 맞춰 땅바닥에 일제히 내리쳐 박살을 내버렸다. 조각 난 바이올린은 기념으로 가져가세요.

그의 죽음과 함께 그가 활동한 흔적들이 서울 옥션에 나와 있었다. 〈비디오 소나타〉, 〈안테나가 있는 손기정〉, 〈로봇〉 같은 작품도 있었지만, 어떤 것들보다 눈길을 끄는 건 샬롯 무어맨과의 활동을 담은 사진들이었다. 웃음을 띤 그의 옆에 첼로를 들고 있는 그녀, 로봇을 조종하는 그를 뒤돌아보며 곧 첼로를 연주할 듯 의자에 앉아 있는 그녀, 젖가슴을 드러내고 첼로를 켜는 그녀, 몸의 다른 부분은 천으로 감싸고 한쪽 다리만 치켜든 그녀, 한쪽 젖가슴만 볼록 내민 그녀…… 모두 삼십오 점이나 되는 기록 사진들을 고이 간직한 백남준이 포장 겉장에 김소월의 시 〈진달래꽃〉과 〈먼 후일〉을 직접 써둔 점이 특별했다. '나 보기가 엮겨워 가실 때에는 말없이 고히 보네드리우다'의, '엮'과 '네'의 틀린 맞춤법을 보던 나는 그가 왜 하필 이 시를 적어놓았는지 왠지 삶이 서글펐다. 추정가 180,000,000원이 써 붙어 있건만, 먼 훗날 당신이 찾으시면 그때에 내 말이 '잊었노라'……는 새삼 서럽게 읽혔다. 줄리아드 음악학교를 나와 오케스트라에서 활동하던 무어맨은 1964년 백남준을 만나 스스로 전위적인 행위 예술로 뛰어들었다. 그녀의 실험 정신이 없었더라면 그는 그토록 전위적인 체험 과정을 거치지 못했으리라는 평들이었다. '섹스는 언제나 문학과 미술의 주된 주제였다. 그러나 음악은 왜 이 점에서 뒤처져 있는가.' 백남준의 불만을 해소시키려는 듯 그녀는 브래지어와 팬티 바람으로, 어떤 때는 아랫도리를 아예 벗은 채 첼로를 들고 무대에 오른다. 외설스럽다고 제지당하고, 붙잡혀가고, 공연이 금지되기도 한 까닭이었다. 나는 서울 옥션에 인용된 신문 기사를 읽었다.

지난 1월 29일 타계한 거장 백남준을 기리는 추도 행사들이 미국 전역에서 잇따라 열리고 있다. 뉴욕 구겐하임 뮤지엄에서 열린 추모제는 한국, 미국, 독일, 일본의 예술가 등 8백여 명이 참석했다. 한편 뉴욕 맨해튼 다운타운에서 열리는 트라이베카 필름 페스티벌에서는 2시간 분량의 다큐멘터리 영화 「백남준에 대한 헌사」가 상영된다. 뉴욕 현대 미술 전시관도 추모제를 열 계획이며 LA카운티 현대 미술관은 오는 6월 1일에 추모제를 계획하고 있다. 워싱턴 DC에 있는 스미소니언 박물관 미국 미술관은 미국 독립 기념일인 오는 7월 4일 내부 공사를 완료하면서 백남준 씨의 작품 〈US 맵(map)〉과 〈메가트론 매트릭스(Megatron Matrix)〉를 전시할 계획이다.

신문 기사에 이어 그와 함께 예술 활동을 한 일본 여자 오노 요코의 추모 행사에 대해서도 소개되어 있었다. 비틀스의 일원인 존 레논의 아내이기도 했던 그녀가 중국 도자기 꽃병을 사백오십 조각으로 부숴 사람들에게 나눠 준 뒤, 푸른 색실로 뜨개질을 하는 퍼포먼스였다. 꽃병 조각들은 백남준의 뼈를 상징하며, 뜨개질은 그를 위로하는 행위라고 그녀는 말하고 있었다.

어둠이 밀려오고 제법 찬 바람이 불었다. 행사는 마지막을 예고했다. 고인이 가장 좋아할 퍼포먼스라는 설명이 따랐다. '촛불 타워'라는 제목으로, '백남준을 위한 메시지'라는 부제가 달려 있었다. 참석한 사람마다 촛불을 들고, 단상의 피아노로 가서 촛농을 부으며 건반을 두드리며 고인에게 할 말을 한 뒤, 마당의 흰 탑 밑에 그 촛불을 모아두라는 것이었다. 나는 남들이 하는 대로 줄지어 서서 촛불이 켜진 종이컵을 들었다. 피아노를 두드리는 것도 각양각색이었다. 쾅, 쾅쾅, 뚜르르르르, 콰광…… 나는 가볍게 세 번 두드리고 아래쪽 탑으로 향했다. 말이 탑이지 플라스틱 안에 공기를 집어넣어 부풀려 만든 설치물이었다. 〈다다익선〉을 본떠 만들었다고 했으나, 멋없이 삐죽 솟은 모양새나 크기는 볼품없었다. 행렬은 오랫동안 이어졌다. 어느덧 돌아가버린 사람들도 많았다. 거두고 있는 굿판을 기웃거리며 떡과 과일과 과자를 얻어 비닐봉지에 담는 사람들도 눈에 띄었다. 대충 헤아려본 종이컵 촛불은 한 삼백 개 남짓이었다. 시청 앞에 모여들어 촛불 시위를 벌이는 사람들이 이번에는 백남준의 〈다다익선〉을 에워싸고 받드는 분위기였다. 나는 작품 〈촛불〉 앞에 서 있는 나를 보는 것 같았다. '촛불' 몇백 개가 빛을 밝히고 그의 죽음을 애도하는 광경이 모니터에 어리는 듯싶었다. 제목에 〈서울 랩소디〉처럼 '랩소디'를 붙였으면 어떨까도 여겨졌다. '촛불 랩소디'. 그것은 촛불의 광시곡(狂詩曲)과 같았다. 드디어 사십구재는 끝났는가. 유골이 되어 돌아온 고향땅에서 그의 넋은 '나는은 가요오' 노래를 부르며 머나먼 정토(淨土)로 가서 누웠는가. 모든 것은 끝났는가. 나는 고개를 숙였다.

그러나 퍼포먼스는 그제야 절정으로 치닫고 있었다. 또 한

번 조카와 한하르트가 나와서 피아노 앞에 섰다. '고인이 가장 좋아할' 장면은 정작 그것이었다. 모두들 그쪽으로 얼굴을 들었다. 하나, 둘, 셋. 그들이 힘을 합쳐 밀자, 꽈당 피아노가 뒤로 자빠졌다. 뚜껑이 떨어져 튕겼다. 백남준이 피아노를 연주하는 대신 때려 부쉈다는 기사를 읽은 적이 있었다. 그를 세계에 알리는 결정적인 계기였던 퍼포먼스는 그것이 절정이었다. 사십구재는 끝났다.

하지만, 모든 게 끝났는가 했더니, 아니었다. 이윽고 누군가 설치물 탑에 불을 붙였다. 퍼포먼스는 계속되고 있는 것이었다. 탑 바깥쪽 도화선에 불이 붙어 타오르고, 안쪽의 탑이 밑으로 천천히, 천천히 가라앉고 있었다. 〈다다익선〉이 그를 그러안고 가라앉고 있었다. 나는 속으로 나 자신에게 말했다. 그래, 환과 멸, 그것이었어. 촛불은 언제까지나 펄럭이며 어둠을 밝히고 있건만, 그는 사라지고 있었다. 그가 인터뷰에서 한 말이 내 귀에 울렸다. 사라지지만, 죽지는 않아. 탑이 촛불 아래로 잦아들자 여기저기서 박수 소리가 들려왔다. 그는 사라졌다. 그 뒤에 촛불들만이 외로움과 그리움을 밝히듯 빛을 모으고 있었다. 촛불의 광시곡, 사십구재는 끝났다.

발길을 돌리는 사람들을 향해 대형 스크린에 백남준이 나와 손을 흔들었다. 푸른 윗도리의 소매를 걷어 올린 손이 웃는 얼굴과 함께 크게 다가왔다. 잘 가시오. 나도 잘 왔다 가오. 짧은 머리카락과 거뭇거뭇한 수염의 그가 말하고 있었다. 나는 자꾸만 뒤돌아보려는 충동을 찍어 누르며 발길을 옮겼다. 몇 걸음 떼어놓고 나서 기어코 뒤돌아본 화면에는 그의 모습도 사라지고, 아무것도 비치지 않았다. 그것이야말로 환과 멸의 명백한 증거 같았다. 나는 그가 사라진 화면을 한동안 쳐다보았다. 비어 있는 화면 속으로 대신 내가 걸어가는 것만 같았다. 길은 없고, 나는 어디로 가야 할지 두리번거리고만 있었다.

"잘 보셨어요?"

사진을 찍던 여자였다. 나는 힘없이 머리를 끄덕였다. 나는 공연히 허둥거리는 발걸음으로 여자와 나란히 서서 걸었다.

"어디로 가세요?"

여자가 물었다. 나는 마땅한 대답을 할 수 없었다. 물론 집으로 돌아가야 하리라. 하지만 나는 아직 백남준이 사라진 그 길을 따라 걷고 있지 않은가. 내게는 이제 촛불 한 자루마저 없었다. 어디로든 가야 한다고 대꾸해야겠지만, 내 입에서는 어둠만 겹겹 밀려들었다. 나는 불현듯 촛불을 찾아간다고 외치고 싶었다. 어두운 미로를 지나 그의 작품 〈촛불〉 앞에 서고 싶었다. 그리고 함께 촛불을 들고 피아노를 두드리고 싶었다. 여자와 함께라도 상관없었다. 백남준은 우연한 만남일지라도 뜻깊게 받아들이는 자세를 갖고 있었다고 했다. 그러니, 여자도 함께 데리고 피아노를 자빠뜨려 박살내고 싶었다. 내 발이 잘못 디뎠는지 삐끗하는 순간, 여자가 부축하듯 가볍게 내게 팔짱을 꼈다.

"어디 편찮으세요?"

"아니, 아니, 아니, 나ᅳ은……"

내 말은 무당의 노랫소리처럼 되어 나오려 했다. 무엇을 말하고 싶었는지 나도 몰랐다. 목구멍에서는 촛불과 피아노라는 낱말이 맴돌 뿐이었다. 너를 사랑한다는 말을 헝가리에서는 뭐라 하지? 엉뚱한 물음이 머리를 어지럽혔다. 어디로 가느냐고? 바이올린을 끌고 우랄 산맥 쪽으로 가야 해. 지르륵지르륵, 알타이 쪽으로 가야 해. 가서 '엄마!'를 외쳐야 해. 태국의 치앙마이로 가서 굿을 해야 해. 그러자 여자의 얼굴에 딸의 얼굴이 겹쳤다. 헝가리에 가 있는 여자 친구의 얼굴 같기도 했다. 아니면, 샬롯 무어맨의 얼굴? 여러 얼굴이 겹친 여자의 얼굴을 한 자루 촛불의 그림자처럼 내 눈에 펄럭거렸다.

"엄마."

그림의 철학을 위하여 319

나는 누군가를 향해 불렀다.

"예? 뭐라 했어요?"

"아니, 아니오."

나는 전생 가운데 나를 안고 헤매는 어머니를 그려보고 있었다. 그와 함께 옆의 여자가 어머니라는 생각도 들었다. 어둠 속을 헤쳐 오는 가로등 불빛 탓만이 아니었다. 나는 여자에게 촛불과 피아노가 있는 카페를 아느냐고 물었다. 어머니 아직 촛불을 켜지 말으세요. 누구의 시 구절이었더라. 내가 가서 비로소 촛불을 켜고 앞에 앉고 싶었다.

"촛불 카페……"

여자는 내 뜻을 알겠다는 듯 말없이 나를 이끌었다. 여자는 행사의 내용을 되새기고 있는 모양이었다. 어디론가 나는 가고 있었다. 난생처음 가는 길인데도 와본 적이 있다고 느껴졌다. 기시감을 들이멜 수도 없는 익숙한 길이었다. 아무렴, 촛불과 피아노가 있는 카페로 가는 길이라는 대답이었다. 안심이었다. 여자에게 나를 맡기다시피 한 나는 어디선가 실낱같이 '나느은 가요오' 하는 노래 구절이 새어 나오는 걸 들었다. 내 입에서 새어 나오는 소리, 여자에게는 결코 들리지 않을 가느다란 소리. 그러나 소리는 입이 아닌 내 가슴의 모니터에서 새어 나오고 있었다. 나는 모니터를 들여다보았다. 심장이 뛰고 있는 가운데 촛불이 펄럭이고 있었다. '나느은 가요오.' 촛불이 펄럭이면서 내는 소리였다. 소리에 귀를 잔뜩 기울이며, 나는 지금 아무도 모르게 숨겨둔 나의 다른 모습을 찾아가고 있다고 믿었다. 엄마…… 나느은…… 나느은 가요오.

땅에 끌리는 내 구두에서는 해맑은 바이올린 소리가 들려오고 있었다.

거울 속의 얼굴

산화가(散花歌)

작은 서민 아파트에 산 지가 벌써 오 년이 넘었다. 그러므로 내가 그 사내와 안 지도 벌써 오 년이 넘었다는 이야기가 된다. '대영설비'의 주인인 그 사내는 처음 이사 왔을 때 화장실의 변기를 갈아주었다. 셋방살이를 하다가, 근근이 모은 몇 푼 돈에 빚까지 얻어서, 이른바 독신자용이라는 방 하나짜리 아파트 말고는 대한민국에서 가장 작은 평수에 속하는 아파트로 이사 오자마자 짐을 들이기가 바쁘게 아래층 여자가 뛰어 올라왔던 것이다. 변기 깨진 건 알고 계시죠. 다짜고짜 던지는 말에 처음에는 무슨 뜻인지 알지를 못했다. 멀쩡한 변기가 깨지다니? 겉으로 보기에 아무 흠집도 없었다. 그런데 아래층 여자는 물을 버리면 자기네 집으로 흘러내리니까 물을 버리면 안 된다는 것이었다. 도대체 수세식 변기에 물을 버리지 못한다면 어떻게 사용한단 말인지, 쉽게 말해서 똥오줌을 어떻게 눈단 말인지. 전에 살던 사람들은 여태껏 어떻게 살았단 말인가. 어안이 벙벙할 노릇이었다. 아무리 게딱지만 한 아파트라지만 과연 그럴 수가 있는 것이며, 또 아무리 이 아파트에서의 생활이 삭막하다 삭막하다 하지만 과연 그런 억지를 부릴 수가 있는가 하고 나는 역정부터 났다. 처음 이사 왔다고 텃세를 부리는가도 했다. 게다가 아래층 여자의 말투는 으레 우리가 그 사실을 모르고 이사를 왔을 것이며, 따라서 속았다는 뜻까지 은근하고도 강하게 시사하고 있었다. 나는 씩씩거리며 전에 살던 사람들은 그럼 똥오줌을 누지도 않고 살았겠느냐고 항변했다. 그야 우리가 알 바 없죠. 아래층 여자는 눈을 동그랗게 뜨고 말했다. 도무지 말이 통하지 않는 여자였다. 그야 우리가 알 바 없죠? 이제 겨우 제집이랍시고 마련하여 좁은 집이나마 발 뻗고 자리라고 뿌듯한 마음으로 이사를 왔는데 변기는 도대체 어떻게 된 변기며 이웃은 또 어떻게 된 이웃이며…… 하기야 바른말이지 전에 살던 사람들이 똥오줌을 누고 살았든 안 누고 살았든 무슨 상관이 있으랴. 나아가서 그들이 똥오줌을 누고 신선처럼 살았다면 그 아니 기특한 일이랴. 그러나 나는 그것만은 안 보고도 아는 것이다. 그들은 분명히 똥오줌을 누고 살았다!

그런데 변기는 오래전부터 깨어져 있었고 물은 버릴 수가 없다는 데는 할 말이 없는 것이었다. 일의 진위야 어찌됐든 이런 막무가내의 이웃과 어울려 살려고 잔뜩 뿌듯한 마음까지 먹고 이사 온 내가 비감스럽기조차 했다. 배설의 쾌감이니 카타르시스니 하고들 말하지만 똥오줌을 눌 때마다 느끼는 비감—만물의 영장이라는 인간도 이 장면에서만은 별 볼일 없다는 느낌마저 되살아났다. 어떻게 똥오줌을 안 누고 살 수는 좀 없을까. 정 어쩔 수 없다면 남자들은 그렇다 치고 여자들만이라도 어떻게 똥오줌을 안 누고 살 수는 좀 없을까. 안 누고 살게 할 수는 좀 없을까.

이런 측면에서 나는 남녀평등을 주장하는 사람들과는 확실히 어느 만큼 거리가 있는 것 같다. 꽃처럼 아름다운 여자들이, 새처럼 지저귀고 물처럼 속삭이고 그러면서도 새침을 떼고 토라질 줄도 아는 그 여자들이 똥을 누고 오줌을 눈다는 것은 있을 수 없는 일이었다. 중학교 때의, 모모한 여대를 나와 물상 과목을 가르치던 그 여선생이 과연? 그리고 미술 과목을 가르치던 그 여선생이 과연? 그때는 쉽게 상상할 수 없는 일에 속했다. 그 미술 선생은 언젠가 나를 일부러 불러 "너 공부 잘하는 애가 사군자를 예수, 석가, 공자, 소크라테스라고 쓰다니, 증말이니?" 하고 그 덧니를 살짝 드러내 웃으며 꾸중을 주기도 했었다. 미술 시험에 웬 그런 문제가 나오나 하면서도 나는 신이 나서 써 넣었다. 소크라테스 대신에 마호메트라는 이름이 떠올라 잠시 망설였으나 마호메트는 아무래도 군자(君子)에 들 수는 없을 듯싶었다. 그는 한 손에《코란》이라는 책을 들기는 하되 다른 한 손에는 칼을 든다고 씌어 있었다. 뿐만 아니라 그 얼마 전 읽어본 마호메트 전기에서 그는 과부하고 결혼해서 어디로 도망쳤다가 군대를 이끌고 전쟁을 일으켰다가 하고는 했다. 그래서 사군자의 마지막 자리는 소크라테스가 차지했다. 나는 미술 선생이 꾸중을 줄 때까지도 틀림없이 그렇게만 믿고 있었다. 나는 미술 선생의 "증말이니?"의 뜻을 알아듣지 못하고 우두커니 서 있었다. 그러자 미술 선생은 "매, 란, 국, 죽"이라고 알 수 없는 말을 읊조리고 나서 "매화, 난초, 국화, 대나무의 네 가지를 사군자라고 하는 거야. 알겠지?" 하고 덧붙였다. 나는 내 귀를 의심했다. 선생님이 혹시 문제를 잘못 알고 있는가 하였다. 그날 나는 "예" 하고 미술 선생 앞을 물러나기는 했어도 완전히 승복하지는 않았었다. 매화, 난초, 국화,

대나무? 그게 사군자라면 예수, 석가, 공자, 소크라테스는 더 진짜 사군자야. 그리고 훨씬 뒷날이 되어서 홀로 《개자원화첩(芥子園畵帖)》을 펴놓고 난초를 친답시고 열심히 봉안(鳳眼)을 만들 때 나는 비로소 쿡쿡 웃었다. 어쨌든 그 여선생들은 우러러보기에도 훌륭하고 아름다웠다.

아래층 여자의 주장에 따라서 나는 하는 수 없이 꾹 참고 아래층으로 내려가 살펴보지 않을 수 없었다. 변기에 연결되어 있는 물도 버려보았고 따로 물을 받아서도 버려보았다. 그 결과 아닌 게 아니라 놀랍게도 물이 흘러내리는 것이었다. 것 보세요. 변기를 갈아야 할 거예요. 아래층 여자는 의기양양하게 말했다. 변기를 갈고 안 갈고가 문제가 아니었다. 도저히 그럴 수는 없으리라고 똥이니 오줌이니를 들먹거렸던 내 낭패감이 문제였다. 어느 나라의 마리아상이 주기적으로 눈물을 흘린다거나 신라 시대에 만든 어떤 절의 철제 불상이 땀을 흘린다거나 하는 신문 기사까지 떠올랐으나, 그런 원인 모를 물과는 달리 물은 틀림없이 우리 집 변기에 물을 버렸을 때만 흘러내렸다. 꼼짝없었다. 나는 진땀을 흘리며 몇 번이나 반복해보았다. 일단 우리 집 변기를 통해 물이 흘러내린다는 것을 안 이상 반복해볼 필요는 없었다. 그것은 단지 그때까지의 내 기세를 누그러뜨리고 물러설 만한 명분 때문이었다. 나는 그 과정을 통해서 스스로를 충분히 납득시켰음을 아래층 여자에게 알리고 싶었다. 그런데 그 반복의 과정을 통해서 나는 아직은 여전히 수수께끼로 남아 있던 점에 해답을 얻을 수 있었다. 전에 살던 사람들은 똥오줌 문제를 어떻게 해결했는가. 수수께끼는 간단했다. 여러 번 반복해보니 물은 물탱크의 꼭지를 잡아당겨서 버릴 때는 흘러내려도 다른 통의 물을 받아서 버릴 때는 괜찮다는 사실이 밝혀진 것이었다. 이제 변기의 구조를 설명해야 할 차례인데, 그렇게까지 하고 싶지는 않다. 다만 물탱크의 물은 수도관과 연결되어 들어오는 데 반해 다른 통에 받아서 버리는 물은 직접 부어진다는 차이만을 이야기하면 족할 줄 안다. 수도관과 변기의 연결 부분에 끼워져 있는 고무에 문제가 있는 것이었다. 그러나 이렇게 상세히 알게 된 것은 '대영설비'의 주인인 그 사내를 불러와서 수리를 의뢰한 다음이었다. 나는 새로 이사 온 집에서 전에 살던 사람들처럼 다른 통에 물을 받아 버리면서 살고 싶지 않았다. 그래서 그 사내를 찾아갔던 것이다. 물론 처음 이사 온 터에 '대영설비'나 그 사내를 미리 안 것은 아니었다. 문득 떠오르는 대로 관리사무소 쪽으로 걸음을 옮기다가 그 간판이 눈에 띄어 들어간 데 지나지 않았다.

그는 점포 안의 모서리에 앉아서 낡은 보일러를 이리저리 들여다보고 또 두드려보기도 하고 있었다. 보일러를 비롯해서 상수도, 하수도, 타일, 전기 등을 두루 말끔히 고쳐준다고 하는 안내 간판을 달고서도 막상 그 점포 안은 어수선하고 우중충했다.

"어떻게 오셨습니까?"

사내의 쉰 듯한 목소리도 그의 점포 못지않게 우중충했다. 생활에 찌들고, 모든 데 흥미를 잃은 목소리였다. 나는 잘못 찾아오지나 않았나 하는 생각이 들 정도였다.

"변기 있습니까?"

나는 차라리 없어서 그냥 나가게 되기를 바라는 마음이었다. 남의 집을 말끔히 고쳐주는 게 전문이라면 그 점포 자체가 말끔해야 할 것이었다. 그리고 그곳에 갖추어져 있는 물건들도 그래야 할 것이었다. 그럼에도 불구하고 그곳은 아예 고물상을 방불케 했다. 물건들은 얼마나 오랫동안 팔리지 않았는지 하나같이 먼지를 뒤집어쓰고 빛깔마저 바래 있었다.

"있습니다. 해드리지요. 몇 동 몇 홉니까?"

그가 일손을 멈추고 나를 바라보았다. 점포를 휘둘러보아도 눈에 띄지도 않는 데 있다는 대답이었다. 게다가 우중충한 빛 속에서 나를 바라보는 그 얼굴은 화색이라고는 조금도 없어서, 그런 표현이 사람의 얼굴에도 해당되는 것이라면, 정말 '회칠한 무덤' 같았다. 저것은 피가 도는 사람의 얼굴이 아니라 밀랍도 아주 거칠고 값싼 밀랍으로 만든 얼굴이었다. 나는 영락없이 그렇게 느껴졌다. 거기에 까칠하게 자란 수염은 사람이 죽은 뒤에도 얼마쯤 자란다는 그런 수염을 연상시켰다. 나는 살아오면서 그런 얼굴의 사람을 두엇 만났었는데 다들 허심탄회하지 못하고 별것도 아닌 것을 가지고 비밀은 역시 재산이라는 듯 숨기는 유형의 사람들이었다. 이 사내가 '납(蠟)인형의 비밀'인 양 숨기고 있는 비밀은 무엇일까. 하지만 이 결코 호감을 느낄 수 없는 사내의 하찮은 비밀이 무엇이든 더 이상 호기심을 발동할 뜻은 없었다. 나는 될 수 있는 대로 빨리 변기를 갈아달라고 말하고 점포를 빠져나왔다.

얼마 뒤 누군가 벨을 눌러 나가 보니 그가 서 있었다. 생각보다 빨리 온 것이었다. 변기와 간단한 연모를 들고 있었다. 현관 앞에 서 있는 그의 창백하고 무기력한 얼굴은 그의 나이가 몇 살인지 전혀 짐작할 수 없게 했다. 사십 대 초반일까 아니면 후반일까. 그는 점포에 앉아서 맞던 태도와는 달리 나를 향해 지나치게 굽실 인사를 하며 안으로 들어왔다. 그런 태도도 왠지 내 비위를 건드렸다. 내가 왜 사내를 이렇게 못마땅하게 여길까 하면서도 어쩔 수가 없었다. 나는 그를 조금 전에 처음 만난 데 지나지 않았다. 그를 싫어하고 미워할 만한 무엇도 없었다. 그는 화장실의 변기를 고쳐주고 나는 소정의 금액을 지불하면 그만이었다. 감정이 개입되는 거래도 아니었다. 그런데 왜? 이사 오자마자 하필이면 변기 따위로 속을 썩여 그 감정이 애꿎은 사내를 대상으로 옮겨갔는가 알 수 없었다. 나는 그를 처음 본 순간 싫다는 감정부터 앞섰다. 주는 것 없이 밉다는 말이 있는데 과연 그랬다. 얼굴도 얼굴이지만, 때가 전 검은색 점퍼를 입고 머리를 또 유난히 짧게 깎은 겉모습도 불균형스럽고 을씨년스럽기만 했다. 그러나 이 모두가 내가 왈가왈부할 성질이 아닌 것이다.

"오늘 이사를 오셨군요. 없는 사람들 살기엔 그저 그만이죠. 저도 이십칠 동에 삽니다."

그런데 사내의 말이 다시 나를 자극했다. 아무 거리낌 없이 나를 '없는 사람들'로 싸잡아 묶어버리는 것이었다. 그렇게 말할 때 그는 알 듯 모를 듯한 웃음을 히죽 입가에 띠기도 했다. 이미 말했듯이 대한민국에서 가장 작은 평수의 아파트에, 그것도 빚까지 끌어서 이사 온 주제에 내가 '있는 사람들'에 속한다고는 말할 수 없다는 것을 모르는 바 아니었다. 그렇지만 그의 말은 불쾌했다. 더군다나 그도 이십칠 동에 산다고 동류항에 함께 속함을 강조하는 말에는 불쾌하다 못해 소름조차 끼쳤다. 나는 알고 있다. 나는 '없는 사람'이다. '있는 사람들'이 얼마나 큰 집을, 얼마나 넓은 땅을, 얼마나 많은 돈을 가지고 있는지 들어서 알고 있었다. 언젠가 그 '있는 사람들' 중 어느 한 사람 집에 도둑이 들어서 여러 가지 금품을 훔쳐갔다가 경찰에 잡힌 적이 있었다. 그리고 훔친 금품이라는 게 신문에 나왔었다. 나는 처음으로 물방울무늬 다이아몬드라든가 무슨 금딱지 시계라든가 하는 것들이 있어서 그 하나가 '없는 사람'의 전 재산과 맞먹기도 한다는 사실도 알게 되었다. 신문에는 그런 것들이 줄줄이 나열되었었다. 그러므로 그가 나를 '없는 사람'이라고 말한 것은 조금도 틀리지 않는 말이었다. 그러나 나는 오래전부터 그런 식의 가름에 저항을 느껴왔었다. 세상에는 인간의 종류를 가르는 방법이 무수히 있지만 내게 '가진 자'와 '없는 자'로 가를 수 있다고 처음 가르쳐준 것은 찰스 램의 짧은 수필이었다. 하지만 가졌다고 해서 행복하며 못 가졌다고 해서 불행하다고는 생각하지 않으려고 다짐해왔기 때문에 내게는 그런 가름이 의미가 없는 것이라고 여겨왔었다. 일찍이 떵떵거리며 살 싹수가 노란 것을 알고 지레 그런 방어책을 강구해왔는지도 모른다. 그러니까 사내가 나를 단순히 '없는 사람'으로 취급해서 우리는 같은 동아리라고 호감을 나타낸 것이 내가 오랫동안 강구해온 방어책 따위는 아예 안중에도 없이 손쉽게 나를 파고들어와 내 알량한 자존심을 건드린 게 분명했다. 내가 은밀하게 만들어 내게 입힌 보호색은 사내에게는 아예 눈에 띄지도 않는 것이었다.

"이게 이렇게 돼서야. 보세요. 그러니까 새는 겁니다. 그런데 이 집 얼마 주셨습니까?"

그는 변기를 깨고 연결 부분을 손가락질해 보이면서 물었다. 그가 화장실로 들어가는 즉시 문을 닫고 말았어야 했던 것을 그러지 못한 게 탈이었다. 도대체 겉으로 멀쩡한 변기가 어떻게 되었길래 물이 새는가 확인도 해야겠어서 그럴 수가 없었다.

"팔백오십."

연결 부분은 아귀가 딱 맞지 않은 채 고무가 어긋나 있었다. 나는 고개를 끄덕거렸다.

"많이 올랐군요. 비싸게 준 게 아닙니까?"

"모르죠."

나는 그만 문을 닫고 방으로 들어오고 말았다.

거울 속의 얼굴

사내와의 첫 번째 만남은 이렇게 이루어졌다. 그것을 시작으로 하여 지난 오 년 동안 그는 어쩌다 서로 마주칠 때마다 알은체를 해왔다.

어느 날 나는 우체국에 다녀오다가 오랜만에 그를 만났고, 그가 알은체를 하는 바람에 나도 건성으로 알은체를 했는데, 그때 문득 지난 세월을 헤아려보았다. 나는 벌써 이 아파트에 오 년을 살고 있었다. 나는 믿을 수가 없었다. 다시 한 번 꼽아보았다. 틀림없이 오 년이 흘러 있었다. 그와 함께 나는 오 년이라는 세월이 내가 한집에 살기로는 내 생애에서 가장 긴 세월임도 깨달았다. 아아, 그렇구나, 이 사실을 깨달은 나는 새삼스럽게 깊은 감회에 사로잡혔다. 아무리 해마다 '다사다난'하고 험난한 여정이라지만, 어지간히도 떠돌아다니며 살았구나. 삶이란 애당초 부박(浮薄)하기 그지없는 것이어서 하루하루 먹고살기에 급급하여 떠돌아다니다 보면 그야말로 '별 볼일 없이' 끝장이 나는 것인지도 모른다. 아아, 나는 제법 고즈넉하게 한탄해 마지않았다. 아아, 부평초같이 흘러다니다가 덧없이 사라져버린 세월이여. 인생이여. 나는 신파조의 한탄을 머릿속에 떠올리면서, 절실한 대목에서는 역시 신파조가 제격이야 하고도 생각해보는 것이었다. 아아, 인생의 무상함이여.

내가 한집에 붙박고 산 오 년이 이제까지 어느 곳에서의 생활보다 길었다면 그 세월은 여러 가지 뜻에서 결코 짧은 세월이라고는 할 수 없겠다. 그러나 지금 와서 돌아보면 오 년이란 세월도 옛사람의 과장법대로 하릴없이 수유(須臾)에 지나지 않는다는 느낌이 짙은 것이다. 그렇게 느끼는 것도 어차피 나이 탓인지 모를 일이다. 흔히들 해방을 기념 삼아 '올해는 해방 몇 년'이며 따라서 해방둥이들이 성년이 되었다느니 서른이 되었다느니 서른다섯이 되었다느니 해오다가 드디어는 '올해는 해방 사십 년' 되는 해로서 해방둥이들이 장년이 되었다고 신문에서부터 대서특필하기 시작했다. 사십 년이면 모든 방면에서 장년다운 면모가 보임 직하고 또 그래야만 한다는 것이다. 사십 년이 어디 짧은 세월인가. 그 지겹고 지겨웠던 일제 삼십육 년보다 긴 세월을 어떻든 독립된 나라로 지내왔으니 사십 년의 성과를 되돌아봄도 무척 의미 깊은 일이 아닐 수 없다는 말이었다. 비록 해방둥이라는 영광된 칭호는 듣지 못할지라도 이른바 우리 나이라는 것에 따라서 나도 어김없이 정년의 나이를 먹게 되었다. 해방 이듬해 태어난 나는 '해방 몇 년' 하면 우리 나이로 그 '몇 년'을 같이 먹게 된다. 그래서 '올해는 해방 사십 년'이라는 말이 나오자 나는 아, 사십, 내 나이가 어느덧 마흔 살이 되었구나 하고 고개를 끄덕거렸었다. 도리 없이 나는 마흔 살이 되고 만 것이었다. 지나온 세월은 짧은 것이었는가 아니면 긴 것이었는가. 알 수 없다. 다만 이십 대까지만 해도 끔찍하게 여겨지던 마흔 살에 내가 도달했다는 사실만 알 수 있을 뿐이다. 나는 베란다 밑으로 내려다보이는 아파트 단지의 운동장을 흐리멍덩한 눈으로 바라보면서 마흔 살의 나이에 대해 무엇인가 생각하려고 노력했다. 인생은 사십부터라고 광고 따위에서 악을 쓸 때마다 나는 사십이라는 나이가 불쌍하고 가련하고 한심스러워서 눈물이 나올 지경이었다. 오죽하면 저렇게까지 해야 하는 나이라니. 그러니까 사십은 한물가도 단단히 간 나이임이 분명했다. 고등학교 때 편지로 사귀던 한 여학생은 사십이라는 나이의 추함을 어떻게 견디겠느냐고 혐오감을 나타내며 그 전에 죽겠다고도 썼었다. 그녀가 맑고 아름답게만 살다가, 추하게 되기 전에 뜻대로 자살을 감행했는지 어떤지는 몰라도, 그 혐오감은 나도 그녀 못지않았었다. 그런 나이의 어른들이란 가령 꽃잎에 두고 맹세하는, 이 세상에서 하나밖에 없는 아름답고 진실한 사랑에 대해서도 진부한 웃음을 흘리며, 게걸스럽게 먹고 마셔서 뒤룩뒤룩 살만 찌며 꿈 없는 미래를 탁한 눈으로 바라보는 사람들이었다. 순간순간이 영원과 맞닥뜨릴 것 같은 순수한 사랑의 진실을 알 수 없으며, 그래서 육욕적이며, 마비된 굳은 감각으로 사물을 둔하게 감지하며, 목적 없이 그날그날을 살아가는 사람들이었다. 사십이란 그런 나이에 확실히 도달했음을 말해 주는 나이였다. 내가 그 나이가 되었다! 그 나이가 되기 위해 나는 이 아파트에서 오 년을 살았던 것이다!

어린 시절의 혐오감과는 또 달리 사십이라는 나이와 결부시켜 무엇보다도 먼저 들먹여지는 말은 이른바 불혹(不惑)이었다. 나이를 조금씩 먹어가면서 때때로 젊음이 지겹고 따분할 때마다 나는 은근히 불혹을 기다리는 마음이 없지 않았다. 사십이란 나이는 세상일에 미혹(迷惑)되지 않는 나이라는 것. 돌이켜보면 나는 이것저것 쓰잘데없는 일에 혹하여 정열을 얼마나 허비했는지 모른다. 모두가 스스로를 못 견뎌 빚어내는 방황이었다. 그런데 방황이라고 하면 다른 일들은 다 제쳐놓고 언젠가 술 먹은 다음 날 새벽 불현듯 인천으로 달려가 아무 생각 없이 배를 타고 가 내린 섬에서 한 마리 달랑게를 잡아가지고 오며 '게가 되고 싶다, 게가 되어 홀로 바닷가 개펄에서 살고 싶다.' 어쩌고 되뇌던 일이 웬일인지 우선 떠올랐다. 그날 되돌아오는 배에서 나는 깜박 잠이 들었다. 그사이 게는 어디론가 도망쳐버렸었다. 그러는 동안 서른아홉이 되어 '아홉수'에 걸린 것인지 생전 안 가던 병원까지 들락거리면서 간신히 도달한 마흔 살이었다. 그러나 여기서 내 신변에 관한 시시콜콜한 이야기는 늘어놓고 싶지도 않고 또 그럴 겨를도 없다.

우연히 사내와 만나 지난 오 년의 세월을 되돌아보게 된 얼마 뒤, 나는 다시 사내를 찾아가지 않으면 안 되었다. 내가 그를 혐오하면서도 다시 찾아가곤 하는 까닭은 그의 인상이 비록 '회칠한 무덤' 같다고는 하더라도 그의 솜씨만은 나무랄 데가 없기 때문이었다. '다시 찾아가곤'이라고 하는 것은 지난해에도 한 번 찾아간 일이 있었기 때문이다. 그의 솜씨만은 정말 나무랄 데가 없었다. 그런 종류의 일은 언뜻 보아서는 나무랄 데가 없어 보여도 사용하면 할수록 조그만 결점이 차츰 신경을 건드려서 두고두고 짜증을 내게 하는 경우가 많은 것이다. 그런 일에서의 그의 솜씨는 돈을 모으는 유대인의 솜씨와, 요리를 하고 마누라를 건사하는 중국인의 솜씨와, 남의 것을 받아들이는 일본인의 솜씨에 결코 뒤떨어지지 않을 듯싶었다. 처음의 변기도 그랬고 지난해의 하수도도 그랬다. 그래서 이번에도 나는 사내를 부르기로 작정했다. 죄는 미워하되 솜씨는 미워하지 말라는 격이 된다. 이번에 사내에게 맡길 일은 세면기였다. 아이가 올라가 몇 번 발을 구른 뒤 세면기는 벽에 고정되어 있던 못이 빠져 덜렁거리게 되었고, 손을 본다 하는 사이에 그만 떨어져 박살이 나고 말았다. 게다가 곧 집을 내놓고 조금은 넓은 집으로 옮기려는 욕심도 있어서 어쨌든 빨리 고쳐야 했다. 나는 트레이닝복 차림으로 집을 나섰다.

이놈의 게딱지만 한 아파트가 다닥다닥 붙은 동네에서나마 곧 떠날지도 모른다고 생각하니 그동안 그런대로 정이 안 들은 것도 아니라는 느낌이 들었다. 처음 이사 와서 삭막한 분위기에 참으로 견디기가 힘들었다. 서울에 대단위 아파트들이 들어설 때부터 시멘트의 정글이라는 말들을 하면서 다잡아서 한마디로 실패작이라고들 했었다. 최소한의 생활공간 확보에도 실패하여 삭막하기 그지없는 수용소 군도처럼 되어버렸다고 혹평하는 사람도 있었고, 그런 아파트에서 자라나는 어린이들의 정서에 문제가 있다고 주장하는 사람도 있었고, 사람은 흙을 밟고 살아야 한다고 주장하는 사람도 있었다. 누군가는 대규모 양계장을 연상시킨다고도 했다. 닭들은 몸을 돌릴 만한 여유도 없는 좁은 닭장 안에 갇혀서 대가리만 내놓고 모이를 쪼아먹다가 다 자라는 즉시 도살된다고 했다. 그러니 닭의 삶이란 도대체 무엇이냐고 그는 반문했다. 결론은 아파트에 사는 사람 꼴도 그와 다를 게 뭐냐는 것이었다. 그러나 무엇보다도 끔찍한 것은 이웃집에서 사람이 죽었는데 몇 개월 만에야 발견되었다는 이야기였다. 무언가 지독하게 썩는 냄새에 견디지 못한 이웃 사람들이 문을 부수고 들어가 본즉 사람이 썩어 가고 있었다고 했다. 그러므로 아파트는 그런 곳이다 하고 이사를 왔으나, 그렇게 보아서인지 아파트의 사람들은 일반 주택 동네에 사는 사람들하고는 어디가 달라도 달라 보였다. 그들은 데면데면하고 배타적인 몸짓을 하고들 있었다. 가장 온건한 사람이라고 해도 무표정한 정도였다. 그리고 아닌 게 아니라 이 서민 아파트는 아파트에 대해서 이러쿵저러쿵하는 사람들이 이 아파트를 보고 그런 말을 하는 게 아닌가 할 만큼 한 동마다 출입구가 다섯 개였고 한 출입구마다 열 집이 포개져 있었다. 그러니까 한 동에 쉰 집이요, 백 동에 오천 집이었다. 오천 가구면 한 가구에 네 사람씩만 잡아도 $5 \times 4 = 20$, 이만 명의 사람들이 몰려 사는 것이었다. 아무리 많은 사람들이 살아도 아파트는 혼자서 사는 절해고도와 같았다. 그들 모두는 마치 굴을 파고 들어가 사는 곤충처럼 제집에 들어가 언제나 문을 열고 바깥으로 나오는 것 같았다. 나는 아파트 단지 이곳저곳을 외롭게 기웃거렸다. 어쩌다 '대영설비' 앞을 지날 때면 저

속에 웅크리고 앉아 있는 사내가 마치 개미지옥이라는 구덩이를 파고 그 속에서 개미나 곤충이 굴러 떨어지기를 기다리는 개미귀신처럼 보이기도 했다. 그런데 나는 왜 이 삭막하고 외로운 곳에서 저런 사내와 가장 먼저 알은체하는 사이가 되었을까. 변기 수리를 위해서든 어째서든 하여튼 과히 유쾌한 일은 아니었다. 언젠가 한번은, 나중에 사귄 전직 성우와 상가 앞의 비치파라솔 밑에서 맥주를 먹고 있는데, 사내가 끼어든 적이 있었다. 전직 성우는 팔십 년대 초의 방송통폐합 때 일자리를 잃은 사람으로서 아내가 미용실을 차려서 생활하고 있었다. 이 아파트에서 그를 만난 것은 행운이었다. 비로소 '사람'을 만난 것이었다. 우리는 벌써 여러 번째 거기서 어울렸었다. 그날은 여름날의 기분 좋은 저녁이었다. 사내가 지나가는 것을 나도 보았지만 나는 모른 체하고 있었다. 사내는 하루 일을 마치고 집으로 돌아가는 모양이었다. 사내는 어깨를 축 늘어뜨리고 머릿속으로 하루일의 주판을 놓는 듯 느릿느릿 걸어가고 있었다. 그때 전직 성우가 목청 때문에 날달걀 깨 먹는 이야기를 하다가 말고 사내를 불렀던 것이다. 그 자리에 사내가 끼는 게 달갑지 않았으나 어쩌는 수 없었다. 사내는 우리를 보자 예의 그 굽실거리는 자세로 다가왔다.

"앉으십시오. 더운데 한잔하고 가시라고 불렀습니다."

전직 성우가 컵을 내밀었다.

"아니, 이거 원, 두 분이 드시는데."

사내는 허리를 굽히며 안 그래도 맥주 한잔 생각이 간절했다는 듯 손을 뻗쳤다. 나는 대화가 끊기기도 한 데다가 사내의 태도가 보면 볼수록 역겨워서 입맛만 쩝쩝 다실 수밖에 없었다.

"장사 잘됩니까?"

전직 성우가 사내에게 물었다.

"웬걸요. 여름이라 워낙 시원칠 않지요."

사내는 머리를 절레절레 흔들었다. 그러고는 컵에 반쯤 남은 맥주를 마저 들이켰다.

"땅콩도 드십시오."

"아, 네, 네."

사내의 태도는 돈 안 들이고 공짜로 맥주를 얻어마시게 되어 흡족해하는 것이 역력했다. 사내가 전직 성우에게 컵을 넘기고 술병을 기울였다.

"참, 선생님 그 댁에 변기는 괜찮지요?"

사내가 내게로 얼굴을 돌렸다.

"예, 뭐."

나는 퉁명스럽게 대답했다. 빨리 사내가 일어서 주었으면
하는 마음뿐이었다. 한여름 밤에 시원한 이야기도 많으련만
변기 이야기를 꺼내는 것도 못마땅했다. 밤에 상가에서 비쳐
나오는 형광등 불빛에 보니 사내의 모습은 납인형이라기보다
차라리 드라큘라라고 하는 편이 더 나을 것 같았다. 사내 쪽에
컵이 없으므로 내가 마시면 그쪽으로 주어야 하겠기에 나는
한 모금 한 모금 맥주를 아껴 마셔야 했다. 사내는 더 기다리
다가 전직 성우의 컵을 다시 한 번 받은 뒤에 자리에서 일어
났다.

"잘 아는 사입니까?"

사내가 어둠 속으로 사라져간 다음 나는 물었다.

"잘 안다고야 할 수 없지요."

"그런데 왜 일부러 부르기까지?"

"해롭진 않지요. 저런 일 하는 사람은 항상 쓸모가 있지 않습
니까. 맥주 두 잔이 언젠가는 요긴하게 작용을 해줄 수 있지요."

이렇게 말할 때의 목소리는 라디오의 추리극장에서 일해본
경력이 돋보였다.

"그렇군요."

우리는 함께 컵을 들었다.

"그렇지만 저 사람 어딘가 모자란 사람 같진 않습니까?"

나는 맥주를 마시려다 말고 말했다. 그러자 전직 성우도 고개를 끄덕였다. 역시 통하는 사람끼리는 어떤 방식으로든 통하게 마련이었다.

"그보다도 지독한 구두쇠로 알려졌지요. 심지어는 그 가게의 물건들은 다 주워다 놓은 거라고까지 하잖습니까."

"정말 그렇더군요."

"하하하."

"하하하."

우리는 사내가 간 다음 더욱 유쾌한 대화를 나누었다.

그리고 며칠 뒤 나는 사내를 불렀고, 사내가 세면기를 들고 온 것은 이튿날 오후도 늦어서였다.

"봄이 되는 좀 바빠지는군요."

사내는 늦게 온 것을 변명하고 곧 일에 착수했다. 그와 함께 나는 사내가 일하는 동안 한두 잔 홀짝거리며 지켜볼까 하고 집에서 담근 모과주를 꺼내놓았다. 일은 순식간에 진행되었다. 사내는 아무 말 없이 일에만 몰두하고 있었다. 나는 나대로 모과주를 조금씩 따라 마시며 그가 하는 일을 보는 둥 마는 둥 이제 이 봄도 다 가는구나 하는 생각에 잠겨 있었다. 해마다 속절없이 봄이 갈 때마다 느끼는 갈증이 새삼스러웠다.

"모과주 한 잔 하시겠습니까?"

나는 뒤늦게 사내에게도 한 잔을 권했다.

"아, 네."

사내가 내게 힐끗 눈길을 던지며 일손을 놓았다.

"봄에는 일감이 많은 모양이지요?"

"네. 좀, 게다가 한 이틀 쉬었더니만 갑자기 바빠지는군요."

사내는 단숨에 술잔을 비웠다.

"왜 어디가 아팠습니까?"

아마도 술기운 탓이었을 것이다. 나는 내 의사와 상관없이 사내와 대화를 나누고 있었다.

"어딜 좀 다녀왔습니다."

사내의 목소리가 문득 낮게 가라앉았다. 나는 술잔에 모과주를 따라 입으로 가져갔다.

"볼일을 보러 가셨습니까?"

"볼일……"

안 그래도 창백한 사내의 얼굴에 그림자가 드리워져 마치 공포에 질린 것처럼 보였다. 역시 사내와 대화를 나눌 필요는 없는 것이었다.

"선생님은 이번 봄에 어디 안 다녀오셨습니까?"

사내가 갑자기 되물었다.

"어디 말이죠?"

나는 뻣뻣한 말투로 받았다.

"글쎄, 꽃구경이나 그런 거 말입니다. 요즘 많이들 가니까요."

"꽃이요? 꽃 말입니까?"

나는 사내의 입에서 꽃이라는 말이 나온 게 도무지 믿기지를 않았다. 진해의 군항제(軍港祭)의 벚꽃 구경에 삼십만 인파가 몰려들었다는 말도 있었다. 그러나 개미귀신처럼 사시장철 웅크리고 있는 이 사내가 꽃구경은 무슨 꽃구경이란 말인가. 이번 봄에는 어딘가 다녀왔으면 하고 나는 별렀었다. 봄이 기지개를 켜자, 웬만한 일일랑 제쳐두고 이번 봄에야말로 어디론가 다녀와보자는 마음이 짙게 일었었다. 진해 군항제니 지리산 철쭉제니 하는 군중들 모임을 그린 것은 아니었다. 어디론가, 사람이 오히려 적은 곳을 그렸다. 하지만 이 몇 해 동안 늘 그랬듯이 마음뿐이었다. 온 산에 울긋불긋한 꽃은 고사하고 오랑캐꽃 한 송이, 패랭이꽃 한 송이 못 보고 봄은 이미 가려고 하고 있는 것이었다. 특별히 바쁜 일이 있었던 것도 아니었다. 막상 나서기만 하면 되었지만 마음만 절실했지 미적미적하다가 실행에 옮기지 못한 것이었다. 나이를 먹으며 일상생활의 타성에 젖어버린 결과라고도 할 수 있었다. 삶의 뜻은 나날이 퇴색하고 흐지부지되고 있었다. 그런 것은 새로운 꽃향기, 풀향기에 적셔 새롭게 물들여보고 싶다는 마음마저도 실행에 옮기지 못하고 무기력하게 세월을 죽여가고만 있는 것이었다. 사물을 향해 타오르곤 하던 충동은 어느 순간 가뭇없이 사라져버리곤 했다. 때때로의 열정은 나와 상관이 없는 별개의 것인 듯싶었다. 이 봄도, 내 목마른 생명을 축여주리라 싶었던 이 봄도 그랬다. 그것은 다른 세상의 풍경처럼 부질없이 지나가고 있는 것이었다.

"꽃이라고 했습니까?"

나는 다시 물었다.

"네."

사내의 대답은 또렷했다. 그때 사내의 눈이 갑자기 빛을 발했는가 했는데, 그것은 마치 재(灰) 속을 헤집었을 때 나타나는 빨간 숯불과도 같다고 나는 느꼈다. 나는 놀랐다. 이 사내는 무엇을 말하고 있는 것일까.

"집에 있느라고…… 꽃은 무슨……"

나는 알 수 없는 느낌에 사로잡혀 얼버무렸다.

"그러시군요. 저는 지난 주일에 어딜 좀 다녀왔습니다."

이렇게 말하는 동안에도 사내의 눈에서는 심상찮은 눈빛이 뿜어져나오고 있었다. 그렇다고 해서 그의 납인형의, 가면 같은 얼굴이 달라진 것은 아니었다. 그러나 그 얼굴은 그 타오르는 듯한 눈빛으로 전혀 새로운 얼굴로 보였다. 나는 그 얼굴을 정면으로 쳐다볼 수가 없어서 모과주를 따른 술잔에 눈길을 던지고 사태의 변화에 어리둥절하고 또 당혹해하고 있었다. 어떤 일이 일어났는지 마음이 헷갈렸다.

"꽃을 구경하러 갔단 말이지요?"

나는 사내가 말을 중단하고 한동안 무슨 생각엔가 잠겨 있는 틈에 건성으로 말을 던졌다.

"글쎄…… 꽃을 보러 갔다고 해야 되겠지요. 틀림없이 그랬습니다. 꽃이지요."

사내는 독백하듯 중얼거렸다. 나는 여전히 사내가 하고 있는 말이 무슨 뜻인지 왜 사내와 이런 분위기에 휩싸였는지 알 길이 없이 머리를 갸우뚱거렸다. 사내는 무슨 이야기인가를 해야겠는데 쉽게 나오지를 않는 모양이었다.

"실례지만 올해 몇이신가요?"

나는 분위기를 바꿔보려고 물었다.

"나이 말씀이지요? 쓸데없이 나이만 먹어서⋯⋯ 마흔다섯 됩니다."

사내는 나의 이야기가 자신의 생각을 가로막았다는 듯 재빨리 대답했다.

"저보다 오 년이 위시군요."

나는 그동안, 종잡을 수는 없어도, 사내의 나이가 그보다는 더 위가 아닐까 추측하고 있었다.

"그렇다면 올해 마흔⋯⋯ 그만해도 좋은 나이지요."

사내의 얼굴에 웃음이 어렸다. 나는 나도 모르게 사내의 웃음에 따라 내 얼굴에도 웃음을 띠었다.

"한물간 나이지요."

"한물가다니요? 그렇지 않습니다. 마흔이면 한창이지요. 저같이 떠돌이로 한평생을 지낸 사람이야 애초부터 한물간 인생입니다마는요."

사내가 주머니에서 담배를 꺼냈다. 성냥을 그을 때 그의 얼굴은 아까보다 한결 차분해 보였다.

"젊었을 때는 장돌뱅이로 한세월 다 보냈지요. 요즘에야 그런 장사 잘 안되겠지만 시계장사를 했습니다. 그땐 시계장사이문이 좋았습니다. 전국 어디 안 가본 데가 없었지요. 월부로 놓고 또 수금 겸해서 돌고 도는 겝니다. 방방곡곡 다 댕겼지요. 생각하면 그때가 좋았습니다."

사내가 코로 연기를 후욱 뿜어냈다.

"재미있었겠습니다."

"재미야 뭐 고생하는 재미지요."

"자, 이거 한 잔 더 하십시오."

나는 술잔을 사내에게 권했다.

"아, 네, 이거 다 먹어서 되겠습니까?"

"드십시오."

사내가 담배를 타일 바닥에 내려놓고 술잔을 받았다.

"선생님, 경북 영주라는 데 아시지요?"

"말만 들었습니다."

"중앙선 타고 단양 지나 죽령(竹嶺)을 넘어가지요. 죽령에 똬리굴이라고 있어서 기차가 한 바퀴 완전히 넘어갑니다."

사내가 말을 끊고 술잔을 들어 마셨다. 그러고 보니 사내는 마치 고개를 넘는 기차처럼 숨을 가빠 몰아쉬고 있었다.

"고개가 험한가보군요."

"죽령 말씀인가요? 험하지요. 그런데 들어보십시오. 그게 언제였더라…… 내 나이 서른여섯인가…… 봄이었습니다."

사내의 눈동자가 몽롱해졌다고 나는 보았다.

"그렇게 됐을 땝니다. 시계보따리를 들고 저녁에 영주 땅에 내렸습니다. 그게 잘못된 겁니다."

사내가 후 하고 다시 거칠게 숨을 내뿜었다. 그 얼굴은 깊은 회한에 잠긴 듯했다.

"잘못되다니요? 강도라도 만났습니까?"

나는 동정 어린 말투로 물었다.

"강도라고요? 글쎄 강도라고 해도 되겠지요."

"무슨 말씀이신지……"

나는 의아한 표정을 지었다.

"모자란 말이라고 하지 마시고 들어주십시오."

"별말씀을."

"들어주십시오. 그런데 그날 밤 어떤 여자를 만난 것입니다. 그게 잘못된 겝니다. 술집 여자였지요. 얼굴도 반반하고 해서 하룻밤 데리고 잔다는 것이 그만 살림을 차리고 말았습니다."

"살림까지요?"

사내의 이야기는 순식간에 본론에 접어들고 있었다. 사내의 어디에 이런 점이 있었는지 나는 그저 놀라울 뿐이었다. 나는 침을 꿀꺽 삼켰다.

"그때까지 수금한 돈 죄 털어 방을 얻고 살림을 차렸습니다. 남자란 제아무리 뭐라 해도 여자한테 걸리면 꼼짝 못하게 돼 있거든요. 그때까지 조심조심했는데 하 고게 색을 엔간히 써야지요. 돈벌이고 뭐고 다 틀린 거지요. 그러니 강도가 따로 있겠습니까."

사내의 밀랍 얼굴에 허탈한 웃음이 지나갔다.

"그래서요?"

나는 강한 호기심을 나타냈다.

"그래서는요. 뻔하질 않습니까. 얼마 벌었던 돈 다 까먹고 시계까지 다 날리고 나니 별수 없는 것이지요. 헤어질 수밖에 없지 않느냐고 하더군요."

"그래서 그냥 헤어졌단 말입니까?"

"별수 없지요. 본래가 떠돌이 신세가 아닙니까."

사내가 술잔을 비우고 내게로 건넸다.

"그렇더라도 무슨……"

"서로가 다 근본이 그런걸요. 그 여자도 어디 평생 검은 머리 파뿌리 될 때까지 살자고 한 건가요."

"그렇군요."

나는 의외로 참담해진 내 마음이 외롭게 떨고 있음을 느꼈다.

"그때가 봄이 다 가고 있었습니다. 그 여자는 역에 나와서 다시 꽃필 때 만나자고 손을 흔들더군요. 쌍년!"

입에서의 욕지거리와는 달리 사내의 눈은 순간적으로 물기에 젖어 번들거렸다.

"그럼 다시 만났습니까?"

"만나기는 뭘요. 그 뒤로 그곳엔 얼씬도 안 했습니다. 장돌뱅이 짓도 아예 그만둬버렸으니까요. 벌써 십 년이 다 된 이야깁니다."

그 뒤 그는 서울에 정착하여 결혼도 했고 몇 군데 셋방살이로 전전하다가 이 아파트에 와서 살게 되었다고 했다.

"그런데 꽃구경은 무슨 꽃구경입니까?"

"아, 꽃구경 얘길 했지요? 그렇지요. 그게 맹랑하더라 이겁니다. 제 처지에 꽃구경이 뭐 말라죽은 꽃구경입니까. 그런데 늙으니 망령이 드는 모양입니다. 금년 봄에 느닷없이 그년 생각이 나더란 말입니다. 꽃필 때 다시 만나자고 하던…… 얼굴도 도통 떠오르질 않는데……"

사내의 눈이 다시 숯불처럼 타오르기 시작했다.

"예……"

"그래서 거길 다녀왔지요. 옛날 살던 델……"

사내의 말에 내 가슴은 견딜 수 없이 옥죄어지는 느낌이었다.

"그래서요?"

"아무것도 없었습니다. 애초에 뭐가 있으리라고 여겼던 건 아닙니다만요. 하지만 살던 집도 없어요. 소도읍 가꾸기라나 뭐라나 아주 싹 달라져 있었습니다."

"그래서 그냥 왔군요."

"네, 그냥 올밖에요. 덕분에 없는 꽃구경을 한 셈이지요. 허허허허. 꽃은 예나제나 잘 피었습디다요."

사내는 아쉬운 듯 눈을 껌벅거렸다. 하지만 그 아쉬움의 뒤에는 어느 구석엔가 흡족해하는 마음이 깃들어 있음을 나는 읽을 수 있었다. 그러나 무엇보다 중요한 것은 이제 내게는 그가 결코 재미귀신이나 뭐 그런 종류의 느낌으로 다가오지 않는다는 사실이었다. 사내의 창백하고 쭈그러진 얼굴조차 사랑과 진실에 고뇌하는 수행(修行)의 얼굴이었다. 그리고 또 곁들여야 할 말은, 그로부터 갑자기 나는 내가 형편없이 남루해져서 견딜 수가 없게 되었다는 것이다. 돌아보면 마음에 꽃 한 송이 없이 지내온 '해방 사십 년'의 내 인생이 초라한 모습으로 웅크리고 있는 것이었다.

며칠 뒤에 나는 상가의 지하에서 다시 사내를 만났다. 상가의 지하에는 밥집도 있었고 그 옆에 돼지머리고기에 술도 파는 집이 있어서 가끔 들렀었다. 그는 혼자 막걸리를 기울이고 있었다. 나는 사내를 발견하자마자 묻지도 않고 사내의 옆자리로 가 앉았다. 그리고 술을 더 시켰다.

자, 이야기의 막바지에 이르렀으므로 비교적 간략하게 마무리를 지어야겠다. 나는 그날 술을 꽤 많이 마셨다. 무엇이 그렇게 시켰는지는 자세히 말하고 싶지 않다. 아마도 그것은 꽃의 정령(精靈)이 시킨 일이었다. 그런데, 술을 마신 것까지는 좋았는데, 결국 나는 이상한 제안을 하고 말았던 것이다. 도대체가 알 수 없는 일이었다. 술 먹은 객기에 흔히 평소에는 납득할 수 없는 일을 저지르고는 했어도 그날 일은 기상천외의 일이었다. 단순히 객기만도 아니었다. 견딜 수 없이 남루해진 나를 어떻게든 추슬러보려고 한, 그래서 더더구나 형편없는 짓거리가 아니었을까. 나는 사내에게 창녀촌으로 가기를 제안했던 것이다. 그리고 영문을 몰라 도리질만 하고 있는 사내를 거의 억지로 끌다시피 해 밖으로 나왔다. 나는 돈키호테를 수종한 산초 판사처럼 그를 부축하여 청량리로 향했다. 시내에서 지하철을 타고 집으로 돌아오는 길이면 지나게 되는 길목에 여자들이 늘 서 있곤 했다. 영하 십오 도가 되는 겨울날에도 그녀들은 겨울나무처럼 서 있곤 했었다.

"자, 아무 집이나 들어가십시다."

나는 사내를 좁은 입구로 밀어 넣었다. 사내는 나무토막처럼 고꾸라질 듯이 안으로 들어갔다. 뒤를 따라 들어간 나는 방을 잠그기가 무섭게 허겁지겁 여자와 그 일을 치렀다. 이런 변이 왜 일어났는지 나는 스스로 생각해도 내가 무엇엔가 홀린 것 같았다. 이제는 참담한 나를 이끌고 올 때까지 온 것이었다. 무엇이 더 이상 나를 낭패시킬 것이냐. 지금 이 강산 어디에 무슨 꽃이 피었단 말이냐. 이 마당에 한 송이 오랑캐꽃, 한 송이 패랭이꽃이 무엇이란 말이냐. 누가 더 이상 나를 남루하게 할 수 있단 말이냐.

나는 세상에 복수하고 다시금 힘을 얻은 심정으로 허리춤을 여미며 방문을 열고 나왔다. 사내도 허겁지겁 일을 끝냈는지 거의 동시에 방문을 열고 나왔다. 나는 그가 그인 것만 알아보았을 뿐 그 얼굴을 쳐다보지 않았다. 다만 뭔가 사내에게 빚을 갚았다는 생각이었다. 이것으로 사내는 내게 다시 한 마리 개미귀신으로 돌아가줄 것이다……

그런데 우리가 그 집의 좁은 입구를 막 나오려고 했을 때 뒤에서 여자가 달려들었다.

"이 새꺄, 벗겨놓구 안 하는 심뽄 뭐야? 내가 맛이 없냐, 어쩌냐? 나잇살깨나 처먹어갖구 어디서 헛수작이야? 니가 내 장사 망칠라구 초치는 거냐? 재수 옴붙게시리."

그와 함께 무엇인가를 우리들에게 사정없이 흩뿌렸다. 소금이었다. 나는 갑작스런 사태에 경황도 없이 밖으로 도망쳐 나왔다. 그리고 여전히 비틀거리는 사내를 끌고 뛰다시피 골목을 빠져나왔다. 사내도 얼이 빠진 모양이었다.

"재수 없다고 소금을……"

나는 혀를 찰 수밖에 없었다.

"안 한 것도 죈가……"

사내가 몹시 겸연쩍은 듯 기어들어가는 소리로 가느다랗게 중얼거렸다.

"여기 앉아서 숨 좀 돌립시다."

나는 포장마차로 사내를 데리고 들어갔다. 갈피를 잡을 수가 없었다. 어떻게 된 일인지 어이없는 노릇이었다.

"도무지 알 수가 있어야지요. 미안하게 됐습니다."

그의 밀랍 얼굴이 우울하게 찡그리고 있었다.

"괜찮습니다. 말씀해보세요. 왜 그랬습니까?"

거울 속의 얼굴 359

나는 아직도 숨을 헉헉거리며 물었다.

"안 되겠어요. 여자가 그 여자로만 뵈니……"

사내가 머리를 체머리 흔들듯 흔들었다.

"그 여자라뇨?"

"그 왜…… 살림을 했던 여자…… 이놈의 봄이 가야 정신을 차릴라나 이거 원."

그제야 나는 전모를 파악할 수 있었다.

"아, 그 여자. 그 여자같이 보이는데 나쁠 거 없지 않습니까?"

"글쎄요. 그렇지만 결국 그 여잔 아닐 테니까요. 용서하십시오. 난 못난 놈이에요. 아, 꽃필 때 다시 보자고 웃던 그 쌍년! 그년이 보고 싶군요. 미안합니다. 술이나 한 잔 주세요."

사내가 그렇게 말하는 것은 물론 상가 지하에서 마신 술기운 탓도 있었을 것이다. 바라보니 사내의 얼굴에는 갑자기 굵은 눈물이 흘러내리고 있었다. 그 눈물도 눈물이지만 나는 사내의 말 한마디 한마디가 마치 독시(毒矢)처럼 내 마음에 와 박혀서 온몸을 오그리고만 있었다.

할머니의 거울

 그 무렵 할머니가 세상을 떠났다.
 세상을 떠났다는 말은 죽었다는 말과 똑같은 뜻을 지녔지만, 역시 오래 산 사람일 경우 더욱 어울린다고 나는 문득 생각했다. 그러나 아닐 수도 있었다. 가령 아직 꽃피지 못한 어린 소녀가 죽었을 경우 소녀는 아직도 이 세상에서 누려야 마땅한 많은 기쁨과 슬픔, 즐거움과 괴로움을 다소곳이 놔두고 간 것이고, 따라서 그냥 죽었다는 말보다는 세상을 떠났다는 말로 그 미완의 삶에 애도와 느낌을 더할 수도 있겠다.
 할머니가 세상을 떠났다.
 나는 아파트의 베란다에서 될 수 있는 한 먼 곳을 바라보려고 눈을 들고, 중얼거려보았다. 앞쪽의 두 아파트 사이로 시야가 간신히 비집고 들어가듯 트이는 공간이 있었다. 그 공간은 건너편의 주공아파트를 지나고 공원을 지나, 큰길을 건너 이른바 생산녹지라고 이름 붙여진 논으로 이어지고 있었다. 그리고 예전에는 분명히 곶(岬)이었을 과수원 땅이 짙푸른 녹음으로 뒤를 받쳐주는 것을 밑으로 하고, 시야는 멀리 떨어진 암청색의 야트막한 산을 넘어 기어오르듯 하늘로 트이는 것이었다. 아마 저 암청색 야트막한 산 오른쪽에 개펄로 이겨진 포구가 자리 잡고 있으리라.

목계(牧溪) 할머니가 돌아가셨다. 돌아가시기 얼마 전에 널 그렇게 보고 싶어 하셨다는데, 어떻니? 장례식에 가봐야지?

전화로 들려오는 이모의 목소리는 내 눈치를 조심스럽게 살피고 있었다. 그도 그럴 것이 나는 집안일이 있을 때마다 바쁘다는 핑계를 대고 거의 참석하지 않은 때문이었다. 바쁜 것도 사실이었다. 그러나 무엇보다도 우리 집안이라는 것을 향한 내 마음이 차가웠다. 내게 아무것도 해준 것이 없는, 차라리 오욕만을 끼얹어준 집안이라고 나는 늘 생각해왔었다. 진취적이지 못하고 언제 봐도 그저 그 타령으로 인습에 젖어 꾸물꾸물하고 있는 그 사람들이 나는 싫었다면 그렇다면 나는 별종이었더란 말인가. 그럴지도 몰랐다. 하지만 오늘에 와서 구습(舊習)의 멍에를 벗어나지 못하고 있는 집안에 진저리를 치고 있는 사람이 어디 나 혼자뿐이랴.

그 할머니가 세상을 떠났다는 생각을 반추하는 데는 우선 그 할머니의 연치가 주는 위압감이 큰 역할을 하고 있었다. 그 목계 할머니는 정확하게 말하면 내 어머니의 어머니의 어머니, 그러니까 집안에서 유일하게 살아 있던 십구 세기 사람으로 세수(歲壽) 99세! 할머니는 과연 '한세상'을 살았고, 드디어 그 '세상'을 떠난 것이었다. 성적이 떨어진다고 비관하여 자살함으로써 세상을 등지는 십 대 소녀의 이야기가 신문 속에 짤막하게 있는가 하면, 신문 속에는 없으나마 거의 한 세기를 꾸준히 살다 간 할머니의 이야기도 있는 것이었다.

이와 더불어 나는 오래전에 죽은 한 아이를 기억했다. 나은 지 며칠 안 된 계집아이였다. 그날 나는 어머니의 심부름으로 아버지를 찾아 나서야 했다. 구들장 대신 드럼통을 펼친 철판을 깔아 들인 방바닥이 너무 빨리 식는 통에 다시 마른 갈나무 몇 가지를 아궁이에 넣고 있던 참이었다. 불은 잘 탔다. 재 속에 감자라도 한 알 묻었다가 꺼내 먹으면 좋겠다고 나는 생각하고 있었다. 혼자 불을 때고 있으면 뜻밖에 마음이 고즈넉해진다는 것을 나는 이미 그때 알았다. 내 나이 열두 살 때였다. 어머니는 그런 나를 불러 밖으로 내보냈다. 빨리 가서 아버지를 모셔오너라. 나는 늙은 군용 담요를 오려 만들어 입은 바지를 추켜올리며 바깥으로 나갔다. 어머니는 아버지가 있는 곳을 알려주었지만 웬일인지 그곳은 기억 속에 아리송하다. 아버지는 면장과 지서 주임과 함께 흐릿한 전등불 아래 머리를 조아리고 있었다. 마을에 발전용 발동기가 들어와 흐려졌다

밝아졌다 하는 전등이나마 몇몇 집이 켜게 된 것도 그 임시였다. 니 왔냐? 옆에 있던 누군가가 아는 체를 했다. 그러나 아버지는 내게 흘낏 눈길을 던졌을 뿐이었다. 흐린 전등 불빛을 받은 그 눈은 사팔뜨기 눈 같았다. 엄마가 오시래요. 나는 기어 들어가는 목소리로 겨우 말했다. 내 목소리가 아버지에게 들렸는지도 의문이었다. 나는 쭈뼛거리며 서 있었다. 서파이! 츠! 소리가 나고 채를 집어 세운 뒤 아버지는 내게 얼굴을 돌렸다. 뭐라고? 아버지는 귀찮다는 듯이 물었다. 아버지가 열중하고 있는 것이 '마짱'인 줄 나도 알고 있었다. 아버지가 그렇게 말했었다. 그것이 마장이라는 중국의 노름으로서, 패를 섞을 때 나는 쇠가 마치 대나무밭에서 참새들이 지저귀는 소리 같다고 하여 흔히 마작(麻雀)이라고 불린다는 것은 나중에 알았다. 엄마가 오시래요. 나는 다시 기어들어가는 목소리로 반복했다. 패를 만지는 소리가 짜그르르 들려왔다. 알았다. 곧 간다구 그래. 아버지는 담배를 피워 물었다. 그때 다른 사람들은 아버지가 자리를 떠서 판이 깨지면 어쩌나 걱정하고 있었을 것이었다. 나는 집으로 돌아와서도 방에 들어가지 못하고 마당귀를 얼쩡거렸다. 아궁이의 불은 꺼멓게 사위어 있었다. 아버지는 곧 돌아오지 않았다. 아니 기다려도 기다려도 돌아오지 않았다. 다시 가서 오시라고 해. 애가 아프다고. 꼭 오셔야 한다고. 산후의 힘없는 목소리였으나 거기에는 독기마저 어려 있었다. 나는 하는 수 없이 다시 가야 했다. 참! 깡! 소리가 한 두 번 들리도록 나는 망설이며 바깥에 서 있었다. 아버지, 어머니가 오시래요. 애기가 아프대요. 나는 여전히 기어 들어가는 목소리였다. 그러나 그때쯤 해서는 내 어린 마음에는 어느덧 아버지에 대한 반감이 치솟고 있었다. 알았다. 곧 간다 그래. 아버지의 대답은 똑같았다. 빨리 오시래요. 나는 겨우 그렇게밖에 재촉할 수 없었다. 가서 있어. 아버지는 신경질적으로 말하면서 손끝으로 패의 안쪽을 더듬고 있었다. 거기 대나무를 겉으로 하고 안쪽에 붙어 있는 뽀얗고 매끈한 쇠뼈 바탕에는 이상한 글자나 혹은 무늬가 새겨져 있는 것이었다. 나는 더 이상 어쩌지를 못하고 집으로 돌아왔다. 어머니는 기다리다 못해 자리에 누운 채 눈물만 흘렸다. 아버지는 밤새도록 오지 않았다. 쇠뼈 속의 글자나 무늬를 손끝으로 더듬으며 그의 인생을 함께 더듬어보려고 애썼는지는 모르나, 그러는 동안에 세상에 태어나 며칠 안 된 어린 동생은 죽고 말았다. 나는 마작이 모든 잡기 중에서 가장 재미있다는 말을 들을 때마다 그 밤을 머리에 떠올리곤 하는데, 그래서인지 그 쇠뼈에 새겨진 글자나 무늬가 죽음이 아니면 어둠이 아닐까 하는 느낌마저 드는 것이다. 아버지가 충혈된 눈으로 집에 오자 밤까지도 기신을 못하던 어머니는 어떻게 일어나 앉았고 곧 죽은 아이를 어디론가 싸 가지고 갔다. 그렇게 해서 그 계집아이는 산기슭에 하나의 작은 돌무더기로 남았다고 했다. 과연 육신은 죽어도 영생불사의 영혼이라는 게 있다면 그 아이의 손끝에 감지되려고 작은 골패의 글자와 무늬 사이에 깃들 것이 틀림없었다. 그렇게 모든 글자들과 무늬들은 영혼을 갖게 되는 것인지도 모른다. 이처럼 며칠의 일생을 산 계집아이와 아흔아홉 살의 일생을 한 할머니가 있는 것이 한 집안의 일이었다.

나는 베란다에 빈 화분을 엎어놓고 그 위에 앉아 장례식에 가볼까 어떨까를 건성으로 저울질해보고 있었다. 어머니의 어머니의 어머니. 가깝다면 한없이 가깝고 멀다면 한없이 먼 느낌이었다. 적당한 핑계를 대고 안 가도 그만이었다. 할머니의 모습조차 희미했다. 어슴푸레 그 웃는 모습이 떠오르는가 하다가, 더 자세히 떠올려보려고 하는 순간 지워져버리곤 했다. 물론 할머니의 모습에서 가장 확실한 모습이 있기는 했다. 그것은 틀니였다. 언젠가 할머니가 우리 집에 왔을 때 나는 이빨을 통째로 뽑아 내놓는 것을 보고 크게 놀란 적이 있었다. 그것은 내가 처음 본 틀니였다. 할머니는 이빨을 통째 뽑아 머리맡의 물그릇에 담가놓고 잠들었다. 언제던가 한 녀석이 이에 대해 이런 이야기를 들려주었다. 한번은 술에 몹시 취해 친척 집에 가서 잠들었는데, 한밤중에 갈증이 몹시 나서 머리맡의 물을 마셨다는 것이었다. 아침에 일어나 보니 그게 친척 아저씨의 틀니를 담가둔 물이잖아. 그는 구역질이 나더라고 했다. 원효(元曉)처럼 크게 깨달을 일이지. 나는 해골바가지의 물을 마시고 크게 깨달았다는 선각의 이야기로 맞받았지만 이미 속은 메스거렸다. 더군다나 그날의 화제는 모두가 그런 종류의 구질구질한 것이었다. 잠결에 무심코 다시 씹어 삼키고 있다니 그건 콩나물이 아닌 회충이었다는 이야기, 남자끼리 몸을 섞는 비역 이야기……

어쨌든 이 생각 저 생각 쓰잘데없는 생각으로 망설이고 있는 동안 이미 그날의 차편은 끊어지고 있었다. 집에 있는 '여행시각표'로써 나는 그곳으로 가는 고속버스가 다섯 시 반이면 끊어진다는 것을 확인해놓았었다. 그러므로 내가 이런저런 쓰잘데없는 생각으로 갈까 말까 망설이는 것은 실은 가지 않으려는 얕은꾀에 지나지 않았다. 이제는 차편이 끊어졌다고 확인되자 내 마음은 홀가분해졌다. 틀니 할머니 안녕히 가십시오. 그것으로 나의 장송곡은 끝난 것이었다.

그러나 저녁을 먹고 나서 나는 다시 할머니 생각에 빠져들어 갔다. 그러고 싶어서도 아니었다. 나는 할머니와 별다른 이야깃거리가 없었다. 서울의 딸들네 집에 '제발 와서 살아 달라'고 해도 고집스럽게 그 땅을 떠나지 않겠다고 했던 할머니였다. 할머니의 고집은 엔간했다. 세월이 지나 그곳 고향 땅에는 이제 가까운 친척도 없었다. 사돈의 팔촌은 안 되더라도 거의 그렇게 되는 '재화 아저씨'의 집이나 그 밖에 죽은 친구의 손자네 집 등등 반길 곳도 아닌 집을 그야말로 동가숙서가숙한다는 식이었다. 이를 두고 노망이 들었다고도 했다. 비록 아들은 죽고 없더라도 딸네가, 아니 딸네의 아들딸들이 서울에서 집칸 거느리고 잘살지 않느냐는 것이었다. 그런데 이제는 오히려 객지와도 같은 곳에서 왜 고생을 사서 하느냐는 것이었다. 할머니가 기숙하는 집 사람들은 애꿎은 송장 치게 될까 봐 걱정하는 투가 역력했다. 그러나 할머니는 노망의 이름 아래 꿋꿋이 버티었다. 송장 칠까봐 걱정하던 말도, 할머니가 아흔 살이 넘어서도 그 틀니처럼 정정하자, 빛이 바랬다. 그 할머니가 세상을 떠나기 얼마 전에 나를 무척 보고 싶어 하더라는 말이 마음에 걸렸다. 나를 보고 싶어 한 데에 특별한 까닭이라도 있는 것일까. 하기야 사람이 죽을 때가 가까우면 이 사람 저 사람 간절하게 보고 싶어지기 마련일 것이었다. 아는 사람들과의 영원한 헤어짐, 그것이 죽음이 주는 가장 큰 고통일 것이었다. 그런 의미에서, 사람 사귐에 깊이 빠져들곤 하는 나는 그때마다 문득 되새겨본다. 내가 어쩌자고 또 하나의 큰 고통을 만들어가고 있는가 하고. 그러자 나는 할머니에 대해 틀니 말고도 다른 것이 또렷이 되살아났다. 그것은 할머니의 젖이었다. 언제인지는 전혀 알 수 없는 어렸을 적에 할머니의 젖가슴을 만졌던 기억이었다. 그것은 탄력 있는 젖가슴은 물론 아니었다. 거의 껍질뿐인, 쭈그러진 가죽 주머니였다. 그러나 그것은 부드러운 느낌이었다. 이 녀석 좀 봐…… 할머니는 엉뚱하다는 표정을 지으면서도 싫지 않은 듯했다. 그 일이 왜 뒤늦게야 떠올랐는지 알 수 없었다. 그와 함께 할머니의 장례식에 갔어야 했다는 책망이 스멀스멀 머리를 들었다. 오늘은 이미 늦었다. 내일 아침 첫차로 달려가면 혹시 영구가 나가는 시각에 겨우 댈 수 있을지 모른다. 나는 비로소 조바심을 쳤다. 나는 불현듯 책꽂이로 가서 《한국사 연표》를 찾아 아흔아홉 살의 할머니가 태어난 해인 1888년의 일들을 들춰보았다. 그해는 고종 25년이었다.

1. 1. (2. 20.) 잔방장정(棧房章程) 실시.

2. 7. (3. 19.) 평해군 소속 월송만호(越松萬戶)로 울릉도 도장을 겸임케 함.

3. 12. (4. 22.) 미(美), 노(露), 이(伊) 3국 공사에게 조선 정부가 승인한 자 외에는 기독교 전교 및 학당 설립을 금하게 할 것을 요청.

여러 사건들이 계속되고 있었으나 그해는 예상보다 퍽 조용한 해였다. 이화 학당이 최초로 주일학교를 시작했다고도 하는 그해에 한성부(漢城府)가 조사, 발표한 전국 인구는 656만 7038명에 이르고 있었다. 별다른 사건은 없는 가운데 5월에는 외국인이 어린이를 잡아먹는다는 소문이 돌아 민심이 동요했다는 기록도 엿보였다. 이런 소문에 아랑곳없이 할머니는 그 뒤 99년을 살다 간 것이었다. 할머니의 젖을 만진 느낌이 더욱 새삼스러워졌다. 그 느낌으로 인해 나는 십구 세기의 어떤 젖줄과 직접적으로 이어져 있다는 생각에 이른 것은 저녁도 꽤 이슥해서였다. 십구 세기의 젖줄…… 나는 나도 모르게 제법 심각한 표정을 짓고 무엇인가를 골똘히 생각했다. 가봐야 한다……

새벽에 눈을 뜨자마자 나는 아침조차 터미널에서 간단하게 때우자고 아내를 재촉했다. 본래 늦잠을 자는 아내는 마지못해 부스스 눈을 뜨고 투덜거렸다.

"그러려면 어제 갈걸 그랬잖아요. 이젠 늦었을 텐데……"

"그래도 가봐야겠어."

나는 한 세기를 살다 가는 사람에 대한 나름대로의 감회가 어떻다느니 또 그 젖가슴을 만진 기억이 어떻다느니 하는 따위의 토는 결코 달지 않았다. 다만 처음에 게으름을 동반한 이기주의적인 발상으로 가지 않겠다고 꼬리를 뺐던 내가 혐오스러울 뿐이었다. 아내는 터미널까지 가는 택시 속에서 부스스한 눈을 겨우 바로 뜨고 있었다. 터미널에 도착하여 '스낵 코너'라고 쓰인 음식점에서 서둘러 국수를 시켜 먹은 뒤 나는 또 한 서둘러 매표소로 갔다.

"커피라두 한 잔 먹구요."

아내가 뒤따라오며 중얼거렸다.

"그럼 저쪽 자판기에 가 있으라구. 난 표를 살 테니."

내가 줄을 서서 표를 사는 동안 아내는 종이컵에 든 커피를 사서 마셨다. 내가 담배를 피우지 못하면 기운을 못 차리는 것처럼, 아내는 커피를 마시지 못하면 기운을 못 차렸다. 나는 포를 사 들고 아내가 서 있는 곳으로 갔다. 삼 분밖에 남지 않았다고 손목시계를 코앞에 들이밀었다.

그 말을 기다렸다는 듯이 아내는 빈 종이컵을 쓰레기통에 던졌다.

"맛도 없어."

아내는 미간을 찡그리며 입맛을 쩝쩝 다셨다. 우리는 곧 버스 승강장으로 가서 지정 버스에 올랐다. 안내 방송이 시작되기 전에 일찌감치 안전벨트를 매고 등받이에 몸을 기댄 나는 차표를 들여다보았다.

232.4km

빨리 그 거리를 달려 할머니의 주검 앞에 서고 싶었다. 버스는 곧 서울을 빠져나갔다.

그러나 역시 나는 한발 늦었다. 버스에서 내리자마자 택시를 잡아타고 이모가 가르쳐준 대로 찾아갔으나 집을 찾는 데는 나는 아무럼 젬병임이 여실히 드러나고 말았다. 그렇게 길거리에서 허비한 시간이 꽤 되었다. 할머니의 정확한 연고지가 아니라 먼 친척뻘의 '어느 집'이라는 것이 더 찾기 어렵게 만든 원인이기도 했다. 집안 식구들의 오가는 말 중에서도 거

론되지 않던 집이라 다른 사람에게 뭐라고 꼭 집어 설명할 무엇이 없었던 것이다. 집을 다 찾았는데도 조등(弔燈)은 보이지를 않았다. 나는 반쯤 열려 있는 대문을 삐이걱 밀고 들어갔다.

"좀 늦었구만요. 얼마 전에 떠났습니다."

중년 사내가 마루에 앉아 무엇인가 마시고 있다가 말해주었다. 그 말에 나는 그럼 장지가 어디냐고 재우쳐 물었다.

장지까지 뒤따라가면 혹시 할머니의 관이라도 볼 수 있을지 모른다. 비록 뒤늦게 왔다고 하더라도 관 뚜껑 위에 한 줌의 흙을 얹을 수 있다면 그로써 장례의 뜻은 충분히 표시할 수 있을 것 같았다.

"장지요? 화장터로 갔어요. 지금쯤은 벌써 뼈를 추릴 겝니다."

그의 가차 없는 말이 내 의지를 가로막았다. 나는 그만 맥이 빠져 마당 한쪽 툇마루에 엉거주춤 앉았다. 이미 연기로 변해 머리를 풀고 하늘나라로 간 할머니를 뒤쫓아간다는 것은 무의미한 일이었다.

"어떻게 되시나요, 고인과는?"

사내가 사발을 내려놓으며 물었다. 나는 잠깐 망설이다가 아, 네…… 그냥 먼 친척…… 하고 얼버무렸다.

어머니의 어머니의 어머니. 그것이 참으로 가까운 관계라는 생각이 퍼뜩 들었던 것이다.

"그 할머니 참 오래도 사셨어요. 뭣할지 모르지만 너무 오래…… 아흔아홉이라니……"

사내가 내 눈치를 살폈다.

"오래 살긴 오래 사셨죠."

나는 고개를 끄덕였다. 나는 내가 저 십구 세기 사람의 젖가슴을 만지며 자랐다는 사실이 《한국사 연표》에나 있음 직한 사실로 생각되었다.

"그렇게 오래 산 사람 전 처음입니다. 해마다 새해가 되면 올해는 못 넘기겠지 하고 말해오기도 벌써 몇 핸지…… 그렇게 말하던 사람들도 많이 갔지요. 그럴 바에야 아예 백 살을 채울 일 아닙니까. 아무튼 정정했지요."

"그런데 왜 갑자기 돌아가셨습니까?"

나는 물어보면서도 전혀 쓸모없는 물음이라고 생각했다. 아흔아홉 살을 산 사람에게 '갑자기'란 해당되지 않는 말이었다.

"글쎄…… 날씨가 너무 더워서 잘못된 게 아닐까요. 땡볕에 목계에 다녀와서 그만 이렇다 말도 없이 뜨셨다니까요. 선종(善終)이라 하겠지요."

사내는 고지식하게 '갑자기'에 대해 설명하고 있었다. 나는 땡볕에 목계에 다녀왔다는 말이 귀에 들어와 박혔다. 듣기로는 그곳은 아래쪽에 큰 댐이 들어서서 수몰된 곳이었다. 할머니의 근거지가 그곳이어서 여전히 '목계 할머니'라고 불리고는 있었지만 이제는 그곳에 갈 일이 없었다. 실상 수몰되기 훨씬 전부터 할머니의 집은 그곳이 아니었다. 그곳은 단지 예전의 어느 한때 할머니가 뿌리를 내리고 살았던 곳에 지나지 않았다. 목계에 관한 한 할머니는 이른바 '뿌리 뽑힌' 사람이었다.

"목계엘요? 거긴 왜요?"

나는 궁금증이 일었다.

"저야 왠진 모르지요. 허지만서두 매년 가셨다니까요."

서울의 딸자식들 집에는 거의 발길을 끊다시피 했으면서도 목계에는 매년 다녀왔다는 것은 얼핏 이해가 되지 않았다. 물론 목계는 그리 멀지는 않은 곳이었다. 그렇더라도 이미 수몰되어 옛날 할머니가 살던 마을은 물속에 가라앉아버렸다고 했는데 할머니가 왜 그곳을 다녀오곤 했는지 모를 일이었다. 할머니는 그 마을 언저리에 감으로써 옛날 꽃가마를 타고 새색시가 되어 들어갔던 그 시절을 회상하기라도 한 것일까. 나는 스스로가 터무니없는 공상을 하고 있다고 고개를 흔들었다. 아흔아홉 살 할머니에게 소녀적인 감상의 너울을 씌운다는 것을 결코 예의는 아닐 것이었다. 그러나 어쨌거나 이제는 따질 문제가 아니었다. 목계의 할머니가 살던 집은 물에 잠겼고, 할머니는 연기가 되어 과거 속으로 사라져버렸다. 흔적이라고는 찾을 수 없게 되어버렸다.

"한 대 피워도 되겠습니까?"

나는 담뱃갑을 꺼냈다.

"아, 그럼요."

사내는 여부가 있겠느냐는 듯이 대답했다. 나는 담배를 꺼내 물고 불을 붙였다. 마당으로는 한낮의 햇빛이 망막을 찌를 듯 쏟아지고 있었다. 새벽부터 아내를 재촉하여 집을 나선 것이 결국 허사라고 생각하니 입맛이 썼다. 나는 말없이 담배 연기만 내뿜고 있었다.

"사람이 오래 사는 것도 꼭 좋은 건 아닌 것 같습니다. 돌아가신 분 말입니다. 보십시오. 남편은 일찍이 뭐 의병인가 하다가 죽었다지요. 그 아들에 손자까지 모두 제명에 못 살았다잖습니까."

"제명에 못 살아요?"

나는 어렴풋이 들어서 알고는 있었으나 그것은 어디까지나 어렴풋이 들은 데 지나지 않았다. 사내는 다시 사발에 주전자를 기울였다. 술인 모양이었다.

"아들은 대동아전쟁 때 죽었지요. 그 아들 그러니까 손자는 육이오 때 죽었지요. 그걸 다 보고 살았으니……"

그렇다고 했다. 어머니는 언젠가 이를 두고 '기구한 팔자'라고 말했었다. 그러고는 딸자식만 남고 대가 끊겼다는 것이었다. 그러고 보면 할머니는 남편과 아들과 손자를 정말 기구하게도 전란으로 차례차례 다 잃고 만 것이었다. 그러는 동안에 한 세기가 흘러갔다. 인류의 역사는 전쟁의 역사라던 누군가의 말도 떠올랐다. 몇 개의 전쟁으로 백 년이 흘러가고 그리하여 천 년이 흘러가는 것이었다. 이렇게 따져보면 나폴레옹의 시대, 칭기즈 칸의 시대, 알렉산더의 시대까지도 우리와 밀접하게 연계되어, 금방이라도 말발굽 소리 요란하게 다가올 것만 같았다.

상당히 오래전에 할머니는 목계를 떠난 것으로 듣고 있었다. 그런 뒤로 목계에서 가장 가까운 '대처'인 이 작은 지방 도시만을 맴돌며 살아온 것이었다. 그제야 무엇인가 아슴푸레 스쳐가는 느낌이 있었다. 그 느낌은 백 년 전, 천 년 전의 일처럼 먼 것도 같은 느낌이었으나, 그러나 너무도 가까운 느낌이었다. 남편과 아들과 손자를 차례차례 죽어간 것을 겪은 곳이

거울 속의 얼굴

목계, 바로 그 땅이었다. 그러니까 할머니는 엄청난 세월을 살았음에도 불구하고 오늘 원(怨)과 한(恨)을 품고 연기로 올라가야 했을 것이다. 그 연기가 피어오르는 곳은 화장터가 아니다. 물론, 목계의 어느 모퉁이가 되는 것이다. 언젠가 텔레비전의 육이오 특집에는 세 아들을 한꺼번에 잃은 어머니가 나왔었다. 그런데 할머니는 아마 스스로는 의미도 자세히 몰랐을 전란으로 수십 년에 걸쳐 가장 가까운 세 명의 남자를 잃었다. 나는 그들의 죽음도 죽음이지만 그 무심한 세월에 한숨을 지었다.

"어때요? 한잔하시렵니까?"

사내가 혼자 마시기 뭣했는지 주전자를 들어 보였다. 주전자 속은 거의 바닥이 난 듯했다.

"아뇨, 아닙니다. 낮술은 입에도 못 댑니다."

나는 진심으로 거절했다. 술을 마시기로 작정한다면야 문자 그대로 두주불사(斗酒不辭)가 되리라는 예감마저 들었다. 때때로 폭음을 하고 홀린 듯 고꾸라지는 것도 황홀한 일이었다. 하지만 나는 서울을 떠나올 때보다 훨씬 마음이 미진했다. 할머니의 마지막 모습을 못 보고 떠나보낸 것이 그토록 내 마음을 안쓰럽게 할 줄은 미처 몰랐었다. 아내는 아내대로, 손수건을 꺼내 얼굴의 땀을 닦으며 그것 봐요 하는 표정을 짓고 있었다. 나는 어떻게 할까 한동안 망설였다. 그대로 멍하니 앉아 있을 수만은 없는 노릇이었다. 배도 고팠다. 아침에 부랴부랴 터미널에 나와 우동인지 가락국수인지 불어터진 면발 몇 오라기 후루룩 집어넣은 것이 전부였다. 이왕 온 김에 나중에 다시 들르더라도 우선은 그 집을 나서야 했다. 나는 준비해온 조의금 봉투를 주머니에서 주섬주섬 꺼냈다.

"그런데 누구시라고……?"

사내는 내가 내민 봉투를 받아 들고 물었다.

"말씀드려도 잘 모를 겁니다. 여기 제 이름은 적혀 있습니다만."

"아, 예."

늦게 왔다는 죄책감에 곁들여, 나는 나를 굳이 밝히고 싶지 않았다. 낯모르는 사내에게는 더군다나 그랬다. 내가 나중에 다시 들른다는 보장도 없었다. 할머니는 세상을 떠났고 장례식은 끝났다.

"그럼 안녕히 계십시오."

나는 툇마루에서 일어났다. 아내도 따라 일어났다.

"이거 안됐습니다. 일부러 오셨는데……"

사내가 일어나 허리를 조금 굽혔다.

"괜찮습니다."

나도 할머니 안녕히 계십시오 하듯이 알맞게 허리를 굽혀 보이고 되돌아섰다.

"이제 어쩔 거예요?"

골목길을 잰걸음으로 걸어 나오는 내게 아내가 물었다. 그 물음에는 일은 다 끝났는데 왜 그리 서두르느냐는 뜻이 담겨 있었다.

"어서 점심을 먹고 가봐야겠어."

나는 단호하게 말했다. 그 집의 대문을 나서는 순간 나는 마음에 작정을 한 것이었다.

"어디루요? 집으로?"

아내 역시 그냥 되돌아가는 것이 어딘가 미진한 모양이었다.

"아니. 집은 무슨 집."

"그럼?"

"목계."

할머니는 연기로 사라졌어도 할머니가 못 잊어한 곳은 이 세상에 있었다. 그 옛 마을이 수몰되었다고 하지만, 사내의 말에 따르면 할머니는 그곳을 해마다 다녀왔다고 했다. 수몰된 그 옛 마을의 동구 밖 어디쯤이 되더라도 좋았다. 나는 그 현장을 확인하지 않으면 안 되었다.

"목계…… 거긴 왜요?"

의아해하는 것이 마땅했다. 그러나 나로서는 지난 백 년 동안의 어떤 결말을 위해서는 그곳을 꼭 가보아야 한다고 굳게 마음먹었다. 할머니가 떠나가는 모습만 보았더라도 그런 마음은 일지 않았을 것이었다.

나는 아내의 눈을 주시하듯 들여다보며 "어쨌든 꼭 가봐야겠어. 과히 멀지 않은 데니까. 서두르면 오늘 안에 다녀올 수 있을 거야. 빨리 가자구" 하고 못을 막았다.

"거기 뭐가 있겠어요."

아내는 더위에 짜증을 내고 있었다. 아무리 미진하다 해도 언젠가 별 볼일 없는 곳으로 변해버렸다는 이야기를 들은 탓이기도 하리라고 나는 이해했다.

"뭐가…… 없으니까 꼭 가봐야겠어. 있으면 지금 뭐 하러 굳이 가겠어. 이 더운데."

나는 궤변마저 늘어놓았다. 그러자 그 말이 퍽 그럴듯하게 여겨졌다. 그래서 궤변론자들은 끝없이 궤변을 늘어놓고 즐기는 듯싶었다. 아니었다. 궤변이 아니라 진실이었다. 그곳에 아무엇도 없으니까 꼭 가보아야 한다. 그렇지만도 않았다. 그곳까지 가는 동안 옛사람들이 밟고 갔던 길이 없을 까닭이 없었다. 거기에 할머니의 남편과 아들과 손자의 자국이 찍혀 있을 것이었다. 그 하늘은 그 사람들의 숨결 소리 들려오는 하늘일 것이었다. 나는 내가 마치 옛사람의 혼령을 맞이하는 박수무당이라도 된 양 걸음걸이마저 우줄거렸다.

포장도로를 벗어나 버스 한 대가 간신히 지나갈 만한 흙길을 한참 달려서 버스는 멎었다. 포장도로를 벗어나고부터는 오갈 데 없는 두메산골이었다. 그도 그럴 것이 목계 마을이 물에 묻히고 난 뒤 길은 도중의 옹기종기 앉아 있는 몇몇 집들만을 위해 뚫려 있는 꼴이었다. 이를테면 대가리 없는 뱀 꼴이었다. 그러니 예전부터 두메산골 소리를 듣던 그 지역은 개발은커녕 한층 푸대접을 받을 수밖에 없을 터였다. 목적지 없는 길이 무슨 소용이 있을 것인가. 버스가 부르릉거리며 가기를 멈추고 곧이어 앞뒤를 돌리기 시작했을 때야 나는 다 왔다는 데 생각이 미쳤다. 주변에는 민가도 보이지 않았다. 버스 종점에는 응당 있어야 할 매표소는 물론 말뚝 표지판 하나 없었다.
"다 왔습니까?"

나는 어이가 없어서 바깥을 휘둘러보았다.

"예예. 다아 왔습니다."

운전수는 이런 줄 모르고 왔느냐는 말투였다. 계속되는 길의 중간에서 양옆을 돋우어 깎아 버스 한 대 정도가 어렵게 돌 수 있게끔 만든 작은 공터가 종점이었다. 그러고 보니 몇 명 안 되는 승객마저 그곳까지 오는 동안에 하나둘 내려버리고 버스 안에는 우리밖에 없었다.

"여기가 목계입니까?"

나는 확인하지 않을 수 없었다. 아무리 아무것도 없기 때문에 가보아야겠다고 산이니 하늘이니를 속으로 읊어댔지만 정말 그곳엔 아무것도 없었다.

"목계라뇨? 원목계는 물에 잠겼잖습니까. 그래서 여기까지밖에 안 다녀요. 회사에서도 행정 지시 땜에 울며 겨자 먹기로 들어오는 겁니다. ……저쪽에 길을 돌아가믄 몇 가구 있는 동네가 있긴 합니다만."

운전수가 버스를 다 돌려세우고 엔진을 껐다. 아마도 담배 한 대쯤 피우고 나서 다시 출발할 모양이었다. 도무지 이도 저도 아닌 형편없는 골짜기는 막막한 느낌만 더해주었다. 하지만 종점이므로 어쨌든 내리고 보아야 했다. 나는 조금은 머쓱

거울 속의 얼굴 383

해져서 버스를 내리자마자 담배를 꺼내 물고 멍하니 앞쪽의 얕은 능선에 눈길을 주고 서 있었다.

"정말…… 뭐가 없군요……"

아내도 이럴 줄은 몰랐다고 말하고 있었다. 나는 분명히 뭐가 없기 때문에 가봐야 한다고 궤변을 토했고, 제멋대로인 내 성미를 아는 아내는 속으로는 삐죽거리면서도 하는 수 없이 따라왔다. 그러나 한쪽은 바위 부스러기가 묻어나는 언덕이며 한쪽 잡초 더미만 무성한 척박한 밭뙈기가 몇 마지기 펼쳐졌을 뿐인 그곳은 나를 향해 내놓고 탓할 만한 곳도 되지 못했다. 보잘것없다 못해 한심한 곳이었다.

"하는 수 없지. 사람 사는 집이 있다니까 그리로 가보지. 할머니가 여기 오셨다는 게 확실하다면 무슨 꼬투리라도 있겠지."

나는 애써 힘을 냈다. 아내로서도 뾰족한 수가 없기는 마찬가지일 터였다.

나는 아내와 함께 돌들이 삐죽삐죽 박혀 있는 길을 따라 걸어갔다. 운전수가 통 못 보던 사람들인데 여긴 왜 왔을까 하는 눈초리로 보고 있는 것이 뒷등으로 느껴졌다. 할머니의 장례에 와서 웬 엉뚱한 짓을 하고 있는지 나도 내 행동의 근거를 설명할 수 없었다. 뭐가 없으니까 보러 간다? 어김없는 궤변이었다. 볕에 달아오른 땅에서 끼치는 열기가 코를 스몄다. 풀들도 더운 숨을 쉬고 있었다. 얼마를 걸어가자 퇴락했으나마 그래도 기와를 인 집 몇 채가 눈에 들어왔다. 산나물을 뜯거나 버섯을 캐거나 하는 일로 연명하는 사람들의 집이리라 싶었다.

"가보자구. 갔다가 돌아가자구."

나는 이미 돌아가는 일을 이야기하고 있었다. 유난히 살성이 약한 아내는 얼굴이 그새 땡볕과 더위에 벌겋게 익어가고 있었다.

"모잘 쓰고 오지. 챙 있는 모잘 말야."

거기까지 끌고 온 게 미안해서 던져보는 말이었다.

"장례식에 멋 부리는 모잔 무슨."

아내는 손수건을 목덜미에 갖다 대고 땀을 찍어갔다. 장례식이라는 낱말을 강조하는 것은 이런 곳까지 올 줄 누가 꿈이라도 꾸었겠느냐는 뜻이었다. 나는 입을 꾹 다물고 집들 가까이로 걸어갔다.

작은 도랑 위의 구들장만 한 돌다리를 건너 집들 가운데도 가장 반듯하다 싶은 집이 있었다. 인기척을 듣고 나이가 쉰 살은 되어 보이는 남자가 개가죽나무 옆으로 기우뚱 얼굴을 내밀었다.

"어떻게 오셨습니까?"

그가 먼저 물었다. 나는 얼른 대답할 말을 찾지 못하고 잠깐 동안 머뭇거렸다. 없는 것을 보러 왔다고 말할 수 있다면 얼마나 좋을까 하는 생각에 더욱 덧없는 심정이 되었다. 하지만 할머니는 분명히 목계에서 오랜 시집살이를 했고, 또한 요사이도 해마다 목계에 다녀오는 게 낙이라고 했다.

"저의 할머니께서 여기 자주 오셨다고 해서……"

나는 하는 수 없이 털어놓았다. 목계 마을이 물에 잠긴 지금 할머니의 '목계'가 어디인지 정확히 알 수 없어도 여기까지 와서 그냥 돌아설 수야 없다. 나는 내가 알고 있는 사실은 모두 상세히 이야기했다. 알고 있는 사실이라고 해야 뭐 뻔한 것이었다. 본래 목계에 사셨으며 그 남편과 아들과 손자가 다 불행하게 세상을 떠났다. 그 할머니가 아흔아홉의 연세로 또한 세상을 떠났다. 그 할머니는 나의 외증조 할머니, 그러니까 어머니의 어머니의 어머니가 되신다 하는 따위의 지극히 피상적인 내용이었다. 이야기하는 도중에도 나는 그만두고 집으로 돌아가는 게 상책이라고 지레 포기하고 있었다. 이제 와서 할머니의 죽음의 의미를 찾겠다는 것도 얄팍한 감상주의자의 수작이었다. 몇십 년 동안이나 버려두었던 할머니가 아니었던가.

그런데 듣고 있던 남자가 갑자기 눈빛을 빛냈다. 뜻밖이었다. 그 눈빛에서 오는 어떤 예감을 좀 더 명확히 하려고 나는 "혹시 할머니를 아십니까?" 매우 조심스럽게 타진했다.

"알다마다요. 아, 마침내 돌아가셨구만요."

그러자 그는 탄식까지 하는 것이었다.

"예. 오늘 화장을 했습니다."

나는 화장터에 따라갔다 오기라도 한 양 말했다.

"그랬구만요. 연세가 워낙 많기는 했어두…… 우린 백 살을 넘기리라 했습니다."

그가 애도를 표하는 얼굴로 먼 하늘을 바라보았다. 확실히 나는 어떤 실마리를 잡은 것이었다. 더위에 허덕이던 몸이 문득 생기를 찾았다.

"할머니를 어떻게 아십니까? 목계에 해마다 오셨다는데 거긴 어딥니까?"

간신히 찾아낸 실마리를 놓쳐서는 안 되었다.

"할머니는 여기 자주 오셨습니다. 여긴 목계 마을의 입구니까요. 더 가야 사람 사는 덴 없지요."

그가 무연히 말했다. 그리고 몇 번씩이나 반복해서 머리를 주억거렸다. 할머니의 죽음은 그에게도 감회가 깊은 것처럼 보였다.

"할머니가 여기에 자주…… 그랬군요. 오셔서 무얼 하셨습니까? 아는 사람도 없는데."

"아는 사람은 없지요. 수몰되고 마을이 잠기고 나서 뿔뿔이 흩어졌으니까요. 수몰되기 전까지는 목계 마을에 자주 가셨다고 해요. 하지만 몇 년 전부터 갈 수가 없는 곳이 됐죠. 그 무렵 우연히 여기 들르셨어요."

"네……"

할머니가 목계 마을에 가곤 했었다는 시절도 할머니의 옛집은 할머니의 집이 아니었다. 그렇다면 가끔 노망 증세를 보인다는 말이 바로 그런 것을 일컬었는지도 몰랐다. 내가 말없이 있는 사이에 남자의 말은 계속되었다.

"우연히 들르셨는데 그게 우리에게는 다행이었죠. 참말로 다행이었구말구요."

그는 혼자 맞장구까지 쳤다. 영문을 알 수 없었다. 할머니가 그에게 무슨 도움을 줄 수 있었을지는 전혀 예측이 되지 않았다. 어리벙벙하게 듣고 있다가 "어떤 일이 있었나요?" 하고 뒤늦게 내가 물음을 던졌을 때 그는 벌써 옆으로 발걸음을 옮기고 있었다.

"이리 좀 와보십시오."

서두르는 폼으로 보아 그는 퍽 성미가 급한 사람 같았다. 나는 여전히 영문을 모른 채 그를 뒤따르는 수밖에 없었다. 아내도 줄레줄레 뒤를 따랐다. 우리는 마당을 가로질러 집 옆의 제법 널찍한 공터로 안내되었다. 공터라기보다는 갖가지 허섭스레기를 모아두는 곳인 듯했다. 그 한옆에 놓여 있는 커다란 배불뚝이 항아리들이 유독 눈길을 끌었다.

"이걸 보십시오."

그가 항아리들 옆에 가서 우뚝 멈춰 섰다.

"이게 뭡니까?"

나는 그 안을 들여다보았다. 거기에는 알 수 없는 풀이 가득 집어넣어져 있었는데, 그 위에 눌러놓은 돌멩이 주위로 황록색의 누르께한 물이 고여 있었다. 내가 모르는 종류의 장이 아닐까 여겨졌으나 할머니 이야기를 하던 중에 난데없이 장은 웬 장인가 싶었다.

"이게 바로 쪽이라는 겁니다."

그는 득의만면하게 말했다. 그가 아무리 득의만면해도 나는 그의 말을 알아들을 수가 없었다. 그래서 나는 알아들었다는 표시도 아니고 되묻는 표시도 아닌 엉거주춤한 말투로

"네……?" 하고는 그냥 서 있었다.

"쪽을 아십니까?"

그가 정식으로 물었다.

"쪽요? 아니, 전 잘……"

나는 알 길이 없었다. 나는 선생님 앞에 불려 간 학생처럼 서서 그 황록색의 누르께한 물에서 나는 시큼털털한 냄새를 맡고만 있었다. 그러자 그가 그럴 테지요 하는 태도로 사금파리 하나를 주워 땅바닥에다 뭐라고 글자를 썼다. 그 글자조차 잘 읽을 수가 없었지만 그것은 글씨를 흐려 쓴 그의 탓이 컸다.

"청출어람(靑出於藍), 푸른빛이 남에게서 나왔는데 그 남보다 푸르다. 그 남이라는 게 바로 쪽입니다. 쪽에서 얻는 물감의 푸른빛이 쪽빛이라고 하는 것이지요. 쪽 풀은 저렇게 생겼습니다."

그는 신바람이 난다는 투였다. 그가 쪽 풀이라고 가리키는 풀은 항아리 옆에 놓여 있는 작두와 함께 흩어져 있었다. 그것은 여뀌 풀과 혼동될 정도로 흡사했다. 쪽빛은 나도 어디선가 귀동냥은 하고 있었다. 쪽빛 하늘이라고도 누군가는 묘사하고 있었다. 그러나 그 누르께한 물에서 무슨 물감이든 물감 같은 게 나올 듯이 보이지 않았다. 아니 그보다 할머니 이야기를 그가 깜빡 잊어먹지나 않았나 의아심이 솟았다.

"할머니께서…… 이것과 어떻게……"

나는 이야기를 환기시켰다.

"먼저 이 쪽 얘기를 들어보시지요. 저는 생각이 있어서 옛날 물감인 이 쪽을 재현해보려고 오래전부터 마음먹어왔지요. 쉽게 말하면 쪽에 미친 놈이지요."

별의별 옛것이 재현된다는 말을 듣기는 했었다. 고려청자, 조선백자는 대표적인 것이었다. 최근에는 결혼식도 족두리 쓰고 사모관대 입고 하는 구식 방법이 한쪽에서 꽤 인기를 끌고 있다고도 했다. 그런데 이번에는 쪽이었다. 그는 그의 말대로 '쪽에 미친 놈'다웠다. 내가 어떻게 여기든 그는 여러 개의 항아리를 일일이 관찰시키면서 쪽을 설명했다. 그의 열의에 나와 아내는 어쩌지도 못하고 팔자에도 없는 쪽 공부를 해야만 했다. 그의 말에 따르면 쪽물을 얻는 과정은 '신비한 변화의 과정'이라고 했다.

"먼저 잎사귀가 싱싱해지는 화창한 아침에 쪽을 베어 와서 독에 넣고 물을 찰랑찰랑 부어놓습니다."

물은 우물물보다 개울물이나 빗물을 쓰는 게 훨씬 좋다고 했다. 이렇게 담근 쪽은 이삼 일 지나면 황록색으로 변한다. 그것이 처음에 항아리에서 본 누르께한 물이었다. 그가 그 항아리를 손가락으로 가리키고 나서 그 옆의 항아리로 옮겨갔다.

"그 물에 조개나 굴 껍질을 태운 가루를 넣어 젓습니다."

고무래로 저어줌에 따라 물은 녹색으로, 진한 녹색으로, 다시 검푸른 색으로 변한다. 저을 때부터 거품이 이는데, 물이 검푸른 색일 때 와서는 자줏빛의 아름다운 꽃 거품이 인다는 것이었다. 그가 거품을 버큼이라고 하는 바람에 나는 처음에는 알아듣지 못했다.

"버큼이요?"

나는 물었다.

"보세요."

나는 그가 시키는 대로 한 항아리 안을 들여다보았다. 아닌 게 아니라 두꺼비 잔등 같기도 하고 개구리 알 같기도 한 모양의 자줏빛 거품이 떠 있었다. 자기 입으로 '미친 놈'이라지만 할머니 이야기 끝에 쪽이 뒤따랐으므로 나는 열심히 듣는 척을 했다. 실제로 그가 여러 개의 쪽 항아리를 설명하다가 어느 틈에 중요한 이야기를 할지도 모르는 일이었다.

"자줏빛 꽃 버큼이 일어난 쪽물을 하루쯤 놔둬서 화분과 색소를 가라앉힙니다. 그리고 윗물을 따라 버립니다. 짙은 녹색의 팥죽 같은 앙금만 남게 되지요. 여기에 잿물을 부어 다시 젓습니다."

이 물빛이 이른 봄에 새로 피어난 파룻파릇한 어린 잎사귀같이 생기 있는 녹색이 되면 여기도 약간의 '꽃 버큼'이 일며 표면에 보라색의 색소가 뜨기 시작한다. 그는 다시 그 옆의 항아리로 가서 손가락을 저어 녹색 물과 구별되어 나타나는 보라색의 색소를 보여주었다. 그 켜가 점점 두터워져서 드디어 쪽물이 된다는 것이었다.

그는 설명을 끝내고 약식으로 간단하게 말해서 알 수 있었을지 모르겠다고 덧붙였다. 실제로는 훨씬 복잡한 과정을 거친다는 말이었다. 나는 모호하게 웃었다. 그리고 쪽물에 일었던 꽃 거품처럼 그의 입가에는 게거품이 묻어 있음을 보았다. 그는 그러고 나서도 한참 동안 우리 고유의 것이 안타깝게 잊혀간다느니, 쪽물을 되살리는 일은 우리 넋을 되살리기 위해서라느니 하고 역설했다. 그런 그를 탓해서는 안 되었다. 세상에는 온갖 종류의 사람들이 다 필요한 법이었다. 특히 무엇엔가 '미친' 사람은 존경받아야 마땅했다. 그러나 나는 불행하게도 쪽에 관심이 없었다. 다만 조금의 관심이라도 있다면 쪽물로 물들인 옷감이 지극히 아름답다는 그의 설명 정도였다.

거울 속의 얼굴

"쪽물로 잘 물들인 천을 들여다보고 있으면 얼굴이 비친다고 하지요. 거울처럼 말입니다."

그는 황홀한 듯 말했다. 그의 눈은 그 커다란 배불뚝이 쪽물 항아리들을 자랑스럽게 바라보았다. 그런데 할머니의 이야기는 어디서 다시 찾아야 한단 말인가.

"거울처럼 말이지요?"

"그럼요."

그는 자신 있게 대답했다. 나는 더 이상 쪽물 이야기로 시간을 보낼 수는 없다고 생각했다.

"할머니께서는……"

그러나 내가 말을 꺼내기가 바쁘게 그가 가로막았다.

"그렇지요. 바로 할머니께서 우연히 오셔서 이 쪽물 만드는 법을 가르쳐준 겁니다. 제게는 은인입니다. 저는 십여 년 전부터 이 생각을 해왔지요. 그런데 제조 방법을 아는 사람이 이 지방에는 없었지요. 하도 오래전 일이라."

할머니가 쪽물 만드는 방법을 알고 있었다는 사실을 내가 모른다고 해서 하등 이상할 것이 없었다. 오히려 당연했다. 나는 비로소 쪽물이 들어 있는 항아리들이 다시 보였다. 할머니의 쪽물. 아, 그랬구나. 가슴속에 잔잔한 파문이 일었다. 그래서 목계엘 다녔구나. 하지만 할머니가 어떻게 그 일을 해냈는지는 자못 궁금했다.

"할머니는 근래 들어 노망기가 있으셨다던데요?"

나는 그의 얼굴을 쳐다보았다. 그도 별반 다른 반응은 보이지 않았다.

"그야 그랬지요. 그래서 애도 먹었지요. 몇 번씩 다시 하고 망치고 다시 하고…… 그건 노망이라기보다는 노쇠 현상이라고 봐야겠지요. 정작 노망이라면 죽은 이들이 이 목계에 와서 마을이 없어진 걸 보믄 집을 못 찾는다고 걱정한 거겠지요. 아닙니다. 죽은 이들이 아닙니다. 어딘가에 살아 있어서 돌아올 게라는 거였어요. 할머니는 사실 쪽물을 만드는 일보다도 여기까지 와서 그이들을 기다리는 게 더 큰일 같았어요. 노망이지요."

아무렇지도 않게 뱉어 내놓는 그의 말에 내 가슴의 파문은 더욱 커졌다. 할머니는 아무리 정정하다 해도 구순(九旬)의 나이였다. 그 힘든 몸을 이끌고 와서 쪽물을 만들며 오지 않을 사람들을 기다렸다니 그것은 확실히 노망이었다. 할머니가 옛것을 되살리고 어쩌고의 의미를 알 것 같지는 않았다. 하지만 할머니는 옛것을 되살리는 일을 몸소 했다. 그렇다면…… 내 생각은 갑자기 옆길로 치달았다. 그렇다면…… 할머니는 옛 감을 생생히 되살려낼 수 있었던 것처럼 옛일도, 모두가 살아 있는 그 상태로 생생히 되살려놓을 수 있다는 희망을 가졌던 것은 아닐까. 물론 이제 할머니의 '노망'의 마음을 상세히 짚어 볼 수는 없는 노릇이었다. 하지만 나는 자꾸만 '그렇다면……' 하는 전제가 가슴속의 파문의 물이랑마다 자리 잡는 것을 어쩔 수 없었다.

"노망이었군요."

나는 힘없이 중얼거렸다. 그리고 웬일인지 어서 빨리 집으로 돌아가야겠다는 마음이 일었다. 할머니가 살아생전에 그토록 기다리던 죽은 사람들 대신에 내가 왔으나 할머니는 이 세상에 없다는 일이 서로 교차되어 머릿속을 어지럽혔다. 그렇다면…… 할머니는 쪽물을 만드는 마음으로 그 사람들을 불러오지는 못했지만 나는 불러올 수 있었다……

"참, 이게 할머니가 시집올 때 가지고 온 쪽물 들인 치마랍니다. 어때요? 쪽빛이 아직도 곱지요? 쪽물은 아무리 오래돼도 비록 천이 해질망정 본연의 빛깔은 변하질 않지요. 옅어지더라도 그 빛깔 그대로 옅어진다는 게 쪽물의 특성입니다."

그가 함지박 위에 놓여 있는 천 조각을 들어 보였다. 몹시 낡은 천 조각이었다. 그러나 그 쪽빛은 그가 보여준 새 물감 쪽빛에 비해서는 너무나 옅었다. '옅어지더라도 그 빛깔 그대로 옅어진다'는 그의 말이 그 빛깔을 두고 말한 것인지는 알 수 없어도 그 빛깔은 매우 옅은데도 쪽빛의 푸름이 형형하게 서려 있는 듯했다.

"이거…… 제가 가져도 되겠습니까?

나는 어떤 충동에서 불쑥 말했다.

"그러시지요. 할머니의 것이기도 하고…… 너무 낡았지요."

그가 선선하게 허락했다. 허락한 게 아니라 내가 주인이 되어야 마땅한 물건이었다. 아닌 게 아니라 낡기는 무척 낡은 천 조각이었다. 시집올 때 가지고 온 쪽물 들인 치마는 평소에는 장롱 속에 고이 모셔놓았으리라. 그것이 어찌어찌해서 남의 집 뒷마당의 함지박 위에 구겨져 있다니 참으로 세월은 무심하기로 치면 그런 것이었다. 나는 군데군데 희끄무레하게 쪽빛이 날아간 그 천 조각을 집어 들고 망연히 들여다보았다. 할머니가 왜 '목계'에 자주 왔었는지는 확연해졌다. 그것은 노망 때문이었다. 그러나 나는 그것을 단순히 노망이라고 매도할 수는 없었다. 죽은 사람은 돌아오지 않는다. 그렇지만 죽은 사람이 살아 있다고, 돌아올 것이라고 믿는 마음을 어찌 노망이라고 매도하랴. 나는 그럴 자신이 없었다. 나는 할머니의 치맛자락이었다는 그 천 조각을 두 손으로 들고 한 올 한 올 살피듯 들여다보았다. 그 빛깔은 과연 깊고도 맑은 쪽빛이었다.

"얼굴을 비쳐 보시려구요? 그 천은 아무래도 너무 낡아서 안 되겠지요. 허허."

그가 기분 좋게 웃었다. 쪽물을 잘 들인 천을 들여다보면 거울처럼 얼굴이 비친다던 말이 떠올랐다. 나는 한 올 한 올 다시 들여다보았다. 그의 웃음 딸린 말처럼 십구 세기의 천은 너무 낡아서 내 얼굴을 비쳐 보기에는 어림도 없었다. 그러나 올과 올 사이, 빛깔과 빛깔 사이를 들여다보는 내 눈에 드디어 하나의 얼굴이 모습을 드러냈다.

처음에는 윤곽도 전혀 뚜렷하지 않았다. 그러던 얼굴이 천의 올과 올 사이 빛깔과 빛깔 사이, 아니 하늘 저 먼 데서 차츰 가까이 다가왔다. 할머니의 치마 조각은 하늘에 어린 얼굴을 바라보았다. 그 얼굴은 내 눈동자가 가장 잘 볼 수 있는 데쯤에서 뚜렷한 윤곽으로 멈추었다. 누구일까. 나는 눈도 깜박이지 않았다.

그리고 나는 보았다.

그것은 틀니 따위는 안 한 고운 새색시의 얼굴, 오래고 지켜운 기다림에도 지치지 않은 해맑은 새색시의 얼굴, 할머니의 얼굴이었다. 그 쪽빛 하늘 거울에 숨결 소리 어리어 그리운 이들을 영원한 초혼(招魂)으로 맞이하는 할머니의 새색시 얼굴이었다.

장구 치는 소녀

텔레비전의 권투 중계에서 주워들은 말로서, 몸의 다른 부위는 몰라도 턱은 맞으면 맞을수록 약해진다고 했다. 좀 더 부연하자면 턱은 얻어맞는 연습을 해서 강하게 할 수 없다는 것일 터였다. 가령 새끼를 감은 나무 기둥을 정권(正拳)으로 매일 치면 머지않아 그 정권 마디에 굳은살이 박여 딱딱해지는데, 턱을 그렇게 할 수는 없는 노릇이라는 말쯤으로 여겨졌다. 한번 깨진 턱은 다음에 더 잘 깨지지요. 그래서 유리 턱이라고도 하지 않습니까. 해설자는 그 말에 신빙성을 불어넣고자 유리라는 말을 강조하고 있었다. 권투에 대해서 잘 모르는 나로서는 '유리 턱'의 실체 또한 잘 모른다고 할 수밖에 없다. 그러나 그 말은, '작은 거라도 자꾸 맞으면 맞습니다'라든가 '몸을 움직여줘야죠. 가만히 서 있으면 맞습니다'라든가 '저렇게 맞고도 쓰러지지 않는군요. 맷집이 좋습니다' 하는 따위의 말보다는 그래도 어느 정도 뭔가 있을 듯싶었다.

그러나 여기서 내가 권투 이야기를 하려는 것은 결코 아니다. 밝혔다시피 권투 이야기를 이러쿵저러쿵할 주제도 못 된다. 권투라는 게 그저 어떻게든 상대방을 쳐서 몰거나 쓰러뜨리면 되는 운동 경기인 줄 누가 모르랴. 나 역시 그 이상으로 어떻게 기술적인 설명을 할 수 없는 주제인 것이다. 다만 권투와 관련하여 유달리 기억이 새로운 것은 언젠가 홍수환(洪秀煥) 선수가 파나마로 가서 그곳 출신의 카라스키야와 챔피언 결정전을 벌여, 이른바 사전오기(四顚五起)라는 말을 만들어냈을 때의 일이다. 카라스키야의 승리는 떼어놓은 당상으로 보였고, 문제는 홍수환의 비참한 최후에 대한 감정 처리만 남아 있는 셈이었다. 그런데 이변이 일어났다. 네 번째 엉덩방아를 찧고 나가떨어진 홍수환이 간신히 일어났는가 하자 순식간에 카라스키야에게 한 대 먹이고 이어서 찍어 누르듯 그를 눕혀버리고 만 것이었다. 카라스키야는 일어나지 못했다. 방금 전만 해도 혀를 끌끌 차고 있던 나는 놀란 나머지 그때부터 축하주를 든답시고 정신을 완전히 잃도록 퍼마셨었다. 홍수환은 네 번 쓰러졌어도 일어났는데 나는 그 자리에서 다음 날까지 일어나지 못했다. 처음에 술은 과일을 쟁여두었던 원숭이에 의해 만들어졌다는 말이 있기는 하지만, 나는 그때까지 휘둘리는 골을 흔들며 술을 만든 사람들을 저주하지 않을 수 없었다. 무릇 크든 작든 술꾼들이란 스스로 저지른 과음의 잘못을 다른 어떤 바깥의 요인에 전가하려는 버릇이 있는 것이다.

어쨌든 권투 중계 해설자는 턱은 맞으면 맞을수록 약해진다고 말했다. 그 말을 듣자 나는 난데없이 아킬레스건(腱)이라는 낱말이 떠올랐고, 이어서 외로움이라는 낱말이 떠올랐다. 알다시피 트로이 전쟁 때 그리스의 명장이었던 아킬레스는 발뒤꿈치를 빼고는 찔리지도 베어지지도 않는 불사(不死)의 몸을 가지고 있었으나, 트로이의 왕자 파리스가 쏜 화살에 그만 발뒤꿈치를 맞아 죽는다. 여기서 발뒤꿈치의 건은 아킬레스건이라는 이름을 얻게 되었다고 했다. 그러니까 '유리 턱'에서 난데없이 아킬레스건이 떠오른 것은 육체의 한 특정 부위의 약점에 대한 연상 작용이었으리라고 쉽게 유추할 수 있겠다. 따라서 난데없이 떠올랐다고 한다면 외로움이라고 하는 선뜻 입에 올리기 참으로 낯간지러운 낱말이 될 것이다. 외로움…… 이와 이 낱말이 나오게 된 이상 이 낱말이 어떤 과정을 통해 진부하게 되었는지를 캘 의도는 없다. 다만 아무리 이 낱말이 진부하게 되었다손 치더라도 홀로 있다는 사실에 진실로 쓸쓸해서 견디기 힘든 사람은 기어코 쓸 수밖에 없는 낱말임을 나는 알고 있었다.

나는 왜 '유리 턱'에서 외로움이라는 낱말을 떠올렸을까. 그것이 나 개인의 경우에만 해당하는 상황인지 어떤지는 몰라도 언젠가 외로움이란 겪으면 겪을수록 이겨낼 수 없이 사람을 더욱 외롭게 만든다고 생각한 때문이었다. 어떤 종류의 감정은 많이 겪을수록 무디어져서 종내에는 흐지부지되고 만다. 예컨대 두려움이 그렇지 않을까 싶다. 그러기에 두려움은 두려워하는 그 사태가 아직 닥치기 전의 상태에서 더욱 심하게 느끼게 되는 것이라는 말도 있을 것이다. 외로움…… 턱은 맞으면 맞을수록 약해진다…… 외로움은 겪으면 겪을수록 더욱 짙어진다…… 권투 중계 해설자의 말을 들으면서 그렇게 대치시켜본 것은 나만의 허약함 때문인지도 모른다. 그러나 이와 관련하여 나는 가끔 들르곤 하는 시장의 밥집 중년 아주머니가 웬일인지 눈에 선하다. 그 아주머니는 이른바 남녀 간의 문제에 대해서는 세상에서 할 수 있는 말은 눈 하나 깜짝 않고 서슴없이 할 수 있는 여자였다. 성 문제까지도 면역성이 있는

데 외로움은 그렇지 못하다고 나는 말하고 싶은 것이다.

  권투 중계 해설자의 '유리 턱'에서 난데없이 외로움을 연상했을 때, 실상 아는 지난 한 시절을 회상하고 있었다. 그 시절이 바로 외로움을 겪으면 겪을수록 더욱 짙어진다는, 다분히 '개똥철학' 유의 생각을 한 시절인 것이다. 흔히들 '개똥철학'이라면 삶의 단편들에 대한 얄팍한 정의나 공연히 심각한 체하는 투로 말하겠는데, 그 시절의 외로움 운운하는 내 생각이 과연 그렇기는 해도 나로서는 제법 그럴싸하다고 나는 나를 위로하고 있었다. 본디 외로움을 잘 타는 성격이라고 스스로 치부하고 있는 나는 십 대의 외로움과 이십 대의 외로움을 거쳐 서른을 넘어 바야흐로 삼십 대의 외로움을 겪고 있는 참이었다. 그리고 이미 그 무렵은 내가 외로움을 잘 탄다는 점에 나는 진저리를 내고 있기도 했다. 따져 보면 이 세상 누가 외롭지 않은 사람이 있으랴. 공수래공수거(空手來空手去)라는 이 세상 누가 '외로아서……'라면서 눈물을 찔끔거리지 않을 자신이 있는 사람이 있으랴. 하지만 그따위 나약한 소리를 입 밖에 내지 않고 무덤 속까지 당당하게 들어가려는 많은 의연한 사람들이 있다. 그런데 나는 왜 그렇지를 못한 것인가. 지겨웠다. 못난 녀석!

그 무렵 나는 광명시에 가까운 서울 변두리 천왕동에 거처를 정하고 있었다. 십 년이면 강산이 변하고, 지금에 와서는 변두리니 뭐니 하는 의식이 다소 희미해졌지만 그때가 지금으로부터 비록 십 년은 채 못 되었다고는 해도 아직 변두리는 여러모로 괄시가 심한 곳이었다. 시내버스는 포장이 안 된 길을 먼지를 뽀얗게 날리며 달렸다. 예로부터 영등포 지역 땅은 비만 오면 진창이 되어 그곳 사람들에 의해 '진둥포'라고 불리며, '마누라 없이는 살아도 장화 없이는 못 산다'는 곳임을 알면 그 먼지를 짐작할 것이다. 상하수도는 말할 것도 없이 엉망이었다. 청소차가 안 와서 재래식 변소들은 길바닥까지 넘쳐났다. 그런 한옆에서 우중충한 몰골의 동네 사람들은 시도 때도 없이 가마니때기를 펴고 막걸리 내기 윷을 던졌다. 대도시 한복판에서는 어느 결에 구경도 할 수 없게 된 윷판을 기웃거리며 나는 이상한 나라에 온 것 같은 착각을 느끼곤 했다. 그렇지. 도, 개, 걸, 윷, 모는 사라진 옛말의 흔적들로서 다들 짐승을 일컫는다. 도는 도야지, 개는 개, 걸은 닭, 윷은 코끼리, 모는 소? 일본의 옛 노래책인 《만요슈(萬葉集)》에도 수없이 비유로 쓰였다고 했지. 나는 아무 쓰잘데없는 생각까지 하며 윷판을 기웃거렸다. 나 역시 할 일이 없었기 때문이었다. 그러다가 배가 출출하여 무허가 음식점에 기어 들어가 떡라면이나 국수를 시켜 먹었다.

이런 한심한 분위기 가운데 그래도 낙이 있다면 그것은 주택지를 벗어나 곧 논과 밭을 볼 수 있다는 것이었다. 더군다나 주택지와 논밭의 경계가 되는 곳에는 고철을 수집하는 곳이 있어서, 검붉게 녹슨 고철 더미들과 녹색의 논밭은 선명한 대조를 이루고 있었다. 그해, 중국 대륙에서 황사(黃沙)가 날아와 하늘을 뒤덮는 봄철부터, 또한 중국 대륙에서 벼멸구 떼가 날아와 논에 내려앉는 여름까지 나는 뭔가 목마르게 그 논밭을 가로질러 갔다가 되돌아오는 일을 되풀이했다.

"이놈으 벼멸구 떼가 중국에서 바다를 건너 날아온다지 않소."

농약을 치던 사람이 나를 보고 말했다.

"봄철의 황사, 누런 모래 바람처럼 말이지요?"

"그렇다오."

대화란 고작 그런 정도였다. 나는 영화에서 보았던 중국의 엄청난 메뚜기 떼를 연상하면서 논길을 걸었고 멸구가 메뚜기라면 차라리 좋으련만, 어렸을 적에 빈 술병에다 메뚜기를 가득 잡아, 똥이 빠지게 하룻밤을 재웠다가 구워 먹던 일들이 되살아났다.

이른 봄에 고철 더미를 지나 논을 바라보았을 때, 아직 모심기가 시작되지 않은 무논에서 아이들이 개구리를 잡고 있었다. 논에 쟁기질을 하는 바람에 뒤집힌 땅속에서 튀어나온 개구리들이었다. 가까이 가서 보니 그 논의 개구리들은 유난히 컸다. 수박처럼 무늬 진 개구리들은 아이들의 손아귀에 뒷다리를 움켜잡힌 채 어이없다는 듯 눈알을 멀뚱거리고만 있었다. 아이들이 개구리를 잡는 것은 있음 직한 광경인데도 나는 분노가 치밀었다. 그 개구리들은 아마도 몇십 년은 묵었을 듯한 개구리들로 보였다. 몇십 년 묵은 개구리를 열 살이나 될까 말까 한 아이들이 능멸하다니. 나는 부글부글 끓어오르는 속을 간신히 달래야 했다. 그러고는 마치 아이들에 붙잡혀서는 나도 끝장이다 싶은 심정으로 도망치듯이 논길을 벗어나고야 말았다.

논밭을 벗어나 둔덕을 올라서면 거기 찻길을 나타났다. 포장이 안 된 시내버스 길과는 달리 아스팔트로 포장돼 있는 것으로 보아 버젓한 국도인 듯싶었다. 어디로 가는 길일까. 그 찻길은 포장이 말끔하게 잘돼 있는 데 비해 지나다니는 차가 없는 편이었다. 채 개발되지 않은 새로운 공업 단지를 향해 뚫어 놓은 길인지도 몰랐다. 길옆의 과수원에서는 복숭아나무들이 빠알갛게 꽃눈을 부풀리고 있었다. 어디선가 봄새 소리가 들려왔다. 어디로 가는 길일까. 그 길은 내게 그런 질문을 끌어내며 그 길을 따라 정처 없이 가보라고 유혹하고 있었다. 그러나 나는 그곳에서 걸음을 멈추었다. 지저분하기 짝이 없고 온통 시끌벅적한 동네의 분위기와는 달리, 그와 조금 떨어져 말씀하게 닦여 있는 그 길은 현실의 길 같지가 않았다. 이 길로 오라. 그렇게 누군가가 말하고 있는 듯이 여겨진 순간 겁이 났다. 멋모르고 한 발짝 두 발짝 떼어놓다가는 나도 모르는 사이에 영원히 세상을 벗어나고 말 것 같은 두려움이었다. 나는 서둘러 발길을 돌렸다. 아무리 곤고하고 아무리 외롭더라도 이 세상에 살고 싶다!

내가 그녀를 처음 본 것은 그 봄과 여름이 지나고 가을에 접어들어서였다. 직장을 잃고 집에서도 쫓겨나듯 나와 홀로 방을 얻어 산 지 어언 반년째, 경제적인 문제야 그렇다 치고라도 꼴이 말이 아니었다. 그 많던 친구들은 다 어디로 갔는가. 모두들 사라져갔다. 아니, 내가 그들로부터 사라져간 것인가. 그건 아무래도 좋다. 어쨌든 내가 철저히 버려져 있다는 점만은 틀림없었다. 논밭을 가로질러 그 찻길로 가서, 자칫 잘못하면 이 세상에서 증발하고 말 것 같은 위협을 느끼는 일은 여전히 계속되고 있었다. 맑고 평화롭고 안온함은 내 처지에 함부로 누릴 수 있는 게 아니었다. 그곳에서 돌아오는 대로 그곳과는 반대쪽 동네 어귀로 나가는 것이 나의 일과였다. 시장기를 면하기 위해서였다. 그런 어느 날 옆길로 들어섰다가 한 포장마차에 들렀다. 흔히 포장마자, 포장마차 하지만 실은 어느 포장마차나 말이 끌고 다니지 않는 바에야 마차는 애당초 아닌 것인데 특히 그 포장마차는 리어카 주위에 아예 붙박이로 천막을 늘여 쳐서 거의 집 형태를 갖추었으므로 포장마차라기보다는 포장집이라고 부르는 편이 옳을 것이다. 안쪽에는 약식으로 구들까지 놓았는데 무릎 높이로 올라온 방바닥이 있어서 거기서 사람들이 술을 마시기도 했다. 그 포장집을 알기 전까지는 나는 마땅한 집을 발견하지 못해 다문 한두 잔이라도 이곳저곳을 옮겨 다니며 기울이곤 했었으나, 그 포장집을 알고부터는 술집 혹은 포장마차에서만은 떠돌이 신세를 면하기로 하고 있었다. 그렇다고 해서 그 포장집이 다른 곳보다 안주를 갖추어놓았다거나 자리가 편하다거나 무슨 특별한 점이 있어서는 아니었다. 그동안 나는 꽤나 헤맸고, 이젠 헤매지 말자고 여겼을 때, 그 포장집을 발견했던 것이다. 그로부터 나는 거의 매일이다시피 그 포장집에 들러, 어떤 때는 우동을, 어떤 때는 막걸리 한두 잔을, 어떤 때는 이 홉들이 소주를 거의 두 병씩이나 마셨다.

그날 나는 날이 완전히 어두워서 그 포장집에 들렀다. 그날따라 나는 하루 종일 방에 틀어박혀 꼼짝 안 하고 있다가 그제야 어슬렁거리며 밖으로 나온 것이었다. 찌는 듯하던 폭염도 어느새 슬그머니 꼬리를 감추고 저녁 바람이 선듯했다.

"어서 오시우."

내가 채 들어서기도 전에 주인 여자가 반색을 했다.

"오늘은 안 오나 했지."

"봉황이 오동나물 놔두고 어딜 가겠습니까."

꽤 너른 포장 안이 여러 가지 잡다한 안주 종류를 굽는 냄새로 가득했다. 주인 여자가 어떻게 새겨듣든지 봉황이고 오동나무고 말해놓고 보니 처량한 내 신세가 더욱 처량해지는 느낌이었다. 그러자 돌아앉아 있던 여자가 얼굴을 돌려 나를 힐끔 쳐다보았다. 그러더니 곧 본 척도 안 하고 얼굴을 돌려버렸다. 나는 그녀가 비스듬히 보이는 자리에 가서 앉았다.

"막걸리. 갈매기하고."

어떤 조갯살을 갈매기라고들 했다.

"여기도 빨리 주세요. 시간 없는데."

그녀가 재촉했다. 그 옆에 동료인 듯한 또 한 여자와 나란히 앉은 그녀는 손에 이미 젓가락까지 들려 있었다. 스무 살을 갓 넘었을까 말까 한, 젊다고 하기보다는 어리다고 하는 표현이 알맞을 여자였다. 나는 달리 시선을 줄 곳도 마땅치 않아 별수 없이 그녀에게로 시선을 건넨다는 식으로 그녀를 바라보았다. 약간 긴 머리를 손수건으로 동여맨 얼굴은 갸름한 편이었는데, 맑고 천진하다는 느낌을 주었다. 그러나 또한 어느 편인가 하면 얼굴이 주는 호감에 비해 몸 전체가 주는 느낌은 촌스러움이었다. 좋게 말할 때 시쳇말로 때가 덜 묻었다는 표현을 하지만 촌티란 그와는 좀 다른 표현이 될 것이다.

"자, 아가씨들 꺼."

주인 여자가 작은 플라스틱 접시에 닭똥집을 담아 내놓았다. 닭똥집…… 하기야 나는 이 포장집에 젊은 여자들이 먹을 게 뭐가 있을까 궁금하게 여기고는 있었다. 그 나이 또래의 여자들이란 튀김이니 떡볶이 같은 주전부리를 좋아하는데 그 포장집에는 그런 것들이 없었다. 게다가 남자와 함께 들어오는 경우는 있어도 여자들만 들어오는 경우는 거의 없었다.

"맛있겠다, 얘. 어서 먹자."

그녀가 동료에게 말하고는 먼저 한 점을 집어 입에 넣었다.

나이 서른이 넘어서서, 세월의 바람에 의해 조금씩 풍화되기는 됐어도 그 몇 년 전까지 나는 여자들이 그런 종류의 음식을 먹는 것에 심한 거부감을 느꼈었다. 여자들은 먹는 모습이 예뻐야 함은 말할 것도 없고 먹는 것 자체가 지저분한 것이 있어서는 안 된다. 여자들의 먹을 권리를 제한하려는 뜻은 티끌만큼도 없었고 오로지 여자들의 품위를 위한 충정으로서였다. 그런데 닭똥집?

곧 내 앞에도 막걸리와 갈매기가 놓였다. 나는 스테인리스 주발에 막걸리를 따라 단숨에 한 잔을 들이켰다. 빈속이 금세 홧홧해왔다. 노동자 차림의 중년 사내 서넛이 두리번거리며 들어와 안쪽 방으로 올라가 앉아 소주에 돼지고기를 시켰다. 그들의 을씨년스러운 모습에서 가을은 나뭇잎의 조락(凋落)이나 단풍 같은 것으로 우리에게 다가오는 게 아니라 사람의 몸짓으로 먼저 다가오는 것이라고 생각되었다.

"우리 닭발두 먹을까?"

그녀의 말에 옆의 여자가 고개를 끄덕여 동의했다. 닭똥집은 그새 흔적도 없었다.

"여기 닭발 네 개만 더 주세요."

나는 그 포장집에 닭똥집이 있는 줄은 알고 있었으나 닭발이 있는 줄은 몰랐다. 그녀가 가리키는 곳을 보니 아닌 게 아니라 노란 닭발들이 수북이 쌓여 있었다. 그것들은 몸뚱이와 함께 가지 못한 게 송구스럽다는 듯 발가락을 오그리고 있었다. 나는 다시 한 번 그녀를 눈여겨보았다. 저토록 앳되고 티 없는 얼굴을 한 여자가 닭발까지 먹겠다고 하다니 서글픈 일이었다. 나는 막걸리를 연거푸 들이켰다. 닭고기부터를 싫어하는 내게는 닭발을 먹는다는 사실 자체가 있을 수 없는 일이었다. 끔찍했다. 주인 여자가 닭발 네 개를 집어 그녀들 앞에 놓여 있는 빈 접시 위에 놓자 그녀는 전등 불빛에 눈을 빛내며 발모가지를 집어 들었다.

"얘, 난 똥집보다 발이 맛있더라."

그녀는 말하기가 바쁘게 닭발의 뼈다귀에 붙어 있는 살을 발라먹기 시작했다. 닭발을 저렇게 먹는 거로구나 나는 생각했다. 소나무에서 송기 벗겨 먹듯 하는군. 그러나 그게 아니었다. 껍질을 거의 벗겨 먹었는가 했더니 이어서 오도독오도독 발가락뼈를 씹는 소리가 났다. 아. 나는 다만 놀라울 뿐이었다. 그녀는 그렇게 순식간에 그녀 몫의 닭발 두 개를 해치웠다.

"더 먹구 싶다. 그치?"

"그렇지만 너 오늘 과용한 거 아니니?"

옆의 여자가 얻어먹은 게 미안하다는 표시를 했다.

"괜찮아, 곧 추석인걸 뭐. 발 하나씩을 더 먹었으면."

그녀가 작은 동전 지갑에서 동전을 꺼내면서 입맛을 다셨다. 더 먹었으면 좋겠는데 자신도 역시 '과용'했다는 느낌이 든다는 표정이 역력했다. 그때 돈으로 한 개에 십 원짜리 닭발. 그때 나는 내가 아무리 쪼들린다지만 그녀들에게 닭발 몇 개쯤은 살 여유는 있다는 생각이 머리를 스쳤다. 술 먹은 허장성세 때문인지도 모른다.

"아가씨들 닭발 더 드쇼. 내가 사리다."

나는 불쑥 나섰다. 두 여자의 얼굴이 나를 향했다. 자신들의 행동을 내가 일일이 엿보고 있었다는 데 당혹한 듯한 얼굴들이었다.

"염려 마시고 들어요. 별다른 뜻은 없으니까."

사실이었다. 그것은 단순한 호의에 지나지 않았다. 나는 그녀들이 닭똥집에 이어 닭발을 먹는 것에 적이 야릇한 감회에 젖어 있었다. 그러나 그것이 오히려 나로 하여금 그와 같은 제안을 하게끔 했으리라.

"얘, 가자."

하지만 그녀들은 내 호의를 받아들이지 않았다. 닭발을 하나만 더 먹고 싶다던 말은 어디 가고 그녀들은 나를 힐끗힐끗 곁눈질하면서 '바로 저런 사람을 조심해야 해' 하듯 사라져버렸다. 나는 머쓱해져서 그녀들이 사라진 어둠 속을 한동안 멍하니 바라보았다. 그것이 그녀와의 첫 대면이었다. 주인 여자의 말에 의하면 그녀들은 어느 봉제 공장의 여공들이라고 했다.

"곧 추석인걸 뭐" 하던 그녀의 말대로 며칠이 지나 추석이 되었다. 명절이라고 해서 내게 달라질 것은 조금도 없었다. 변두리 못 사는 사람 동네에도 울긋불긋한 한복 차림이 오가고 동네 한복판의 윷판은 제때를 만났다. 그날따라 음식점마다 문을 닫아서 나는 밥 먹을 곳을 여기저기 찾던 끝에 결국 그 포장집에서 우동으로 끼니를 때워야 했다. 그야말로 '개 보름 쇠듯 한다'는 말이 제격이었다. 이제는 할 일 없이 윷판을 기웃거릴 일만 남아 있는 셈이었다.

밭은 꽹과리 소리, 장구 소리, 북 소리, 징 소리가 어우러진 농악 소리가 들려왔다. 자진 도드리장단인가 하고 눈을 돌리자 농악대는 벌써 동네 한복판으로 들어서고 있었다. 물론 영기(令旗)에서부터 무동(舞童)은 말할 것도 없고 나팔 두 개, 상쇠니 무쇠니 종쇠니 하는 꽹과리들, 북 말고 버꾸(法鼓)까지 골고루 갖추어진 농악대는 아니었다. 그러나 머리에는 상모나

고깔들을 쓰고 바지저고리에 색띠를 두른 복색은 농악대의 그것이었다. 이윽고 동네 한복판으로 그들은 한바탕 신나게 사물을 두드려댔다. 채상모의 물채 끝에 달린 생피지는 어디선가 반쯤 잘려 나가 짤막한 채 하늘을 휘돌았고 뻣상모의 부포는 개꼬리처럼 흔들렸다. 그들은 이미 술들이 거나해져들 있었다. 나는 농악대와 윷판을 건성으로 번갈아 보며 우두커니 서 있었다. 그런 어느 순간, 나는 농악대에 좀 색다른 구석이 있다는 느낌을 받았다. 무엇 때문일까. 다들 바지저고리 차림인데 한 사람만은 그냥 바지 차림의 평상복인 때문이었다. 그는 고깔을 쓰고 장구를 메고 있었다. 아니다. 자세히 보니 그가 아니었다. 여자의 몸매였다. 여자는 맴까지 돌며 장구의 말가죽과 쇠가죽을 날렵하게 쳐대고 있었다. 그때였다. 나는 눈을 크게 떴다. 고깔 밑에 홍조를 띠고 있는 갸름한 얼굴은 바로 그녀의 얼굴이었다. 그럴 리가 없을 텐데 하고 눈을 다시 씻고 보아도 그녀가 틀림없었다. 그러나 그것은 닭똥집과 닭발을 먹던 앳되고 촌스러운 여자가 아니었다. 그것은 요염하고 간드러진 여자의 모습이었다. 그 얼굴에는 어떤 요기 같은 것도 어려 있는 듯했다.

그날 저녁에 나는 그 포장집에서 그녀를 만났다. 나는 먼저 그 포장집에 가서 그녀를 기다리고는 있었어도 그녀가 나타날지에 대해서는 아무런 확신을 할 수 없었다. 농악대 틈에서 그녀를 발견하고 나도 모르게 그녀 옆으로 다가간 나는 저녁에 '닭발집'으로 오면 닭똥집이든 닭발이든 사겠노라고 일방적으로 말했던 것이다. 그녀가 나타나지 않아도 어쩔 수 없는 일이었다. 하지만 나는 솔직히 말해서 그녀의 모든 일이 궁금했다. 그리고 그녀가 스스럼없이 모습을 나타냈던 것이다.

"아저씨는 추석날 왜 이러고 계세요?"

막걸리와 닭똥집이 나오기를 기다려 그녀가 물었다. 나는 장구를 치던 여자가 이 여자일까 의심이 갈 지경이었다. 그녀는 여전히 맑고 천진한, 앳된 여자였다.

"아저씨라면 섭섭한데……"

나는 웃으면서, 서울이 집이지만 가봤자 별 낙이 없어서 그냥 있었노라고 얼버무렸다. 그와 함께 추석이기 때문에 그녀가 스스럼없이 내 제안을 받아들여 그 포장집까지 왔음을 깨달았다.

"자, 먹으면서 얘기합시다. 그럼 아가씨는 왜……?"

나는 막걸리를 잔에 따랐다. 그녀가 닭똥집을 집어 입으로 가져갔다.

"시골집엔 아직 갈 때가 못 돼서요. 그래서요."

그녀가 닭똥집을 씹느라고 입을 오물거리며 대답했다.

"갈 때가 못 되다니요?"

"이왕 서울 왔으면 성공을 해야지요. 그래서 내려가야지요. 늦게 올라온 데다가……"

그녀의 낯빛이 조금은 흐려졌다고 생각되었다. 나는 여태껏 시골에서는 뭘 했느냐고 묻고 싶은 것을 참았다. 처음부터 너무 꼬치꼬치 캐묻는다는 인상을 줄까봐서였다.

"그런데 장구는 어떻게……"

나는 고깔 밑의 홍조 띤, 요염한 얼굴과 날렵하게 돌아가던 몸매를 떠올렸다.

"아, 그건…… 별건 아니에요. 심심해서 나왔다가 걸립패를 만난 거예요. 마침 장구가 하나 남아서 쳐보겠다고 했죠."

그러고 나서 그녀는 충청도의 그녀네 시골 마을은 농악으로 이름이 난 마을이라고 덧붙였다. 듣고 보니 그녀의 말마따나 별건 아닌 듯도 했다. 하지만 장구가 하나 남는다고 해서 선뜻 나선 사실도 사실이려니와 그 솜씨는 결코 '별건 아니에요' 하고 말할 성질의 것이 아니었다. 그녀는 이어서 집에도 장구가 있었다는 것, 마을의 웬만한 사람은 장구든 뭐든 다 칠 줄 안다는 것, 그녀의 장구 솜씨는 형편이 없다는 것, 그렇지만 서울 변두리 걸립패보다야 못하겠느냐는 것 등등을 내게 말했다. 나는 그녀의 솜씨가 훌륭하더라고 그야말로 맞장구를 쳐주었다. 그녀가 내게 그토록 스스럼없이 말할 수 있는 것은 그 얼마 전에 얼굴을 대한 적이 있었기 때문이리라. 그런 분위기에 편승하여 나도 나름대로 내 처지를 조금은 설명해주었다. 잠시 집안과 뜻이 안 맞아 나와 있으며, 곧 직장도 다시 얻게 되리라는 것을. 그것이 내 처지가 아니라 희망이라는 사실에 가슴이 몹시 무거웠지만……

"그러면…… 실례인지는 모르지만…… 봉급은 어느 정도 받나요? 괜찮은 정도?"

나는 물었다. 그러자 그녀의 얼굴이 갑자기 어두워졌다.

"말씀을 드리고 싶지 않는데요. 저는 아직 기술이 시원찮아서……"

그녀가 말꼬리를 흐렸다. 나는 쓸데없는 질문을 던진 것이 후회되었다. 먹고 싶은 닭발을 헤아리며 먹어야 되는 봉급이라면 굳이 물을 필요가 없는 것이었다. 다른 동네는 몰라도 그 동네에는 가내공업 수준의 고만고만한 공장들이 상당히 많았다. 대부분 대낮에도 형광등을 켜야 하는 굴속 같은 집들이었다. 어두컴컴한 반지하실에서 톡탁거리는 소리가 나서 무엇인가 하고 들여다보면 병마개를 만들고 있었고, 찌르륵찌르륵하는 소리가 나서 들여다보면 편직기 앞에 앉아 있었다. 술집과 밥집을 전전하다가 들은 이야기로는 이른바 '시다'는 밥을 먹는 것만으로도 만족해야 할 지경이었다.

"오늘은 맛있는 걸 좀 들어요. 명절이니까…… 여기서 이렇게 명절을 쇠는 것도 뜻깊지 않소."

문득 말하고 보니 그녀가 마치 가족처럼 생각되었다. 그렇다. 그녀는 내 누이동생이라도 좋으리라. 아니면…… 그렇다…… 나의 어린 아내라도 좋으리라.

"둘이서 언제부터 사이가 좋아지셨수? 샘나겠네."

게다가 주인 여자도 덩달아 거들었다.

"뭐 명절날 똑같이 집에 못 간 신세일 뿐이지요. 여기 뭣 좀 줘요."

사이가 좋다는 말이 지나치게 강조되어 그녀의 비위를 상하게 하지나 않을까 하여 적당히 둘러댔다.

그날 나는 그녀와 오랫동안 그 포장집에 앉아 있었다. 그리고 그녀가 고등학교까지 졸업하고 집에 있다가 집에서 결혼 이야기가 나와 도망치다시피 서울로 왔다는 사실도 알았다.

무작정 상경이었다. 자신은 아직은 결혼은 상상하지도 않고 있다는 것이었다. 그녀는 말을 듣는 편이 아니라 하는 편이었다. 아마도 애초에 포장집으로 나를 만나러 올 때부터 그런 말들을 털어놓으려고 작정한 것도 같았다. 모두가 객지에서 처음 맞는 명절 탓일 것이었다.

"우리 고향에는 대추나무가 많아요. 보은 대추도 유명하지만요. 울릉도 처녀들은 오징어가 많이 잡혀야 시집을 간다고 했다잖아요? 우린 대추가 많이 열어야 시집을 간다고 바람아 불지 말라고 노래를 불렀대요. 지금쯤 대추가 익었겠죠?"

그녀의 말들은 지극히 평범한 말임에도 불구하고 웬일인지 내 심금을 울렸다. 이처럼 건강하고 아름다운 처녀가 가출을 해야 했다니 그 책임이 내게 있는 것만 같았다. 지금이라도 집으로 돌아가는 게 어떠냐고 말했을 때 그녀는 펄쩍 뛰었었다. 그럴 만도 했다. 그녀가 집을 나온 것은 결혼식을 불과 며칠 앞두고서였다는 것이었다.

밤이 이슥해서야 우리들은 그 포장집에서 나왔다. 그리고 그 포장집에서 자주 만나게 될 것임을 기정의 사실로 하고 헤어졌다. 아무도 없는 빈방에 돌아와 자리에 누운 나는 막걸리 기운에 흐릿해진 머릿속과는 달리 그녀를 향한 하염없는 그리움과 연민에 늦게까지 파충류처럼 몸을 뒤척이다 겨우 잠이 들었다.

그러나 다시 그녀를 만날 수 있으리라는 당연한 기대는 허황된 것이었다. 그녀는 어찌된 일인지 다음 날도, 그다음 날도 포장집에 모습을 나타내지 않았다. 다시 다음 날도, 그다음 날도 마찬가지였다. 나는 궁금해서 견딜 수가 없었다. 마침내는 포장집의 주인 여자에게도 물어보았으나 그날 이후 통 얼굴을 볼 수 없다는 대답이었다. 어느 공장에서 일하는지는 아느냐는 물음에도 근처에 봉제 공장이 한둘이 아니라서 알 수가 없다는 대답이었다. 우리들 삶이란 이다지도 근거가 없단 말인가 하고 나는 탄식하지 않을 수 없었다. 부평초 인생이라더니 내가 바로 그 신세였다. 고향으로 내려가지는 않았을 것이었다. 하루 사이에 다른 어느 먼 곳의 공장으로 옮겨 갔을 리도 만무했다. 어디가 아파서 꼼짝없이 누워 있을지도 몰랐다. 그것이 가장 유력한 추측이었다. 그렇지 않고서는 나를 보아서도 한 번쯤은 모습을 나타내줄 것이었다. 나는 그때까지 살아오는 동안 그렇게 막막한 심경에 처하기는 처음이었다. 그녀가 아파서 꼼짝 못하고, 약도 못 먹고 누워 있다면, 그녀에게 일 년 열두 달 닭똥집이며 닭발을 사줄 돈이라도 몽땅 긁어모아 약값으로 주고 싶었다. 그러나 그녀를 찾을 수가 없는 것이었다. 나는 방 안에서고 윷판에서고 안절부절못하고 늘 주위를 두리번거렸다.

그러던 어느 날 그 포장집에 들른 나는 주인 여자로부터 드디어 그녀의 소식을 들을 수 있었다. 여느 때와 같이 안주와 갈매기를 시켜놓고 안주가 나올 동안 막걸리를 먼저 따라 마시고 있는 내게 주인 여자가 유난히 은근한 얼굴을 했다.

"걔 말이우. 똥집 잘 먹는 애, 걔."

똥집이라는 말에 퍼뜩 정신을 가다듬었다.

"걔라뇨?"

"거 왜 있지 않우. 추석날 같이 있던 애. 걔가 글쎄 개봉동 술집에서 장구를 친답디다. 같이 오던 애가 귀띔해줍디다. 손님 시중까지 좀 들면 수입이 수월찮은 모양인데. 요즘에 장구를 치는 술집이 다 있나. 얼굴 반반한 건 그래서들 탈이야, 탈."

나는 들었던 술잔을 힘없이 내려놓았다. 그날 고향 생각에 장구를 치고 다녀 여러 사람 눈에 띈 것이 사단이었음이 명백했다. 주인 여자에게 되도록 태연한 척해 보이려고 애썼으나 내 표정은 분노와 덧없음으로 뒤범벅이 되어 심하게 일그러졌다. 아무에게도 하소연할 길이 없는 일이었다. 또 따지고 보면 그녀는 나와 하등 관련이 없는 여자였다. 그런데도 나는 견딜 수가 없었다. 갈매기를 굽고 있는 주인 여자의 등 뒤로 그녀를 기다리며 수북하게 쌓여 있는 닭발들이 눈에 들어왔다.

"아줌마, 갈매기 그만두고 닭발이나 줘요."

나는 뜻밖에 크게 소리치고 있었다.

"아니, 왜? 다 됐는데. 통 먹지도 않던 걸."

"글쎄, 몇 개 줘봐요."

평소와는 다른 퉁명스러운 내 말에 주인 여자는 두말없이 닭발을 접시에 얹어 내놓았다. 나는 막걸리 주발을 단숨에 비우고 나서 노란 닭발을 집어들고, 껍질이고 뭐고 할 것 없이 다짜고짜 오도독오도독 깨물기 시작했다.

순간 나는 어떤 사내가 꽃구경을 가서 그리는 한 여자가 쪽빛 하늘 거울에 어려 있다는 생각이 문득 들었다. 거울 속에서 그 여자는 머리에 꽃을 꽂고 치마를 허리에 여미고 장구를 치고 있었다.

작가의 말

내 삶의 아이콘

 물론 그곳에 협궤열차만 있었던 것은 아니다. 나는 그곳에서 많은 것을 얻었고 또 잃었다. 아니, 인생이란, 잃는 것은 본래 없다는 점에서 잃는 것은 결국 얻는 것일 수밖에 없다고 말해야 한다. '잃음=얻음'이라고, 상당히 철학스러운 말이 여기에 끼어든다.
 하루하루 살아가는 일이 전인생이 되는 삶이 있었다. 나는 내가 택한 삶을 저주하고 혐오하며 그래도 살아야 하는 상황을 이해하기 힘들었다. 진정한 삶은 어디에 있는가. 사랑이란 게 있기는 한 것인가. 어떤 친구가 '자멸파'로 지칭한 삶이었다.
 바닷가 마을은 어둠에 눌려 있었다. 마을의 바깥으로는 철조망이 쳐져 사람의 왕래를 막고 있었다. 멀리서 바라보며 '보물섬'으로 불렸던 산 아래로는 죽은 땅처럼 뻘밭이 누워 있었고, 몇 줄기 물길이 바다로 향하고 있었다. 벼르다가 그곳에 간 나는 순식간에 일상을 떠나 다른 세상에 이르렀다. 손에 잡힐 듯 바라보이던 '보물섬'은 죽은 땅이었다. 나는 비로소 내가 사는 곳의 실상을 보았던 것이다.

떠남은 이토록 가까운 곳에서 삶을 격리시킨다. 우리는 언제나 한 발짝에 일상을 떠나 격리된다. 하지만 우리는 일상에서 격리되는 순간, 다시 돌아오기를 갈망한다. 이 지루한 일상이야말로 아름다운 꽃핌의 세상이라고 '자멸파'가 부르짖을 때, 나는 그곳에 살아 있었다. 조국의 현실이 아팠다고 한다면 단순하고 게으른 설명이 되고 말 것이다. 그러므로 나는 '자멸파'가 된다.

나는 희망을 잃지 않았다. 위에서 '잃음 = 얻음'이라고 말한 근거가 이것이라고 말할 수밖에 없다. '부정 = 긍정'이 되는 힘이기도 하다.

상당한 시간을 거쳐 일상으로 돌아온 나는 소설가로 거듭 태어났다. 나는 다시는 좌절하지 않을 것이며 오로지 무엇이든 쓸 힘을 얻었다. 내가 보았던 그 '원숭이'는 비록 눈에 띄지 않았을지라도 없어진 게 아니었다. 원숭이는 내게 있었다. 나는 그 사실을 소설로 쓰지 않으면 안 되었던 것이다.

본래 민음사에서 같은 이름으로 출간했지만 이 책 역시 다른 것들과 마찬가지로 다시 엮었다. '원숭이'와 마찬가지로 '유니콘'이나 '꽃' 같은 아이콘은 내게는 삶의 상징으로 지금도 똑같이 작용함을 강조하려 한다.

2017년 여름
윤후명

작가 연보

1946년 강원도 강릉에서 태어났다.
1967년 《경향신문》 신춘문예에 시 〈빙하(氷河)의 새〉가 당선되며 시인으로 입신했다. 그로부터 신춘문예 당선 시인들의 모임인 《신춘시》에 작품을 발표하다가 시 동인지 《70년대》의 창간 동인으로 활동하면서 시인에의 길에 본격적으로 들어섰다.
1977년 그동안 여러 출판사들을 전전하며 써 모은 시들을 엮어 시집 《명궁(名弓)》을 문학과지성사에서 펴냈다. 개인적으로 문학적 성과이기도 한 이 시집은, 동시에 문학적 갈증을 유발시켰고, 그 무렵 밀어닥친 가정사의 문제와 뒤엉켜 소설에의 길을 모색하는 계기가 되었다.
1979년 《한국일보》 신춘문예에 단편소설 〈산역(山役)〉이 당선되며 소설가가 되었고, 이듬해에 다니던 출판사를 그만두고 소설가로서의 삶만을 살기로 결심했다.
1980년 소설 동인지 《작가》의 창간 동인이 되었다.
1983년 거제도 체류. 중편소설 〈돈황(敦煌)의 사랑〉으로 녹원문학상을 수상했고, 동명의 표제작으로 첫 소설집을 문학과지성사에서 펴냈다.
1984년 단편소설 〈누란(樓蘭)〉(뒤에 〈누란의 사랑〉으로 개작)으로 소설문학 작품상을 수상했다.
1985년 단편소설 〈엉겅퀴꽃〉과 〈투구게〉를 중편소설 〈섬〉으로 개작, 한국일보 문학상을 수상했다. 소설집 《부활하는 새》를 문학과지성사에서 펴냈다.
1986년 단편소설 〈팔색조〉(소설집에는 〈새의 초상〉으로 수록), MBC 베스트셀러 극장에서 드라마 방영.
1987년 산문집 《내 빛깔 내 소리로》를 작가정신에서, 중편소설 문고 《모든 별들은 음악소리를 낸다》를 고려원에서 펴냈다.
1988년 중편소설 〈높새의 집〉이 국제 펜 대회 기념 《한국 소설집》에 번역(서지

문 옮김), 수록되었고, 〈모든 별들은 음악소리를 낸다〉가 무용가 김삼진에 의해 호암아트홀에서 공연되었다.
1989년 소설집 《원숭이는 없다》를 민음사에서 펴냈다.
1990년 장편소설 《별까지 우리가》를 도서출판 둥지에서, 산문집 《이 몹쓸 그리움 것아》를 동서문학사에서, 장편소설 《약속 없는 세대》를 세계사에서, 문학선집 《알함브라궁전의 추억》을 도서출판 나남에서 펴냈다.
1992년 장편소설 《협궤열차》를 도서출판 창에서, 장편동화 《너도밤나무 나도밤나무》와 시집 《홀로 등불을 상처 위에 켜다》를 민음사에서 펴냈다.
1993년 《돈황의 사랑》이 프랑스 출판사 악트 쉬드(Actes Sud)에서 번역(최윤 옮김)되어 나왔다.
1994년 중편소설 〈별을 사랑하는 마음으로〉로 현대문학상을 수상했다.
1995년 중편소설 〈하얀 배〉로 이상문학상을 수상했다. 한국소설가협회 기획분과위원회 위원장에 선임되었다. 연세대학교, 동국대학교 국문학과 강사(~1997년).
1997년 소설집 《여우 사냥》을 문학과지성사에서, 산문집 《곰취처럼 살고 싶다》를 민족사에서 펴냈고, 한국소설학당을 설립했다.
1998년 추계예술대학교 강사(~2000년).
1999년 단편소설 〈원숭이는 없다〉가 독일에서 나온 《한국 소설집》에 번역(안소현 옮김), 수록되었다.
2000년 민족문학작가회의 이사로 선임되었다.
2001년 추계예술대학교 문예창작과 겸임교수가 되고(~2003년), 소설집 《가장 멀리 있는 나》를 문학과지성사에서 펴냈다. 한국소설가협회 이사, PEN 클럽 기획위원회 위원으로 선임되었다.
2002년 단편소설 〈나비의 전설〉로 이수문학상을 수상했다. 산문집 《그래도 사랑이다》를 늘푸른소나무 출판사에서 펴냈다. 중편 〈여우 사냥〉이 일본의 이와나미문고에서 나온 《현대한국단편선》에 번역(三枝壽勝 옮김), 수록되었다. 《대한매일신보》 명예논설위원, 연세대학교 동문회 상임이사(문화예술분과)로 위촉되었다.

2003년 산문집《꽃》을 문학동네에서 펴냈다.
2004년 소설가협회 중앙위원이 되고, 2005년 독일 프랑크푸르트 도서박람회 주빈국(한국) 출품 도서 '한국의 책 100선'에《돈황의 사랑》이 우리 소설 16편 중 하나로 선정되었다. 동화《두부 도둑》을 자유지성사에서 펴냈다.
2005년 장편소설《삼국유사 읽는 호텔》을 랜덤하우스중앙에서 펴냄과 함께《돈황의 사랑》을《둔황의 사랑》으로(문학과지성사),《이별의 노래》를《무지개를 오르는 발걸음》으로(일송북) 제목을 바꾸고 여러 곳 손을 보아 다시 펴냈다. 프랑크푸르트 도서전을 계기로 독일 순회 낭독회에 참가, 본 대학과 뒤셀도르프 영화박물관에서 작품을 낭송하고 해설하는 행사를 가졌다.《The love of Dunhuang(둔황의 사랑)》(김경년 옮김)이 미국 CCC출판사에서 나왔다. 서울디지털대학교 초빙교수.
2006년《敦煌之愛(둔황의 사랑)》(왕책우 옮김)이 중국에서 나왔다. 국민대학교 문예창작대학원 겸임교수(~현재). 시와 소설 그림집《사랑의 마음, 등불 하나》를 랜덤하우스중앙에서 펴냈다.
2007년 단편소설〈촛불 랩소디〉로 제12회 현대불교문학상을 수상했다. 소설집《새의 말을 듣다》를 문학과지성사에서 펴내고, 이 책으로 제10회 동리문학상을 수상했다.
2008년《21세기문학》편집위원.
　　　　미술:「티베트의 길, 자유의 길 전」(헤이리 '마음등불')에 참여했다.
2009년 중국 베이징 주중 한국문화원 개원 2주년 기념행사 '한중작가 사인회'(장편《인민을 위해 복무하라》의 중국작가 옌롄커(閻連科)와 미국 LA 한인문인협회 세미나에 참가(강연)했다. 문학 그림집《지심도, 사랑을 품다》를 펴내고(교보문고), 전시회와 낭독회(거제도)를 가졌다.
　　　　미술:「독도 전」(전국순회전),「어머니 전」(미술관 가는 길),「구보, 청계천을 읽다 전」(청계천 광장, 부남미술관).
2010년 한국소설가협회 부이사장이 되고, 중국 난징(난징대학)과 타이완 타이베이(정치대학) '한국문학포럼'에 참가. 산문집《나에게 꽃을 다오 시간이 흘린 눈물을 다오》를 중앙북스에서 펴냈다. 중편소설 〈하얀 배〉 〈모든 별들은 음악소리를 낸다〉 고등학교 교과서에 수록.

미술; '문인 자화상 전'(신세계갤러리), '한국의 길—제주 올레 전'(제주현대미술관, 포스터 채택), '이상, 그 이상을 그리다 전'(교보문고, 부남미술관선유도), '조국의 산하전'(헤이리 '마음등불'), '한국, 중국, 오스트리아 교류전'(헤이리 아트팩토리).

2011년 《한국소설》 편집주간을 겸임하고, '한국작가총서 문학나무 이 한 권의 책 001' 《사랑의 방법》을 문학나무에서 펴내고 문학교육센터(남산도서관)에서 낭독회를 열었다.

미술; 한일교류전(헤이리 한길아트), '아트로드77'전(헤이리 리앤박 갤러리), 조국의 산하전(광화문 '광' 갤러리)

2012년 육필시집 《먼지 같은 사랑》을 지식을만드는지식에서, 시집 《쇠물닭의 책》을 서정시학에서 펴냄. 제1회 부산 가마골소극장 문학콘서트를 열고, 소설집 《꽃의 말을 듣다》를 문학과지성사에서 펴냄과 함께 첫 개인 그림전시회 '꽃의 말을 듣다'(서울 인사아트센터) 개최. 장편소설 《협궤열차》를 다시 펴내고(책만드는집), 《둔황의 사랑》이 러시아에서 출간됨(박미하일 옮김). 제1회 고양행주문학상 수상.

2013년 세계인문문화축제 '실크로드 위의 인문학, 어제와 오늘'(교육부, 경상북도 주최)에서 '실크로드의 문학' 발표. 시집 《쇠물닭의 책》으로 제4회 만해님시인상 작품상 수상.

2014년 미술; 개인 초대전 '엉경퀴 상자'(길담서원 갤러리).

2015년 서울대통일평화원 인권소설집 《국경을 넘는 그림자》에 단편 〈핀란드 역의 소녀〉 발표. PEN 세계한글작가대회 강연, 강릉 문화작은도서관 명예관장, 토지문학제 명예대회장, 몽블랑 문화예술후원자상 심사위원, 수림문학상 심사위원장, 이상문학상, 산악문학상 외 각종 문학상 심사.

현재 문학비단길, 문학나무 고문, 강릉문화작은도서관 명예관장.

윤후명 소설전집 08
원숭이는 없다

1판 1쇄 발행 2017년 7월 5일
1판 2쇄 발행 2021년 3월 15일

지은이 · 윤후명
펴낸이 · 주연선

(주)은행나무

04035 서울특별시 마포구 양화로11길 54
전화 · 02)3143-0651~3 | 팩스 · 02)3143-0654
신고번호 · 제 1997-000168호(1997. 12. 12)
www.ehbook.co.kr
ehbook@ehbook.co.kr

잘못된 책은 바꿔드립니다.

ISBN 978-89-5660-249-3 04810
ISBN 978-89-5660-996-6 (세트)